海外华文文学精品集

诗歌散文卷

2020—2022

主编 方忠 顾问 卢新华

作家出版社

主编简介

方忠，江苏师范大学党委书记，二级教授，文学博士，中国现当代文学专业博士生导师，兼职中国世界华文文学学会副会长、中国现代文学研究会理事、江苏省台港暨海外华文文学研究会会长、江苏省现代文学学会副会长、江苏省作家协会理事等。江苏省有突出贡献中青年专家，江苏省"333工程"学术领军人才，享受国务院特殊津贴专家。长期致力于中国现当代文学及华文文学的教学与研究。主持多项国家社科基金项目，在《文学评论》《中国现代文学研究丛刊》等刊物发表学术论文百余篇，出版《雅俗汇流》《20世纪台湾文学史论》《台湾通俗文学论稿》《郁达夫传》《台湾散文纵横论》《多元文化与台湾当代文学》《台湾当代文学与五四新文学传统》等著作十余部。

顾问简介

卢新华，原籍江苏南通，现居美国加州。1978年复旦大学中文系一年级时发表短篇小说《伤痕》，获当年全国优秀短篇小说奖，该作品也成为"伤痕文学"代表作之一。随后出版中篇小说《魔》、长篇小说《森林之梦》等。出国留学后，先后出版中篇小说《梦中人》、长篇小说《细节》《紫禁女》《伤魂》、长篇随笔《财富如水》《三本书主义》等。现为国际新移民华文作家笔会会长。

目 录

上编　诗歌

下编　散文

上编　诗歌

[新西兰] 芳　竹 *

悬挂在四月枝头的雨滴都是天堂

这想念和隆重的孤独一样陷入深蓝

陷入最深的月光和踉跄的黎明

所有悲伤含泪低垂的小草

想说出紫色梦境里恍惚的烛火

承载着怎样春天细小的哀怨

那个出海归来的人说

"鱼跃出海面时都是慌乱不舍的"

是啊　谁会祈祷海水的冷暖和鱼儿的告别

已然是四月　经文燃成大雨里一炷炷的香

"向上的路和向下的路是一样的"

我在人间默念着一些名字　他们

鸟儿一样深情地掠过晚祷和时间

忧伤一次次袭来　沙地和绿叶

吐出他们的声音和一层层叶脉

---

* 　芳竹，诗人、艺术家，原辽宁台和新西兰中文台主持人，毕业于新西兰曼奴考理工学院信息和通信技术专业，现为职业艺术家。著有诗集和诗画集《时光的锦绣》《把相思打开》等四部，诗歌和绘画作品被收入几十种文集，并获各种奖项。曾主持过新西兰"四海同春""奥克兰灯笼节""新西兰读书文化节"等演出和活动近百场。多次参加国内、国际各类艺术大展，部分艺术作品已被一些著名机构和个人收藏。

我的第一个想法和最后一个想法
都是要唤醒溪水里金色的谜语
在另一个世界　疲惫的人还在赶路吗
快乐的人是否抵达了花朵的故乡

载于长江文艺出版社《中国女诗人诗选 2020 年卷》

山 顶

是寂静聆听星光的隐语

还是喧嚣寻找着失落的花朵

在高处　在通往理想和虚无之上

有什么是天空撕裂后崩溃的泪水

又是怎样的一朵花心怀谦卑

仿佛飞升过　仿佛掠过了

四季的荒凉与明艳

在挤满云朵的仰望里

一排排赞美诗溢出低垂的忏悔

谁的心啊　拜访过雨季与黑夜

依然盛放着诺言的石子　迟来的正义

还有冰封湖水里的一尾蓝色小鱼

载于长江文艺出版社《中国女诗人诗选 2020 卷》

[英国] 虹　影 *

我们的青春

那些年在伦敦

有非常凶猛的荷尔蒙，却没有爱情

走过泰晤士河，河面丝毫没有涟漪

那时你和我自成牢狱

童年固定着各自父亲的形象

电话线两端孤独的魂

听着彼此的呼吸

那么脆弱，常常哭泣

呼啸的北风一下吹断面前的树

我在伦敦写书

每天十几个小时

除此之外，我怎么生存下去

成为一个卖花姑娘或是出卖性的舞娘

---

* 　虹影，著名作家、编剧，代表作有长篇小说《饥饿的女儿》《K－英国情人》《好
　　儿女花》《罗马》等，以及《上海王》等旧上海系列小说、"神奇少年桑桑系列"
　　五本、《米米朵拉》等，六部长篇被译成三十多种文字在国外出版。多部作品
　　被改编成影视作品，娄烨导演的电影《兰心大剧院》的原著作者。曾获纽约
　　《特尔菲卡》杂志"中国最优秀短篇小说奖"、意大利"文学奥斯卡大奖"之
　　称的"罗马文学奖"等。

我经常走到庞大的公园里大声吼叫
为了让你听到

帕丁顿火车站似乎是一个开始
整个伦敦生活结束
那列神秘的火车
一直行驶在我的脑海里
你的手指，他的舌头
变成了什么？我喜欢的人越来越少
而你一直在心里
像日出，像妖艳的牡丹花
我不知，你也不知
我们的青春一晃便不见了
我猛地回头，淡然的目光
回回都在背叛的毒汁里浸湿

最后的别离

在运河尽头，两个寂寞的灵魂
有面屏风，还有件丝绣红袍
傍晚你抽烟站在阳台上
运河通向你我必经的路
有艘蓝船缓缓经过
回荡着死亡之歌

我拒绝听
去街上配钥匙
那把可以打开你心的钥匙

蓝船跟着我
歌声轻巧地缠绕我：
我的母亲是一所学校
我笑，我哭
是因为她
而你的母亲是一个医院
你背弃，你忠诚，是因为她

现在的我，二十一年后
走在运河边

发现 1999 年，是个停顿
可能终生与爱情分离

我一条条街穿越
没有配那种钥匙的人
毛毛细雨降落
钻入我嘴里，原来比盐咸
比刀子更锋利
我们一别东西如同一枚硬币的两面
难再相遇

第三十一首困兽

一层高过一层的狂风
想圈住绝美的风景
未曾留有缝隙
年少时你我长久独占风景
成为风景中的风景
如今同在伦敦之北
老死不往来

载于《作家》2021 年第 5 期

[日本]季　风 *

另一场梅雨

梅雨随昨夜消失
蝉声在清晨四起

像雨飞跑的影子
它们隐蔽在树荫里
合唱
落雨的音韵

忽远忽近
回旋在夏天的耳蜗

吵醒烈日点燃火海

潜入我体内的雨
又被蝉鸣叫了出去

蝉鸣是另一场梅雨

载于《长江诗歌》2021 年第 9 期总第 217 期

---

* 季风，原名张忠军，曾用笔名萌朦，海外凤凰诗社编辑，诗评部主任。旅居日本，组建东渡诗群，现为日本华文作家协会会员。

画　风

捕捉不到的影子
就像攥不住一缕缕光阴

你让杨花飘尽蓝空
槐花谢落夏日
无法消停的性格
一会儿在东一会儿在西
撒一路多情的种子
紫藤挽你不住
玫瑰也留不下你

你用一双温柔的手
握着一把冷酷的尖刀
抚过我的脸颊
也把足迹刻在我的额头
你是流浪四季的汉子
也是云游四海的旅人

载于《长江诗歌》2021 年第 6 期总第 214 期

蜘　蛛

在狭窄的角落
构思宏大的欲望

每一根丝
都是一条
通向贪图的心路

一生
都在编织一张网
最终把自身
网在其中

说：
谁是蜘蛛？
谁又不是蜘蛛！

都是网的猎物

载于《文学欣赏》2022 年第 2 期

[美国] 蓝 鸟[*]

候鸟，春天在等你回家

冬天让北方开始沉默
等雪的日子
北方的炊烟
温馨而安静

从山那边飘下的雪
像初夏盛开在庭院的栀子花
雪白。然而
假象留不住候鸟

寂寞是一定要乘风远行的
远征
只为一生的守候和喜悦
尽管
不知水深，也探测不到
暗流涌动的河道

---

* 蓝鸟，原名许龙驹。资深新闻出版人，学者，诗人。1993 年移居美国。美国洛杉矶华文作家协会会员，美国《洛城诗刊》编委。诗作选入《诗坛 -2020 华语好诗榜》《汉诗三百首》《中国诗人生日大典》《北京诗人珍藏版》等书籍，作品曾在国内获多种奖项。

修炼成留鸟的丹顶鹤

心里已没有恐惧

饥饿的野斑鸠日日飞来我的廊檐下

觅食入冬前我为鸟儿们预留的苞谷和小米

待到冬雪融化　　北风散去

阳光驱散寂寞和寒冷时

南迁的家燕　　杜鹃　　黄鹂

春天在等你们回家

载于北岳文艺出版社《汉诗三百首 2020 卷》

影　子

只为你是我脚下那片谜样的影子
我便跟着太阳翻山，跟着月亮跨海
在昼与夜无休的催促下
寻找你的正面
寻找藏着你的眼神的正面

山路如饥肠一般崎岖
大海把我放进簸箕里颠簸

我只是一只鸟
一只羽毛也会腐烂的鸟
我飞行的前方有太多耀眼的光芒
所以我眼里的前方一片苍茫
当我低下头的时候，我发现了你——
影子里有黑色的土地，也有你（却只是背影）
有孤独的安静，也有欢乐的孤独，还有平坦与曲折

我只是一只鸟
一只歌声沙哑的候鸟
当春天就要迷途
山与海一起在迷途的春光面前激烈地晃动时

影子，我的歌声
在最高的高处和最远的远处
等你

不是影子里什么都没有
是我还没有看到你的正面

载于《大湾》2020 年第 3 期

[日本] 弥 生 *

有没有可以哭的空间

就那么一瞬　很想哭
却找不到一个合适的空间

屋子有那么多的空间可以用
像衣橱挂着冬日和夏天的衣服
鞋柜装着皮鞋运动鞋
可以分别归类
哪怕是裤袋里被揉成一团的纸

五月的太阳白晃晃的
把围墙上的蔷薇　那抹娇羞抹杀了之后
又这么强烈炙痛了皮肤

孩子们忍不住跑出去
嬉闹摇动静止的空气

---

* 弥生（和富弥生）。日本华文女作家协会会长、世界华文女作家协会会员。现在日本的大学任中文讲师。作品在国内《文艺报》《人民日报》《诗刊》《长河》《齐鲁晚报》、世界华文文学网、凤凰网、《香港文学》《香港作家》《文综》以及日本《中文导报》《东方》《阳光导报》等包括美国、泰国、印尼等各国的华文媒体上多有发表。代表作有诗集《永远的女孩》《之间的心》，散文集《那时彷徨日本》等。

风从纱窗的小细孔　温热地流进
窗帘飞舞了一下又沉寂了
居家和自肃的日子里
墙角的丁香花　开始了谢幕

一排排的书立在架子上
大大小小铅字的眼睛　在　窥探我的内心
没有翻到最后的那几本
藏着忠告和叹息　也忍了好久了

眼泪经过眼睛　是咸的
脸给眼泪一个梯子　眼泪却不肯踩

没有可以好好哭的空间
我只有　缩回到自己的内心
脉搏跳动着说
把你咸涩的泪放这里吧

那些感觉的自由精灵
在这个广袤的世界　暂时歇息

载于《中国流派诗刊》2020 年 6 月

[美国] 倪湛舸 *

世界微尘里，吾宁爱与憎

我需要很长很长时间的睡眠，
生命的三分之一甚至接近一半，
即便如此，我仍然疲惫不堪，
这其实很容易解释，我的脚时刻都
紧绷着，足弓酸楚，脚趾刺痛，
哪怕在睡梦中我都还在逃跑，
那里有一头浑身漆黑的牛，
有时候是熊，或者戴面具的人，
它们在我身后整齐地踏步，
倒塌的桥梁又在重建，崩溃的世界
不断地重启，举高音喇叭的人
在熙攘的街头提问：天国何时衰亡？
总有那么一天，总有那么一天，
我谁都不怨恨，我只不过是在跌打滚爬地
完成人生，并且承认，比人生更为
艰难的，是鬼魂的漫长漫游、镜中幻境里
水滴石穿、微尘化生万物又复归微尘。

---

* 倪湛舸，芝加哥大学神学院宗教与文学博士，弗吉尼亚理工大学宗教与文化系
  副教授。已出版小说、散文、诗集多部。

那些消失的都还在

你遇见过街灯逐一亮起的
瞬间吗，我们还在假装彼此倾听
却正各自丧失着，维系生活的勇气，
鲁莽的人最好回避成群结队，
失望的加速度在琴键的高音区
颤动仿佛迷失在风中的信号，
街灯何时亮起，我从未曾注意，
它们还会在固定的时间熄灭为了
遵守人间的秩序，你又能怀揣着粮食和水
走到多远的地方或是多少年后
甚至多少年前，我在没有街灯的拐角
捡到摔碎的娃娃，这些年来我一直在缝补她
身上的裂痕而此刻，我终于缝上了
自己的嘴封闭了叛逃者的来路和去处。

滑　梯

如果温度就这样降下去，要小心，
屏住呼吸别叹气，太冷了，
大理石会飞散成粉尘，像蒲公英那样，
也不要坐在敞开的窗边远眺，
你知道的，空气里的水分会凝结，
夜幕下闪烁的除了遥远的星星，
还有无数微小的冰晶，如果温度就这样
降下去，世界会变得美丽，
死者保持不朽，生灵趋向迟钝
为了抵抗滑行于皮肤之上的忧伤，
跳着舞的是刀锋啊，想要落脚，想要扎根，
我们尽管沉睡哪怕伤痕累累，
所以，温度必须再降下去，
直到一切还在颤动的都回归平静，
你要站到变迁的对面，捂着心脏发誓，
这就是绝对，是最亮的光正填满最深的黑洞。

载于《上海文学》2021 年 5 月

[美国] 饶 蕾 *

光阴的故事

时光溅起一串故事
似火车，一些呼啸而去
另一些飞驰而来

我们都曾在站台等候
南来北往的列车，那些未知和诱惑
似跃跃欲开的花朵

回首时光坐标，我们错过多少车站
天地静默如初，不肯启齿
汇入站台的人流，我们跳上唯一的火车
它鸣笛出发，与其他列车擦肩而过
试问每次搭上正确列车的概率
答案早已封缄，碎成时光浪花

一条不能逆流的河，塑造了

* 饶蕾，北美中文作家协会新闻部副主任、纽约华文女作家协会会刊编辑和海外
华文女作家协会终身会员。出版诗集《远航》《晚风的丝带》《轮回》《五瓣丁
香》等。诗歌入选《新世纪诗选》《北美中文作家作品选》等三十多种文学选
集。荣获第二届"莲花杯"世界华人诗歌大赛银奖、"蝶恋花杯"国际华人文
学大赛现代诗歌二等奖、美国汉新文学诗歌奖等。

今天的我们。而我们将继续前行
执着地画完自己的人生曲线
它是特定的，也是随机的

载于香港《文综》2020 年秋季号第 53 期

梦 田

也许那是田里的稻香
也许那是梦中的花瓣儿
也许那是我们期望绕过的山石
或者回不去的青春和童年

也许它就是一个梦
不近也不远
也许它真有一片田
随时会长出惊喜的片段

也许它是一切可能中的可能
也许它是所有不甘里的不甘
可它依然是我们心底微弱的火种
一天又一天,把生命点燃

载于《香港文学》2020 年 3 月总第 423 期

冻 雨

满心欢喜，你以一颗雨心飞离天空
地面的温度是个未知数
低温的刀把你雕塑成万物透明的外衣
即使初心不变，方向不改
命运依然有改辙的权利
无论你可曾期许，不管你是否愿意

山峦的晶莹和壮丽令人瞠目
森林里的裸枝格外清秀
小草却可怜兮兮
把绿意裹在厚厚的冰层里
路上没有一辆车驶过
每个人都缩回自己的壳里

我却放不下两个词
过程和结局

载于《香港文学》2020 年 3 月总第 423 期

[法国] 宋 琳 *

《山海经》传（选章）

少昊

我母亲渡过银河，受引力波吸引。
在聚讼纷纭的穷桑发生了什么？
神幽会的地点人从未插足，
当她委身于一颗强壮、带角的星，
那男根喷出的强光足以将她熔解。
我是金星的儿子，但我母亲的高贵血统
却有待考证。我只知道爱情短暂如露水，
我是否稀罕如一万年结一次的桑椹？
不如说我是双重性的儿子。
我身上集合着两种相反的本能：
结束或开始，如黎明与黄昏，

* 宋琳，1959 年生于福建厦门，祖籍宁德。1983 年毕业于上海华东师范大学中
文系，1991 年移居法国，2003 年以来受聘于国内几所大学执教，现居大理。
著有诗集《城市人》（合集）、《门厅》、《断片与骊歌》（中法）、《城墙与落日》（中
法）、《雪夜访戴》、《口信》、《宋琳诗选》、《星期天的麻雀》（中英）、《〈山海经〉
传》、《兀鹰飞过城市》、《采撷者之诗》（中英）等；随笔集《对移动冰川的不
断接近》《俄尔甫斯回头》等；编有当代诗选《空白练习曲》（合作）。《今天》
文学杂志的诗歌编辑。曾获得鹿特丹国际诗歌节奖、《上海文学》奖、东荡子
诗歌奖、昌耀诗歌奖、2020 南方文学盛典年度诗人奖、美国北加州图书奖等。

群星皆暗时我最亮，
我导航，调理着四季的风向。
众鸟选我为王，给我戴上凶猛的鹫的面具，
但在我的王国里绝对没有战争，
且废除了专制。我精通每一种语言
正如精通每一根羽毛的色彩。
当它们为一个议题争得面红耳赤，
我便动身，前往西天诸国访问。

俆

我不愿重复父亲的命运，
为了王座不惜制造一场给人类带来
灭顶之灾的洪水。
就算颛顼将日月星辰都囚禁在北方，
我也要像夜游神那样走遍大地。

我无以解除禁止女子出行的法令，
如果一个巫师想羞辱碰见我的妇人，
我就解除他的妖术，
将他扔给长着猪嘴的梼杌。

崆峒山那一对相爱而遭流放的兄妹，
抱在一起死去，七年后禺强使他们复活，
而宁愿成为两个头的怪物。
难道不值得将这爱与死的范例，
传扬给谨小慎微、不敢去爱的人吗？

对于裹足不前的人，
我只想奉劝他们一句：
用车子碾轧动物来祭祀
并不能取悦于我。
钺坛设在路旁，只需
在上面放一枚石子，
就能保佑你一路平安。
我是道路，我是修远，我是辟邪咒。
走吧，又有什么能伤害你呢？

壤父

我生活的时代据称是太平盛世，
连冥荚的生长都与每月的天数契合。

未来将有一个叫田俅子的人
写下这奇事，而它正是历法的起源。

一天之中有十种奇幻的瑞象
出现在帝尧的宫中，也许还更多。

但凤凰与神龙凡夫又怎能看见？
景星升起时我早已进入睡眠。

听说瞎眼的瞽叟在忍受长久的黑暗之后
梦见了祇支国的重明鸟。

（奇怪的是他儿子舜也长着重瞳，

却受到他的虐待，活下来真是奇迹）

它每年都飞来几次，衔着美玉，
有时一次也不来，引起人们翘首以盼，

洒扫门户，用木鸡来吸引。
我喜欢这旧俗之美，也理解那普通人

无助而单纯的欲望。我更信赖自己的臂力，
像一个田野里的怀疑主义者。

哈！日出而作，日入而息是我生活的信条，
也是我长寿的秘诀。如今耄耋的我

终于歇下来，在路中央击壤，
退后三十步开外，我扔出木板。

瞧，击中了！当观看的人齐声喝彩
并赞美着上帝的德泽。我呢，

不想加入那合唱。捡起自制的玩具端详：
它一尺四寸长，三寸宽，一头是尖的——

跟我使用过的农具一样的锐利，
已被我粗糙的手掌磨得锃亮。

载于《草堂》2021 年第 11 期

[美国]施 玮 *

书排列起来时

书排列起来时
文字就躺下了

好像那只陈旧的大布熊
袒着软软的大肚子
张着眼睛和嘴
无聊地睡着了

书排列起来时
文字就躺下了

一杯铁观音洗了肠胃
新闻是一碟碟隔夜的甜点
昨天的虚张声势
生出了皱纹和眼屎

---

* 施玮，诗人、作家、画家。祖籍中国苏州。曾在北京鲁迅文学院、复旦大学中
文系学习。1996年底移居美国，获硕士、博士学位。20世纪80年代开始在《人
民文学》《诗刊》《中国作家》等海内外报刊发表诗歌、小说、随笔、评论五百
多万字。作品入选多部选集，并多次获奖。出版《叛教者》《献祭者》《世家美
眷》《歌中雅歌》《灵》等二十部作品。在美国举办多次灵性艺术诗画展，画作
发表并被收藏。主编《铭贤书系》等丛书。

书排列起来时
文字就躺下了

文字躺下了
世界与他已经无关
灵魂躺下了
肉体与他已经无关

只有书排列着，一丝不苟地
按字母顺序整齐排列

低　处

低处。安静
因安静而平稳——
将四肢和心灵，平摊在
低处。歇了它们劳苦的职责
免去虚夸的行动
和行动中的惊慌，让头脑
从容地流淌成一汪幸福

在低处，看人世的喧嚣
云朵般来了又去
怜悯高处的人，踩着钢丝
竭力平衡肉体与灵魂
他们害怕低处
将低处视为无底的深渊

或有人探头张望
跌落。失重的痛苦
高处是根牵着你的皮筋
人生是一场没完没了的蹦极
因被动而无奈，因无奈
而选择麻木

我却趁命运打盹
剪断系住心灵的线
放开握紧的双手。直落——
落到最低处，享受平安
有时抬手
向高处的朋友打个招呼
却知道他们看不见

清　明

清明，是一个日子
里外都下雨的日子
有的人湿透了
在生死的对话中焕然一新
有的人半湿半干
徘徊在记忆的河边走不开

清明，是一张脸
一把黄菊花
一把白菊花
一段故事酿成烧酒
把一个人，醉成了楚辞
兮兮——兮兮——

雨，从梦里漏出来
在楼下的天花板上
画你的脸
楼下的人不认识你
不认识你的人却能看见你
他们看见的是清明
一张模糊的脸

载于《北京文学》2022 年 1 月

[日本]田　原*

母鹿与雪豹

寂静的夏日午后
雪豹在半山坡上假寐
梦见一只母鹿
在河边凝神

天上的云朵
浮动在河面
流往森林的河
丢失了上游与下游

山巅的积雪
与兽骨的白相互折射
母鹿竖起耳朵

* 田原，旅日诗人、日本文学博士、翻译家。1965年生于河南漯河，20世纪90年代初赴日留学，现任教于日本城西国际大学。出版有汉语、日语诗集《田原诗选》《梦蛇》《石头的记忆》十余册。多次获得过华文、日文诗歌奖项。主编有日文版《谷川俊太郎诗选集》（六卷），翻译出版有《谷川俊太郎诗歌总集》（二十二册）、《异邦人——辻井乔诗选》《让我们继续沉默的旅行——高桥睦郎诗选》《金子美铃全集》《松尾芭蕉俳句选》《人间失格》等，日语文论集《谷川俊太郎论》（岩波书店）等。作品先后被翻译成英、德、西班牙、法、意大利、土耳其、阿拉伯、芬兰、葡萄牙语等十多种语言，出版有英语、韩语、蒙古语版诗选集。

它的眼里
草在泛绿，天在旋转

林风伴随着山风
轻吹雪豹的胡须
烈日当空
却晒不化它身上的雪点

丰腴的母鹿警觉着周围
太阳无声地移动
归途和去路上
时间搁浅

河是一条生死界限
对岸的猎人和猎犬
都长着一双千里眼
准星不分雄雌
食指与扳机是一对元凶

雪豹醒了
带着一场雪
跑向山下
母鹿察觉了
披着一身梅花
逃回林中

载于《天涯》2020 年第 4 期

无　题

——给高银

一

江海汇流
与陆地相连的半岛上
群山——
你的故乡在绵延

二

一盏灯
在马的体内点亮
那奋蹄的嘶鸣
回响在你的诗篇

三

寺院的琉璃瓦
收留云朵
佛殿前的沙地上
失踪的脚印
是另一种虔诚

四

古树上的空巢
失去象征性
等待鸟儿飞回
汉江边的哨所
目送着水的流动

五

念珠——
这掌中的宇宙
蕴藏你的灵感
每一颗都是星体

循轨旋转

六

你四度入狱的铁窗
都是时代的盲瞳
高高在上的小丑
早晚会摔得人仰马翻

七

匿名暗箭射中的
不是肉体
而是良知
在时间的镜中
嫉妒和暗算
迟早会显露原形

八

与死神擦肩而过
与天使握手言欢
再好的酒

也灌不醉你的失眠

九

你门前的山坡上
红遍的枫叶挽留夕阳
你客厅的一幅山水画
还原溪水的淙淙

十

汉语
是你历史的原形
日语
是你记忆的伤痛

十一

每一首诗
都是从母语升起的地平线
从起点延伸
朝向没有终点的终点

十二

所有的江河都流往一个方向
只有你守护的汉江
源源不断地
流向四面八方

载于《诗选刊》2021 年 9 月

［美国］谢 炯 *

旅 店

一

他们在厚重的毛毯下醒来
提醒彼此的存在

夜。雨。
屋檐。沟渠。后花园的细砖缝
前年造的水泥喷泉

他裸体小解
她听见窗外有橡栗落地

---

* 谢炯，诗人，诗歌翻译家，专业律师。出版有诗集《半世纪的旅途》《幸福是，
突然找回这样一些东西》《黑色赋》，随笔《蓦然回首》《随风而行》，翻译《十三
片叶子：中国当代优秀诗人选集》《石雕与蝴蝶：胡弦诗歌精选双语集》《墙上
的字：保罗·奥斯特自选集》等。2017 年荣获首届德清莫干山国际诗歌节银奖，
2020 年诗集《黑色赋》荣获华侨华人中山文学奖优秀作品奖。

二

她有过两个情人

她不想用类似影子
或者镜子这样的俗名称呼他们

她打开吊扇

他合起书本
他说楼梯上有轻微的咳嗽声
像极了他死于肺癌的情人

她说这是旅店
这是旅店。我们路过此地

三

他烧了壶咖啡
她加了一小调羹蜜

雨不停。微光。松萝拉慢时间
他急着离开这里
她说你先走吧，行李箱在楼梯口

我洗洗杯子

他说这是旅店，我们路过这里

她说是的这是旅店
我们不要留下任何脏东西

金盏菊

今年中秋
我没有抬头看月亮
走在一丛丛金盏菊之中
染红双足，点亮额头

有些花从未彻底凋零过
好比金盏菊
春天种下的，在春风里开过
夏季的炎热似乎已经把她打败
秋风再度唤醒她的金黄
丰腴挺拔的多骨朵花
如佳肴，必出自流蜜的心
如一盏盏小太阳
染红双手，点亮额头

今年中秋，我没有抬头看月亮
悲伤是容易的，快乐却稀有
隔空的思念是容易的

爱却稀有

我摘下一朵金盏菊
佩在你胸口

载于长江文艺出版社《黑色赋》，2020 年版

[加拿大] 星子安娜 *

端午感怀

一转眼夏至了，
恍惚间又端午了。
我被粽叶包裹的心
打开了又捂紧——
百味杂陈。

眼前不是滚滚的黄河
也没有青青的汨罗江
梦里牵挂的那个影子
默默无声却相伴黎明。

雨点轻轻敲击窗口，
风言风语亦浊亦清——
删去的书页里还有多少
可以千古吟唱?
一次次沉下去
又能激起多少涟漪?

* 星子安娜，加拿大密西沙加市桂冠诗人（2015—2017），正式出版五本诗集，获北美十多个诗歌奖项。中英文在国际刊物发表并译成多种语言。多次在国际诗歌节表演和讲授诗歌。

我看见武昌鱼挂在
四月柳树的倒影里——
尾白如雪，
刀光粼粼。

流　言

房子出现缝隙，逐渐开裂
凄风冷雨钻进来，
捂紧变冷的手，心情晦暗。
墙上张贴的百合茫然不知
依然热烈开放。

玻璃花的窗户先是起雾，
然后结霜，像我们的对白
从偶尔寒暄到沉默和寂寞，
春天留守在冬的萧瑟中。

对着镜子，脸色愈发苍白
躺在床上，更觉疲惫倦意
彼此对视，更深的孤独……

停摆的钟，一根刺
刺破，血色黄昏
静夜里，晚钟敲响，
悔意思过，
谁来修补冻结了的心房？

载于香港橄榄叶诗报社《橄榄叶 2020 年诗歌年鉴》，2021 年版

[英国] 杨　炼 *

隔离中的生日华尔兹

——给友友

一

家是一座塔　一根根磁力线
是圆的　我们像两块磁石吸着　贴紧
室内的小春风环绕看不见的圆心
转啊转　吱吱响的地板绿成了天涯

亡灵也是绿的　亡灵们在生日报到
空气黏而重　就当是花粉吧

---

* 杨炼，1955 年出生于瑞士，成长于北京。20 世纪 70 年代后期开始写诗。
1983 年，以长诗《诺日朗》轰动诗坛，其后，作品被介绍到海外。作品被评
论为"像麦克迪尔米德遇见了里尔克，还有一把出鞘的武士刀"，也被誉为世
界上当代中国文学最有代表性的声音之一。获得过诸多奖项，包括意大利苏
尔摩纳奖（2019），雅努斯·潘诺尼乌斯国际诗歌大奖、拉奎来国际文学奖、
意大利北 - 南文学奖等（2018），英国笔会奖暨英国诗歌书籍协会推荐翻译
诗集奖（2017），意大利卡普里国际诗歌奖（2014），意大利诺尼诺国际文学
奖（2012）等等。于 2008 年和 2011 年两次以最高票当选为国际笔会理事。
2013 年，获邀成为挪威文学暨自由表达学院院士。2014 年至今，受邀成为汕
头大学特聘教授暨驻校作家。自 2017 年起，担任 1988 年创刊的《幸存者诗
刊》双主编之一。

领着肺先出左脚　迈大步　踩准
轮回　一支亲得呛人的舞曲搂着谁

一圈圈跳？我们或亡灵
挤满了音符　每只都在问　爱
浸透什么汁液才没放开黑暗的弹性？

一杯大理石桌上震颤的水
递过虚空　灰白板结的是呼吸
清澈　是为你沉淀成一天的毕生的时间

二

紫玉兰叉开五指抓挠蓝天
抓挠塔里的黑暗　舞　每一圈
都向下　病毒作曲家指定花香的轨迹
骨灰瓮的音乐泼出这日子

和我们　相拥潜泳过多少个四月
娇艳的舞伴　又一个生日制成浮标
迎着死荡漾　每盏灯失重掠过如星系
这座塔里多少座塔在坍塌

嫩嫩芳香的刺扎进一首诗的节奏
诗扎进肉　咳出血丝的须根带我们
跃入身前身后亡灵的旋涡

一把仓促混淆的　不知是谁的灰

眯进我眼里　数不清灾难时　只记得
我臂弯中揽住的是你

三

眼底收藏的乐谱　也等着距离被抹去
一只搭在腰际的手拉近时间的曲线
一股你最熟悉的味儿　分辨出
这身体　旋转成重叠的形式

正分娩的脸紧挨一张憋住死的脸
舞步都没换　亡灵们已跳入一场雪崩
阳光诡异狂欢　氧气面罩倒扣住新绿
我们不再需要别处的噩耗

大街的坟茔也在上华丽的一课
叶子们探出舌尖舔着受难日的圣乐
从来没有别处的噩耗

这支曲子没有终结
多少命被抽空多少次
咽喉里的菌类　倚着霉烂的回声

四

玻璃防护服阻止不了想象
从肉体越狱的小小现实
邻居们趴在窗口　脸缩进看不见的栅栏
寂寥的苍天一夜间空投下那么多难友

一个哲学话题　死在连接抑或断开？
你我蹚着海底的沙子　不知道
濒临哪一岸　黑暗的前方拢着骸骨
一边崩裂一边紧抱成炫目的珊瑚

回家的路一分一秒显得更真
回旋的路　忍着塔里一座旋梯
两个人的海浪　砸入宇宙雪白相对的运动

我是你的呼吸机　你也是我的
一眼决不松开的凿入亲吻的深井
向上俯瞰监禁的倒影

五

这个生日无间隔地过渡成亡灵的周年
房间像诗　旅途绕着轴

春色踩着惨白钙化的原型
爱　踩着弥留的锋利

同一天发育两只嫩绿的触角
我是桥　另一端架在你身上　祭祀之
唯美　又一刹那叼起明媚的肉体
白茫茫的肺　留下遗言似的华尔兹

紧紧相连　你　我　和亡灵
蜂拥而入无边的舞姿　每一次
像最后一次嵌入彼此

清澈如安魂曲　沉淀无数
抒情而惨痛的史前　手熔断了手
一道强光透入锁定的凝视

载于四川人民出版社《在特朗斯特罗默墓前》，2021 年版

[美国]严 力 *

我一般……

我一般不反常
比如公猫桌子上
摆放着老虎送来的贺卡
我一般是冲动的
不相信安静的健康
会自己跳起舞来
我一般干掉某个照片上的人
最多只用一生
我一般是不被雇用的
但我还是够垃圾的
之前倒掉的缺点
时常抛回几个
我在焦急等待的媚眼
一般来说
我的优点适合大自然

* 严力，1973 年开始诗歌创作，1979 年开始绘画创作。是 1979 年北京先锋
艺术团体"星星画会"和文学团体"今天"的成员。1984 年在上海人民公园
展览厅举办了国内最早的先锋艺术的个人画展。1985 年从北京留学美国并于
1987 年在纽约创立"一行"诗刊（2000 年停刊），2020 年 6 月《一行》杂志
在纽约复刊，继续任主编。2018 年出任纽约"法拉盛诗歌节"主任委员，同
年出任纽约"海外华文作家笔会"会长。

如果你提起社会的
文明高度
公猫和我们所居住的城市
都已失去了原始的发情功能

命 名

今年我度过了一个春天
但度过了两个秋天
其中一个秋天没有落叶
也没有能把它接走的冬天
尽管它的晴空只有不到三米
可风沙和雷电都无法蒙混进去
它纯粹地挂在我人生的墙上
离家时
墙还能塞进行李箱里

不多说了
在多事之秋的年代
我只想命名一个简洁的
可以折叠的秋天

板　凳

尽管教育是你们从小坐大的
板凳
但你们还是站起成一块块
移动的自留地
之后许多年到手的丰收
甚至也不依赖
互联网所能搜索到的
风调雨顺

生活的幸运之一是
至今为止
你们依然持有
个人醒来后
与日常肩并肩的劳动姿势
之二是
再健全的板凳
至今也没能长出
人体的两条腿

载于《收获》2021 年 2 月

[加拿大] 宇　秀 *

道　义

这条路对所有的脚步都表示沉默
它唯有以躺着的方式抵抗
不说，什么也不说

凡在它身上发出的声音
肯定是强加的被迫
它喜欢松鼠和落叶的访问，胜过
人的踏足
尤其不懂为什么
人们常常在它身上开膛破肚大动干戈
然后……再打破，再缝合
它能做的无非是忍耐，再忍耐

* 宇秀，祖籍苏州，现居温哥华。文学、电影双学历。著有散文集《一个上海女
人的下午茶》《一个上海女人的温哥华》，诗集《我不能握住风》《忙红忙绿》
等，部分作品被收入六十余种文集。其早年时的写作曾引发图书市场和都市生
活"下午茶热"，文字广泛流传于网络。近年诗歌创作被评论界认为"很大程
度刷新了新移民作家群的诗歌写作风貌，也为新世纪的华文文学创作提供了一
种新的美学可能性"，成为海外新移民诗人的重要代表。由其作词的无伴奏合
唱歌曲《月奶奶》为中国少儿合唱经典作品。曾获 1993 年度"中国电视奖"，
中国广电部、中国广播影视学会年度报道、评论一等、二等奖（连续多年）、
"2018 年十佳诗集"奖、"2018 年十佳华语诗集"奖、2019 年度"十佳华语
诗人"、《中国时报》文学奖新诗首奖等奖项。

在地震前，每一条路都预备了岔道
让人走错

当人们争论道义的时候，路
躺在天空底下，想念它自己长草的岁月
想念那些草结籽，又被风吹落
想念果子在夜晚悄悄落地

载于《扬子江诗刊》2021 年第 6 期

一把木椅

这把木椅
二十年前与我一起跨洋迁徙
在张皇无措的异地
贴着它的背脊，坐在它的怀里
就是搬来的故居
不知不觉就坐进了落日。冬的黄昏

闭目，垂首
窗外起风，冷雨零落
一只麋鹿从我破败的身体出走
去童话里复活

森林的涛声在皮囊的虚空里回荡
像故居的穿堂风击打高墙的寂寞
没人知道
只身空谷的羊在寻觅来时的路
就像没人知道午夜里一把木椅
想念着树

载于《扬子江诗刊》2021 年第 6 期，
《台港文学选刊》2022 年第 1 期选载

下午，有这样一件旗袍

喝了一下午普洱，读了一下午诗
比中药还浓的普洱啊，比轻云还轻的诗
两者结合便是一个下午的奢侈
一些愿望很简单，比如为了刮掉肚腩的油脂
旗袍在衣橱里等着。囡囡

弹着德彪西，这个法国人
让她的长发甩出狂风。如稻草绾了结的脐带
脱落的瞬间，一颗完美的纽扣诞生
谁还想起母体的遗物？
少女仗着德彪西释放荷尔蒙，我不再犹豫

拯救那件寂寞在衣橱里 N 年的旗袍
那身母亲还不是母亲时候的妖娆
在瑜伽垫上把自己叠成青蛙，试着微信流传
的体操。所谓下午就总是有些没事的事
旗袍在衣橱里等着。怀过了

胎儿的肚子像个被撑大了的米袋
再也不能复原。想去问母亲：最后一次脱下
旗袍的玉体留给了哪一面镜子？

母亲不语。阿兹海默盗走了她所有记忆
我在瑜伽垫上，一遍遍折叠自己

午后的睫毛垂于万物眼帘，没有目的地的云
滞留空中，萱草和木槿花打着盹儿
无聊的脂肪在瞌睡里堆积。囡囡在黑白键上
把天堂花园里的风还给德彪西
谁又能把浓茶还给普洱？把母亲还给旗袍?

当普洱喝长了一段暂且，当诗读短了一声长叹
唯住过身体的虚空吊在时间里
她的姿态比生命更久远

载于海峡文艺出版社《石帆20》，2022 年版

[澳大利亚] 庄伟杰 *

身 份

我是一个满口地瓜腔的闽南人
时常穿行在南、北两大半球之间
居无定所呵，朋友们喜欢开我的玩笑
要么拿我这个流浪汉戏弄一番——
你是飞鸟族，你是国际友人
你是一只"海龟"，你是边缘人类
甚至把我当成一头孤魂野鬼……

说真的，棋已经走到这一步
相非相，仕非仕，马非马，卒非卒
果真要让我供出自己的身份
只好说，我是一个不东不西的东西

* 庄伟杰，闽南人，旅居澳洲，诗人作家、评论家，文学博士，复旦大学博士后。现为山东大学诗学高等研究中心特聘研究员、《中文学刊》社长总编，海归后历任华侨大学教授、研究生导师和学科带头人，暨南大学兼职研究员，澳洲华文诗人笔会会长，中外散文诗学会副主席。曾获第十三届"冰心奖"理论贡献奖、中国诗人二十五周年优秀诗评家奖、第三届中国当代诗歌批评奖、中国当代诗人杰出贡献金奖、华语杰出贡献诗评奖等多项文艺奖，作品、论文及书法等入选三百余种重要版本或年度选本，有诗作编入《世界华文文学经典欣赏》等大学教材。至今出版专著二十部，主编各类著作七十多种，发表四百余篇学术论文及文艺评论。

我非我，我什么也不像
我只想活得像我自己，并且
遇到原初的那个自己

载于《中国诗人》2021 年 5—6 期合刊

忘　了

在时与光交会的路口，走着歇着
常常忘了今夕是何夕，甚至
连自己做过多少回生日也忘了
这样说着，时光又不知不觉从指缝间
溜走了，任你如何殷勤
它从不听使唤，更不肯低下头来

往悲伤里说，路走多了疲惫就缠住你不放
你走得太快了，世界的脉搏就跟着不安跳动
往快活里说，路走多了看的风景就多
灵魂的放牧也跟着腾挪和辽阔起来
浪迹天涯的人必有故事
哪怕还有这事那事不能尽如人意

卑微的个体，一抹光上浮游的尘埃
最动人的景深在最难描述的隐秘之处
该忘记的，干脆把它统统忘了
精彩的故事让给别人去讲吧
你早已放逐在边缘的腹地
远行，注定是一场宿命

载于《现代青年》2020 年第 5 期

与宁国相遇

岁在庚子十月，与宁国相遇
看山宁，看水宁
看天宁，看地宁
看南北宁，看东西宁
看白天宁，看夜晚宁
读懂了风调，体味到雨顺
哦呵，怎一个"宁"字了得

山河无恙，田园风光无限
我想归隐山林，不再经年漂泊
我不归隐，毕竟我是过客
归来后，静坐在神灵的意境里
独自思忖或絮叨，像灵魂的呓语
佛陀在头顶，发出阵阵笑声……

载于《鸭绿江·华夏诗歌》2021年第3期

[美国] 朱夏妮*

落　日

每天下午的最后

这座山的影子

盖住半个城市

没人知道真正的太阳在哪儿

除了这个城市唯一的一栋高楼

每一块玻璃窗

用十分钟分解滚动的太阳

在液体和固体之间

天上留下的烫痕

路过的人开始抬起头

* 朱夏妮，2000 年 5 月出生于乌鲁木齐，现在美国马萨诸塞州就读大学。曾出版诗集《初二七班》，长篇小说《初三七班》《新来的人：美国高中故事》等。2020 年获首届创世纪现代诗奖。

雷　电

黑色的卧室
闪电突然点亮
两个对称的窗户
透过白色的纱帘子
是有人在火快灭了的
烧白的木头上
吹了口气

载于《人民文学》2020 年 5 月

夏夜，月亮
——十四行诗

夏夜，蝉不眠，
独自唤醒我，月亮是你。
因为日光善于隐藏我想守住的真相：
想到你，想到故乡，我就屈服了。
我听见孩子们在外面玩，说着外语，
每个人都曾熟悉的一种语言。
但是时间，一条驯服年轻人的蛇；
过去的事，那些碎片　我还在缝。
现在于我是深夜，对你来说已经是中午了。
所以，请让你的噪音带走我的痛苦，
我的沉默你可以留下。
当树叶变色时，便是新的一天了。
我的记忆，我的家：反射的月亮。
永远在那里。我到达时便消失。

载于《诗刊》2021年4月

[日本]赵 晴 *

童 话

真的冷了
昨晚烫了一壶酒
听着飞雪
细细绵绵地讲述那个故事
反反复复地讲了几辈子
克制，却绵长

酒尽了，雪住了
故事，却总是讲不完
清晨那每日路经的池结了冰
隐约可见一抹粉红
仔细看去
是一朵水镜中的落英

那简直就是冬公的神来之笔！
天寒地冷之中
悄悄地留下了一个童话

* 赵晴，翻译家、旅日诗人，日本华文女作家协会副会长。出版个人诗集《你和我（赵晴诗选）》，译著《耶律楚材》《随缘护花》《近代城市公园史——欧化的源流》等多部，创作过多篇散文和随笔。

不动声色地
成全了一个不可能的故事
流水与落花

载于《中国流派诗刊》2021 年 4 月第 19 期总第 232 期

[泰国] 曾 心 *

天 空

一阵大雷雨，
要把整个天空霸占！

日月神开了口：“no！
自从盘古开天地，
天空就是我们的！”

---

* 曾心，1938 年 10 月生于泰国曼谷，泰籍，祖籍广东普宁。毕业于厦门大学汉
语言文学系，深造于广州中医学院。从商、从医、从教、从文。出版散文小
说集《大自然的儿子》，散文集《心追那钟声》，微型小说《蓝眼睛》《消失
的曲声》，诗集《凉亭》（中英）、《曾心自选集——小诗三百首》《曾心小
诗 500 首》，论文集《给泰华文学把脉》等十九部。多篇作品获奖，被选入“教
程”“读本”。2017 年被评为中国新诗百年“百位最具实力诗人”。现为泰华作
家协会副会长、厦门大学东南亚华文文学研究中心兼职研究员、东南大学现代
汉诗研究所兼职研究员、泰华“小诗磨坊”召集人、泰国留学中国大学校友总
会办公室主任。

见　春

春到了，
鸟儿说："看不到。"

请你把眼睛，
盯在冬天落叶的树上。

枝头那点"绿"，
见到了吗？！

示孙子

你要天上的星星
爷爷已摘给你

你要我心上的星星
爷爷全铸在著作上

你要学好中文
才能读懂爷爷的心

载于《香港文艺报》2021 年 12 月，第 73 期第 4 版

下编　散文

告　别

[奥地利] 安　静*

> 这时我们离家去流浪，长发宛若战旗在飘扬，俯瞰逝去的悲欢和沧桑，扛着自己的墓碑走遍四方。
>
> ——周云鹏《山鬼》

一

"真的没有乡愁吗？"弗雷迪疑惑地问。

"乡愁？什么乡愁？"你轻飘飘地一笑，转过身去，看着窗外，天鹅和野鸭在湖中追逐嬉戏，雪花在童话般斑斓的小屋上舞蹈，咖啡与烤箱里的圣诞饼干香气氤氲，收音机传出莫扎特和舒伯特的天籁之音，歌者在门口唱完祝福的歌刚刚离开……

几个月前你兴高采烈地登上越洋飞机，来到这绝尘脱俗的音乐之

* 安静（颜向红），居奥地利，各类文学作品和评论发表于《外国文学评论》《中国当代文学研究》《文艺报》《名作欣赏》《香港文学》《华文文学》《台港文学选刊》等，并入选各种文集；出版《萨尔茨堡有张床》等个人作品两本，出版合集多部；多次获散文奖。现任欧洲华文笔会副会长。

乡，如今正乐不思蜀呢，反正每天可以和国内家人视频，天涯若比邻。乡愁？太可笑了！

这样做梦的日子过了三年，你陶醉在新生活带来的欣喜和新奇中，根本不知道什么是故园之思，也没有去感受那万里之遥的亲人，尤其是七旬老母的忧伤和思念，尽管她一再表示想到奥地利与你们同住，可是医保呢？居留呢？这些都是不可能解决的问题。

还有很长的时光呢，以后总有机会孝敬母亲的，你如此自我安慰。

直到那一年春，晕黄的灯下，你一笔一画勾画彩蛋上的兔子和花草，母亲曾为你缝衣钉扣的身影和她脸上的沟壑，忽然映现在对面的墙上，乡愁在一瞬间复活了，沉甸甸的泪水泛上脸颊，故乡紫红的三角梅刹那漫卷到眼帘。

你转过身去，面向窗外，湿润的目光穿过苍苍莽莽的匈牙利平原，越过波涛汹涌的黑海里海，一路向东南，看到遥远的家乡雾色缭绕，在月亮升起的地方向你招手。遂急忙订票，收拾行李，携夫君一道快快飞去。

二

回到家乡，挽着母亲的手散步、拍照、贴春联、包饺子、上山采笋、访亲探友、跳广场舞、卡拉OK……原来，中国春节如此独特热闹，弗雷迪被东方的民俗民风迷住了。

妹妹、妹夫所供职的医院举办春节联欢会，人声鼎沸，喜气洋洋，妹夫和其他医生护士一道化了妆，涂着大红脸大红唇上台合唱，令弗雷迪大开眼界：你们的工会是这样的，哇，太好玩了，欧洲何曾有"联欢晚会"一说呀！

演出开始，歌声缓缓响起，温柔的和声轻易击溃你内心的冰封雪冻："谁不爱自己的母亲，用那滚烫的赤子心灵……亲爱的祖国，慈祥的母亲……"

平日最不屑于宏大叙事的你顿时泪珠滚滚，眼中的暖色一点点变冷，开始重新端详自己的母国故土：那潮湿秀丽、瓜果丰满、海鲜肥硕的东南沿海——春天门前结着枇杷，夏天阳台开着茉莉，秋天窗外雨打芭蕉，冬日枝头依然葱郁；女人腰肢柔软，身材娇小，男人体贴温和，擅长厨艺。这里有朱熹宋慈，有武夷山水，有桨声灯影；夜幕降临，邻居朋友或走街串户，或聚于江畔，品茗喝茶，谈古论今。

以前眼中家乡的种种不是，忽然烟消云散，你自责自己过往的苛刻，一遍遍地为它辩解：菜市场很脏味难闻，那是因为品种太丰富，除了绿叶蔬菜外，有活鸡活鸭活海鲜；街上太吵太乱，是因为人们孜孜不倦，充满勃勃生机……只有长期穿梭于海内外的游子，才能深切地体会母国生活的温暖、便捷和高效。

三

你一边享受着亲情友情和故乡风情，一边数着分分秒秒，生怕日子过得太快，一下就蹉跎了时光。好端端地，你会突然恐慌地惊叫：哎呀，只剩两周了！善解人意的弗雷迪，怜爱地把你额上的碎发拢到脑后："Schatz，应该倒过来想：我们还有两周。"

又过了一周，愈加惶惶不可终日，想到快要离开母亲，走在路上，忽然泪如雨下。弗雷迪体贴地拥你入怀，温存地拍着你的背，大庭广众之下你趴在他的肩上嘤嘤呜咽，泪水沾湿了他的衣裳。

终有一别。你和母亲、妹妹相拥而泣，不愿离去。你哭了一路，丧魂失魄，后来才知道，母亲哭了一宿。

有歌曰：漠漠长野，浩浩江洋，吾儿去矣，不知何方。苍山莽莽，白日熹熹，吾儿未归，不知其期……

你第一次理解了告别的含义：平平常常的骨肉相依，却成为奢侈的、遥不可及的幸福。

四

你走后不久，母亲垮了。数度中风，帕金森，失能失智……在街上走失被警察送了回来；莫名其妙地摔在路边，满口鲜血一地碎牙；先是把阳台当厕所，后来边走路边有秽物从裤脚掉下来；终于有一天，腿一软瘫倒，再也站不起来。接着，肺功能衰竭，呼啦啦地拉风箱，连吞咽和咳嗽的能力都失去了，靠鼻饲维持生命。

仿佛与母亲相呼应，你也病魔缠身：胃病、焦虑症、抑郁症、强直性脊柱炎……都和免疫系统、神经系统和精神状态有关，这时你突然想到那个英文单词 homesickness，直译为"思乡病"——原来，乡愁是一种病，一种与生命之根、血脉之根渐行渐远的愁思，人间至痛！

当你拖着病体逐风天涯、放牧江湖之时，你那沉默老迈的母亲，睁着空洞而浑浊的双眼，孤独地躺在自己的苍苍白发上，将牵挂熬成日夜，将思念煎成苦药。每一个白天都像黑夜，每一个黑夜更是黑夜，儿女家事之情、聚散离合之思，统统被无边的黑暗所吞噬。

你每年只能飞回去一两次，短暂地停留，用虚弱的手臂将她抱上抱下，成为那些年最大的享受和慰藉。当你把一管管食物打进她的鼻腔，当你提着一袋袋污秽的纸尿裤扔进垃圾桶，心里却是别样的幸福和充实——母亲在，人生尚有来处，母亲去，人生只剩归途。眼前的母亲，虽然貌似一具只会喘息的躯壳，却像一条苍老而坚韧的根，牢牢拉住一家，将你深深扎在故乡的土壤中。

每一次无奈地飞走，你都更深地领悟告别的含义：所有层层叠叠的分离，都是后会无期的前奏序曲。

五

隆冬时分，忽然传来噩讯，妹妹在为她换纸尿裤时，咔嚓一声，母亲的大腿竟然被生生折断，骨头疏松到如若枯枝朽木。不祥之感袭上心头，达摩克利斯之剑高悬头顶。

母亲啊，还能撑多久？

挨到春和景明草长莺飞之时，更坏的消息传来，母亲连续几天无法进食，从鼻孔打进去的食物被悉数吐出……至暗时刻即将来临！

你和兄妹们开了网上家庭会议，为可能发生的不测做准备。你归心似箭。但此时，你正在参与筹备一个欧华作家与中国作家的对话会议——"维也纳文学对话"，你正准备向大会做一个报告，介绍欧华文学现状，与文友们一道搭建这个中欧华语作家交流的平台，来自德国、匈牙利、西班牙、斯洛伐克各国的华语作家将要到场，对话各方满怀期待，你如果缺席，比重失衡，对话不易成立。天大地大，母亲最大，孰重孰轻，不言自明；可是海报请柬已经发出，一诺千金，责任如山，身后是欧华作家们殷殷期待的目光。家与国，哪一头都放不下，沉重和艰难的抉择，将你几乎逼到绝境，怎么办？

激烈的挣扎中，跺跺脚咬咬牙被迫赌一把，怀着侥幸的心理期望奇迹发生，向天再借一个月。对母亲来说，死里逃生不是第一回，两年前心梗突发，在医生的及时抢救和兄妹的精心护理下，她挺过去了。

你痛彻心扉地祈祷：母亲啊，请您一定等等我，等等我，我把会开完马上去陪您……一直照顾她的妹妹不建议你立即回去，认为情况复杂难以判断，要再观察，等明朗一些再做决定，况且家中小女在上学，也容不得你长期离开。

母亲今天好一些，明天差一些，后天似又峰回路转，起起伏伏，直到那一天——向来凄雨纷纷的清明，那天却阳光普照，骨折后的母亲取掉了支撑大腿的架子，被抱起来坐着理了发，也喂了食。

明媚春色中，远方传来视频，一改往日的缄默无语，她大张着口喘着粗气哎哟哎哟地出声。你喜出望外，与死神的拉锯战，又扳回一局！多年来，她顽强地抗争，像一个优秀的马拉松选手，把很多队友远远地甩在身后，这一次，一定还能胜出！

　　岂料，那是母亲痛苦之至的最后呼唤。几个小时后，她永远闭上双眼。

　　母亲等了十天，油干灯枯，再也等不了了，光阴已将她耗尽。

　　在生命的最后十天里，失忆的她有没有片刻的清醒，想起远方心爱的女儿？弥留之际，暮色沉沉的双眸里，有没有突然迸出星光，隔着万里的迢递，指引女儿的归途？

　　兄妹们在给她换寿衣时，听到她深深地呼出一口气。那是大气长舒，放下了一切，还是哀气长叹，心有戚戚？

　　东方以东，南方以南，被冻在冰块上孤零零的母亲啊，穿上了四季衣裤和鞋帽，盖着丝绸被子，是不是还无法抵抗蚀骨的寒冷？南飞的你不能再往下想了，这画面让你撕心裂肺几欲崩溃。

　　再见到母亲，她已经长眠在殡仪馆的鲜花丛中。一阵青烟后，兄长脸色苍白地捧着青花瓷坛，从台阶上一步步庄重地迈下。

　　此刻，你悲恸地明白告别的含义：那是痛如断肠的生离死别。

　　四月被阳光晒得青绿。因为是女儿，按某种习俗，你不被允许参加安葬仪式，这让你耿耿于怀。据兄长后来描述，当生于端午卒于清明的母亲入土、与二十年前故去的父亲相聚时，天上飘起了丝丝小雨，而当墓穴合上时，艳阳高照、彩云追日，墓畔映山红绚烂夺目。你想起了威廉·布莱克的诗句："一沙一世界，一花一天堂。无限在掌中，刹那即永恒。"

六

　　十几天后，欧华作家与中国作家宁肯和捷克翻译家李素的文学对话如期在维也纳中国文化中心举行，之后，又一场与北美华文文学评论家陈瑞琳的对话接踵而至。

当你走上讲台，向大会讲解和点评那些优秀的欧华作家作品时，紫藤在窗外探头探脑，蝴蝶在空中翩然起舞。母亲已化作花冠璎珞佩在你的胸前，化作雾霭流岚收藏你的泪水，化作甘泉雨露洗濯尘世的谎言和污浊，化作天使摘下翅膀当梯子，让你爬出千仞绝壁继续前行。

世界在喧哗中，而她在寂静里，这寂静蕴含着无穷的力量，让你的心永系故国山河。

一个人真正的消亡，就是被遗忘，而母亲，始终活在你的记忆里、灵魂里，在异乡如蛆附骨的孤独生活中，赋予你隐忍的勇气。

母亲与母国浑然一体，带着暖人的温度汇入你的血液；乡愁与乡恋，更深地融入你的文字，对故土的情感已转化成生命基因，支撑你今后的文学人生，将中华文脉传给远离祖国的华夏子孙。

如此，你彻底明白了告别的终极含义：那是一种解脱，也是一种重逢，更是一种升华，逝者的生命与生者或平行或交织，在另一个维度徐徐展开。

载于《华文月刊》2021 年第 4 期

拔牙惊魂

[马来西亚]冰　谷 *

　　那颗长在左边尾端朝下的臼齿，接连两次剧痛，用牙签刺探，发现有个洞，原来蛀了。

　　我平生第一怕的事，就是拔牙。

　　童年时僻居乡下，离城远，换乳牙时母亲叫我自己不断摇动，然后拔除。她说不痛的，摇松了轻轻一转就出来了。母亲强行替我拔除几颗之后，乳牙的事就令我自己处置了，结果我长了两颗哨牙；因为怕痛，乳牙与新长的恒牙相互争位、畸长重叠，成为一辈子形象的遗憾。

　　讲得欠雅一点，就是"破相"，难怪一生命途多舛、事业无成、升官无望。这是自作自受，不得怨天尤人。谁叫自己不能忍受丁点疼痛，让乳齿植生，徒长变成后患无穷的哨牙。

　　所以长大后，最怕面对镜子，还被姐姐调侃说像两根"猪哥牙"；幸好后知后觉，自小勤于漱刷，五十岁以前，牙齿保持洁白亮丽，不像有人年未二十，食不知其味，因为满嘴塑料齿。

---

* 原名林成兴，1940 年生于大马，中学毕业，大马作协、亚华、世华会员。创作涵盖新诗、散文、儿童文学，作品收入国内外三十余种文选，多篇散文被选为中小学教材。2012 年荣获第十三届亚细安华文文学奖，2013 年获大马作协文学长青奖，散文被编入《马华散文史读本》，为独立后五十年来三十位优秀散文作家之一。

半世纪悠长的无声岁月，靠一副钻石阵容的切牙臼齿，我不知捣碎了多少吨鱼肉蔬菜瓜果，壮大了我的胃脏和体质；那咀无不稀、嚼无不烂的干脆利落，维持了我在家庭中的护牙至尊地位。要非那两颗哨牙作怪，我有足够条件成为牙膏代言人。

可惜，人的体能仅足抵抗疾病，随着身体细胞组织与岁月同步老化，齿族也开始失守荣誉，逐渐向时光倾斜。起先是难以适应入口的忽冷忽热，然后连饮白开水也成为禁忌了。后来发现遭遇腐蚀的竟是末期长出的臼齿。后长先腐，一味感觉酸软，咀嚼乏力。

几经踌躇，由原本的酸软演变作疼痛了。这还了得！再不当机立断，求助医疗，一旦病痛沉疴更难解救了。

说来吊诡，第一根蛀牙的归向不在半岛原乡，而埋葬在沙巴莽莽的丛林里，任凭野兽虫蚁糟蹋。起初我还抱一线希望，因为当牙医检验时我问，有得补救吗？他不停摇头，洞穿了，修补浪费金钱和时间，干脆去掉吧！

好吧！就干脆去掉。医生的措辞是明灯，引导病人走出阴霾迎接光明，我当然要听，所以不顾亲情把作乱的不良分子剔除，换回一个安详宁静的生活。第一根腐牙就这样在沙巴丛林里入土为安，成为孤魂野鬼，永远回不了乡。

从此安享食欲了，我想；于是满怀兴奋，高枕无忧。谁知道，这只是一个开始，难怪满街巷都挂着专科牙医了。

不错平安了好几年。

五十六岁那年我离乡更远，远到仿佛接近天边，落在由九百多个岛屿组成的所罗门群岛。三年多飘荡之后，又有一颗臼齿不安于"室"了。那种经济萎靡医药落后的蛮夷番邦，拔一颗牙劳师动众，得乘两小时快艇渡汪洋碧海复腾云驾雾一小时，才抵达青天白日与岛国蓝星旗同步飘扬的岛国京城，进入那所唯一的医药中心。计算一下去回快艇燃油和机票，还有吃住，少说也需所币四千或两千令吉。这笔账比拔牙出血更痛！

能忍则忍，能省则省；另一件事，在落后番邦拔牙，真心寒胆战，不如忍着，多几个月就到假期，回国后才做安排。那颗蛀牙偏偏与主人作对，疼痛愈来愈繁密，每周总有一两次进出火花、发出讯号，且朝晚连续，使我精神陷入极度低迷。

终于，我升挂白旗，乖乖屈服了。

整所医院，都是黑魆魆一片，从医生到护士到清洁工人，只有我的肤色与众不同。经医生诊断后，进入拔牙所，接待我的是身材臃肿的中年黑妇。注射麻痹药后不久，她叫我张大口，看她握钳的手势我就胆怯心寒。还算专业，她先用钳子轻击几下麻木的蛀牙，印证选择正确。

我做足了疼痛的心理准备，但是长痛不如短痛，一直叫自己鼓足勇气，眼神尽量避开那把闪亮的钳子。忽然一声"OK"，蛀牙已嗒一声掷落银盘了。奇怪，这么轻易就完成任务了。

我的两颗蛀牙，分隔迢迢几万里，一颗葬蛮荒，一颗葬海洋，同样被主人遗弃，却有不同的际遇。

现在，牙痛又来了。这是第三颗。退出江湖了，人在半岛，在自己医药精明的国土，去掉一颗烂牙形同拔除一根白发，有啥可怕！

有过两次拔牙经验，这回更满怀信心。进入有冷气设备的牙科诊所，半躺在舒服的椅子上，前面壁上还嵌着一台LCG水晶电视，真是一流享受。

注射麻痹针后，医生就开始拔牙了。只见他手中钳子扭几扭，啪的一声，糟糕断了，医生仿佛自言自语。他继续用钳子尖顶挖掘，要把断牙部分掘出来。这可不得了，因为感觉到非常痛，痛得想用手去阻止他的粗暴，忽然听到他说出来了。

当然是断牙根被他从牙肉里强撬出来了，而剧痛这时才局部消除。我剧烈跳动的心，也慢慢平和下来。

第三颗蛀牙，虽然埋葬在原乡。但是，那阵沉痛的撬挖动作，却永远成为我拔牙的死穴！

选自浙江工商大学出版社
《新世纪东南亚华文幽默散文精选》，2020年版

祖先驾到

[新加坡] 蔡家梁 *

犹记在我三十五岁那年，祖先骤然间驾临我爸妈家。爸爸连忙拨了电话给我："儿子，快来拜见老祖宗。"

父亲的一番言语从电话另一端传来，瞬间油生诡异的感觉。父亲不疾不缓的潮州话始终是沉稳的。"你五叔拿来了老公老嬷的画像！"接下来一句让我感到比较踏实了。

初识曾祖父曾祖母的样子时感觉有点儿寒酸，好好的一幅幅画像被泛黄的旧报纸包到褶皱及破烂，久折的线条开始呈现裂缝和失色了。两张画像很可怜地被修剪成仅剩轮廓的全身图，散发着岁月的霉味，端看老祖宗那冷峻睿智的眼神似乎掺杂着丁点的不悦形着于色。毕竟，被尘封了几十年在一个不为人知的角落，子孙们没能得以认识与问津，唯有蠹鱼造访。

那即是五叔从陈年木箱里翻出来的两张画像。

画像是当年祖母在唐山从澄海祖家带回来的。那个年代我未出生，听闻都是长辈口传的。祖父十多岁南来新加坡，有个哥哥去了暹罗却

* 1969年生，祖籍澄海西门，笔名学枫。新加坡作家协会副会长。新加坡南大会计系荣誉学位毕业，2014芝加哥大学高等商业管理最高荣誉硕士，现任财务总监。曾获新加坡散文类金狮奖、诗歌金笔奖、黔台杯微型小说优秀奖及"德孝廉"小小说优秀奖、微型小说双年奖和第三届方修文学奖等。著有散文集《摘心罗汉》（1997），联合主编新加坡第一本闪小说选集《星空依然闪烁》。

没了联络。我认识的祖父，是一副永远不苟言笑的黑白面孔，崇高的地位悬挂在童年一房一厅的祖屋客厅上方。他像是我们家族的总统，叔伯们每户家里都会高挂同一幅他的人头像。因为阿公在我爸爸十八岁那年就撒手人寰，留下了十三个子女以及后来一大堆的子孙。

当年祖母丧事完毕，父亲追问老公老嬷的画像，要求让后辈一睹老祖宗的颜面，可惜叔伯们都报以不知影。事过二十二年，五叔贸然把画送来。爸爸揶揄："阿公渣夜像伊该滔。"意思是祖父昨晚拍了五叔的头。

把两老的画像摊在地上，看了既快慰又纠结。结果父亲托付我务必把画像修复好。

有幸得到书法老师协助，送到上海一位装裱师傅手里，几个月后带来了一份喜悦。匠心独运地修复，加上金箔修补和仿古的背页，看来判若两人。我欣欣然地送到父亲面前。

凝视着老祖宗炯炯的眼神散发着一种威严，让人崇敬又觉得亲切，是体内流动的血液掀起的磁场反应。老祖宗面色恍然比先前有光华了，好比上了美容院挤了黑头敷上了面膜，气宇轩昂。

曾祖父戴着小帽，穿着气派，推想那该是清朝，一个好像历史课上才能触及的年代。是官老爷吗？曾祖父样子显然是大户人家，搞不好或许是什么达官贵人。

"你阿嬷回唐山时乘四马拖车，古早有四匹马拖着车多神气啊，应该是大户人家后裔。"老妈老气横秋的口吻掩饰不了一份好脸。虽然妈妈是兴化人，但嫁入潮州世家几十年难免沾上了潮州人的特色。

父亲道："你请书法老师在旁边题款，这样后辈才知道他们是谁。"说完，又喃喃，"老公老嬷的名是池个？"毕竟没人知晓曾祖父母的名字。

始终感觉老祖宗眉宇间蕴藏着顾虑。是因为后人不知道老祖宗的名字吗？父亲和我开始很努力地去解开这个谜。

父亲排行第四，三个长兄都仙游了，线索极为渺茫。好不容易想到了和父亲同岁和我同辈的表哥，即我那流失在暹罗的伯公的外孙，因为我祖父后来把少小的他及他母亲接到了新加坡。兴致勃勃找了表哥，却换来一副茫无头绪的面孔，他鬃龄的记忆已经荒芜了。

追溯的风筝断了线，寻根的梦搁了浅。

几年后父亲离世，在筹备焚寄祭品时大堂姐叮咛，家族属"西门蔡"。大堂姐是祖父的第一个孙，比七叔、八叔还年长，略知多丁点。听了，我纳闷祖先可曾饮过洋水，还取了个 Simon 洋名？

火化父亲后神主牌摆放在潮州人的修德善堂，我和善堂理事长者聊及祖籍，他们建议我去澄海港口乡找找看。

西门蔡，港口乡，网上搜索徒劳，但我的寻根字典里多了两个据点。

六年前在报上看到济阳蔡氏公会简史，提及惠臣二字，即祖父名字。原来祖父是战后公会发起人之一。我又萌起寻祖的念头，报名为公会会员。会员的接触面如蜻蜓点水，最大的收获仅是在公会的普中堂里一列先贤的照片中见到了阿公。

不入虎穴，焉得虎子。

在会长鼓励下我加入公会理事，接触面延伸开来，契机来了。我结识了一位元老，他懂得我祖父、三伯和五叔，然后说会帮忙去打听。几个月后再见面时，好开心好期待。谁料他却重复问我类似的问题。某理事悄悄向我耳语，元老好像患有阿尔茨海默病。石沉，大海。

两年前和一位济阳潮州理事谈起，他是澄海会馆活跃分子，人脉尚广。凭借我祖父昔日在皇家山脚下经营恒源酒铺向一些老潮州询问，他捎来了信息：澄海西门名贤祠。

祖先显灵，有了眉目。原来入了虎穴，还要持久，不要惧怕老虎吞噬。

汲汲营营的生活扁担背着好一段岁月，迟迟无法去实地勘察。

几个月前我挽了包袱往潮汕去。儿子悄悄在我离去后向内人马后炮：爸爸去大海捞针。其实我心里有数，在冥冥中去寻找先人轨迹，得知我幸，不得我命！

下榻澄海翌日晨，我享用了闻名的卤鹅。满足味蕾后，开始觅途。我一时踟蹰不前，索性向鹅店老板询问，恰巧一位男食客对西门蔡氏略有所闻，取了张小纸画上街道索引，指引我直走到交叉路口转左隔两个交通灯后转左了再拐进一条弄巷，到老区找西门大队。他以温馨的潮语建议我去那儿打听。

毒辣暴晒下我按图索骥，根据"地图"迈进，也不质疑，反正有了几条线就是线索。

酷阳热情奔放我汗水涔涔，又是抹头抹脸抹颈项的，又是擦眼镜。兜了兜绕了绕，摸索到了巷里一栋社团会所。步入入口瞥见一位肥头大耳的年轻人像熊猫似的深陷椅子上，我冒失请教他关于西门蔡氏祠堂的问题。他要我四点钟再来。我纳罕莫非我这海外的潮州话他听不懂，追问下方知得请教傍晚到此聚聊的老人们，年轻的他对祠堂一事不甚了解。几番交谈后他建议我到对面去找老人堆。什么老人堆，我的潮州词库里没有储存。年轻人只好磨蹭着步伐带我到大街对面巷里的老人联谊社门口。恍然大悟，我连忙道谢，来到另一个场所。

偌大的厅堂里仅有四位长者在切磋赌技。

蓦然，仿佛穿入武侠小说情节，两位世外高人在深山外石磴上下着围棋。要怎么破解这个迷局，方能得到通往祖籍的玄秘？

四位老先生不动声色地摸索着麻将牌，迎面老者向我瞄一眼，继续经营牌局。高手过招不知如何打岔，最终我划破了僵局。

"伯啊，我从新加坡来找祖籍，请问有没听过西门蔡氏祠堂？"

用我半咸不淡的潮州话尝试和四位沟通，他们看着我的样子，仿佛我头上冒出兽角，良久后才漫不经心地言语起来，好像确定了我不会咬人一样，其实应该是好不容易咀嚼了我的潮州语吧。

正对面的老翁喃喃几句，那一刻，我像听风声般专注，用尽毕生的潮语功力去揣摩。大意是说时下的澄海，敲的敲，翻建的翻建，哪还有祠堂。另一位皓首老人补上几句，古早在港边，现在应该没了。他们的潮语是典型的慢条斯理，你一言我一句，而桌面上的麻将牌始终是一块块强而有力的吸睛磁铁。

老翁建议："到 Soh Kiang 去找。从门口拐右沿着巷子到大路，转左直走。"

我连忙问："请问 Soh Kiang 两个字怎么写？"

说完，我陷入对着墙壁说话的窘境，四位好像没有听到我说话继续玩牌。

良久，无迹可寻。我再问了一下去 Soh Kiang 的路，老翁再说了一遍。结果我来到大路旁一间档口，向中年先生问了 Soh Kiang 的路。从友善的先生口中得知，Soh Kiang 是树强，是一间学校，是午后老人家聚集地，原来联谊社老翁是要我去那儿打听。

结果树强学校是一座冷漠的石墙，一扇无情铁门紧紧把我拒于门外。徘徊了一阵子，四周没有老人，只有在路旁享受阳光浴的一棵棵老树。

于是另辟蹊径，叫了车到港口乡去。其实也没有什么港口乡了，我被载到港口社区。在凤翔街港口社区下了车，我走进一栋建筑，里头有派出所、综治中心、纠纷调处室等。就在探头寻个端倪时，一名中年人士路过，把我请到办公室详谈。他姓陈，是这管理区员工，很耐心地听我讲说。

我把全部资料吐个精光，西门蔡、港口乡，两张老公老嬷画像的照片，祖父是惠字辈，父亲兆字辈，希望能够找到祖籍、族谱云云。

他要我厘清是西门还是港口乡，因为港口没有西门蔡氏。说着拨了电话邀港口一位姓蔡的同僚前来协助。依据画像，陈兄觉得曾祖父应属大户人家。我说，我老母说我阿嬷当年回来时就乘上四马拖车。

"你说到四马拖车，那就对了！"陈兄好像识破了玄机！

这么一个"四马拖车"，好像就是秘诀！

原来，"四马拖车"是潮汕地区有名的建筑风格，格局如一驾由四匹马拉着的车子，是昔日的府邸特色。如今在树强学校后面，就是一栋"四马拖车"，曾用来办小学，陈兄童年就在那儿。所谓西门，是澄海一个地区，从前住着名门家族。

说着，陈兄断定我的祖籍在西门地区，连忙联络上辉哥，即澄海区蔡氏总会会长兼西门蔡氏会长，提报一名来自新加坡的蔡氏后裔亲临寻祖，和他约好到祠堂一见。

港区蔡兄恰好到来，驾车载我们同去。在前往的路中，还绕到"四马拖车"府邸。托陈兄人脉，我方能进去一睹容颜。可惜岁月的洗涤下物事已非，里头被分割来做各个用途，只见一个角落是买卖字画，一条通花巷被用来培育盆栽，其中不修葺的样貌不胜唏嘘。迅速瞻仰后，我们来到祠堂。仰首，"蔡氏名贤家庙"六个字很有气势地呈现眼前，顿时我百感交集，踩着沉重的步伐进去。偌大的祠堂，一扇扇雕琢着图案的木门，上面牌匾写着"德泽深仁"，里头供奉着祖先的神主牌。

我被引到旁边的室房，乍见里面坐满一圈的乡亲父老，这种隆重场面类似电视剧里家族元老们聚集祠堂商榷大事。我拜见了样貌谦卑厚仁的辉会长。话匣子随着我学艺不精的潮州话打开，元老们很吃力地听出了耳油，对我的祖先、老公老嬷的画像、四马拖车，议论纷纷。嘴里叼着烟，会长问及我的目的。我的意愿仅是寻祖籍找族谱看一下辈分，若有奇迹或许还找得到曾祖父母的名字。心愿就是那么小小的不简单。

澄海只有一个西门，名门区，加上蔡氏和"四马拖车"，会长肯定当下就是我的祠堂。某元老拎来了族谱，翻看下既没兆也没惠。审视再三，"臣"字也杳然。诚然，祖父名字没有依据族谱，关于老公老嬷画像的追溯，必然更是无望。毕竟，算一算，事隔业已百年左右了。

对于祠堂，我认识了一个下午。上香、合照，复杂情绪久久没有平息。离开澄海前，我重返"四马拖车"，却被一个锁头深锁上了重游的意愿。然而，我还是庆幸找到了祖籍。

回到岛国再度凝望画像，心里有完成使命的成就感，空气中荡漾着美丽的心情。我提了毛笔在画像边旁落了款：澄海西门蔡氏先祖惠臣之父（母）。

再端详老祖宗，严峻的面孔在阳光下映现出一副润泽，我感觉到了老人家几分慈祥，嘴角边抿起会心的微笑。凝视良久，我内心绽开了心花。

选自浙江工商大学出版社
《新世纪东南亚华文幽默散文精选》，2020 年版

哈佛导师

[美国] 蔡维忠[*]

一

病毒学家珀希拉·谢甫三十五岁时接到哈佛医学院的聘书，聘她为副教授。

她原在南方的贝勒大学 M 教授手下做博士后，两年后升助理教授，已经当了五年助理教授了。她是从内部直接提升上来的，不如经历了层层淘汰竞争从外面招来的人腰板直。M 教授是个重量级的病毒学家，珀希拉觉得他像山一样，在他的阴影下只配做个小丘。她不想一直做小丘。芝加哥大学的 R 教授从北方向她伸来橄榄枝。R 教授也是重量级的病毒学家，也像山一样。她不甘心从一座山旁边挪到另一座山旁边。

哈佛可以给她提供更好的研究环境，让她招到更好的研究生和博士后，而且在她的研究领域没有山压着，她可以放开手脚大干一番。所以，她接受哈佛的聘请，搬到波士顿。

哈佛其实指望她成为山。五年过去了，是检验的时候了，珀希拉晋升教授的事提上了议事日程。

---

* 理科博士，哈佛大学博士后，新药研发专家，现居纽约，任北美中文作家协会会长。曾为美国《侨报》《北京晚报》专栏作家。散文作品发表于《当代》《上海文学》《散文》《光明日报》《读者》等海内外报刊，著有散文集《此水本来连彼岸》，随笔集《美国故事》和对联艺术专著《动人两行字》，获第十二届上海文学奖。

在一般的研究型大学，助理教授如果在四五年后能获得科研资金，发表研究论文，在研究领域站稳脚跟，就可以升到终身职位的副教授，再过几年升教授是顺理成章的事。如果招了副教授，一般一招来就是终身职位的。取得终身职位算是拿了铁饭碗，对年轻科学家至关重要。

哈佛只给教授终身职位，不给副教授。从助理教授到副教授到教授，大概十年时间。珀希拉从副教授起步，五年后面临评教授的关卡。评上了教授，可以在哈佛留下，评不上得走人。很多科学家因为没有评上教授只好离开哈佛。他们其实大多很优秀，可以轻而易举地在别的大学拿到终身教授的职位，但是哈佛不留人。

要评上哈佛教授，得有十个同行高人写推荐信，承认此人在该领域排名前三。在十名同行科学家中，R 教授名望最高，分量最重。这次，R 教授没有伸出橄榄枝，而是在背后捅了她一刀。他给评选委员会写了一封"推荐信"，把珀希拉贬得一无是处。R 教授为什么这样做？有人后来分析，他认为连自己都不是哈佛教授，作为后辈的珀希拉怎么能当哈佛教授呢？R 教授把话讲得太过头，让评选委员会觉得离谱，不足采信。其他同行科学家都对她评价很高。珀希拉逃过一劫，当上了哈佛终身教授。

那时，珀希拉是哈佛医学院第八个女教授。偌大的一个哈佛医学院，只有八个女教授，其中有好几个是诺贝尔奖得主的妻子，她则是草根。其他几位女教授跟她没有密切往来。她说："有些问题需要和同一级别的女同事才能交谈，可是抬眼一看，没有一个可以交谈的人。"看来，人越往高处走越孤单。那时，她四十岁当上了哈佛教授，有点不适应，仿佛人生的终极目标达到了，不知下半辈子该怎么办。人越成功越彷徨。

如果说刚开始她觉得有些孤单和彷徨，后来便逐渐适应了。几年以后，当我到她实验室做博士后时，她讲起当时的感觉，只是一种轻描淡写的回忆。其实，科学界的同行已经把她当成山看待了。我的博士导师就对她敬重有加，当我快拿到博士学位时，他说："你如果要待在这个领域，应当去珀希拉的实验室。"一封推荐信把我送到她那儿。

二

珀希拉拥有典型北欧女性之美，五官典雅大方，皮肤白皙，双眼皮下一双大眼睛。她看人时眼睛闪着柔光，谈话时唇角微翘，双唇轻启，很自然地流露出一种知性美。她举止优雅，刚柔相济，恰到好处。当然，作为病毒学领域的领军人物，她有种叱咤风云的气场，不怒自威。这是我的第一眼印象。

我和她见面的第一天就选定了课题。我沿着既定的方向做研究，做得比较顺利，和她一起发表了好几篇研究论文。有时候我会跳出既定的范围，探索新方向。其中有一篇论文算是意外的收获。

人们一般把病毒看成凶狠的攻击者，把人体细胞看成无助的受害者，一旦受感染便被摧毁。病毒学家的任务是了解病毒如何杀死细胞，期望在了解后研究出药物，阻断病毒对细胞的残杀。从这个意义上讲，研究者充当了路见不平拔刀相助的大侠。世界上绝大多数病毒学家，包括珀希拉在内，都是沿着这个思路做研究，并且做出了很好的成果。

我的想法有些不同，我想看看细胞是不是有抵抗能力。我把细胞做了某种处理后，在不同的时间用病毒感染，想看看不同时间感染的病毒生长能力是否一样。为此，每四个小时得做一次感染，每次花一个小时。因为半夜后还要起来做感染，我不回家，就睡在珀希拉办公室的地毯上。早上她进入办公室，看见地上躺着个大汉，吓了一大跳。

这项研究算是计划外的尝试，事先并没有告诉她。结果证实了我的猜想，病毒在不同的时间有不同的生长能力，也就是说，细胞在不同的时间对病毒有不同的耐受能力，或抵抗能力。她对这个结果非常兴奋，比我还兴奋，因为其他人从来没有往这方面思考。十几年后，我早就转到其他领域，她还继续这方面的研究。后来我逐渐明白，这个课题虽是我发起的，主要是我完成的，但是她看得更深更远。明白了这层道理后，我看问题时便尽量往深处远处看。从某种意义上讲，导师的影响得在多年以后才体现出来。

她说，这个研究结果和以往不一样，研究论文的开头要加以突出。我写了一篇论文稿子，打印出来交给她，然后走到电梯里，准备下楼。她从后面跟过来，指着第一段说："这是什么玩意儿？我不懂。"

原来，研究论文有固定的格式，一般分成四大部分：引言、材料和方法、结果、讨论。引言论述为什么要做这项研究，开头通常点明研究现状，每一句话后面都要引一篇至数篇文献，以示这些话不是主观猜想，而是客观事实。我为了写得不一样，在第一段发了一通议论，没有引任何文献。难怪她一看就觉得不对头。

看到我要下楼，她不等我回答，加了一句："你不用管了，我把这一段删掉重写。"

她平常改动我的稿子，我没有异议。她带过的研究生和博士后都知道她有一支令人生畏的红笔。她一边看一边改，任何稿子经过她的手后，每页都被涂得红彤彤一大片。有位英国来的博士后师兄，自恃英国英语高人一等，每当看到自己的稿子被改得满目疮痍时便愤愤然。我的母语不是英语，自然没有这种底气和她计较。不过这一次，她要把我苦思冥想写出来的一整段砍掉，我不能啥事都不做，引颈就戮。

我赶紧踏出电梯，跟她到办公室。我说："每次你交给我的文档，我总是从头到尾看两遍才开始改动。我只要求你把我的稿子整篇看一遍，看后如果觉得应该删再删，行吗？"她默然，没表示反对。结果，她没改动那一段。这篇论文寄给一家病毒学杂志，经同行评议，专业编辑审查，他们对那一段文字也无异议，准予发表。

这次也许是我和她之间最严肃的对话了。从此以后，她对我的写作常加以肯定。我知道她不是客气，因为她拿我和在美国土生土长的师兄弟做比较。她知道怎样发现人的长处，对我的研究也常加以肯定，营造一种舒适的研究环境。科学研究竞争性很强，研究人员得与外面的同行竞争，稍微做得慢一些，做出来的结果便不再是原创，不再是成果。哈佛是个竞争性很强的地方，在不少实验室里，与外部的竞争投射到内部来，使得同事之间，导师与博士后、研究生之间关系也很紧张。很幸运，珀希拉的实验室不是这样。多年以后，当我到公司工作后尝到内部竞争的滋味时，倍加怀念当时与珀希拉同心协力的时光。她给我自信，我有种知遇之感。

三

我做完博士后，离开波士顿到纽约一家生物技术公司做新药研究。刚开始研究病毒，后来研究糖尿病、肾病、肝病等，渐行渐远，与珀希拉的交集变得很少了。十五年后，我接到 Z 君和 Y 君邀请，到 Y 君家给珀希拉开送别晚会。Z 君和 Y 君分别是她以前的博士生和博士后，和我同时在她的实验室，因而成为朋友。

我从纽约开车四五个小时到达波士顿 Y 君家里时，以前同一实验室的博士后、研究生、技术员都到了。珀希拉也到了，坐在椅子上。那是自助餐式的聚会，大家随意走动交谈，只有她自始至终坐在主厅的椅子上，没有走动过。她患了帕金森病，已经无法胜任哈佛教授的工作，准备搬到亚利桑那州图森市。亚利桑那大学愿意聘她当教授，而她早有到那里退休的准备，并早在那里买了一栋房子。

我给她挑了一盘菜，坐在她旁边陪她用餐说话，第一次近距离和一个帕金森病患者相处了好几个小时。她还是思维敏锐，对科学研究的兴趣丝毫未减。只是，她用叉子挑食物时动作很慢，咀嚼食物时很小心，说话时声音很轻。那些动作使她显得越发优雅，当年叱咤风云的风范却是不见了。病魔正慢慢地吞噬她的神经元，侵蚀她的肌肉，不可阻止，不可逆转。

后来我知道，她的朋友玛德兰几天后开车八千里路，横跨美国，把她和她养的两条狗从东北部的波士顿送到西南部的图森。

玛德兰的年龄比珀希拉稍小几岁，生长于芝加哥，嫁到波士顿来。珀希拉在当上哈佛教授的时候把她招去当行政助理。玛德兰觉得自己是个蠢笨、迷茫的人（迷茫可能，蠢笨不是），对人生的走向懵懵懂懂，而且正和丈夫闹离婚，要卖掉共同拥有的房子，买套个人用的小公寓，搞得焦头烂额。珀希拉在大方向上为她指路，在具体的事情上亲自动手帮忙，帮她渡过难关，使她走上生活的正轨。如果说珀希拉是我的科研导师，那么她是玛德兰的人生导师。

玛德兰则为珀希拉的生活增添了许多色彩和乐趣。珀希拉没有结婚，没有子女，自己住在波士顿西边郊区的一栋房子里，养着两条狗。只有玛德兰知道珀希拉在个人生活中很孤单。这个随心率性的"野丫头"带着珀希拉走街串巷、飙车、看电影、逛商场。玛德兰还常常口无遮拦，引得珀希拉也禁不住学了些教授不宜的粗话。她们互相搞恶作剧，把塑料做的虫子放进对方的饭盒里，不亦乐乎。两人一拍即合，玛德兰成为珀希拉的生活伙伴。

亚利桑那大学早就诚心诚意邀请珀希拉去当系主任，说服她动心答应了。她们两人准备一起搬到图森。玛德兰做好搬家的一切准备，珀希拉也在那里买了房子。可是珀希拉反悔了，她担心离开哈佛后科研会受到影响。科研从来是她的第一优先，生活其次。

在我到珀希拉实验室前不久，玛德兰一个人搬到图森，后来因为工作原因搬到属于马里兰州的华盛顿市郊区。在这以后的二十年中，珀希拉常利用假期去看望玛德兰，和她一起出游度假。珀希拉在拒绝了许多大学的聘请后，还是到与哈佛同属常青藤盟校的宾州大学当了四年系主任，然后回到哈佛继续当教授。她在六十出头时被诊断患了帕金森病，坚持以智力掩盖体力上的不支，强撑了三四年，最后不得不从哈佛退休。

玛德兰把珀希拉在图森安顿下来后，回到马里兰工作。可是，珀希拉已经无法独立生活了。有一次她洗澡时摔倒，无法站起来。玛德兰打了二十四小时电话没人接，只好通知当地警察。警察破门而入，把她送进医院。玛德兰毅然把薪金优渥的工作辞掉，把房子挂牌出售，搬到图森。她在马里兰的房子还没有卖掉，还得挣钱供房，便一边工作一边照顾珀希拉。

珀希拉虽然体力虚弱不听使唤，脑子却依然活跃。她一边指导研究，一边建房子，参与设计、雇人施工、监督进程。新房子建成后，她搬进去只住了一个晚上，第二天早上因为叫不醒便被送进医院。她血压下降、血氧降低、肺部感染、大脑出血、意识消失、呼吸越来越困难，最后停止了。

那时她六十八岁。一个闻名世界的病毒学家，穷尽一生想要找到治疗一种疾病的方法，却被另一种疾病过早地夺去了生命。

四

虽然我知道病魔正在吞噬着珀希拉，但是当她去世的消息传来时，还是感受到极大的震动。毕竟，我们两年前告别时，她是个活生生的人啊！六十八岁是哈佛教授的盛年。当年我们隔壁实验室的 P 教授一直做到八九十岁才退休，而她这么早就走了。从那以后，我不时想着一个问题：她给世界留下了什么？

也许，陪珀希拉度过最后时光的玛德兰能给我提供一些答案。珀希拉生命中有一个如此特殊的朋友，我们都不知道。因为讣告中提到了她，身份是朋友和护理者，我们才知道她一定是和珀希拉关系非同寻常的人。在珀希拉逝世将近十年时，我查到了她的电话号码，和她通了话。

我们谈了大半个晚上。玛德兰向我叙述了她和珀希拉的交往过程，和珀希拉生命中最后两年的经历，如上文所述。珀希拉是个在事业上和生活上都非常独立的单身女性，为自己治病不在她优先考虑之内。她为此付出了不少代价，玛德兰也为此付出了几乎全部的精力和体力。珀希拉这样独立的女性，能赢得另一个人无怨无悔为她做出了极大的牺牲——这是个催人泪下的动人故事，需要另一篇文章才能讲清楚——也算是一种莫大的成就。玛德兰告诉我，她现在住在珀希拉给她留下的旧房子里。那栋新房子也留给了她，只是她对新房子并没有好感。她在新房子里比珀希拉多住了一个晚上，还是搬回旧房子。那段艰难岁月已淡忘了许多，只有思念不断。我打电话的那天，她正想念着珀希拉，很高兴听说我也在想着珀希拉。

我们还谈到了珀希拉最后几年的研究重点。玛德兰虽然不做研究，还是知道珀希拉正研究用谷氨酰胺预防疱疹病毒复发。她叹了口气说，这项研究现在大概没人继续了。我告诉她，还有人在做，不久前发表了一篇研究论文，专门把论文献给珀希拉。

记得在波士顿的送别晚会上，珀希拉很兴奋地告诉我，谷氨酰胺可以预防疱疹病毒复发。谷氨酰胺是一种普通的氨基酸，是人体蛋白的构成成分，人体可以合成，食品中的含量也不少，只是在压力、焦虑、受伤的情况下才需要额外补充。疱疹病毒一辈子潜伏在人体的神经细胞里，无法根除，人在压力、焦虑、受伤的情况下常常会复发。她告诉我，很多经常复发的朋友听从她的建议，定期服用谷氨酰胺，竟然不再复发。谷氨酰胺很便宜，不需要处方很容易买到。这项成果如果能推广，很多人将受益。她还告诉我，国家卫生研究所的研究人员对此很感兴趣，表示要继续做试验。

她对我说："这一切要归功于你。"这句话把我说得一头雾水，因为我脱离这个领域已经十几年，从没有想过谷氨酰胺。

原来，她对我那项计划外的研究真的非常重视，一直在继续研究。我的研究表明，细胞并不是一味受病毒屠宰，而是在某种情况下比较虚弱，在另外的情况下比较坚强，具有某种抵抗能力。那么可以问，这种能力在什么情况下增强，在什么情况下削弱？我当时发现从细胞培养液里除去一种氨基酸异亮氨酸后，细胞更容易受感染。她和后来的研究人员把研究扩大到二十种氨基酸，发现经过去除谷氨酰胺处理的细胞最容易受感染，因而推断，给机体补充谷氨酰胺有利于抵抗病毒复发。

为此，珀希拉获得了一个专利——我查看了那项专利，确实引用了我当时的数据。她除了告诉朋友熟人服用谷氨酰胺外，还把想法告诉国家卫生研究所的 C 研究员，C 研究员很感兴趣。

去年，C 研究员和他的团队发表了一篇研究论文，结论是，给小鼠服用谷氨酰胺能防止疱疹病毒复发。论文后面的致谢栏中说："谨以这篇论文纪念珀希拉·谢甫，是她启发了这项研究。"我读过无数研究论文，不记得除这篇以外有哪篇论文是专门献给一个人的。我把论文传给了玛德兰，她觉得很欣慰。二十几年前起了一个偶然的念头，到现在还有人沿着这个思路做研究，我也觉得欣慰。

珀希拉给世界留下了宝贵的财富。她生前把自己建造的突变病毒毫无保留地送给其他科学家做研究，大半个疱疹病毒领域都受益无穷。她培养了几十个博士和博士后，对他们的前途有过不可估量的影响。我的一位师兄，哈佛医学院的 C 教授，认为她是杰出的病毒学家，她的研究方法对病毒界产生深远的影响。华盛顿大学的 L 教授，就是那位对她的红笔不服气的师兄，认为自己是站在巨人的肩膀上，珀希拉是他的巨人。她去世时，哈佛医学院为她降半旗。国际疱疹病毒大会每年以她的名义为年轻的科学家发奖。

我告诉玛德兰，只要人们记得珀希拉，她就还活着。人们确实记得她，我们都记得她。

玛德兰想得更远。她告诉我，她相信有来生，她会在天堂和珀希拉相会。

载于《上海文学》2020 年第 12 期

世上最长的大街

[加拿大] 陈　河*

　　1999 年岁末，我开着一辆绿色的道奇旅行车，带着一个样品箱子，一头扎进了央街，开始了我在多伦多的经商岁月。

　　那年的 2 月份，我带着一家人移民到了多伦多。在这之前，我在阿尔巴尼亚待了五年，经历过战乱，四个月之前还被绑架过一次，死里逃生，现在总算到了一个和平发达的国家。但是，问题接着就来了，怎么在新的地方生存下来呢？我在阿尔巴尼亚做的是药品生意，到这边就不能做了，得重新寻找门路。三个月后，我根据当地中文报纸上登的招工广告找到一家公司打工。我去打工其实不在于挣薪水，主要想学点经验门路。半年之后，我就迫不及待地辞了工，回了趟国，去了广州，去了义乌，拼凑了一只二十英尺的小货柜发到多伦多，开始了自己的进口生意。

---

*　男，原名陈小卫，生于浙江温州，年少时当过兵，曾担任温州市作家协会副主席。1994 年出国至阿尔巴尼亚做药品生意，1999 年移民加拿大，定居多伦多。主要作品有中短篇小说《黑白电影里的城市》《夜巡》《西尼罗症》《我是一只小小鸟》《南方兵营》《猹》《义乌之囚》等，长篇小说《红白黑》《沙捞越战事》《布偶》《米罗山营地》《在暗夜中欢笑》《甲骨时光》《外苏河之战》，曾获首届咖啡馆短篇小说奖、第一届郁达夫小说奖、《小说月报》第十四届百花奖、第二届华侨文学最佳主体作品奖、《人民文学》中篇小说奖、第六届鲁迅文学奖短篇小说提名奖、第四届华侨华人中山杯文学奖大奖。

那时候我对多伦多这个城市知之甚少。有一个事情是知道的，说多伦多市南北中轴线那条 Yonge Street（华人叫央街）是世界上最长的大街。它从安大略湖港湾开始向北，后以 11 号公路延续，一路上经过众多的安省城镇，并在考昆镇转头向西，一路蜿蜒，最终到达安省的雨河和美国明尼苏达州美加边境处的国际瀑布，全长 1896 公里。其实说央街是世上最长的街有点勉强，因为央街真正繁华的地段没有几公里。它连接了多伦多以北几个小城市，之后就是一条普通的公路，只是沿用了央街的编号路名 11 号公路。现在写起来央街很是诗情画意，但是当我第一次带着样品箱子冲进央街时，却是一脸苦相逼迫自己鼓起勇气，因为我是要到央街去推销自己进口来的产品。

央街的主要商业地段在市中心 KING 到 BLOOR，还有就是 EGLINTON 到 FINCH 之间。我第一个目标总是看准最中心的地方。我开着车在央街巡回了一下，选中了一个铺面，门面招牌上写着 SUPER SMOKE，看名字像是个卖烟的店，但是店外面挂着很多小百货、箱包，让我知道这是个什么都卖的杂货店。当时我的心情好像是个新手要去打劫银行，锁定了目标，准备下手，心跳非常快。我把车停在边上的小路上，投了一加元到咪表，只能停半个钟头时间。我赶紧推着小推车，车上装着样品箱子，跨进了店里面。这个店门面不宽，进深却非常长，货架上东西很多，玻璃柜里还有索尼电器、ZIPPO 打火机、胶卷之类值钱的东西。女店主正在忙着应付客人，她剪着短发，个子高，脸很宽皮肤很白，只能韩国人才有这样的宽银幕脸，所以我相信这是一个韩国人的店。她忙好了客人，转身接待我，那宽脸上带着笑意，让我的紧张消除了许多。我说自己是做进口的，想给她看看样品。她就说快点给她看看，因为很快就有客人过来。我样品箱里东西不少，一下子看不完，店里客人不断进入，她得给顾客收钱。她很好心，没让我干等，在收款的空隙看我的样品。所以我在一边伺候着，她空了赶紧看一看。她说我的东西不大对她商店的路，最后只选了四把自行车 U 形锁。在不久之前，我在阿尔巴尼亚做的生意，有时一个订单就二十多万美元，这回才几个美金的生意，居然也让我非常惊喜，毕竟是生意开了头。她告诉我她的名字叫 Sue（苏），老公叫彼得，这个店其实不是他们的，是老公的弟弟杰姆斯的。虽然都是英文名字，其实这两兄弟都是韩国人。杰姆斯的公司叫"蝴蝶贸易公司"，我之前听说过的。后来客人少了，她和我聊了几句天，听我讲了在阿尔巴尼亚的简史之后说我一定会成功的。在后来的日子里，苏和彼得买了我不少的货物，一直到我最后关门结业。她这天的善意我一直没有忘记。

央街上我找到的真买得多的是印度人马克的店。这个店在圣·克莱尔地铁站附近，门面也不宽，但里面很大，生意流动也很大，店里有很多印度小伙子雇员。我第一次见老板马克时，看他个子矮矮的，雇员对他像是对待国王一样。这家伙口气很大，说他可以让我发财。他不满意我英语说得不好。我的英语是在阿尔巴尼亚自学的，的确不怎么好，再说我觉得印度英语也很搞笑。不过后来十多年我一直和印度人来往，觉得他们的英语比白人的还顺耳。马克的订单的确很不错，有时会有万把块加元，但是总会把价格压很低，付钱会拖好几个月，最后还要扣掉一部分零头。虽然这样，我还是很愿意和他做生意，因为他有两个店，另外他有一个妹妹叫卢比那，还有个弟弟叫尼克，都有很大的商店，三个人合起来订单量还是蛮可观的。后来有一回我在多伦多进口商展览会上看见马克三兄妹到我的展位上参观，我竟肉麻地对着他们说：我为你们的家族觉得骄傲。

跑央街大概半年后，我把仓库搬到了靠近多伦多有名的印度人阿明的批发公司旁边，生意开始好了起来。我在打工学经验的时候，经常看到一个身材小小的印度人，他眼睛亮亮的，秃头。我的老板刘先生告诉我这人生意做得很大，多伦多的杂货店主都知道他。所以我记住了这个名字。在开始生意不久，我需要换个大一点的仓库。仓库的地点非常重要，最好找一个批发公司聚集的地方，客人顺便会上门来。我找了很久找不到合适的地方。有一天经过印度人阿明的公司门口时，突然发现隔壁有一个带办公室的货仓挂着出租的牌子。我喜出望外，找到了这个物业的主人，是个办印刷厂的香港老先生，顺利租下了这个仓库。我把之前放在与人合用的货仓里的东西全搬了过来，在办公室还布置了样品展示区，开始有了做批发生意的门面。第一个上门来的客人我还记得非常清楚，那是个傍晚下班的时间，多伦多冬天黑得早，六点多钟就像晚上了。我突然听到有人在敲门，一看窗外是一个印度女人。她是到阿明那里进货，看到边上有个新的批发公司，就进来看看。她看了一圈，订了几样东西。她的店在一个大商场里面，很大。她老公的店在央街上。多伦多做生意的印度人都是有点沾亲带故的。几天后，又来了个印度人。他是个大个子，年纪五十来岁，皮肤松弛头发稀疏，嘴里嚼着一种气味浓重的草果，大概是一种和中国槟榔类似的东西。他一说话就显示出是个有经验的生意人。他报了自己名字叫纳里沙，还报了自己公司的名字。他的公司还挺有名的。我在路上跑的时候认识了一个印度小伙子，名字叫卡摩尔，他告诉过我他在纳里沙的公司当过推销员。纳里沙看了我墙上的样品，眼里发出亮光，指着好几样东西说是好的货物，而一些我之前以为是好东西的他说是 Garbage（垃圾）。他一下子要了一大批货，算下来有几千美金，说明天就可以给我货款。虽然是第一次跟他做生意，但我凭直觉相信了他，让他把货拿走，果然几天后他就把一大把现金给了我。又几天后，有个晚上，我已经下班回到家里，接到了一个电话，对方也是个印度人。他说自己叫拉米，正在我的公司外面，想要看看我的货。我一听电话有点害怕，因为在阿尔巴尼亚被人绑架的阴影还在。那次绑匪就是谎称星期天来进货，我上了当被绑架走了。我回答拉米现在晚上了，我不想过去。拉米说在多伦多做小生意哪有分白天晚上，有生意就要做，结果还真把我说动了。我开车回到公司，和他说了怕被绑架的事。他说这边安全，不会有绑架的事。拉米是个锡克人，头上包着阿里巴巴一样的头巾，长着大胡子。他很喜欢说话，说自己来加拿大之前是旁遮普大学的教授。当时他开的一辆车破得不能再破，看起来随时会散架。但如果我知道不久之前他还是扛着背包坐地铁到零售店送货的话，就知道有了这辆破车对他来说是一件划时代的大事了。

因为有了纳里沙这样有销售能力的客户，我进货有了方向，东西进来不怕卖不掉了，就开始进四十英尺的大柜，然后又参加一些行业的展览会，客人慢慢多了起来。现在想起他们个个都很有意思。我特别忘不了一个叫奥马尔的家伙，是巴基斯坦人，销售能力特别强。我有段时间很想让他成为我的推销员，可他已经被另一个中国人的公司雇走了，让我痛心得顿足捶胸。不过他很快就自由了，说自己要回巴基斯坦一段时间。过几个月后他又出现，到我这里拿了一大车东西，到了下午回来车空了，把一堆现金付给我。过些时候他又不见了。我也不知道他回巴基斯坦做什么，他说是在那边搞房地产，我总觉得他没说实话。还有一个有意思的人是韩国人 Jhon，他应该姓金，公司离我不远。他也从中国进口一些东西，但由于对中国不熟悉，加上资金不多，他自己进的东西有限，大部分要从其他进口商处拿货。他也给我推销了很多货。有一天他到我的新货仓，货仓空间很大，有舞台感。他突然唱起了意大利歌剧，是非常纯正的古典男高音，声音在屋顶上缭绕，还从后面的出货门飘出来。隔壁有个白人妇女是个歌剧迷，闻声赶来说他唱得好极了。我当时也听傻了，没想到 Jhon 会唱得这么专业。他说自己当年在大学里是唱过歌剧的。

渐渐地我还有一些大的客户。意大利人开的 STANDA 公司是非常有名的，老板杰克对我很不错，有一回看中了我的一个产品，是带着宗教画像的时钟，开口就订了两个货柜。根据行业的规矩，他订了我这么多数量，这个产品我不应该再在本地销售。可是我不懂规矩，还向商店和批发店卖出一大批，结果意大利人杰克去推销时，看到到处都是这个产品。他打电话把我叫过去，大发脾气，要我 get out（滚出去）。我当时还觉得委屈，现在想想也是活该。我还记得杰克的女婿叫迈克尔，是个黝黑的意大利帅哥，他是冰球队的选手，每个周末要去参加冰球比赛。这件事给我留下印象，一个人在做生意的时候还应该有自己的爱好，我很羡慕迈克尔能每周去打冰球比赛。

生意日益兴旺了起来，但有一个问题出现了，那就是写作这个事情慢慢回到了我心里。自从 1994 年出国之后，我以为这下和写作可能是彻底告别了，到了外国哪有写作的机会呢？在阿尔巴尼亚的时候，基本上没有读什么文学作品，只是从大使馆偶尔借点报刊过来看看。有一回新华社驻阿尔巴尼亚记者站的李季玉送来几本《新华文摘》，里面有一篇转载的小说《诗人匈牙利之死》。当时和我一起做生意的王先生是从匈牙利过来的，读了这篇小说后大为惊讶，说这个故事写的都是真实的事情。我看了作者的名字是钟求是。我当时还不知道钟求是是谁，因为我在温州时，他还在保密单位工作，因工作性质他都没和当地的作者来往。读了这个小说，我想起自己原来也是写过小说的。我到了加拿大之后，回国办事的时候会去报刊亭买些《参考消息》《读者文摘》之类的消磨时光。有一回在上海火车站，我买了本《上海文学》，看到上面有篇小说《地瓜一样的大海》，作者是须一瓜。我读了一遍，觉得这小说写法和过去的小说很不一样，不大看得懂。我真成了山里的樵夫，世界已经发生了大变化。

回温州的时候经常会遇到一些老友。在1994年之前，温州的作者能在《上海文学》《北京文学》发表作品已经是最高水平，但2000年之后我回温州时，钟求是、王手、吴玄、哲贵、东君、程绍国等人已经是《收获》《人民文学》《当代》《十月》等大刊物上的常客了。温州的朋友经常会鼓励我再次拿起笔来写点什么，大的写不了写点短的也可以。所以那段时间，我还真的写了一些千把字的文章，程绍国都会给我发在《温州都市报》上。我给哲贵所在的《温州商报》也写了几篇豆腐干文章。哲贵还说舍不得一下子发掉，慢慢用。看来比起那些给报纸投稿的业余通讯员我还略胜一筹。

真正触动我回到写作的还是我的母亲。2004年初，我父母亲准备来加拿大旅游探亲，签证都已经办好，只等着订机票。我母亲说最近有点不舒服，等身体好一点再买机票。但到医院检查出来是胆管的癌症。我母亲一生都受胆囊毛病折磨，进入老年之后情况有很大好转，本以为她会安享晚年，没想到才六十九岁就到了尽头。我那年经常飞回国内，坐在病床前陪母亲。我想起了不久之前的一件事，有个在美国定居的人回到温州宣传自己写的一本书。这个人是我母亲一个熟人的儿子。我母亲说了一句话：我儿子要是写出书比他会强多了。她是不经意说的。我却记在了心里，当时我母亲可能也以为我不会再写作了，肯定有惋惜，才有这样的感叹。后来我母亲经常处于昏迷状态，我心里觉得难受，想起自己这辈子就这么做小生意下去吗？我觉得我母亲肯定不是这么想的，我得去做我最愿意做的事情，我觉得自己能做得最好的事情就是写作，我得好好把这件事情想明白。所以说是在母亲弥留之际，写作开始回到了我的心中。多伦多有不错的中文环境，几十万华人生活在这里，有好多中文报纸，也有不少文学社团笔会。我起初想以后能写些小文章在报纸的副刊上发表发表也不错。当时多伦多这边有个笔会组织搞散文征文比赛，我很用心地写了一篇散文《为金先生洗碗》。说实话这一篇可能是我写得最好的散文，但笔会的组织者欺生或者是没眼光，完全忽视了它。但这一点不重要，重要的是我开始写出了文章。程绍国后来看到这篇散文，把五千多字全文发在《温州都市报》的副刊上，版面挤得满满的，登广告的位置都给挤掉了。他还把稿子给了西安的《美文》杂志，也很快刊发了。

母亲去世后我回到了多伦多，心里空荡荡的。我决定开始写点文学作品而不只是小文章。我心里盘旋着一件事情。1998年10月份那一次我被绑架后关在一个地下防空洞里，当时我的手脚都被捆绑着，眼睛上缠着强力胶带，什么也看不见。后来我的眼睛适应了黑暗，从因为鼻梁隆起而产生的胶带缝隙中感觉到一点光线，从而知道头顶上有一个光源，还感觉到有一丝丝清凉的空气从亮光处透进来，带着青草的气味，最后还听到了有小鸟的叫声。这让我知道自己所处的位置离开地面还不远。就在这个时候，我突然产生了一个念头：如果我能够活着出来，我要把这一段经历写成作品投给《收获》。我过去多次给《收获》投过稿都没反应，我想这样一个用生命换来的故事大概《收获》会有兴趣发表吧？我不知道当时为什么会有这个念头，也为自己死到临头居然还想到写作而惊讶，这说明写作应该是我生命中最重要的事情。所以在决定重新写作的时候，我就开始想着上面那一个时刻。最初只想写被绑架的事，后来觉得应该把在阿尔巴尼亚的五年都写一下。十多年没正式写作，要启动时觉得写作的机能都生锈了，就像一辆多年没开的老爷车，怎么也发动不起来。但我在和自己做斗争，利用了一切空隙时间去写。记得有一回我去央街马克的商店拿上一批货的货款，同时他再给下一个订单。我在晚上七点约定的时间到了店里，但马克不在，说在外面有事，要到八点半才回店里。我虽然不快，但没办法，来一次不容易，要拿回几千美元，还有新的订单，做小生意就要耐心，就决定在店里等他。我和他店里的员工都熟了，他们让我到阁楼上的一个小办公室里等着。那上面有张桌子，还有张破沙发。

我在沙发上坐下，拿出了大练习本，琢磨阿尔巴尼亚那个作品。马克回来后看我在专心写着，问我在写什么，我还在读学位吗？我说没有没有，只是写着玩的。那段时间我把过多的心思放在写作上，却在生意上面铸成了一次大的错误，差点遭受灭顶之灾。

那是在 2005 年夏天，当时生意做得很顺，我去一次义乌就订了五六个货柜的货，陆续发往多伦多。第一个货柜到达港口后，海关查到了里面的大部分商品都没有中国制造的标志，把货柜扣留了下来。我接到通知之后大惊失色，因为当时我除了这个到港的货柜，海上还有两个货柜在走，里面的东西都有同样的毛病，没有中国制造标志。如果都被海关扣下来，不仅是经济损失严重，而且那一个夏天就无货可卖，海关还可能把我加入黑名单，以后会严格稽查。那一时刻，我感觉自己就像《威尼斯商人》里那个传说沉了商船的安东尼奥，要等着犹太商人夏洛特用刀子割我的肉了。现在想起来，这事情完全是我粗心造成的。我知道加拿大的海关有规定严格要求标明商品制造地，在前面的几年我也是非常注意这个事情。但最近过来的货柜我没有对义乌的商家交代清楚要有中国制造的标签。我当时的雇员徐鹏安慰说这是"常在河边走哪有不湿鞋"，但我心里明白自己最近的心思分散到了写作上，做事情马虎了。这就是写作的代价。

货柜被扣留几天之后，终于发落下来，没有退回中国，而是让我组织人力物力到海关的指定仓库去把货柜里的所有货物都贴上中国制造的商标。这样的处理还算比较人性化，给你一次改正的机会。但是，货柜内有几千个箱子，几十万件货物，每一件上都要贴上中国制造，工作量巨大。当时只好把所有的亲友发动起来，还登广告找了几个临时工，十几个人在海关仓库整整干了四天活，才把一大半的货物贴了从中国快递过来的"MADE IN CHINA"不干胶标签。最后海关人员看到我是在认真改正，只是东西实在太多贴不过来，就放了我一马，剩下的不用贴了，货柜第二天就放行了。后面的两个货柜也没有再检查，直接到了我的货仓。这一个好像是末日一样的难关终于过去，但是它还是给了我重重的一击，以致我刚刚恢复过来的写作欲望被完全摧毁了。

整整过了一年以后，我的写作心情才恢复过来，又把那个稿子拿出来写下去，最后终于写成了。稿子有五万多字，我给取了名字叫《走出阿尔巴尼亚》。稿子写好之后我想给温州的朋友先看看，就用电子邮件发给了程绍国。程绍国看了没吭声，把稿子打印了出来，厚厚一本。那几天他正和王手、吴树乔、哲贵等人前往北京给林斤澜先生祝寿，遇见了在《当代》杂志社当编辑的吴玄。他把我那厚厚的打印稿交给吴玄，让他看一看。吴玄看了后把题目改了改，变成《被绑架者说》，送到主编那里，马上就决定刊发在2006年的第二期。稿子发表后不久，我在邮箱里看到了一封来自麦家的邮件，他说我这个稿子写得很不错，国内很少看到有作者能写出这么真实而富有小说技巧的作品，鼓励我要坚持写下去。麦家当时已经很有名，我虽然在海外但也听过他的名字。他的邮件让我精神大振，我当时刚写好一个中篇小说《女孩和三文鱼》，想给《收获》却没有门路，便硬起头皮问麦家能否把我这个稿子转交给《收获》。麦家把我这个稿子交给了王彪，说有个新作者写得还不错。王彪之前在浙江的《东海》工作过，我八十年代在《东海》上面发过小说，他对我还有印象。他觉得我这稿子还不错，后来经过李小林多次的指导做了修改，在《收获》2006年第六期发表出来。我当初在地下防空洞里幻想把那个故事给《收获》，结果却发了《当代》，但最终还是打开了《收获》的大门。麦家后来还把我的另一个中篇《西尼罗症》给了《人民文学》，还让我到北京见了李敬泽、吴义勤、谢有顺等人。这以后，我沉积了十几年的写作能力爆发了一下，名字经常出现在各种杂志和选刊、月报上面。

　　当写作成了气候的时候，我的生意也在蒸蒸日上，有一回两个月我居然没有休息一天，都在忙着干活。这种情况下写作和生意肯定会发生冲突。我也想过自己应该摆脱出来，多招几个员工。但事实上如果多招员工，就要扩大生意规模才付得起工资。而扩大生意规模后则有更多的管理事务，要进更多货物，动更多脑筋，而且加拿大和中国时差十二三个小时，得夜里和中国方面沟通，所以最后我觉得还是维持自己干活的小规模比较好。有那么几年，我都是一边做生意一边写作，现在回头看，还是那几年写出来的作品最多。所以雷锋同志"时间是海绵"的说法还是有道理的。2006年夏天，我突然想要写长篇《致命的远行》。之前坐飞机的时候我会头晕，都要让自己尽量睡着。可在构思《致命的远行》这个长篇的时候，我强迫自己在飞机上不睡觉，用尽心力去设计小说的章节。在后来写作这个长篇的过程中，我的日程表几乎是计算到了每一分钟，用来写作的时间经常是几分钟的片段。在写《黑白电影里的城市》这个小说的时候，我每天都要在高速公路上开车送货，脑子里一直会想着这个小说里的场景，说起来也是很危险的。有一天在路上，我脑子里突然出现了一个情节，就是主人公李松因为持有手枪被德国军队逮捕，被关在曾经囚禁过米拉的同一个古堡监狱里。这一个关键的情节打通了整个小说内的时间通道，最终让我写成了这个作品。

《黑白电影里的城市》获得了首届郁达夫小说奖的中篇大奖，这是我一生的荣幸。现在想想，我能获得这个奖真有点不可思议。首届郁达夫小说奖影响很大，是当时奖金最高的文学奖，而大奖只颁给一个人。国内的名家除了当评委的之外都参加了竞争，而我当时才恢复写作三四年，百度上还搜不到我的名字，居然拿到了首奖。这除了说明我当年的运势好，还证明了郁达夫小说奖的公正性。我到加拿大之后都没有穿过西装，为了颁奖礼上的仪式感，我里里外外买了名牌西装，很光鲜地参加了颁奖典礼，拿回了奖座。但是几天后，我脱下了西装，又去了义乌市场进货，和那些小摊小贩讨价还价，因为那个时候生意还没有结束，我还得去进货。

在我的多伦多经商生活中，去义乌是一个重要的部分。最初我也跑过几次广交会，想建立自己的产品体系，但最后发现做小生意的最好道路是去义乌，义乌已经成了世界上小生意人的圣地。那次我参加郁达夫奖颁奖大会后到了义乌，觉得眼前的义乌和过去的不一样了。之前这里只是个做生意的地方，现在却开始充满了文学的意味。我在义乌熟人不少，但没有一个人知道我是个写作者。这一次，我去了那个卖竹子制品的张国珍的摊位，在她那里我多年来买过很多竹垫子竹篮子木拐杖后背抓痒的耙耙之类的东西。我和她说了自己是个会写作的人，刚刚从杭州获奖回来。我还用她的电脑找到了那天浙江电视台的现场新闻给她看。她很高兴，说从来没想到我是这么有本事的人。但是她后来又说不觉得很奇怪，因为她本来就觉得我不像是一个做生意的人。

就像哈姆雷特面临的问题一样：生还是死？我的生意也面临了一个问题：是继续做还是不做？这个问题不是马上能决断的事情，一直延续了好多年，但是从2006年我开始发表作品之后，内心的激情慢慢从生意上转移到了写作上。实际上，我不是一个生意人，当初鼓起勇气走上央街推销货物时，不知内心有多痛苦。但是我又是一个有责任心的人，带着老婆孩子移民国外，总要让她们过上好的日子，所以在生意的最初阶段我实在是非常用心地投入。但到了我开始写作的时候，我对于生意的兴趣减退很快，简直是到了心不在焉的地步。那时我经常在上班时间躲在里面的办公室写作，客人来了就出来应付一下。过去是来了客人我会高兴，而现在来了客人我会心烦。有的客人比较啰嗦我就巴不得他快走。我也知道这样不对，但内心就这个样子。我还记得后来有一次去义乌，走在两个商城之间的一条很长的室内通道上。那天我走了一天的路，特别累，一边走一边想，我是一个写作的人，我的才华是在写作上面，为什么我要把时间浪费在这些我不喜欢的事情上面？这时有一种非常痛苦的心情涌上了心头，实在是太强烈了，以致让我无法前行，蹲了下来喘不过气来。路边走过的人都奇怪地看着我。

那年我五十岁了，人生已经过了一大半。我虽然二十出头就开始写作，但之前都是业余涂涂写写，没有条件把写作当成最重要的事。而自从出国之后，有十多年完全终止了写作。现在我终于有条件把写作当成职业，必须抓住机会，不能再浪费时间了。我走的路子是对的，先做生意把财务状况搞定，再考虑让自己成为一个职业的作家。我后来看到了《穷爸爸富爸爸》这本书，里面说的如何运用财富让自己过上财务自由的生活给我指明了方向。后来我做了一系列的安排，终于到了可以结束做了十一年的进口生意的时候了。

在结束生意的前夕，我还特别自己开车去央街送了几次货。韩国人苏的SUPER SMOKE多年来一直买我的货，从最初的几把锁到后来的一整车一整车买，所以我一直有感激之情。央街马克三兄妹的店多年来买了我很多东西，我也很记情，虽然马克的妹妹卢比那赖过一次账。说起赖账的事我经历过很多次，上面说到我的第一个大客户印度人纳里沙有一年突然加倍拿我的货，好久没还货款。最后说自己公司破产了，欠了我四万多加币（合二十多万人民币）都不还了。我看他公司的确是关闭了，看他的状态也不大好，只好把账目一笔勾销了。后来他又开始做点小生意，自己开车买点货送到店里，也经常到我这边拿点货，都用了现金。他虽然赖了我一大笔账，但比起最初是他给了我信心，多年来买了我那么多的货，对我的帮助还是大的。还有上面说到的那个会唱歌剧男高音的韩国人 Jhon，一直从我这里拿货，后来还不出钱来，说要把大部分的货退还给我。奇怪的是他退还给我的货是在我给他的价格上加上了利润，一块钱拿去的东西要一块五毛钱还给我，把我气得七窍生烟。但是后来我知道了，他得了一场病，做了直肠的手术，半年之内大便只能从腰间一个临时的管道里排出来。就是在这样的情况下，他还是弓着腰自己开车把货送回我的仓库。所以我就完全按他的清单照单全收了。在多伦多做生意真的不容易，我能够把生意做起来还能把生意顺利结束，真的要感恩所有的客户。我特别要说的是这几年给我一些思想火花的人。比如我最初在那里打工学经验的刘先生，他是上海人，之前从香港到加拿大读大学，学的是图书馆管理专业，毕业后在大学教过书。但他后来觉得做生意更自由能过上更好的生活，才开始去做批发生意。还有那天在我的货仓里韩国人 Jhon 突然发出的天籁般的歌声，让我明白在一堆货物中依然可以存在艺术的梦想。写这文章的时候，我还在网上查了意大利人老杰克的 STANDA 公司，看到公司的规模越来越大，掌门人是杰克的女儿简妮，老杰克当年就七十多了，十几年过去不知是否还安好？他的女婿帅哥迈克尔是否还每周都去打冰球比赛？

　　我现在还能想起最后一次去央街送货的一幕。我把车停在苏的 SUPER SMOKE 商店门口，打开闪灯，在下午两点到四点这一个时段是可以停车送货的。我用小推车把车上的货送到了店铺里面，堆放好。有几件东西车子不好推，就用肩膀扛进来。这一回，我的心情和刚开始跑央街的时候完全不一样了。那个时候走进一家商店时内心有一种痛苦和煎熬，而现在，我已经有了自信，我找到了自己的价值，我是一个写作的人。我用送货这种方式完成了自己的救赎。

现在我相信央街的确是世上最长的大街，我从这里开始重新走向了自己的文学道路。

载于《江南》2021 年第 4 期，

《散文海外版》2021 第 9 期转载

他从山里来

[美国] 陈瑞琳 *

一直想写他，却怕写不好。写他的人又太多，亦不缺我。但是总想写他，感觉他身上有许多隐藏的空间，比如他的生动有趣，他的虚无空灵，他的红尘无奈，所以他真是值得写。

他是平凹先生。在我的桌边，一直就放着那本厚厚的《秦腔》，大红的封面，灼得人眼热，任何时候，随便翻到哪一页我都能读得津津有味。在中国的当代作家里，我偏爱平凹先生的文字。当然，莫言先生的想象力无人可敌，阎连科先生是那种炸裂般的尖锐，余华先生则是悲怆凄苦，但是平凹先生的语言好，他能写出汉语特有的气韵和意境，只是让翻译家为难。

每次回西安，总有机会与平凹先生见面。算起来我是他西北大学的学妹，有点亦兄亦友。早年我在国外办刊物曾得他相助，他主编的《美文》杂志也常常开辟海外作家的专辑。虽是老朋友，但我其实还是很难走进他的内心，只是觉得越来越亲近了。

---

* 美国华裔作家、评论家。曾任国际新移民华文作家笔会会长，现任北美中文作家协会副会长，兼任国内多所大学特聘教授。多年致力于散文创作及文学评论，出版散文集《走天涯》《"蜜月"巴黎》《家住墨西哥湾》《他乡望月》《去意大利》及学术专著《北美新移民文学散论》《海外星星数不清——陈瑞琳海外文学评论集》等，多次荣获海内外文学创作及评论界大奖，被誉为当代海外新移民华文文学研究的开拓者。

有年春天，去他家里喝茶。他住的地方叫"秋涛阁"，在顶楼，估计是怕吵。正想敲门，忽然想起他写的那篇《门》，说他最怕敲门声，还说自己曾经在家听到敲门声而不敢作声，喉咙发痒不敢咳嗽。他自然是喜欢清净，害怕朋友圈，但我自认是那种让人开心的朋友，只管大胆敲门。

门开了，露出平凹先生一如既往的敦厚笑容，让人想不出他生气的样子。他的样貌并无沟壑，脸色饱满而耐看，好像岁月是慢慢打住了。听说他前些年喝药喝得蚊子都不愿咬他，嫌肉苦，好处是一般人得病万念俱灰，他却是文思泉涌。记得他说："鲁迅为什么脾气大，一个也不宽恕，都是因为身体不好！"

平凹家里喝茶的桌子是光板的原木，客人坐的是那种宽一尺的长条凳。平凹笑说："我怕沙发，软绵绵地坐进去半天起不来。"他沏的茶真是上等地好，配一碟新疆来的马奶子大葡萄干，他一面让我，一面解说："这葡萄个儿大，尤其对女人好！"我想笑，看他的表情很郑重，便忍住。

一边喝着茶，就感觉眼睛不够用，嗅觉也灵敏起来，原来是闻到了酒香。平凹指向门廊边的厨房，说那里有一个酒缸。果然，正是乡下人盛水用的那种大缸，上面用厚重的木盖盖紧了。说到酒，平凹的脸色有些凝重，他说父亲在世时极爱喝酒，但那时太穷，打不起酒，就盼着儿子将来买酒。如今儿子是买得起酒了，父亲却终于等不到。于是，他就准备了这缸酒，等父亲随时来喝。真是穷家孝子，这缸酒陪在身边，就好像与父亲相依。不过，常常来掀起这酒缸的，多是来访的友人闻见了去舀一瓢解渴。

有趣的事情忽然发生，茶饮中进来一个小生，手里拿着家伙，说是老早约好了要给平凹理发。平凹不忍心叫他白跑，内心迟疑了一秒，立马很听话地直直地站在了书房的空地上，披上了一件塑料斗篷。我就端了茶杯过去看，他老兄的表情很温和，由着我在旁边叨扰。

我一面看平凹先生理发，脑子里回想起他写的那篇《秃顶》，记得文章中说他"脑袋上的毛如竹鞭乱窜，不是往上长就是往下长，头发和胡子该长的不长，不该长的疯长"。如今就近一看，他的发型确如围起来的"地中海"。他的头发虽少，但那理发的小伙子一丝不苟，基本上是数着根根剪，很有仪式感。我心里既同情这小伙子真不容易，又同情平凹那么爱自己的头发，想想大千世界，只有身体在天天相伴，也包括这几根头发。

平凹先生坦然地站在屋子中央，脑袋虽不能动，但不影响我们话家常。他说自从脑袋上的风水变化，让他怯了很多交际活动。有段时间他都仇恨狮子，但慢慢地也想出了很多头发少的优点，比如头发少说明聪明用功，富矿山上不长草，秃顶是对人类雌化的反动，等等。说起"秃顶"的好处：他认为"怒发而不冲冠"，不会被"削发为民"，像佛陀一样慈悲为怀，长寿如龟等。

跟平凹聊天，我的难度是要努力地说陕西话。平凹说他不善于说话，其实是不善于说普通话。他坦白自己是努力学过普通话的，只是舌头发硬，终没学成。我是至今也没有听过平凹讲普通话。记得他在文章中说如果让他用家乡的土话骂人，很觉畅美。我笑得不行，人生哪能没缺陷，没缺点的人最可怕。我想说那些有大才华的人多有大缺陷，话未出口，只听平凹叹道："人真的不能圆满，圆满就要缺，求缺才平安，才能持静守神。"

理完了发，真没看出与先前有啥不同，倒是觉得平凹先生是个很好的人。他虽然蜗居在城里，其实是来自原始淳朴的山林，算是大山之子。如果说南美那样的热风土雨养育了马尔克斯那样的作家，中国的内陆山水或许只能孕育出平凹这样的作家。人们常常期望作家能超越他的时代，却不想这个时代是怎样造就了自己的作家。

理完了发，继续喝茶聊天，也不管他有没有碎头发在脖子里扎着。茶过三巡，必然是楼上楼下乱摸乱看。先生的屋里石像多，为了聚气，并不开窗，回荡着一种强烈的古磁场。喜欢他屋里养的一盆植物，绿油油的，既吸了很多灵气，也净化了空气。

屋里存放的多是乡下人最爱的石狮子，年代不可考，但样子都是憨容可掬，兼有着保护神的威严。仰头看到架子上的一些佛像，各样的佛，有一尊彩陶的立佛线条丰满流畅，让人叫绝。文坛上都知道平凹是很吝惜钱的，但他为收集这些民间的宝贝可是舍得花银子。这些石刻多粗重，即便有贼来也休想搬得动。说话间只见平凹上前，用细布将些许的尘土轻轻抹了，那仔细端详的眼神里尽是说不出的温柔和爱恋。

空气有点热，平凹说唯一的冷气在书房，正切我探看书房之意。他的书房曾被很多人写过，杂说纷呈。迎面看见了那三个大字："上书房"，拙雅的笔体一看就知是平凹自己所书。有人说他怎可自喻为太子读书，平凹则解说是因房子高，要"上"才能到。书房真的很高，窗帘据说从未拉开过，白天晚上都亮灯。还有人批评说平凹书房里摆放的多是自己出版的书，这眼前的书柜有限，当然要先放自己的书，先生出版了百余种国内版、海外版、译文版的各种书，就算每种存放几本那就是满满两书架。多亏他不存盗版书，听说那印了上千万册的《废都》，光盗版就有五十多种。摸着这些书，就像是摸着山里来的大石头，一种真实的厚重，生动有趣的平凹，这些年真如老牛般勤奋，如春蚕般吐丝。

坐在"上书房"里说平凹的书，真是别有一番情致。他早期的那些书，犹如开春新翻的泥土，清丽芳香。等到《浮躁》问世，泥土里便有痛苦的浊浪挣扎翻滚，但油亮肥沃。不幸的《废都》，是他心情低潮期的愤世嫉俗之作，走了一点儿虐世的极端，却写尽一个文人无济于事的绝望和悲凉。聊到《废都》里的情色，平凹叹道："那个庄之蝶要适应社会而到底未能适应，一心想有所作为而到底不能作为，最后归宿于女人。"我忽然想起了坊间流传的一句打油诗"才子正半老，佳人已徐娘"，又想起了生前的三毛那最后的长信何以是要写给平凹先生呢？

关于平凹先生的作品，正可谓"经学家看见《易》，道学家看见淫"，当然还有才子及革命家的不满。不过，北京大学的陈晓明教授说他是中国乡土文学最后的大师，也有人说他是中国当代乡土文学的送葬者和终结者。在我心里，他生于中国乡土，长于乡土中国，他就是一个在滚滚红尘中努力写字的作家。没人知道未来，所以他只能怀旧，甚至求助于老庄。很显然，他害怕这世界改变太快，他焦虑，他无奈，他在家里听哀乐。从《废都》到《秦腔》，都是大废墟上的文化哀歌，平凹是把自己当成那个唱"阴歌"的"老生"。

跑去偷看平凹先生平日写作的小桌，真是个隐秘的空间，藏在那些石像的后面，只能容一人进去，俨若洞穴。我坐在他的太师椅上，抬眼是慈悲的玉佛，低头是眼前的手迹。写作乃作家最私密的劳动，他要在这独有的空间里与他的小说人物发生最私密的关系。听说平凹至今不用电脑写作，这回是亲眼见了，眼前的手稿是那种密密麻麻的蝇头小字，散出丝丝笔墨的灵气，他写得很辛苦，也苦了看这些书稿的编辑。

眯上眼，感觉这屋里的味道很是奇异，石刻的土香，纸笔砚台的墨香，陈年老酒的醇香。脑子里快速闪过平凹先生的简历：1952年他出生在丹凤县的棣花镇，长身体的时候肯定饿够呛。二十岁开始发表作品，当作人生的背水一战。一口气写了十六部长篇小说，拿到了"茅盾文学奖""鲁迅文学奖""华语传媒文学大奖""施耐庵文学奖""老舍文学奖""冰心散文奖""朱自清散文奖""当代文学奖""人民文学奖"，还有美国的"美孚飞马文学奖"、法国的"费米娜文学奖"、香港的"红楼梦奖：世界华文长篇小说奖"、北京大学的"王默人－周安仪世界华文文学奖"，以及"法兰西文学艺术骑士勋章"等。他的作品也被翻译成英、法、瑞典、意、西、德、俄、日、韩、越文等三十余种，被改编成电影、电视剧、话剧、戏剧的有二十余种。作为一个当代文坛的中国作家，平凹先生也是拼足了自己的性命。

说到作家的名气，平凹赶紧摆手："大唐芙蓉园的碑文是我写的，可我到了园子门口那检票的姑娘根本不认识我。"我就猜想他若混在城隍庙里也肯定没人认得出，平凹笑了："真正的好作家是看将来有没有人愿意读你的书。"

转眼到了饭口，我是很想请平凹吃饭，但他坚持说要请我们几个去楼下吃羊肉泡馍，大家齐声叫好。

那馆子在楼下小街的对面，一排整齐的铺面，竟然个个都认得贾老师。平凹先生一路打招呼，男男女女的表情很是热闹，亲切得我都跟着沾光。泡馍馆的伙计更是熟悉，贾老师一进来就晓得他要吃什么。我虽有脂肪肝，也要豁出来吃一大碗，因为是贾老师付账。

这顿泡馍吃得很是"王朝马汉"，我的脸上放光，贾老师一看就知道是个陕西吃货，大大地弥补了我陕西话说得不太地道的缺陷，平凹兄不断地给我夹菜，说请客就要请我这样的人。

回去的路上，我一直在想"情义"两个字。中国是个"情义"社会，"情义"让人温暖，也让人负担。平凹先生是个特别看重"情义"的人，他从陕南一路走来，靠自己写字打拼，收获最多的也是"情义"。

很早就听说平凹先生想写一部关于秦岭的大书，去年真的读到了《山本》，看到了他在题记中写的一段话："一道龙脉，横亘在那里，提携着黄河长江，统领了北方南方，它是中国最伟大的一座山，当然它更是最中国的一座山。"很显然，他的雄心是要写出腹地的中国。

然而，"中国"何其难写？几千年几百年都无法说得清楚，只留下这纷繁斑驳的江山与传说。作为中国作家，身在迷雾山中，不能远眺，只能近睹。平凹先生的一生就浸泡在这中国的"大山"里，他走得很深，转得很辛苦，但他无法走出山外。他的血液，他的文化，他的哲学，都来自这"山"的滋养，他无比真切地悟出了自然的"山本"，却终未能进入到"人之本"。

在一个访谈中，平凹这样说："进入秦岭走走，或深或浅，永远会惊喜从未见过的云、草木和动物，仍然能看到像《山海经》一样，一些兽长着似乎是人的某一部位，而不同于《山海经》的，也能看到一些人还长着似乎是兽的某一部位。这些我都写进了《山本》。"由此可见，《山本》的犀利刀锋还只是徘徊在兽与人之间，却未能写成《百年孤独》那样的民族心灵史诗。

然而，在小说《山本》中，平凹先生终于还是发出了如此深刻的感叹："那年月是战乱着，如果中国是瓷器，是一地瓷的碎片年代。大的战争在秦岭之北之南错综复杂地爆发，各种硝烟都吹进了秦岭，秦岭里就有了那么多的飞禽奔兽，那么多的魑魅魍魉，一尽着中国人的世事，完全着中国文化的表演。"对此，他打住了自己的追问，只是继续叹道："巨大的灾难，一场荒唐，秦岭什么也没改变，依然山高水长，苍苍莽莽，没改变的还有情感，无论在山头或河畔，即使是在石头缝里和牛粪堆上，爱的花朵仍然在开，不禁慨叹万千。"

在平凹先生的世界观里，宇宙、人类、社会、天地、人神都能融为一体，他把这个世界所有的关系放在了一个合理存在的范围里。为此，他虽然写出了很多残酷的现实，但他却消解了历史背后隐藏的愤怒和挑战。

如今的平凹更看重天道，他总是渴望找到一种内心的和谐。有人说他是当今中国文坛上最有文人气的文人，他除了写字，还喜欢作画。我曾收到他的一部画册，是典型的传统文人画，主要是写意，比书法更有趣。

我常常想，当代的中国文学，如果没有平凹的存在，会不会少了一根扛鼎的大柱？当然，眼下的中国文学在世界文坛上还欠缺主导的话语权和影响力，要安顿中国文学与世界文学的关系，估计还需要几代人的努力。

载于《华文月刊》2021 年第 8 期

秋史的流放之地

[马来西亚] 戴小华 *

我在从济州机场到酒店的路上，已经感觉到济州的美丽。这种美丽，首先体现在它的自然、和谐。岛上绿树丛丛，一片葱茏，触目所及，皆是绿色。绿色随着地势的起伏，随着汉拿山的起伏亦在起伏着；随着海岸线的蜿蜒，道路的蜿蜒，亦在蜿蜒着，曲折着。远远望去，济州岛宛若一颗漂浮在蔚蓝大海上的绿宝石。不过，在我踏上岛后，深切感受到的是这里特别多风，多石。

自古以来，济州岛一直以"三多三无三丽"而闻名。

"三多"指石多、风多、女人多，因此济州岛也被称为三多岛。因为整个济州就是由于火山爆发造成的，所以济州岛的石头、洞窟特别多。古济州人就是在这一片石头地上白手起家。现今，散布岛上，或是城邑里民俗村里的石屋草房，都能让人感受到济州先民最初的艰难生活。

---

* 20 世纪 80 年代开始文学创作，至今结集出版的个人专著有《因为有情——戴小华散文精选集》《忽如归》《深情看世界》《闯进灵异世界》等二十五本；编辑出版《当代马华文存》《马华文学大系》《金蜘蛛丛书》《海外华文女作家自选集》等六十五本。曾多次荣获国内外重要文学奖，如中国"徐霞客文学奖"（1992 年），中国南湖杯世界华人文学奖（1996 年），中国首届《四海华文笔汇》散文特别奖（1997 年），全球华侨华人征文一等奖（2013 年）及第十六届马华文学奖（2020 年）等。

"风多"与济州地处台风带有关，就像石多一样，也说明了济州生存环境的艰苦。无论是在济州市海边的龙头岩，还是西归浦沿岸的独立岩，都可以体会到断崖绝壁给人的别样感受。"女多"则是由于以前济州男人出海捕鱼，遇难身亡比例很高，所以从人数上女人多于男人。但更主要原因是生活艰难，女人也要随男人一起劳动，因此使得女人看起来较多。

　　"三无"是指无小偷、无大门、无乞丐。济州人自古就生活在这片贫瘠的土地上，艰苦的生存条件使他们养成了邻里互助的美德，因此没有人需要靠偷窃、乞讨为生，自然也就没有必要设置大门提防自己的邻居。所以，当主人外出干活，只是在家门口处搭上一根横木，以示家中无人，除此之外，再没有其他不必要的设施。而在济州话里，这根横木被叫作"正栏"。

　　"三丽"，也称"三宝"，是指济州美丽的自然风光、民俗和传统工艺。其中最独特的传统工艺，就是将济州岛上的黑灰色火山石，雕刻成守护神，被当地人亲切地叫作"石头爷爷"。石头爷爷的形象大多是眼睛凸出、鼻子粗大、嘴唇紧闭憨态可掬的样子，济州岛上随处可见。传说左手在上的石头爷爷是武官，右手在上的石头爷爷是文官，摸摸石头爷爷的鼻子可以生儿子，摸摸石头爷爷的肚子和手则可以升官发财。据说韩国情侣结婚后，必定要到济州岛拜石头爷爷，以求多子多福。

　　如今成为旅游胜地的济州岛，历史上，也曾有过苦难，也遭受过战争。除了当地人日子很苦外，此地也曾是流放地，曾布满受难者的足迹，淌满犯人的眼泪。自古以来，似乎远离中央的贫瘠岛屿命中注定就是流放地。像法国的科西嘉岛、意大利的厄尔巴岛、希腊的马克罗尼索斯岛、中国海南岛等都曾是臭名昭著的流放地。

　　济州岛正式作为流放地是在朝鲜王朝时代。其中最远的大静县就是"远恶地（离首都远，难以生存的流放地）"。我们耳熟能详的大长今，就曾在此流放过。朝鲜王朝五百年历史上，有两百多人曾被流放至此。被流放到济州岛的人，大部分是历史上著名的政治家、学者和文人，其中以"秋史金正喜"和"光海君"最具代表性。

这次在济州岛的文化考察活动中，让我感触良多的就是参观坐落在大静城东门旁的济州秋史馆和秋史谪居址。此处人潮不很拥挤，城址内花圃里的小黄花正开得热闹，往里走，馆内各处种着秋史喜爱的水仙花，再加上几棵年头古老的松柏衬着如茵的草地，所有的色彩融合成了一幅温馨和谐的画面，散发出古朴又充满生机的气息。这处流放地或许是个绝望的地方，然而对秋史金正喜来说，却是成就自我的地方。1840 年，五十五岁的金正喜被流放到济州岛。他克服困难和挫折，潜心研究书法、绘画、诗和散文，硕果累累、名垂青史。"秋史体"的书法风格和此后被韩国指定为第 180 号国宝的《岁寒图》都是他在被流放时创造出来的。

金正喜（1786—1856 年），号秋史、阮堂、礼堂，是朝鲜王朝时代著名的金石学家、书法家和诗人。他也是中韩文化艺术交流史上的一位重要使者。清嘉庆十四年，二十四岁的金正喜随父前往中国北京，结识了诸多文人学者，并拜其中两位敬仰已久的学者为终身之师，一位是翁方纲，另一位是阮元。之后金正喜以阮元弟子自称，并以此意自号阮堂。在他的努力下，以金石考证学为中心的清朝学术传入朝鲜，在当地得到了长足发展，并对现当代韩国书画艺术产生了深远的影响。

一直从事秋史研究的韩国济州大学梁振建（音）教授表示，"《岁寒图》的真正意义在于这是一幅包含着自传性内心风景的自画像。实际上经过对视觉上支配《岁寒图》的造型和意义进行分析后会发现，这显然就是秋史自己，就是秋史所处的现实。"秋史虽被关在当时生活环境极度恶劣的济州岛，但他的意志并未被击垮，依然潜心研究学问和创作，反而令他在书法和艺术上的造诣得到提升，这种精神本身就令人感动。

馆内还有一幅金正喜的自画像，画里的文字，将自己比作中国宋朝元丰三年蒙冤的诗人苏东坡，而自叹身世。

中国文化史上，苏东坡是无可争议的巅峰之一，在生活上，他能看轻一切生命坎坷，淡然处世，将那些悲伤都活成了诗。1097 年，六十二岁的苏东坡被贬到海南的儋州。在海南儋州的三年，是苏东坡在生活上遭受苦难最多的时期，却也是他文学创作的高峰时期，更是他人生精神升华到极致，对人生意义哲思体会最为深刻的时期。这一时期，他在苏过的帮助下整理杂记文稿，汇集成了《东坡志林》。他还完成了对《尚书》的作注。据统计，苏东坡在海南作诗一百三十多首。北宋著名诗人黄庭坚发出这样的感慨："东坡岭外文字，读之使人耳目聪明，如清风自外来也。"由此可见，岭外的蛮荒之气并未使苏东坡的才气性灵打折扣，相反，一次次的磨难是对诗作最好的锤炼，最后幻化为文字的绚烂。苏东坡虽在垂老投荒，经受了巨大的磨难，然而他仍然能够用超脱的方式调节自己，足见其胸襟之坦荡。苏东坡在海南的这个时期成全了自己，也成全了一种伟大的人格，一种进退自如、超然人生的文人士大夫的最高精神境界。

这令我想起《史记·管晏列传》，司马迁说管仲就是一位善于化祸为福、转失败为成功的人。

人要修炼到这一段数，才算炉火纯青。炉火纯青的人，不论在八卦炉里还是在八卦炉外，都是一样逍遥。

当我走进秋史流放之地与金正喜一起经历他的彷徨、沉思与执着的同时，其实我也从这里寻求到生命延续的动力。因为人生中总会有一段艰难的路，需要自己独自走完，如果撞击的力度不够，怎能检验出自己的承受度到底有多大呢？而这其中所有受的苦，吃的亏，担的责，扛的罪，到最后都会触碰出只属于自己的璀璨火花，有如秋史和苏东坡般，成就他们一段生命的价值传奇。

载于香港《文综》2021 年 9 月秋季号

归

[菲律宾] 东　晓*

表伯跟旅游探亲团来菲，他无心游览千岛的热带风光，也无意访亲探友，看他心情沉重，原来他专程来菲"拾墓"，"拾"他父亲的墓。

表伯的父亲在菲去世整整三十四年了，安葬于华侨义山，因多年没有人去扫墓，葬在义山的什么角落，没人知道。听说华侨善举公所每年都要清除一些没人认领的坟墓，表伯更是忧心忡忡。幸好经过朋友的奔走，在义山的"名册"中找到了他父亲坟墓的位置。择日、挖墓、火化、入盒，总算了却了表伯兄弟俩的一片心意。不日表伯将亲捧骨灰回归大陆，让他父亲"魂归故里""落叶归根"。

表伯的父亲幼年来菲，少年时回乡娶妻，战前多次返乡，终不幸客死菲岛，妻儿都一直留在家乡。他们的历程像许许多多的老一辈华侨一样，他们的"吕宋梦"就是一部充满辛酸、奋斗、血泪的"番客史"！

几十年后的今天，为了让这部"番客史"有个完满的结局，"落叶归根"是中国人没齿难忘的传统思想，哪怕带回的是骨灰，中国人根

* 许东晓，笔名东晓，1966 年出生，祖籍福建晋江。作品以散文、新诗为主，主编新潮文艺社青年副刊《这一代》、菲律宾华文作家协会月刊《薪传》等。曾任菲律宾新潮文艺社社长，现任中国侨联海外委员，中国侨联中国国际文化交流促进会副会长，菲律宾华文作家协会副会长等。著有散文集《笑的海洋》、新诗集《南北桥》、报告文学《风雨王彬街》等，作品多次获奖。微型小说《救火》入选 2004 年全球华人文学作品精选。

深蒂固的传统以及子女的孝心，只有这个完美的句号才足以自慰！

　　明天表伯就将带他父亲的骨灰回乡了，我到来来酒店和他话别，却遇到了一个用一程式"回乡"的人。他不是一个久居菲岛的华人即将回乡，而是一个出生在菲律宾的"出世仔"，回到他的"乌篮血迹"。他和表伯同来菲，为的是探望几十年不见的亲人。

　　他，出生在菲律宾马仁俞计的刘先生，父亲是"咱人"，母亲是"番仔婆"，八岁的时候他父亲带他到"唐山"认祖归宗，接受中华文化的熏陶，他父亲不幸病逝故里。幼年的刘先生一把鼻涕一把泪，飘萍流浪，最后在唐山结婚、生子、工作，总算安居乐业。几十年来和菲律宾的亲人可以说是音信杳然，断绝来往，直到前几年他的妹妹才在同乡的口中找到了他。刘先生的"打家乐"语已忘得一干二净，不过他还记得小时候的菲名是"道若"。

　　阔别了菲岛四十多年，刘先生可以说是悲喜交集，万分感慨，他年迈的母亲见到他时，也许太过激动，当场昏迷不省人事，两分钟后才救活过来。他的两个亲哥哥，亲妹妹都相见不相识，连语言沟通都发生困难，还好他哥哥接受过华文教育，懂得讲点闽南话，不然母子相见真的要比手画脚了。

　　在酒店遇到刘先生时，就一直觉得他的外貌有点像"番仔"，皮肤黝黑，说话坦诚，直率，十足菲律宾人的性格。他告诉我，他告别他母亲的时候，用菲律宾人的礼节在他母亲的面颊上轻轻吻了一下，他们不禁都热泪盈眶，感情不自已。是悲是喜，他自己也说不清楚，终归是亲情吧！

　　明天表伯将带着他父亲的骨灰回乡，入土为安，也算是完成了老一辈旅外华人落叶归根的情结。刘先生也将告别他的亲生母亲、兄妹，回大陆，回到他妻儿的身边。刘先生虽然出生在菲律宾，却长在中国，"家"在他父亲的家乡，而他自己的"乡"却到底在哪里呢？

　　我深深地思索着……

选自浙江工商大学出版社
《新世纪东南亚华文文化散文精选》，2020 年版

春天的气味

[马来西亚] 朵　拉[*]

　　鲁迅在《喝茶》一文中说"有好茶喝，会喝好茶，是一种'清福'，不过要享这清福，首先就须有工夫，其次是练习出来的特别的感觉。由这一极琐屑的经验，我想，假使是一个使用筋力的工人，在喉干欲裂的时候，那么，即使给他龙井芽茶、珠兰窨片，恐怕他喝起来也未必觉得和热水有什么大区别罢"。

　　未踏上中国土地之前的南洋人，喝茶不计好坏，不论品牌，也分不清楚红白黑绿青黄茶的种类，所有的茶在南洋人口里都不过是作为解渴用途的煮开的水，喝茶和喝水无甚区别，就名称不一而已。

　　中国开放后终于来到厦门，刚下飞机格外口渴，热情的亲戚直接把我们接到家里，在五层楼上特别隔间装修了一个喝茶室，大家坐在临海房子的露台上，一边喝茶一边欣赏无敌海景。

　　茶桌上备有电水煲小茶壶小茶杯等精致茶具，还有茶果点心。电水煲里的水立刻煮开，小壶冲泡，一人一杯，亲戚笑说喝茶呀，喝茶呀，不要客气。看着小小一杯茶水，有种远水救不了近火的焦躁感。对着隔离很久很久才初次见面的陌生亲戚，真话不好意思直说，忍了

*　作家，画家。原名林月丝。马来西亚槟城出生，祖籍福建惠安。出版个人集共五十二部。国内外个人画展二十五次。作品集有《朵拉微型小说自选集》《幸福的味道》《弥补春天》《秋红柿》《那日有雾》《浅深聚散且听香》《年轻的明信片》等，小说《巴黎春天的早餐》被选入"百年百部微型小说经典"。

又忍，最后习惯喝凉开水的南洋人还是抑制不住喉焦唇干，不再犹豫直截了当要求一杯水。当然可以呀，亲戚即时给我一杯热水。那天喝什么茶，是什么味道，完全没印象。记得的是好不容易等到热水凉了，正要拿起来往嘴里灌，亲戚走过来说，哎呀，这水凉了不可以喝的，她拿走杯子，换杯热水来给我。

那个年代，无论喝茶喝水，皆解渴用也。鲁迅先生说的"好茶，清福"，因此离我挺远。

一直到有一回喝到一杯很特别的茶。

"请想象一朵朵已经干燥的花，让热水冲泡过后，徐徐缓缓在杯里再次绽开，让人感受到仿佛已经死过一次，又再度盛放的重生之惊喜。过了一会儿，打开杯盖，氤氲的花香味儿慢慢地飘升上来，不必喝它，就看着花儿在绿色的茶水里盈盈浮动，美好的感受便在心里悄悄地游移展现。""从那一杯开始，它的浓馥味道不经意地深植心中。开始四处寻觅……"

为了一杯色泽清澈透亮，香味浓郁，名叫"牡丹绣球"的茉莉花茶我写了这篇文章。

一个朋友到北京旅游回来，带一罐"牡丹绣球"送我。

北京人特别喜欢茉莉花茶。送茶的朋友反复强调，这是慈禧太后最喜欢的茶。被古人视为"天香"的白色茉莉花是慈禧的心头爱，在太后掌权的几十年间，宫内女眷唯她一人可佩簪茉莉花。现在回想，当时香水还不流行，这天然的茉莉花香气比工厂制造的香水更加清新自然。慈禧太后也时常以她爱喝的"茉莉双熏"作为赠送外国使节的礼品。

北京学者朋友告诉我，老北京传统的生活方式是从早起就喝茶，要把茶喝"通"了，这一天才舒服。北京人提到喝茶，不必细究，说的就是茉莉花茶。2013 年北大孙玉石教授邀请我去他家做客，喝的就是汤色明亮、滋味醇香的茉莉花茶。被称为文学界一大"吃货"的汪曾祺先生提到他喜欢喝茶，但不喜欢花茶，却在北京喝过老舍先生最好的花茶。要知道老舍先生是出名的"茶痴"，总是一边饮茶一边写作。

"我是地道中国人，咖啡、可可、汽水、啤酒，皆非所喜，而独喜茶。

有一杯好茶，我便能万事静观皆自得。"有茶万事足的老舍先生每天无茶不欢，而且坚持只喝清香扑鼻的茉莉花茶。

茉莉花茶在北京等于是茶的代名词，发源地却是在福建的有福之州，也就是老舍先生的好朋友冰心先生的故乡福州。老舍先生拜访冰心先生时，总是一进门就大声问"客人来了，茶泡好了没有"？冰心先生招待好朋友的，当然是以故乡馥郁花香的茶。"中年喜到故人家，挥汗频频索好茶。"这句诗就写在老舍赠冰心的七律里。

恋上"牡丹绣球"的人本来一心想到北京喝当地土产茉莉花茶，读到这段文字，才发现是南洋人的误会。

北京人称"香片"的茉莉花茶属于"窨花茶"，正是鲁迅先生说的"珠兰窨片"。据说福州茉莉花茶的历史可追溯至两千年前的汉代，来自波斯的茉莉花通过"丝绸之路"到中国，最终在福州落户。福州民谣"闽江口边是奴家，君若闲时来吃茶，土墙木扇青瓦屋，门前一田茉莉花"，写出当地民间喝茶闻花香的生活情趣。

茉莉花在福建武夷山人柳永词里这么美："环佩青衣，盈盈素靥，临风无限清幽。出尘标格，和月最温柔。"在清代诗人王士禄的眼中如此香："冰雪为容玉作胎，柔情合傍琐窗开。香从清梦回时觉，花向美人头上开。"清代另一个诗人江奎毫不掩饰他为茉莉的钟情倾心，干脆选为心目中排行榜冠军"他年我若修花史，列作人间第一香"。

北宋时期，福州人将西方的洁白花儿与东方的翠绿叶子结合，窨制出花香和茶香交织的茶。当茶叶和茉莉花拼合时，"茶引花香，以益茶味"的结果，是珠联璧合、相得益彰的花香茶韵，引得古人赋诗形容"冰花舍己芳菲予，雪魄香魂尽入茶"。品尝过花香茶香融合的味道的每一个人都无法不赞同"窨得茉莉无上味，列作人间第一香"的美誉是理所当然。

福州茉莉花茶在历史上有两次鼎盛期，首次崛起是十九世纪中，当时福州茉莉花茶的年产量达一万吨。外国商人到福州开洋行，将花茶外销到欧美和南洋，福州成世界最大的茶叶港口，也是中国花茶生产中心与集散地。第二次的辉煌纪录是在八十年代至九十年代，福州茉莉花茶年加工量将近八万吨，产品远销全球四十多个国家，产值超过十五亿元。那是福州记忆"千家万户遍植茉莉，妇孺白首皆焙香茶"和"一担茉莉一担金"的黄金年代。

可见喜欢茉莉花茶的不只福州和北京人，喝过茉莉花茶的外国人给的评语令人惊艳："在中国的花茶里，可闻到春天的气味。"享誉国外的茉莉花茶，品尝过的人意惹情牵，念念不忘。前美国国务卿基辛格在回忆录里记载"我们第一眼看见的是一排摆成半圆形的沙发……毛泽东的茶几上总堆着书，只剩下一个放茉莉花茶茶杯的地方"。他说的是 1972 年，毛主席在北京会见美国尼克松总统时的情景，当时大家喝的就是福州茉莉花茶。

到福州时朋友请喝茶，离开福州时朋友竞相送茶，现在明白福州朋友送茉莉花茶的原因了。

正如鲁迅先生说的，"有好茶喝，会喝好茶，是一种清福"，同时要"练出来"。

从前我的喝茶，就是南洋人的牛饮。后来时常到福州，每年起码要和福州朋友相聚几回，才从爱喝茶、会喝茶的福州人那儿，开始学会享受喝好茶的清福。

新冠疫情反复不断，无法自由出国。今年春天搬家，为了喝茶，特地在新房子里装修一个茶室。每当想念福州朋友的时候，就到茶室，拿出朋友赠送的茶，从容煮水，慢慢冲泡，小小一杯，细细地品。疫情期间的恐慌不安、焦虑烦躁在缭绕的茶香里逐渐舒缓放松。

冰心先生八十九岁时，在《我家的茶事》一文中提道："茉莉花茶不但具有茶特有的清香，还带有馥郁的茉莉花香。"品着我家的茉莉花茶，唇齿留香之间，回味春天芬芳的茶韵花香，也让我深深思念福州朋友们美好深厚的情谊。

载于海峡文艺出版社《石帆 19》，2021 年版

杭州这座城

[美国] 顾　艳 *

　　1997 年 3 月，我在美国旧金山参加华人作家协会时，一位新朋友表示友好地对我说，你从杭州那地方来？那地方风景很美，可就是夏天太热，冬天睡在被窝里又冰窖似的太冷。二十世纪七十年代初，我在那地方住过半年，印象最深刻的是一大清早，楼底下一片唰唰声，那动静足以把人从梦中吵醒。探头看人干吗呢，原来女人们正在刷一只木桶。木桶被杭州人叫作马桶，马桶就是尿盆的意思。

　　新朋友说完哈哈大笑着，那笑声大有对杭州市民生活深入了解的味道，也有嫌杭州市民小家子气的味道，我面红耳赤。在异国他乡，居然有人对杭州市民如此不敬，当即就忍无可忍地与她争辩。她是北京人，一向认为北京意味着大气；但在我看来北京再好，也是个没有水的枯燥北方城市，哪里有杭州山水般灵气？当然谁都会说自己家乡好。杭州在外面的形象是天堂，人们冲着天堂而来，难免要求过高。

　　记得，二十世纪七十年代初，海外某个政界名人来杭州时说："美

---

*　原名顾志英，生于杭州。国家一级作家，文学教授，博士。1980 年考入杭州大学（现为浙江大学）中文系。1981 年开始发表作品。1993 年加入中国作家协会。已出版著作二十九部。主要作品有长篇小说《杭州女人》《灵魂的舞蹈》《辛亥风云》，诗集《火的雕像》《西子荷》《顾艳短诗选》，散文集《岁月繁花》《一个人的岁月》，传记《陈思和评传》《译界奇人——林纾传》等，作品被选入各种选本和年选，并被译成多国文字发表和出版，曾获多种文学奖。

丽的西湖，破烂的城市。"杭州人听了，似乎并没有为之悲哀。杭州人靠西湖山水做坚实有力的后盾，心里自然生出几分温情与优越感。人们注重家园情结，无论跑到天涯海角还是出国旅游，总会感叹，天下之大还是杭州最好。杭州是个天生丽质的城市，古都气息不浓，倒也有着皇帝老儿坐享江山的遗风。

然而，"破烂的城市"老早就变了样。上街走一走，几个月不走的街道，焕然一新。杭州俨然已变成一座美丽的大都市了。高楼大厦、高速公路、高架桥，仿佛标志着一座城市的发展与繁荣。早些年深圳、珠海、海南岛等特区的高楼大厦林立起来，人们普遍认为那里铺满黄金，一群移民蜂拥而入，就认可它们是一个现代化城市了。

杭州人知道现代化城市的种种好处，但要加入蜂拥而入的移民行列，必定三思而后行。几番三思后，杭州人大多就像阿Q那样自我安慰道：虽然赚不了大钱，但杭州有西湖，一家子湖边草地上野餐，其乐融融。那时候我也是这样的，一到周末就鼓动丈夫带着我们的女儿去花港公园野餐。

杭州人的湖畔情结根深蒂固。很多年前，北京亚运村一带，三日不见就得刮目相看的情景，似乎对杭州震动不大。杭州作为著名风景旅游城市，并没有表现出落后的感觉。毕竟杭州人对建筑的冷漠由来已久。上海、青岛、武汉等城市在过去的租界区内，有英、德、俄、法、日的建筑群，这不能不说是一种建筑文化。市民们直接可从这些建筑中领略欧洲中世纪，文艺复兴时期巴洛克和洛可可建筑艺术，以及十八九世纪的浪漫古典主义建筑。在很大程度上，一个城市的魅力是她建筑风格的魅力。小时候，我有相当一段时间生活在上海。我父母让我住上海的目的，就是熏陶从前租界区遗留下来的文化和味道。

杭州古典园林式建筑也不少，但那都是散落在风景名胜中的。比如：刘庄、汪庄、郭庄等，一般市民根本不容易进去。不能进去就不去，"安居乐业"是杭州人的基本特点。从前，一家几代住在一个破旧的老屋里，住一辈子的杭州人比比皆是。杭州人不太喜欢折腾，用方言说就是：求安耽。安耽的杭州人，在进入二十世纪九十年代时，才纷纷搬出古老破旧的小屋，住进新颖别致的住宅小区里。这时候杭州的现代化建设，果然有了开拓。它已不仅仅限于钱江一桥、二桥、三桥……和高速公路的发展，而把重点移到了建筑上。那些高高耸立的塔吊，便是二十世纪末杭州最辉煌的景观。

如今，二十一世纪都已经过去了二十年，杭州这座城的变化确实今非昔比，但杭州人的思维几乎没啥变化。总认为自己的城市最了不起，既有西湖名胜又是历史文化名城。然而，落到实处却没几个人能说出杭州的历史和文化，即使能说也是一知半解。杭州人的特点，最喜欢轧闹猛，也就是轧是轧非，这就是我不喜欢的。他们不求自身努力和发展，嘴皮子却是练就好功夫，大把时间就是这么消化的。这不难发现，杭州为什么茶馆那么多，那都是因为闲人太多，要嘴皮子的人太多了。有人去茶馆消遣，生意人自然是要赚这笔钱的。

说起来杭州茶馆，连同风俗习惯都已成了今非昔比的事实。从前泡茶馆的，都是上了年纪的老人。他们到简陋的茶馆去喝茶，早上通常是一手提着鸟笼、一手拿着一把紫砂壶坐到茶馆的长条凳上，三五成群地闲聊；到了中午茶馆要上排门，门板是竖着上的，直到下午两点才将门板横过来。因为，每天这个时候茶馆里要说杭州大书；请来的大书先生都是穿长袍马褂的，他们声情并茂说到要紧处，就会用手头的一块石头当道具，"砰"地敲一下桌面，增加气氛。这时候简陋的茶馆里必然茶客满座，他们捧着自己带来的紫砂壶溜溜地喝，西湖龙井茶香就从壶嘴里呼呼地飘出来。那时候杭州人喝茶大都用紫砂壶泡的。紫砂壶在杭州人家里，家家都有。或许有些还是明清时期和南宋时期的，南宋时期的被称为南宋官窑壶。它们虽然看上去色泽不鲜亮，但壶面镶刻的花纹十分精细光滑，小小壶嘴也设计得相当考究，尤其保温性能很好。

我倒是真喜欢杭州老底子的茶馆，那时候我家附近就有一家。冬天他们的锅炉烧得热腾腾，我常拿上三把热水瓶去打开水。茶馆里坐满了听大书的老人，有时我就停留几分钟听上一段大书，感觉像回到了长袍马褂的三十年代。

老底子的杭州茶馆一般设在桥边。杭州三面湖山、一面城的格局，说不上典型水乡；但京杭大运河在此收尾，还有好几条支流。比如仅杭州东河上的桥就有：万安桥、菜市桥、太平桥、新桥、宝善桥等；这些桥边的茶馆生意都不错。其实，从前真正品茶的杭州人，对茶和茶具都很有讲究。茶在古时候，就立在开门七件事中，柴、米、油、盐、酱、醋、茶。客来敬茶，是中国传统礼节。陆羽《茶经》的广泛流传，使茶和茶具发展为一种雅俗共赏的精神文化。于是，杭州古人对品茶就有了"一人得神，二人得趣，三人得味"的说法。细想想，这些说法也有道理。工作闲下来，捧上一把紫砂壶，或静思或听音乐，或邀两三知己慢慢品茗，既惬意又有趣味，才是一种喝茶的境界。

古人对壶的要求很高，通常以小为贵，形容杯小如胡桃，壶小如香橼。每客壶一把，自斟自饮，上口不忍遽咽，先嗅其香，再试其味，徐徐咀嚼而体贴之，才能领略茶的真味。如今杭州人喝茶基本不用壶，也没有像古人那么讲究；甚至连老底子茶馆里的风俗也没有了。我喜欢用紫砂壶喝茶，只是那年从中山北路搬到大学路的新住宅时，我那把用熟了的紫砂壶不小心被打碎了。

多年前，一位法国朋友来杭州，我陪她游过西湖后，她忽然提出要逛杭州城。杭州城那时候的主要街道，除了解放街便是延安路，再逛就觉得没有什么可逛的街道了。法国朋友十分惊讶地问："杭州就这么大？"我不置可否。为了要证明杭州不小，我又陪她逛了庆春街和清泰街。那时候庆春街和清泰街马路还没有拓宽，旧房还没有拆除，熙熙攘攘的人群中，大部分是杭州市民。法国朋友兴致很浓，她认为到这样的小街走走，才是真正到了杭州，进入了杭州的心脏。

从前，杭州城市不大是千真万确的事实。杭州人无论到单位上班，还是去湖边玩耍，路程近的只需几分钟，远的也不过半个来小时。杭州人养尊处优，若像北京、上海那样上班路上来回花去两三个小时，便会大呼小叫地嚷着搬家或者调单位。改革开放搞活经济以来，杭州城大了不少，那一栋栋新盖的住宅小区，一直盖到从前的郊区。过了些年，我那位法国朋友又来杭州了，我陪她上吴山去南宋遗址，登六和塔后，她提出还是要再去庆春街和清泰街看看，当她看到已变宽阔的大街时，却完全没了当年的兴致。

杭州的老街和古宅一天天少下去，就连陆游当年写下名句"小楼一夜听春雨，深巷明朝卖杏花"的孩儿巷，也老早拓宽成了一条马路。法国朋友耸耸肩说："杭州变化真大，杭州城也大了很多吧？"是啊，杭州城市大了许多，但是小巷子越来越少了。想起小时候，杭州小巷多得可以与北京胡同、上海弄堂媲美的。我十二岁在小巷子里学骑自行车，我哥哥在小巷里玩弹球、打弹弓和交换烟纸。小巷是一种神秘的象征，它把童年含混而莫名的梦想，变成了一种现实。当我的自行车骑过一个个打开着的墙门时，里面的温馨、热闹，像个大家庭一样嘈杂而喧闹的生活，就会让我好奇。

小巷是一个真正杭州人的命运。杭州人诞生于斯，也终老于斯。巷子里的一个个墙门，有两三户住家的，也有七十二家房客的，大家住在一起互相很熟悉也很客气。一旦闹矛盾，吵架也是常有的事；但吵过后通常互不搭理，或者想法子搬走。杭州人大多好马不吃回头草，宁愿遗憾走开，留一份残缺美。

巷子里的杭州男人，不像北方男人那样豪迈。他们是机敏的，有一种西子湖的温情和悲悯。他们的笑容常常尴尬，他们的手头常常拮据，但他们中不少人有十足的本事：在外边寻花问柳而不被妻子发觉。他们在妻子面前是百依百顺的，在情妇面前是舍不得花钱的；他们生活在困境中，却是安详的。

比起杭州男人，杭州女人倒是刀子嘴豆腐心，勤劳而温柔的。小时候我家邻居新媳妇，自己绣着漂亮精美的枕套，钩着漂亮雅致的台布和窗帘，心里就充溢着一份感情和欣悦。少女时期，我也用钩针钩过"竹和梅花"图案的窗帘，挂在马市街我家住宅客厅的窗子上，足足挂了十年。这由自己的形式产生的欣悦，就是小巷文化的真谛。

因此"形式"有时候是一种陶醉，它能使平庸无味的日常生活，变得有味道起来。就像过年，街坊四邻总要买许多鞭炮和鸡鸭鱼肉，不一定完全为了吃，只是为了这"过节"的仪式和味道。俗世生活中，我也蛮喜欢这个味道。所以，一到过年我就要穿新衣服，烫一个漂亮的发型。倘若不讲究仪式感，那么生活就会毫无情趣可言。

在杭州最令我难忘的是二十世纪七十年代中期，那时尽管父亲的"右派"还没有改正，但已经相对自由。这时候他就成了音乐发烧友，把"文革"被打碎的唱片重新买回来,同时买回来的还有组合音响和超级大音响,唱片一放,家里的窗玻璃都震颤了起来。全家人沐浴在音乐的河流里,暂时忘却了许多烦恼和卑琐,走进灵魂,接近崇高,寻找自己的精神世界。

老唱片的封套虽然已经褪色,但它散发着一种淡淡的怀旧的气息。它里面的音乐是恒久的,就像珍藏的美酒,时间越长,芬芳越浓。我经常小心翼翼地挑一张,有时是钢琴灿烂的鸣响:大师们在琴键上跳跃着的指尖儿,流淌出阳光的味道、流水的清凉,以及风中树叶的脆响。他们手下的黑白键盘如同阶梯,引领我通向天堂,感受天堂的至纯宁静与安详。有时候是小提琴的呜咽,营造出一种凄美的心境。

记得1981年,我一个人坐火车去上海看台湾小提琴家林昭亮的演出。那时候他才二十多岁,却已经有着大师一般的风范。站在台上,站在庞大的交响乐队前,他那神情却是目空一切的。我已记不住他那天拉了多少曲子,但那首贝多芬D大调小提琴协奏曲,却让我记忆犹新。我是真正被他的乐声震撼了。他那样专注和投入,仿佛小提琴上的四根弦在他的视野和灵魂中延伸,并且一直延伸到辽阔的空间。

D大调第一乐章中,有一大段小提琴独奏的华彩。这时交响乐队隐退了,只剩下一把小提琴在寂静中深情地鸣唱。这是林昭亮清澈透明的灵魂的鸣唱,面对美妙的人生、清新的大自然;面对他善良真诚的朋友们,他毫无遮掩地独自倾吐心中的款款深情。这种深情是悲喜交织的深情,是充满了憧憬和向往的内心独白。我看见林昭亮拉这段华彩时,闭上眼睛完全沉浸在他的琴声里了。那种抵达人生美好境界、经历过人世沧桑的感觉,从他四根琴弦上神奇地流出来,震撼着我。

回到杭州,我好长一段时间眼前总是浮现林昭亮拉琴的影子。我知道我的内心也有一种音乐,它在我生命深处的音响里,从不掩饰岁月的划痕。无论在被歧视的、自卑的、清贫的、苦难的岁月里,我始终能听到从我内心发出的醉人的天籁般的声音。

最近几年,我回到杭州就像客人那样的。我的父母都已经去世了(父亲早母亲八年去世),曾经的荣辱也都如烟飘走了。我常常独自坐在父母的老房子里沉思,呼吸着他们残留在屋子里的味道。很多次,我把父亲遗留下来的唱片轻轻地放在唱盘上。那是恩雅的《树的回忆》，听着它是一种灵魂相遇的快感。它的叙诉仿佛是一种空灵缥缈的东西从天外传来，清晰的和声，有旅人生命途中坚定的脚步。钢琴幽渺的声音是那样清脆地响起，仿佛天地的帷幕徐徐拉开。

我沉浸在一种博大与祥和里，沉浸在音乐的关怀与爱抚里。滚滚红尘的喧嚣，全都离我远去。我仿佛是一尾鱼，游在音乐洁净的湖泊里，那里有母亲的低语、婴儿的微笑，有风儿摇动树梢、夜雾在山谷曼舞。它是广大无边，空明幽远的；它是整体淹没个体的一种灵魂的应答与咏叹。就这样，如水的音乐盈满了我的心房。

我回到自己的家，自己的书桌前。我那张已经老旧的、油漆斑驳的书桌，可是我写出了二十八部作品的书桌，如今它被我冷落了。我不在杭州这个家的日子里，它的期盼宛若长了翅膀的巨鸟，扑棱棱地来到了我的身边。我闻到了玫瑰、郁金香、葡萄酒醉人的香气，那香气撩拨我内心那根温柔的琴弦。它让我耳畔响起那些古老的情歌，那个等待千年的爱人是如何带着隔世的风尘走进我的灵魂。我庆幸这世界还有爱和被爱。我多么想告诉九泉之下的父母，你们深深地被我和更多爱你们的人爱着，你们灵魂里的生命还在继续，你们的血液还流淌在一代又一代的生命里。

去年母亲节，我在美国列克星敦小城写了一首《窗外的梧桐树》：母亲已经不在了 / 窗外的梧桐树 枝繁叶茂 / 宛若一把遮风挡雨的伞 / 为母亲守着灵魂的家园 如洗的晚风荡涤着灰尘 / 家具，还是从前的摆设 / 那些陈旧的气味 来自空寂中飞翔的精灵 / 那是母亲放心不下的眷恋 我的灵魂飞回故乡 / 仿佛母亲还在病榻上 / 用喃喃细语 / 抚慰着我疲惫的翅膀 那些年我陪着母亲 / 看着她，慢慢地缩小 / 目光呆滞 / 鼻孔上，还插着氧气和食管 / 一种无能为力的苍凉 / 只能偷偷地暗自落泪 岁月的刀刃，磨得我满身是茧 / 然而，绝望的波浪 / 也难摆脱吐露清辉 / 我愿回到童年 / 回到母亲的臂弯里。

载于《浙江散文》2021 年 6 月

从"吃"谈起

[新加坡] 寒　川 *

一

　　我一直以自己不懂得掌勺下厨为憾，因而对烹饪总是避而不谈。多年前美食家兼作家黄美芬乡亲邀我写《作家与厨房》，我恭敬不如从命，涂写了《印度尼西亚凉拌菜》一文，在妻子的协助下，亦步亦趋，倒也似模似样地呈现了这么一道家常便"菜"。其实，那是太简单不过的了，无须上火烹调，我可是这群作家里最取巧轻松的一位了。

　　正因为不懂厨艺，有时一个人在家，想简简单单地煮一点东西充饥也不能如愿，索性往楼下咖啡店去。妻就常说我好命，不会煮，比两个儿子还差。我戏说当年若也有机会出国留学，肯定也会亮出几道菜的。再说，不会厨艺的新加坡人可多呢，女人都不会，遑论男士了！

　　妻来自雅加达，少女时代与大部分印度尼西亚大城市的华人家庭一样，未曾下厨；嫁作狮城妇后，她从母亲那儿学会厨艺，懂得烹调金门家乡菜，例如：蚝煎、海参鸭、金针香菇炒冬粉等等。金门人祭

* 寒川（吕纪葆），祖籍福建金门，1950 年生。南洋大学中文系毕业。担任新加坡、中国、金门、印度尼西亚十余个宗乡团体与文教组织理事或顾问；亦参加在中港澳台、美国及亚细安等地举行的文学与学术会议；也担任多项海内外文艺创作比赛评审。2004 年获印华作家协会颁发"功绩卓著奖"。著有《金门系列》《文学回原乡》等二十种；另主编《华实串串》《新加坡金门籍写作人作品选》等七种。

祀多，逢节必拜，家乡菜琳琅满目；妻后来也轮番增添几道印度尼西亚风味菜，让大家有更多的选择，而不会感觉厌腻。

几年前，由于妻对烹调的兴趣及经验，她被委为新加坡金门会馆饮食组主任。她为乡亲开办烹饪班，下厨指导和示范各类菜肴与糕饼的制作方法。端午节来临之际，她示范粽子的制作，教导如何准备食材及包扎方法。记得有几位乡亲，还把家里的女佣带来上课。据知这些女佣，后来也能大展身手，在端午节时为雇主绑粽子。

说到我家绑粽子，从最早三十年前的五公斤，绑整百粒，到后来二十五公斤，前后三天，绑五百粒，这工程不能不说浩大，俨然可当一门小生意了。记得那时，我和弟妹们忙得不可开交，从左邻右舍、亲戚朋友，到办公室同事，四处派送粽子。绑粽子，我帮不上忙，但载妻子上下，分送亲友，我倒是很享受这过程的。

近几年，随着母亲年龄偏大，不再绑粽子了，也不再有家庭成员忙碌迎接端午节，蹲坐在门前一边绑粽子一边聊天的温馨情景。

二

小时候住在直落亚逸街，邻居是挑着担子沿街叫卖福建虾面的金门人。我常以一毛钱，便买到一罐子的虾面，回家后可倒成两碗，与家人分享。从小便吃惯了福建虾面，我似乎不太喜欢炒粿条。那时，一碟炒粿条是两毛钱，加蛋则是三毛钱。

我爱吃福建虾面，妻也煮得一手让人拍手叫好的地道小吃。她曾煮给"华中池畔"周日早餐雅聚的学长们，煮给金门会馆星期天聚餐会的董事们。虽然，事前的准备工作也够烦琐，但能够招待学长和乡亲们，那种满足感是不言而喻的。

2012年，想不到妻擅长烹煮的这道小吃，连同"炸虾饼"，竟成为金门会馆受邀参加在家乡金门举行的"世界闽南文化节"，招待海峡两岸暨香港、澳门及东南亚各地嘉宾的桌上佳肴。妻在海岛金门乡亲们的协助下，让百多位嘉宾品尝了独特的狮城风味小吃。坐在水头村落"金水食堂"二楼，望向窗外海边，儿时与父亲一起津津有味吃着福建虾面的情景历历如绘。那儿是星洲，这里是金门。金门、星洲、印度尼西亚，我的思绪在七洲洋外……

福建虾面汤，以大骨、虾头和虾壳熬成的汤头，汤色泛红，主料为咸水面，配料有虾仁、肉片、蕹菜、豆芽、葱头酥、猪油渣及南洋辣椒粉等。必要时，也可放上两片鸡蛋黄。

至于"炸虾饼"，则是面粉与自发粉调水后，加入盐与胡椒粉搅拌成面糊，然后将虾饼浸在热滚滚的油镬里片刻，取出涂上少许面糊。之后加入豆芽和青葱，再铺上一层面糊，其上放置三四只小虾，然后再炸至金黄色即可。这道小吃，在金门会馆的周日董事聚餐会，或宗乡总会举行的美食节，总是供不应求，有口皆碑。

出掌锡山文艺中心主席那几年，我总会在轮值"做东"的金门会馆星期日董事聚餐会上，也多开一桌，邀请锡山文艺中心的理事们，一面品尝金门家乡菜，一面讨论锡山的会务发展。有时，还佐以金门高粱。这五十八度的陈高美酒，在那样的炎炎周日，不醉的是颗颗文艺的爱心，让文艺与美食成为那天美丽的风景。

三

朋友圈里不乏有一些很讲究吃、喜欢吃，甚至懂得下厨烧菜，称得上美食家的老饕。和他们在一起，不仅品尝到人间美味，也让自己对吃又有另一种认识与憧憬。

三年前一伙人曾踏足港澳，再移师宝岛，短短几个月，马不停蹄地往好吃的地方走。不一定是高档餐馆，我们也曾加入当地市民人龙，排了好一段时间才挤进巷子里的小餐室。在那喧嚣的食坊里，我们体验了台湾人吃厚烧饼、油条和喝豆浆的早餐文化。在台南，咸粥是人们必尝的早餐。对我这个不太喜欢吃鱼的人来说，却不能不入乡随俗，和大伙儿在微凉的早晨，吃着热腾腾的虱目鱼肚肉，那真是在新加坡无法找到的既美味又廉宜的享受。

那趟台湾美食之旅，从台南到台北，匆匆的是驿动的心。每天赶几场美食，不免有望而生畏，再山珍海味也有不想动筷子的念头。我想，"食色性也"，但若餐餐满汉全席，你也肯定消受不了，或许还因此"病从口入"呢！

因为参与团体多，酒宴酬酢自然免不了。只要连续几天的美食佳肴，我可能痛风症复发，走几步都疼痛非常！十多年前在西班牙巴塞罗那，一大碟青蚌和啤酒，让我隔天痛风走不了路，那是一次惨痛的回忆。于是，携带西药，以防不时之需，是我出国必备的功课。可见出国也不是一件乐事，至少对一些人而言，例如我，确实如此。

载于《新华文学》2017 年 7 月第 87 期，
选自浙江工商大学出版社
《新世纪东南亚华文幽默散文精选》，2020 年版

写作从伤感出发

[日本]黑 孩[*]

今天在朋友圈上看到一句话：我一直以为回锅肉就是炒两遍的肉，回锅嘛。这句话的后面还有一个好笑的表情。不由得笑起来，觉得这位朋友真是太可爱了。类似的感觉我也有。比如我经常会想，东京的狗如果跟北京的狗见了面，会不会像老虎看狮子。还有，家里养的猫能不能理解流浪猫。想来想去都得不出答案，说起来很伤感。

我在长篇小说《惠比寿花园广场》小说里写过我家里的一些事。爸爸的工资本来就很低，却都用来喝酒抽烟。六个孩子里，大姐是1949年新中国成立那年生的。二姐、三姐和四姐是上过山下过乡的知识青年。哥哥是工农兵大学生。我是恢复大学考试后的第二届大学生。妈妈白班晚班地打各种工，赚来的钱依然不够全家的开支。有关童年的记忆灰蓬蓬的。一生中最无法忘却的是学费的事。每次交学费之前，妈妈都要我去邻居家借钱。妈妈之所以选定不满十岁的我去借钱，我想跟我的年龄有关。妈妈肯定认为人们难以拒绝一位小孩子的要求。妈妈这样教我："你去借钱的时候，你就说：我爸22日发工资，22日那天肯定还钱。"我至今都记着这句话。对我来说，22日是我永远无

---

* 日籍华裔女作家。现居东京。代表作有东京三部曲《上野不忍池》《惠比寿花园广场》《贝尔蒙特公园》。近年在《收获》《花城》《作家》《北京文学》等杂志发表多篇小说和随笔。作品被《小说选刊》《思南文学选刊》《小说月报》《北京文学中篇小说月报》等杂志选载。

法忘却的极其伤感的一个日子，连数字本身都浸透着哀伤。

说到知识青年接受贫下中农的再教育，因为熬不住种地之苦，二姐一次接一次地从普兰店跑回家里。二姐坐火车回家，回家的时间，正好赶上家里人围着饭桌吃午饭。二姐不敲门，而是特地绕到后院敲窗玻璃。我家那时住一楼，二姐敲窗玻璃，我们一同看窗。一看到二姐，妈妈的手就会控制不住抖起来。第二天，妈妈送二姐回农村的时候说："城里没有你的户口，没有户口就拿不到口粮。你不在农村待着的话，连农村的口粮也拿不到了。这一次回去，你要尽可能待得时间长一点。你懂我说的意思吗？"

二姐一直哭，对妈妈说农村的太阳特别毒，烤得脸颊痛。还说太阳地里种水稻，腰痛得直不起来。妈妈说："你得学会忍啊。你要忍到你被抽调回城。"为了口粮，妈妈逼着二姐回农村。妈妈跟二姐说再见的时候，一边摆手一边大声地喊："你要学得省心点儿。"我还记得那时的二姐，披散着乱发，一脸的泪水，从头到尾都是愁眉苦脸的。但同样是知青的三姐和四姐为什么跟二姐不一样呢？不到农村放假的时候绝不回家，绝对不给妈妈"添麻烦"。因为这个原因，我至今也不知道她们的下放地点叫什么名字。但三姐跟妈妈说过的事我却记得很鲜明。意思就是太阳很毒，昏头涨脑地插完秧，腰痛得只能爬着回田埂。对农耕怀有恐惧是理所当然的。我没有二姐、三姐和四姐这样的经历，至今也没有见识过农村，不熟悉土地，对农村的想象除了一大片绿油油，还是一大片绿油油，是田园式的。我的世界一直是一张写字台，从小学，到中学，到大学，到出版社，到大学院，再到出版社。结果我对文字特别敏感，几乎可以说是病态。环境与感受，就像一根很长很长的线被扯在一起。

还有一件事，多少年后讲起她的几个孩子时，妈妈总会叹一口很长的气说："小孩子真是从小看大。老二从小就不省心，尿床尿到上中学。所以她去农村的那几年，把我辛辛苦苦挣来的钱，都折腾在火车票上了。"而我呢，从小就离家出走，对故乡和人生有强烈的幻灭感，所以讲到我的时候，妈妈会后悔地摇着头说："早知道读书让你成天到晚地想死想活，我就不会让你上大学，而是让你去工厂做工了。"

我知道，这是伤感。妈妈的伤感。迷惘也好，爱也罢，其实都是伤感。来日本后我经常去温泉。白昼去小街散步，看一幢幢旅馆附近冒出的一缕缕热气像白色的烟雾，感觉里面藏着很多个故事。也许不懂得人生的人，才会感到真正单纯的幸福。也许懂得死的意义的人，才会活得更加坦然。这些话听起来好像不太靠谱，但伤感确是感受生活的一种能力。

这样的例子比比皆是。小时候，家里的厕所跟房间隔着一条很长的廊，黑漆漆的。窗户对着后院。大概是怕"鬼"吧，一直到上中学为止，夜里去厕所的时候，我总是叫醒妈妈陪着我一起去。有一次从厕所里出来，我爬上床，准备睡觉，妈妈说："什么时候你去厕所不再需要我陪了，我就该休息了。"上了中学，一个人去厕所不害怕了，发现长廊比想象的狭窄，而窗户比想象的要高，只是非常小，根本容不下一个人的脑袋，于是觉得有点儿虚幻，竟在厕所里叹息起来。忽然觉得自己的胆子小得有点儿惨。寂寞从心底迸发出来，不由得对妈妈充满了谢意。

稍微懂一点儿事的时候，有一次，我看到妈妈在厨房偷偷地擦眼泪。我走过去拉着妈妈的手，伤感地对妈妈说："妈妈，不要哭了，我会长大，我会把你现在的苦处都写出来，让全世界都理解你。"

所以我的创作是从伤感出发的。我觉得创作就是邂逅，来自生活。虽然不变的是已经逝去的童年的环境，但童年的环境却给了我支配自身命运的某种力量。如今想起已经去世的妈妈，我觉得非常寂寞。太寂寞了！童年的背景变得虚幻。妈妈恍如一缕忧伤的黑发在天空飘忽，于是白云看起来更白，连云间的霞光看起来都像是飘忽的头发了。穿一件藏青色的上衣，留着齐耳的短发，长得十分美丽的妈妈是风景，而这样的风景已经成了过去的梦了。我一直以为藏青色是最能表现清洁感的颜色，并酷爱藏青色的衣服。我在长篇小说《惠比寿花园广场》里写道："我对妈妈的伤感的记忆，常常潮水般涌到眼前，它们具有形状和味道，好像两臂间的投入，两个唇齿间的亲吻。"

我是1992年2月到日本的。完全是随波逐流。那时国门打开不久，一首歌红遍全国，其中的歌词是："外边的世界很精彩，外边的世界很无奈。"很多人想看看外边的世界，我也一样。刚好我翻译的书的作者是大学教授，他发邀请，希望我能到他所就职的大学留学。不管怎么说，从大学的时候开始，我就深深地爱上了日本文学，知道樱花与红叶是日本文学作品中的重要主题。我也知道日本武士推崇樱花，认为樱花的美，不是盛开，而是凋谢。最好的例子是三岛由纪夫的《金阁寺》。虽然我现在重新读这本书时已经流不出泪水，但我还记得当时读完这本书后所受到的巨大冲击：悲伤铺天盖地。泪水涌出来，永不休止似的。《金阁寺》是一场爆烈的美的祭典。三岛由纪夫是想通过美的毁灭的伤感，来唤起读者对现代社会的对比。而三岛由纪夫本人，无疑正是樱花一样的男人。生命在达到至极的美丽的巅峰之后，毫无留恋地结束了。他在《奔马》中写道："就在刀刃猛然刺入腹部的瞬间，一轮红日在眼睑背面粲然升了上来。"他在四十五岁选择了自杀。他的死也是创作。回想起来，我那时的心情是，有朝一日可以亲眼看到金阁寺。

这么巧，那时我出版了散文集《夕阳又在西逝》。汪曾祺在给我的书所写的序里说："黑孩翻译过日本新感觉派的作品，当然接受了一些感觉派的影响……不要对黑孩的作品作过于实质的注解。不要把栩栩如生的蝴蝶压制成标本。我小时候就做过这样的事，捉了一些蝴蝶夹在书里，结果，蝴蝶死了。"我好感动，并且伤感。石川啄木的诗歌里有一句话："能够比谁都先听到秋声。"好多人认为我写的小说自传性居多，我很难解释。写作不可能跟医生似的，用手术刀来切开肉体，告诉你这是心脏，这是肿瘤什么的。如果说创作是用文字打扮过的生活，那么我的文字一定是带着好多自我的目光。如果我也可以为小说归类的话，我愿意将我的小说形容为"模特小说"。我希望我模拟的人物有奇异的生命力，可以跟现实生活中的人物相比较。正如三岛由纪夫，通过美的毁灭的伤感，来唤起读者对现代社会的对比。直到现在我依然很幼稚，希望自己可以成为一个作家。

当然作者的经历在表现的时候也会成为一种局限。打一个比喻，诗歌和小说中，常看到"外边是雨的声音"这样的句子。雨自身没有声音，雨只是下，诗人和作家听到的是雨下的途中打击在房顶、树干的时候的声音，是撞击的声音。诗人和作家想写雨的时候，文学就不知不觉地溜走了。文学不是从雨出发的。文学是从雨在人的内心所唤起的某一种心情出发的，好像伤感。问题在于创作的真实是想象的，而细节是真实的。

忘了是什么人说过："回忆是另外的一个存在，是第二个现在。"我出生的地方是大连，大连人的回忆离不开海。写大海的时候我会这样写：海面掀起大浪，可以感受到台风的即将来临。或者可以感受到台风之强劲等等。经验有时会成为写作时的局限和极限。川端康成说："小说的世界里，则是连幻想的东西也与现实的世界相连在一起，宛如同连接实物绘画所装饰的图画，或者游人往来附近所接触的事物一样。"

说了这么多，我自己也觉得不知道自己说清楚了没有。反正，人在受某一种心情牵制的时候，在伤感的时候，解救的唯一的法宝就是语言。通过字眼来吐露心的声音。

因为孤独，刚来日本的时候，每天都十分伤感，但是，也许是我的运气好，研究生毕业后，马上在日本的出版社就职，跟国内干一样的工作，跟在国内时一样开始出版自己的日文版书。所以，在身份认同上我几乎没有苦恼。但是，一个人如果没有看过海也没有看过雪，看过大海后就会想着看雪，以为雪比大海更好看。想象总是彩色的。到了日本后，交通、电信、安全、国民性等等，给我的冲击很大。现在的年轻人已经司空见惯，但是三十年前，家里有浴室，水龙头往左开是热水往右开是冷水，一张卡塞到机器里就可以存钱取钱，忘在公共电话亭的钱包会有日本人在后面追着你还给你等等，却是不得了的事。好像堆积在岩石上的生活，瀑布一样倾泻下来，眼前出现了几十个世界。于是我在脑子里画了一个地球一样的圆圈，除了中国和日本，我把美国画在里面，把比我们落后的非洲也画在里面。我想看看美国、非洲甚至更多。但是持中国护照的我，当时想走出日本的话，只有归化日本。而我喜欢东京这个城市，建筑物的新旧并存，文化上传统与现代的交织，时装的多样化，细节中充满的精致，都令我觉得美无处不在。有人说，现代人多的是胸怀而少的却是情怀，我觉得东京处处可以陶冶我的情怀。归化也可以成为我居住在东京的一个手段。爱国不一定标榜中国护照，我是这么想的。现在的中国人，没必要归化了，因为时代不一样了。中国发生了翻天覆地的变化，中国人拿着大把的钞票，拿着中国护照，想去哪儿就去哪儿，澳大利亚政府还打出旗来欢迎中国人。所以说，在身份上我没有任何困惑就做了归化的选择。我归化不是身份认同，就是想看看地球上更多的地方。

结果是有了好多令人伤感的纠结。归化后我依然还是一个中国人，除了当中国人也不可能变身为日本人。日本人的确排外，但是换一下位置，如果日本人到中国去随地吐痰，乱扔垃圾，不守规矩的话，你也会排斥日本人。和日本人一起工作，为了得到日本人的认同，认同你跟大多数中国人不一样，真的是非常伤感。我多少有些意外，因为对日本的观照竟然让我思念起故国来了。我开始断断续续地写一些文字，比如"樱花雪""尺八""小日本大帝国""日本的夏""温泉情结"等。其间樱花风流、尺八悲壮、京都的舞女华丽，浅草热闹的都是外国人等等，它们都源于我内心伤感的余韵。而现在，伤感一旦消失，我已经写不出这种儿歌式的文字了。我自己都大吃一惊。打一个比喻的话，文学是我走向大人的一段道路。从某种意义上来说，阅读和观赏已经成为我活下去的另外一个载体。归根结底我们掌握不了人生的长河，这是令人伤感的，但是看完或者读完了一部作品，有一番探索留在心头，又是创作的永恒性了。

回头说金阁寺。到日本旅游的人，去京都的话，都会去金阁寺打卡。小时候看过动画片《一休》的人，会在金阁寺找到童年的记忆。读过三岛由纪夫的小说《金阁寺》的人，脑海里会产生美与丑的对立，爱与性的对立，永恒与凋零的对立。还会想到吞没了金阁寺的那场熊熊燃烧的大火。我去过好几次，每次都是陪朋友去。每次去都会跟朋友解释大叙述与小叙述的关系。小说中的主人公，在战火中跟金阁寺一起毁灭，这是作家三岛由纪夫的壮烈而不失伤感的幻想，是对美的极致的追求。有一位中国作家（我想不起是谁了）说得很好："从世界大战到亚洲战场，然后到日本，再到金阁寺，再到三岛由纪夫这里，这一条巨大的历史背景线，仅仅是三岛构建故事的一个朦胧的背景而已。"金阁寺真实存在过，被烧了，又被后人恢复了。我想，恢复的金阁寺绝对不是原来的那个金阁寺了。

好多人看金阁寺会想起那场大火，或者会想起放火烧金阁寺的主人公。但我看金阁寺，会不由自主地想到三岛由纪夫的脸。其实我根本没有见过他本人。我只是看过他的黑白照片。前些日子我看了小说《步履不停》，脑子里不断浮现的是妈妈和兄弟姐妹的影子。我真的是觉得既喜悦又伤感。文学带给我的，多半都是伤感。

从某种意义上说，美是离不开伤感的。再比如川端康成，作为一个作家，个人的他并未令我非常着迷，但是他文字里所流淌的颓废和静寂伤感的情绪，却令我感到亲切。因为我从中能够找到我想要的那种幽微。窗外凄风苦雨的时候，或者一点儿也打不起精神的时候，我就读川端康成的文字。川端康成的书总是摆在我的枕头边上。摆在我随手可以拿到的地方。《雪国》的凉，雪的洁净，雪后的静谧；"古都"的京都的树香，花开的声音伴着潺潺流过的融雪的声音交响曲一样。驹子的头发又凉又硬，但胸脯软软的膨胀出温暖。也就是说我喜欢他的细致入微的观察和天籁般伤感的文字。对我来说，川端康成的作品是中药，我伤感的时候为我解毒。

在我这样说的时候，我的脑子里已经浮现出富士山、温泉、和服、花火、茶道、武士道、生鱼片和成群成群的夏的野鸟。就是它们包围过我。它们像彗星划过我的脑子，留下的是一个个闪闪生辉的感触。比如生鱼片，我觉得是一幅美丽的画。而温泉是暖暖的情。和服像花。花火燃烧出一寸寸的风情。一杯绿茶喝尽所有的山清水秀。事实上，真实的生活是无法捉摸的，而文字的确是有形有味的。总之，我写一人一物一事一景一情，它们遍及日本生活的很多边边角角。我写它们给我的生命感触。这些感触跟樱花，跟金阁寺，有着相同的意义。

因为安徽文艺出版社要出版我的文集，所以把写过的散文整理了一下，竟吓了一大跳。来日本快三十年了，以为自己没写多少文字，但整理出来的文字竟有二十多万字。三十年的时光太长，像流逝的河水。我这里扔一篇，那里扔一篇，当我忘记许多人和许多事的时候，这些我曾写过的文字同时也被我记忆的河淹没了。主要的原因当然是我一贯都过于懒散。但是在这里，原因就不必说及了。1991年出版的第一本散文集《夕阳又在西逝》，很快就再版了，但现在的书很少有几本会再版了。一场雪景会改变眼前的景色。雪化了，眼前又是另一番景色。今天早上我还在想，为了所谓的见大世面，三十年前我独自一人跑来日本，其实也是很伤感的。又好像写这文字的时候，虽然是九月里的一天，日本仍然高温，但是早晨伯劳鸟的清脆的叫声，却令我感到秋的凉意。我察觉到秋已经到了。

载于《北京文学》2020年第8期

肖　像

[美国] 胡刚刚*

半小时过去了，我仍旧扎根于舵手门外，提心在口，倾耳细听，防盗镜里渗出微光的残喘。他在做什么？读书？沐浴？歇憩？我要不要把画顺门缝塞进去？万一他开门，我如何应对？

"小姐，请问需要帮助吗？"霍然出现的酒店服务员吓得我魂飞魄散，我顾不上摇头，像个肇事者拔腿逃回自己房间。冥室椟棺，为他绘制的肖像边角已被我攥皱，褶痕格外刺目，我懊恼地闭上眼睛，释放出两行冰凉的泪。

明早我就要随父母从巴黎启程返京，就要永别舵手，今晚是我最后的机会，可我还不知道他的名字。

2000年，高一暑假，我随父母游历欧洲。尚未适应高中学习生活，我数理化期末考试均不及格，夹带着班主任嫌弃眼神的成绩单令我深陷怨恨与不甘。我怨自己才貌双缺，百无一能，糟蹋了父母的宠爱，怨下滑的排名让我在老师同学面前抬不起头来，怨旅行耽误了我绝地反击的复习计划。飞机上十几个小时，我都在赌气做物理题，加速度、角动量、摩擦系数……直到空姐第二次提醒我关闭遮光板，我

* 宾夕法尼亚大学计算机硕士。生于北京，现居美国。北美中文作协会员。著有散文集《边界》。获杜伊诺城堡国际诗歌大赛最佳诗人奖、香港青年文学奖、梁实秋文学奖、台中文学奖、北美汉新文学奖、广东花地文学奖等。

才不耐烦地把视线从受力分析图里拽出来，刹那间，瞥见茫茫云海。层次分明的高光与阴影似煎盐叠雪，挑战着我的词汇量。想不出比气势磅礴更磅礴的描述，我只好在习题集空白处画了一朵云，旁边添上三个惊叹号。

抵达首站罗马后，我受时差烦扰整夜未眠，次日一上巴士就昏昏欲睡。有人从前排开始分发瓶装水，我在蒙眬中只瞟了他一眼就迅速合目，诧异于自己的反应，却在重新睁眼前有所领悟。刚才触动我的，不是他生得掷果潘郎，也不是他笑得温文尔雅，更不是我在复苏过程中的想象力——我居然把他当成了某位影星。当然他的穿着、语调、举止，所处的场合，无一不在瞬间就否定了我的判断。我钉在座位上，盯着他的身影，不知过了多久，才弄清他的魔力——神情。

他的神情里有股超乎寻常的专注，仿佛散发千百瓣线索的莲，引六欲遁入无涯默片，览霜蝶独舞，玄鸟闪过，残羽拨转七字谱，捻捏尚未圆满的休止符。那魔力一开始令我震惊，进而困惑、入迷，最后是深深的折服。怀着隐约的恐慌，我转头望向窗外。

他是随团司机，我暗自叫他舵手。他让我想起阿格龙河声名显赫的渡神卡戎，载灵魂从已知空间到未知维度。不过我明白，卡戎的船并非谁都能上，若来客既无盘缠又无嘉容，甚至连智商都不过关，恐怕只配当孤魂野鬼。

得益于舵手操控专注，乘客亦享尽优遇，若非目睹移步换景，丝毫不觉日行百里。由于行程紧凑，每座城市只容逗留一两天，我在顾此失彼的意犹未尽中实践着走马观花。西班牙广场最火爆的地方是 Gelato 冰激凌店，因为《罗马假日》里奥黛丽·赫本在台阶上吃过 Gelato。当时的货币是里拉，一杯纯味 Gelato 售价六千。厌烦扎堆，又经不住父母劝说，我磨蹭到队尾，想要的杧果味没有了，店员把其他种类每样分给我一点，像施舍一般。一叠花花绿绿的钞票换来一杯花花绿绿的甜味，说不清是浪漫还是浪费。

阶梯是白色的，喷水池也是，如满目繁华里盛放的雪，托起静观嚣世五百年的大理石森林。这里倘若人迹罕至该有多好，那么泉水就能用精灵施过法的嗓音唤出树空中匿伏的幽愫。扭过头，看到舵手正与一位同行女孩迎面攀谈。逆光环抱中，他穿着蓝格衬衫，墨镜推上前额，向她倾注笑意，她一袭红裙，微微昂首，捧着饱满的杧果双球，不经意探出舌尖，轻轻一舔，多汁的诱惑。

有何不妥？他气宇轩昂，她燕妒莺惭。我看得出神，直到虎口一阵发凉——手里的冰激凌正在融化，那是一杯配色艳俗、外形参差的残次品，不上镜得就像我的脸。士可杀不可辱，脸再丑也不能丢。自从知道要脸，我就开始规避情歌、浪漫片和言情小说，坚信与爱情绝缘，发誓若当了作家，绝不染指高唐梦。这条戒律，我到年龄翻倍的时候才打破。大概是一次次的错过，让我在严重滞后的自省里最终决心直面自我，所以我对第一人称的使用属于散文性质。

写作是我安静的嘲喧，安全的冒险，它放任我倾诉至爱的痛和至痛的爱。尤其发觉倾诉不被在乎后，我愈发肆无忌惮。人们向来高估自己的段位，低估他人的忘性，与其抱着振聋发聩的赌徒心去声嘶力竭，不如保持好奇心怀铅提椠，洞察万象。由于认为景点渊源与观览攻略极易查询，我从不复述九经三史，也懒得炮制旅游指南，我的锦囊里装满非典型见闻：罗马街巷常见窈窕淑女牵巨犬，肌肉猛男抱狗仔；茜茜公主旧宅旁的花丛下藏着袖珍巧克力香草甜筒，那是一只螺旋尖壳上涂满橡栗棕与奶油黄的蜗牛；科隆大教堂正逢清洁，远远望去，半截牙白半截灰黑，仿佛身披八卦袍的天神；布鲁塞尔有家音像店气派非凡，数十面荧屏贯通三层楼墙壁，同时播放比莉·派佩的热门 MV *Day & Night*："The only time I think of you is every day and all night through.（我唯一想你的时间，是每个黑夜与白天）"说来讽刺，这类陈词倘若现身书报一定会惹我笑场乃至反胃，配上旋律唱出来反倒染神刻骨。大约听觉可以越过我固若金汤的视觉免疫，直击我伤春悲秋的软肋。有时来了兴致，我会随手涂鸦，大到拱桥、雕塑，小至花束、蘑菇，都是我的模特。

那天正在勾描宁芬堡宫前的天鹅湖，看粼波沾满了阳光碎屑，一闪一闪地狡黠，我冒出个疯狂的念头：每天送舵手一幅画。幕后者登不了台面，适合走曲术悦人，我要趁其不备将画留在他座位上。一想到自导自演悬疑片，我下笔倍加谨慎，写意里竟有了工笔的味道。

此后每天清早我都排到队伍前面上车，但避免做惹眼的第一位，上台阶略微加速，拉开与身后乘客的距离，接近驾驶座时，伸出右手一甩，让指缝间的纸卷如暗器般飞出，落到座位中央，整套动作连贯自然，同时确保脚下不慌，眼观八方。待导游安顿好所有乘客，我将视线越过排排头顶，跟踪舵手上车，弯腰，拾起纸卷，落座，锁定他静默的背影，猜测他有无打开查看。他能否找到画中的暗示？头戴常春藤花冠的浮雕马，流星雨里婆娑起舞的野蔷薇，日环食下含满枫叶的加尔达湖，以及其他有关眷睐的诺言。可惜诺言是枚阴险的筹码，它的兑现太廉价，时间枯萎后，只剩茑萝松念着往生咒，卷走烛火般熄灭的年华。

罗马竞技场、许愿池、圣母百花大教堂，各大古迹纷纷跃出教科书，放大了数千倍以后矗立在眼前，令我有些恍惚，幸好嫁接到古迹上的现代元素过于嘈杂，震撼中的遗憾把我从恍惚拉回真实。我觉得游客比古迹有意思，看他们情不自禁地高谈阔论，手忙脚乱地聚集拍照，我捂嘴偷笑，忘了自己也是其中一员。不过我惯于旁观，世相万千，身为过客，过目足矣，本不属于这里，也不想去添乱。舵手也是旁观者，当然这是他见怪不怪的日常，也是他本职工作的需要。偶尔他会打个简短的电话，出神入定，步履从容，在匆匆人流中实属异类。他正与谁通话？我记起他后视镜上悬挂的水红色桃形荷包，上面绣着花卉鸟兽，在阳光照耀下隐约透出内里细物的尖角。那细物是什么？是吉祥物还是定情物？荷包来自何处？他是否正与送他荷包的人通话？一系列围绕舵手的问题蜂拥而至，挤走了考试排名带给我的困扰。一直以为动情之苦是短痛，学业之苦是宿疾，殊不知我本末倒置了烦恼。

阿姆斯特丹的朗夜，我在酒店花园里散步，走着走着，余光扫到一小团异物，原来是蛞蝓抢路。丢了壳的蜗牛如何自卫？万一被踩到怎么办？我心生疑惑，蹲下观察，柔软湿润的肉身摩擦沙砾地面，留下长长的莹白色轨迹，这是它的泪吗？是它的血吗？它疼不疼？目送它爬进灌木丛，我站起身，忽见舵手安坐在灌木丛对面的露天咖啡厅里，半满的冷饮，半翻开的书，半侧面的角度。一时九凤腾飞，花坞春晓，五色云绽放于心湖，唤醒了四空，斑斓了万物。我被他的专注感染着，呆呆地看着，多希望时间静止，这样我就能随心所欲地、一直一直这么看他。当然我没有放松警惕，预感到他就要朝这边望来的时候，我若无其事地走开了。

他发现我了吗？他认出我了吗？他怀疑我了吗？早晨他上车后没直接就座，而是环顾了车厢，他在排查嫌疑人吗？回到房间，我提笔在行程日历上再划掉一天，不留神，半秃的铅笔从手心滑落，有气无力跌到地上。

是时候酝酿压轴之作了。

我翻开随身笔记，练习为他画像。每天两三幅，每幅挑出满意的部分，纳入下一版。大多时候我只捕捉到他的背影，偶有侧脸，但基于他的五官极具代表性，翻版了素描课上的雕塑，我画得游刃有余。为扮演平日的晏然自若，我以喷薄欲出的热切燃烧画纸，空臆尽言，融卡通于速写，向庄重里添加活跃，只为将离别的告白巧饰成雅笑。入驻威尼斯当晚，我见宾馆房间里的信纸质量上乘，是正稿的不二之选，于是把草稿垫于其下打算影抄。不想信纸略厚，笔画难以透过，我灵机一动，颠倒两纸顺序，先重新用力描一遍草稿，再沿下层纸面轻凹的印痕逐一填全。为保证线条流畅，我憋足几口长气一挥而就。画背面的赠言我成竹在胸，只是不知如何译成英文，思来想去，索性留了中文。

揉揉眼睛，瞧瞧窗外，各家各户的贡多拉已经靠岸，尖尖的船头一字排开，水面幽暗，闪耀着街灯苍黄的火焰，我想起白天参观的布拉诺岛——导游口中"被上帝打翻的颜料盘"，色彩泼洒到屋顶、天棚和墙砖，窗台化作微缩花园，香气如蛛网蔓延。如果说花园是坠落凡间的天堂，那么花朵是不是天堂最美的骗局？是不是每瓣窗帘都遮掩着改良前的格林童话，引诱鼻尖探近蕊，吸入谜底破碎前短暂的幸福？然而一切与我何干？幽明异路，纵使有卡戎摆渡，梦游仙境的爱丽丝终究要回归尘途。

最后两天旅行团停驻巴黎，抵达酒店，导游例行分发房卡。父亲领完全家房卡没几秒又被叫回去，与导游谈笑了片刻才回来，说导游刚才眼花，把我住的单间门牌号 207 看成了 201，发错了房卡。201 是谁的房间？我随口问道，父亲指了指人群外的舵手。

201。我盯着手里的肖像，一页严丝合缝对折起来的正方形，轮廓逐渐清晰。泪干后的皮肤丝丝发紧，时间一分一秒流逝，涓滴成河，冲击我的耐力。也罢，反正他对我一无所知，索性豁出去一次，我怀揣就义的悲壮，起身对穿衣镜抹了把脸，重新踏出房门。

我想到了楼下的咖啡厅。也许他会在那里小坐，我要去碰碰运气。旋转楼梯连通二楼与大堂，我沿金色扶手溜边下行，红地毯柔软，容许我落步无声，层层叠叠的玫瑰图案在弧线中延续，延续，突然间，我腿脚僵直，玫瑰花尽头出现一个身影，一个令我失眠的身影，一个我失眠时给养我白日梦的身影，正展开他隐形的翅膀，迎着我款款而来。他眼睑下垂，凝注台阶，尚未看到我，我条件反射来了个一百八十度转身，然而，一个绝望的念头制止了我逃跑的脚步——这是我今生最后一次见到他。

蛞蝓靠什么保护自己呢？靠防御性黏液，我后来得知，一旦身陷危机，蛞蝓会立即收缩脊背，分泌出大量白色强力胶——就是我之前看到它留在地上的泪痕——死死钳制住捕食者，然后趁机逃脱。因为没有壳的负累，蛞蝓比蜗牛敏捷得多。一个不起眼的物种依靠一件不起眼的武器，从冈瓦纳大陆时期到现在，顽强繁衍了上亿年，而它的克星同样不起眼，一小把盐就会让它流泪，止不住地流泪，直到脱水而亡。

在我迟疑的几秒钟里，舵手与我擦肩而过，不记得他看没看到我，或许没看到，或许看到了，或许还朝我点了一下头，但我记得我抢在他踏出视野前，三步两脚追到他身后，屏住呼吸，伸出左手拇指和食指捏住他的衣角，轻轻拉了拉。他回过身，我仰头望向他。一张无懈可击的正脸，像电影高潮定格的特写，全部背景虚化、退却，柔光从侧面打来，只为烘托主角。我双手递上画，他愣了一下，双手接过，俯首展开，笑容从他脸上蔓延，奏响我胸腔中缤纷盛大的管弦乐。片刻，他抬起眼睛注视我，琥珀色虹膜里烟波如潮涌至，企图收复万世沦陷。再无力保持清醒，不能给他更多时间来品鉴我令人倒胃口的五官，我攥紧右拳狠狠掐了下掌心，转身往楼下跑，一口气跑到大堂，躲进卫生间，双手撑着梳妆台，两腿不住颤抖，有种大考结束后濒临虚脱的感觉。

我要确保我退场的决绝，留给他我理智的一面，我要全部剧情服从我的安排，不能横生枝节。我不在乎他怎么看我，无论他怎么看我，于我都是超负荷的难过。全力输出，不求反馈，已是我胆量的极限。毕竟我尚未拥有足够厚的脸皮来承受负反馈的打击，而等同于白色谎言的正反馈只会加剧我的自弃。正因为有了这副尊容，我才不能失了尊严。

表姐送过我一个发箍，两缕金粉亮钻编织成席纹花，贯穿于黑丝绒底面。亮钻点睛了玄雅，也缠滞了鬓发，导致发箍易戴难摘。撕拽头皮的刺痛迫使我将发箍打入冷宫，直到五年后清理旧物时才狠心扯掉亮钻，重新试戴。始料未及的舒适感变旧物为新宠。本可以用五分钟的割舍换来五年的契合，我却不肯放手，而表姐已对发箍毫无印象。无心人不足挂齿的礼节，或许是有情人念念不忘的恩典。就像舵手的音容启动了一双为他而创作的手，即使他浑然不觉，即使他的忘却始于分别，即使他最终也没留下姓名，他将依然被感谢。感谢他的自投罗网节省了手的主人狩猎灵感的时间，不记得有多少次，为捉住一个闪念，我心潮澎湃又寝食难安，时而处于濒死期的青春期，时而处于潜伏期的更年期，待冷静下来，才发现渴尘万斛的奇思妙想早溜进了柴米油盐，连声讥讽都没留下。至少，舵手捐赠了我自嘲的素材。

回程中，我不再做物理习题，而是把脸颊紧贴机窗凝望云海，我来时错过的云海，正在机身无休止轰鸣的沉闷中汹涌泛滥。云朵生出鳞甲、骨骼和钩爪，组成奇形怪状的异界猛禽：狮鹫、九婴、修蛇、猰貐、封豕……个个带着杀气，化天空为斗兽场，恐怕一番血雨腥风后，斗兽场又将化作停尸房，那是世间最宏伟的停尸房，拥有尘樊之外零下四十摄氏度的缺氧，用来陈列无数个轰轰烈烈的瞬时记忆。记忆中有舵手英挺的身影，隐约的笑声，动人的目光，还有他致命的魔力——专注。脑中灯火骤亮，我何不效仿这专注来拼杀考场？拼杀职场？拼杀情场？拼杀人生全场？也许此乃所向披靡之关键。

后来，一个月后的后来，看到父亲用手持摄像机录制的行程点滴，每逢舵手出场，附近都有我可疑的行迹。如同犯罪现场还原，我不由得心生羞耻，耻于泄露了机关，僭越了矜持，怕被父母识破，我必须让这个秘密锈蚀于心底。与其爱我爱的人，不如爱爱我的人。我暗暗发誓，对舵手的思念——那道夜以继日灼烧我、纠缠我的诡谲之光，不管来自地狱还是天堂，都将从此灰飞烟灭。

　　再后来，十年后的后来，读到《一个陌生女子的来信》里主人公苦苦守候在偶像门外的章节，我瞬间坠入了同情、辛酸、局促与骇惧交织的深渊，以至于探测不到作者狡猾安插的自我代入式夸炫。宠辱不惊，四平八稳，安之若素……当所有用来形容成熟的词语在我眼里变成了丧失共情能力的麻木不仁，充满了因为无力获得而产生的无须拥有的阿 Q 精神的时候，那些曾被我致力避免却频繁暴露的拙钝与莽撞，执拗与迷狂，竟令我萌生怀念。"意在不言中"，舵手不知道我鼓起多大勇气才走到他面前，呈上一句他不知道我鼓起多大勇气才写下的话。即使深知他将不屑一顾，我依然自责是我的委婉让他忽略了这句话后暗藏的一百句话，同时又庆幸只写了这一句，若他不懂，我在他面前也不算傻到极点。

　　再再后来，二十年后的后来，听到脱口秀里有关露水缘的调侃："说是爱情有点不要脸。你记得她，她看不到你。"受访者边笑边说，我边听边笑，笑脑海中越冲洗越拥挤的底片，笑尘途上越急需越荒废的修炼。淡然，释然，貌似谈笑封侯，实则枇貌蜡言。哪怕我早已强大到视考分、功名、利益，以及许多身外物若敝屣，也根除不掉某些隐痛，它们的发作，可能仅仅源于少量咸酸的刺探。许久以前蓄意埋葬的睡眠被层层挖掘，棺函依旧光鲜。奈何斯人已去，时移势迁，即便不情愿，我的舵手也终于走到胶卷尾页，此后再无续集，提笔，注定了删节。

载于《香港文学》2020 年 6 月总第 426 期

孔雀流星雨

[澳大利亚] 胡仄佳 *

如果我说"我家的野孔雀",聪明人会逼问:

"假如是你的,就不该说是野孔雀对吗?逻辑不通嘛。"

确实,地盘是"我家"的,有法律依据为证。但孔雀是野生的,它们在我家林子中造窝,求偶生儿育女。日日昼出夜伏,恣意在我家地盘上刨食,可远远见人就跑就飞,一点不肯亲近我们的野性不改。这美丽野兮兮的迷死人鸟儿们,没有护照也没有永久居民身份,却在我家牧场林子中长住繁衍已经不知多少代了。

面对如此的野鸟外交移民困惑,"我家的""野孔雀"两个单词自动组合起来,顺当地成就了"我家的野孔雀"这个貌似滑稽的词组,潜意识中,我是愿意它们永久继续定居下去的,虽然它们有绝对的迁徙自由。

它们那么野我根本近不得身,只有借着汽车为掩体,才有可能较近距离看这敏感野物有多美。野孔雀有成千上万年被人追猎的恐惧基因遗传下来,人形才露头它们就本能地拔脚开奔。汽车之类庞然大物还未在野孔雀记忆中扎下危险信号,把车开到相当近距离时,牧场上

---

* 现居澳大利亚雪梨,四川美术学院油画专业 78 级,悉尼科技大学硕士。已发表专栏散文随笔百万字于国内国际报刊,在国内正式出版个人散文集五本,并获各种文学奖。

的野孔雀还傻站着伸出头看谁来了。

秋天或者春天，一两只雄孔雀带一群拖儿带女的雌孔雀不紧不慢相随，那是我们刚买下牧场时常见的景色。那阵子牧场上没养牛，没被牛吃浅的草能深至五十来厘米高。野孔雀们爱这种少有人畜干扰的环境，牧场上出现好几群野孔雀都不稀罕，荒草摇曳中野孔雀的细脖小头游龙般轻盈美妙，受到惊吓的雌雄孔雀连跑带飞，雄孔雀飞翔起来的惊艳无法形容。

在半岛上的牧场包括大片草地和树林灌木林，邻居家地上大片新西兰原生树和松林与我们地界相接，牧场围栏不成障碍，野孔雀随便跨界藏身在林子里深草中，生蛋孵养小孔雀安全感十足。天亮了，它们三五成群出来在牧场草地上寻食，牧场中间有暗泉和茂密林，野孔雀们白日悠闲吃喝进退活动空间大，直到夜幕降临。

紧挨着牧场有块山岩地属于地方政府，保留地上那棵巨大的、又称为新西兰圣诞树的波胡图卡瓦树，树枝雄浑高低左右伸展，野孔雀们曾在那大树枝干上过夜入睡，如所有禽类动物喜欢的那样。因地理环境缘故，这个政府保留地平时很少有人上来走动，我们养牛也不能在保留地的丰盛草地上放牧。不仅如此，直接紧邻的我们，甚至不能擅自为这片保留地清除野草修剪树枝，野孔雀们在那里结社组党简直是再自然不过的事了。

那时嫉妒地得知前来做清洁的人在那棵大树下草丛里捡到孔雀毛，甚至能捡到好几根呢。故事令我每次经过那山丘弯道时都会特别注意瞄几眼，没想到近视远视老花眼俱全的我眼神竟然真锐利，能发现漂亮的蓝绿孔雀羽毛颜色与草不同，羽毛倒向也与群草无关。为自己的眼神激动，立马跑去把斜靠在荒草上的孔雀羽毛捡起，再深一脚浅一脚走远点，蹚看，深草里还有些散落的细幼羽毛，那是些比大眼长羽更好看的精致羽翼。

保留地林中草地上有被野孔雀们踩出的弯曲复杂小道，通向被压出团形草窝地方，也许雌孔雀带着幼孔雀们在这里过夜。伊恩还曾在这样的草窝中发现过两只浅蓝绿孔雀蛋，摸一下外壳冰凉，他想当然以为是被野孔雀遗弃的坏蛋，好奇敲开一只，谁料蛋黄完整、蛋液清亮！愧疚得赶紧走人。雌孔雀一定是听见他走动噪音，胆小早早逃开了，蛋不能飞，落得不幸凉了碎了的倒霉结果。

有时我们去保留地最高那角去看海看落日晚霞，上下攀走一圈能捡到多根孔雀羽毛。发情期的雄孔雀好斗，动武打架也是你死我活，抓扯中彼此都会丢失些美丽羽毛。脱落在草上的雄孔雀眼斑状羽毛根根惊艳，蹊跷的是，还常伴有黑褐条纹鹅翅般短羽散落四周。开初不识，我们还猜测是新西兰鹰跟野孔雀争夺地盘打架，两败俱伤的后果。一查资料才发现我们无知，那黑褐条纹羽毛与鹰毫无关系，它不过是野蓝孔雀肩翅上的覆羽罢了。落羽是秋季换毛时野孔雀们褪去旧貌留下的遗痕，不然我哪里能收集到这么多美丽？几年过去，家里的一只大花瓶被捡来的孔雀羽毛装满，多到插不下的程度。

野孔雀就这么在我们地面上若隐若现为邻几年，渐渐知道了些这种不请自来的大鸟的一点生活习性，听懂了雌孔雀呼唤幼孔雀的奇怪喇叭声，而求偶发情期的雄孔雀叫声在我听来完全就是放大的猫叫声。

浅草深草中的野生蓝孔雀大半个身子外露，小头脖子细长的转动头颈方式让我想起那位著名的云南舞蹈家的舞姿，只不过动物世界里只有雄性动物才会如此美丽。雄孔雀蓝脖色彩华贵，头上羽冠帝王光环般耀眼，被白色细羽勾勒出眼神深邃，那身由无数"孔雀眼"组成的尾翼，迷住的不仅仅是雌孔雀，爱美的人类也会被迷得神魂颠倒。可野生蓝孔雀因是外来物种而不被新西兰法律保护，我们牧场里的野孔雀被几家邻居枪猎过，还有人告诉我野孔雀肉太硬不好吃。我认识的新西兰人家里有枪的不少，但少见人没事背着枪到处打猎玩，多数新西兰人并没继承英国贵族热爱打猎的传统，爱打猎的人也严格遵守新西兰法律规定的季节时间开枪。谁要是偶尔猎杀一只野孔雀，多半拔几根漂亮羽毛做室内装饰，新西兰人的菜谱上还没有炮制这道美食的好建议。

牧场上有块向海湾斜斜延伸下去的丛林，牧场围栏挡住了牛们到林子里乱走乱吃，到底是丘陵地方，栅栏中段有好大一片洼地，不走近很难发现那是春天野孔雀们热爱的交际场地。

开四驱车到牧场上劳作时发现了野孔雀们的秘密，但无法太靠近它们，到底是野生动物警惕得很，只好记得下次带上望远镜远远欣赏一阵。好几次把车开到离它们最近的地方悄悄观察，结果很有趣。

发情期的雄孔雀常在洼地处晒着太阳等候雌孔雀们走过来，有时是一只有时是两只雄孔雀占据它们认为的理想求偶胜地，拖着长尾在自己地盘上走走停停。那天车停的地势较高视野开阔，远见两只闺蜜雌孔雀结伴穿过邻居家的围栏，朝雄孔雀方向一路小跑去，她们显然知道那边潜伏者的性别。走到半路两个姐儿们不知为啥停下，趴在草地上不再移步了。那场景颇有春心萌动的小姑娘半怯半矜持意趣，她们的头是朝着雄孔雀方向的。洼地上的雄孔雀眼尖，立刻站起身，尾羽呼地展开美屏，转动着身体的雄孔雀在阳光下闪闪迷人。

我发现雄孔雀开屏时，常常是屁股也就是尾屏背面朝着雌孔雀，性感迷人漂亮的尾屏正面显然不在小美人们视线之内？业余孔雀观察家只能胡思乱想，自认为尾羽上那些美丽的大"眼睛"会不会是具有威慑作用，转过身是要给旁边那只雄孔雀看的？那孔雀羽语是说：别过来捣乱，我可比你雄壮大得多呢！

雄孔雀开屏好一阵忽收拢尾羽，雄赳赳步步朝那两只已钻进栅栏后灌木林的雌孔雀方向去。透过望远镜发现这只雄孔雀有条跛腿，不过没关系，两只小雌孔雀显然不在意它的小小生理缺陷。

见野孔雀多了，也真起了猎心，因为狩猎它们真不违法。

政府保留地灌木树林浓郁是野孔雀们夜息地带，太阳升起后它们出来到牧场上寻找食物在我们的牛水槽喝水，常见就知道它们常出没的路线。某天把摄像机用隐蔽帐篷搭起在牧场最后一道栅栏旁，卷起三面窗帘布，把自己关在花哨布帐篷里，呆坐在三角凳上等待野孔雀们近距离出现。

新西兰的太阳很毒，帐篷里气闷，小三角凳硌得人不安，一小时过去，不知是否是这形状奇怪的东西让野孔雀心生警惕？还是它们早在灌木丛中悄悄发现了我的动作改变了出行路径？焦躁犹豫中想着是不是需要换个地方？眼角发现路面弯道左方果然有群野孔雀静静穿越去到路对面，原来它们真改道了。

趁着宁静空当决定赶快移动帐篷，野孔雀们并非很偏执类鸟儿，行动大致有规律，我猜还会有别的小群野孔雀会在那一带穿行，再说弯道两旁树大绿荫多，不想继续枯坐帐篷被暴晒闷烤了。

移好帐篷不过二十分钟，一只雄壮健康到完美的雄孔雀突然出现在帐篷左边路上，目测距我也就四五米远。它显然被这个形状奇怪的物体迷惑了，竟然走近想看清楚究竟是什么怪物出现在它熟悉的地盘上？透过黑色细孔小纱窗，看得见雄孔雀脖子蓝色羽毛有金属的光芒，抓住小口径步枪想猎获它的欲望爆棚。没想到枪栓拉不开，无论怎么使劲也取不下出故障的弹夹来，手边没有任何工具能助力，眼睁睁看着雄孔雀越走越近，走到离我最多只有两米远的样子，低头手上再使劲，弹夹纹丝不动，再抬头，雄孔雀已消失，就像从未出现过一样。那瞬间心反而平静下来，这么美丽的鸟儿没死于我枪下，是天意吧？如此近距离与野孔雀对面，它当然看不见帐篷里面的我，更不知它离死亡不过数丈远。

诚实说出枪手的凡心狠意，多少是因为这种鸟儿对新西兰牧场来说真非好鸟，它们不仅吃掉大量牧草种子和青草，还吃掉一些新西兰土生特有的小生命，譬如一种叫维特的昆虫，它们的原生环境是没有天敌的，可因为野孔雀这样的外来动物出现，令维特的数量大量减少。野孔雀喜欢生活在牧场种植园里，它们能飞上橄榄树顶去吃快要成熟可榨油的橄榄，吃各种水果和农作物，新西兰的农民是恨死了这种外来动物的。

但事实上新西兰人对野孔雀的容忍度又很宽，就像我并不愿把它们从我牧场赶尽杀绝那样。要有可能，我实际上很愿意有几只野孔雀做我的宠物，在我院子草坪上闲庭信步。不过有饲养孔雀经历的人警告说，这种美丽的鸟儿到处拉屎还会把花园土翻得乱七八糟，给人的烦恼远比快乐美感多。再说我们牧场上的野孔雀有好几十只，它们吃牧场草籽的生活，似乎也没到占山占食为王令我们的牛们饥饿的地步。我举枪，更多的是希望留下一副美丽羽皮囊。

所有画面会让我想起"孔雀东南飞，五里一徘徊"诗意来，新西兰的野孔雀姿态却与之没多少关联。这里的野孔雀美丽而不矫情，存活能力极强，就在新西兰人半推半就让它们生存的自然环境里，数量年年稳步上升。顺手上网查资料，发现即使在蓝孔雀的原产地印度、斯里兰卡等国家，它们都非濒危受保护动物之列，可见它们的生存力一贯惊人。

不过它们之美却受到人类广泛赞赏，甚至连天文学家也会用孔雀去命名星座，更巧合的是孔雀座位于南半天球，这个以拉丁语孔雀"Pavo"命名的星座，是天文学家皮特斯·普朗修斯（Petrus Plancius）从荷兰人在1595—1597年的天文观测资料中，构想命名出的十二个星座之一。于是孔雀座与天鹤座，凤凰座和杜鹃座被天文学家们合称为"南方的小鸟"。此星座群里最亮的一颗便是孔雀十一，又称为孔雀星，那是夜空上一颗美丽的蓝白之星。而让我心神着迷的是，孔雀座还是一个每年都会出现流星雨的星座。

孔雀座流星雨我到目前为止还未看到，但在地球南方天空下的小小牧场上，这种来自南方飞跑飘逸的大鸟出现率很高。在这里它们是害鸟，新西兰农民包括我在内的业余农民会起心要赶杀它们。但别说，每见它们见人类就奔跑就飞翔的种种瞬间，它们的姿态它们羽翼之美，宛若流星群在牧场草地山空低低划过，凡人我惊艳它们的美，还心生出一丝愧疚来。

载于《华文月刊》2021年第8期

转向窗外的视线

[日本]华　纯[*]

我家客厅有一个视野开阔的转角窗户，除了朝向东南和正南方向，还有西面的落地窗可以远眺富士山雄姿。日出日落，一年三百六十五天的日子就在行云流水、斗转星移中不断变换四季的颜色。

转眼间，上半年翻过了日历。世上存在不能流泪的悲哀。二十一世纪的这条沧桑之河何去何从？人类的奋进与愚蒙无策、生命的苟且与痛彻人心、正义与非正义之间的冲突较量，正在盘根错节、水深火热地向我们铺陈开来。随着第二波第三波疫情暴发的预期，我们在下半年中仍然会深度参与人世的冷暖与悲欢。

窗台上压着一只螺蛳壳形状的玛瑙石，像极了疫情下的生活状态。原本喜欢周游世界各地，频繁去美食店和博物展览馆捕捉新鲜感觉的我，完全被围于蜗居空间。每天摆弄柴米油盐，一日三餐地翻新花样。三双运动鞋伴我走过了周边所有能遍及的步道。时尚衣物放在衣橱里至今没有拿出过。想埋头阅读堆积的藏书，然而视觉、嗅觉、触觉甚

* 当代海外华人作家。居住日本东京。现任日本华文女作家协会名誉会长，代表作有：长篇小说《沙漠风云》，中短篇小说集《茉莉小姐的红手帕》，散文随笔集《丝的诱惑》等，长期在国内外著名华文报刊发表各类作品。曾获首届中国环保文学奖、首届全球华文文学中山杯奖和第四届中山杯伯乐奖、《诗刊》年度桂冠诗人奖等重要文学奖项。作品多次选入中国优秀文学作品选集以及中日两国的大学文科教材。

至听觉无时不在说严重缺失了什么。苹果手机有一功能很刺激神经，自动提示去年同期同日在哪里拍摄过的镜头。难免令我凝视良久，发出一声声的叹息。自然，总想着如何从螺蛳壳里爬出来，自由自在地呼吸欲望世界的空气。

但变化迟早还是会发生。因为不想过这样的坏日子。无独有偶，我触及了"间"字包含的所有字义。

"间"是门、日组成的多音汉字。日语字义指两者或物与物之间，间隔、间隙、间接、人间、世间、时机等。在戏剧表演和音乐演奏的过程中，动作音节的抑扬顿挫，正是灵活运用"间隔"产生的节拍韵律。

"间"，亦作建筑物分隔数量词——十帖和两点五帖的两"间"，纵一间加横一间大小的一个客厅称为一"间"。反之，四帖半称为"狭间"。

我惊讶于它的字源是来自中国古代的"閒"字。有《说文解字》注：开门月入，门有缝而月光可入。《礼记·乐记》有曰：一动一静者，天地之閒也。

可见，这汉字从广义或狭义上能引申出宽窄之分。这是多么具有禅意的哲学字眼啊。把门关起来，你就幽闭在房间里面，把门打开，你能见到日月之光下的一切。

一个人面对外面的世界时，需要的正是这样的门或窗子。

北野武说过，把握"间"的方式方法可以改变你的世界。"间"能给人带来运气和时机，有好亦有坏。就看你如何与这个"间"达成默契。

顿时大彻大悟。知道自己该怎样去改变蜗居生活了。

压抑不住地想来一次说走就走、玩转四国冲绳的旅游计划，冲动地想预约一帮朋友去美食街大快朵颐，看来皆属于"不要不急"，"間を置く"，以后再说。手机塞满了铺天盖地的消息，要有勇气拒绝"投喂时代"的垃圾信息。故镇定地删除掉很多微信群公众号，养成处事优先顺位的习惯。

晨起有两小时的阅读空间，增加了户外健身运动的时间，并为自己添加学习插花艺术的课程。

我每日站在窗边，先看窗外天气如何，决定要不要出门走路。对于爱好俳句的我来说，从来没有过这样充裕的时间在行路中观察植物与节气的变化，给季语做出最好的注释。六月与七月，草木葱葱茏茏密密层层地爬满了河堤和路边篱笆。一低眉，一抬头，你就能看见泥土里生长的一抹嫩绿，以及挺拔于青空的参天大树。真该感谢自然的生命体给予了惊叹和感念，让身心疲惫的人静下心来，在草木物候的治愈空间慢慢恢复元气。

在这样的国土居住着的人，自然而然会执着于花鸟风月的唯美耽美，从家家户户的庭院细节里可以看到无数的例子。日本人的插花艺术，很多年前就形成了各种花道流派。其充满艺术素养的加减分割手法，不乏探索美学之真的精微汇聚。

我走在通往寺院插花教室的路上，总感到生死界里会发生点什么。插花所用的植物，都有向死而生的勇气。被修剪后插入方寸间的剑山，在澲渎潋滟中现出摄人心魄的神奇。

草木各有气场。生趣盎然的插花艺术，与表达文学情绪的和歌、俳句颇有相契之妙，那是一个相互凝视的空间。我在这一时期写下了许多诗歌俳句，多与草木生花有关。我的插花作品受到了喜爱者的赞赏。在知遇者面前，我嘴角上扬，眼中闪出几许女性的温柔。

陋外惠中、尽显侘寂之美的插花在我家客厅里孤光自照，让我意识到形式意识里的精神内涵与审美，同样适用于阅读空间。尽管旅游受到限制，我有意识地选读历史地理教本，以便能重温过去旅游路上的见识和历史遗迹。这就等于是通过想象力的扩展又去旧地重游了一次。过去的历史学家是"究天人之际，通古今之变，成一家之言"。今天的通史版本大量融合了考古学界最有价值的发现和研究成果。中国央视拍摄成大型视频，用深入浅出、见微知著的方式来展示历史的纵深全貌。

看过千年的跌宕起伏，面对纷繁的世相，必是内心豁达大度，游刃有余。人生中虽然蕴藏了许多无常和无奈，然明历史之鉴，深入自然本质的朴素之美，才不会动摇世界观和思想哲学的根基。

总而言之，转向窗外的视线是对大自然释放善意和友好，是去遇见有趣的灵魂，去碰撞一些很强的东西，来了解自己的"内核"与变化的是什么。

载于《香港作家》2020 年 8 月号

当我凝视花朵，又有许多生命流逝

[法国] 黄冠杰*

院子里郁金香开得热烈，像一把把小火炬，渲染着生命的傲娇。而旁边的樱桃树，花儿已经过了灿烂的季节，到了"零落成泥碾作尘"的时候，即使无风，花瓣也兀自飘落，倒是枝头的嫩黄的叶子倔强地伸出头来，昭示着生命的蓬勃，"红亡绿肥"，这是自然的代谢。

院外的街道十分的寂静。阳光温暖而灿烂。小鸟的鸣声清脆，在这寂静里传得很远。可是我知道，就在我凝思时，又有许多生命远离。

就在我目力不及的不远处，又有许多人因新冠疫情死亡。法国卫生部给出的数字，法国今天又有五百一十八人因新冠死亡，目前死亡已达八千零七十八例，而整个欧洲一天死亡两千九百零四人，平均一分钟就有两人离世。而法国不到三分钟就有一个人离开。法国目前正在住院的患者五万一千五百五十七人，重症监护室患者六千九百七十八人。当这些平日枯燥的数字从卫生部官员的口中吐出来，却像一把把刺向生命的利刃。疫情就像一台生命的收割机，在这个寂静的世界里轰鸣。

法国封城就要三周了，但生命的损逝却不见减缓。这也许是病毒

---

* 法国华人作家协会第一副主席兼秘书长，大学期间开始发表文学作品，曾在《人民文学》《人民日报》(海外版)、《山东文学》《散文选刊》《文综》等报刊发表作品。已出版纪实文学《爱情在别处》、散文集《果园与歌者》、散文诗集《雨中向西》、诗集《黑夜敞开》、非虚构文学集《巴黎战疫志》等作品。

对之前对疫情的蔑视的报复。好天气对于巴黎来说并不是什么好兆头，甚至是一个噩讯。因为阳光，很多人又心里痒痒起来，开始蠢蠢欲动了。

正是草长莺飞的季节，天像洗过的碧蓝。法国又到了复活节假期时间了，人们用见证自然生命的旺盛来庆祝人类生命的复生。往年这时候巴黎西南郊的一个叫"骚"的地方的樱花园，樱花正开得灿烂，那里欢声笑语，笙箫弦歌，舞姿翩翩，让生命放歌。可是今年，灿烂的只有花，那一树树的芳华都隐在了人世之外。因为死神并未因阳光而远离。这是一场人类最悲壮的战争。那些看不见摸不着的病毒就像悬在人类头上的达摩克利斯之剑。巴黎大区议会主席佩克雷斯对大巴黎民众发出呼吁，尽可能留在家里，严格遵守遏制新冠疫情的隔离措施。"现在是假期、天气又好，请克制出门的欲望，尽可能都待在家里。"大巴黎是新冠疫情重灾区，"形势严峻，我们的医疗系统处于饱和状态，我们继续在往其他地区转移病人"。"医护人员在尽一切努力，我们要帮助他们，遵守隔离措施就是对他们的最好帮助"。"我呼吁大巴黎居民自我约束力。松松垮垮的隔离是最可怕的"，它将使"一切努力、一切牺牲都付诸东流"。巴黎警察局也发出呼吁："天气非常好，但不要忘记遏制新冠病毒传播的居家隔离措施还在实施。尽可能少出门，可以挽救生命。"警察局长甚至急不择言，说现在那些住院的，在抢救病房抢救的，都是那些在开始封城的时候不守纪律的人。这话有些以偏概全，这也说明警察局长对人民不管不顾出门已经出离愤怒了。是啊，那些不顾禁令出门的人，是拿自己最亲近的人的生命开玩笑。巴黎警察局再次重申，隔离期间严禁出门度假。巴黎市第一副市长格雷瓜痛心地表示，只要天气好，巴黎每天判罚违反居家隔离措施的人"都有几千人，甚至上万人"。法国总理也直言提醒大家不得出门度假，违反规定的都要受到惩处。法国内政部长已经在各公路要道，在机场和火车站都加强了检查，派出了十六万警力，确保不会有人在封城期间出门度假去。

其实这不是小题大做，而是巴黎人太爱自由了。3月14日，法国总理郑重宣布法国进入疫情大流行的"第三阶段"，也是疫情的最危险的阶段了。可是第二天碰上个好天气，巴黎人民在公园晒太阳的晒太阳，熙熙攘攘在巴黎赶早市的赶早市，在塞纳河畔优哉游哉散步的散步……完全没把总理的疫情警告当回事。这一幕不仅吓着了中国人，觉得法国人是在"作死"，连法国人自己以及他们的有着相同的浪漫基因的地中海兄弟都看不下去了。16日，法国医疗界人士、政府人士甚至媒体都发出紧急呼吁："还没清醒过来的民众赶紧停止这种危险且不负责任的行为吧！"法国的邻居、"生性快乐浪漫"、"反叛精神和崇尚自由刻在骨子里"的地中海伙伴意大利人也吓得目瞪口呆，法国各大主流媒体大量转载了意大利医护人员对法国人的呼吁："看在上帝的分上，求求法国人赶紧行动起来，争取宝贵的时间，不要重蹈意大利的覆辙。"很多意大利人在社交媒体喊话法国人："清醒吧，不然就和我们一样了！"法新社、法国国营电视台、法国广播公司、法国各大纸媒、法国海外省派驻意大利记者，法国媒体驻梵蒂冈记者等至少三十人联名发出呼吁：如果不采取紧急措施，意大利的今天，就是法国的明天。3月16日晚上巴黎时间八点，法国总统马克龙发表他第二次疫情期间的全国讲话，直言，"我们进入战争状态"，宣布自17日中午起在法国全境禁止外出集会，家庭、朋友聚会等一切活动，同时宣布从17日中午起的三十天内，关闭欧盟和申根区边境。虽然从始至终，总统没有用"封城"这个词，但是这些措施和意大利封城封国措施如出一辙。

封城并不是一点效果没有。但是在这之前的放纵已经让人们欠债太多。在意大利北部疫情大暴发后，还有了米卢兹的宗教大聚会，里昂的法意足球赛，还有禁而不止的游行，各种狂欢节……病毒也开始撒着欢儿地传播。因为法国无法做到能测尽测，能收尽收，因此其恶果就是感染面不断扩大，可是医疗资源是那样的有限。法国实行的是轻症在家自己隔离，重症才收入医院抢救。即使这样，很多医院仍告急。在法国最早大面积暴发的大东部等重灾区，医院已经不堪重负了。法国动用了军队学习中国建战地医院，利用军事直升机转移病人，可是仍然有许多等待救治的人入不了医院。3月25日，法国十六岁女高中生朱莉疑似感染新冠肺炎后去世给人以重击。家属称，她没有其他基础疾病，前一周仅仅是轻微咳嗽，曾做过两次病毒测试，但直到她去世才出结果，而之前一直要求在家自我隔离。直到3月24日，朱莉被送至巴黎儿童医院，但病情迅速恶化，最后插管抢救无效离世。一位法国急诊科医生对记者表示，在家隔离的恶果很快就会显现，我们不知如何是好。

在疫情灾难深重的意大利，则采取了选择性治疗的政策。此前传说八十岁以上的就放弃治疗，现在有人传说是六十岁以上的放弃治疗，但这种说法未得到官方证实。可是看看意大利的死亡数字，平均一小时死三十三人，两分钟就有一人死亡。我的意大利同事表示，意大利北部皮亚琴察省一个火葬场的经理表示，目前该火葬场每天都要收到二十五具棺材，但是他们只有管理十二具棺材的空间。很多地方遇到了这个问题。在北部，为了避免感染人数增加，大区政府决定出动军车把遗体运出去火化。大家都看到了运送尸体的排成行的军车，让人感到在病毒前特别的无力。而法国也出现这样的状况，在巴黎，政府不得不征用巴黎南郊欧洲最大的海鲜市场的冷冻仓库作为停尸间，以便家人能对自己的亲人做最后的告别。

我看到了西班牙的一个视频，一位医生哭诉现在医院对六十五岁的人放弃治疗了。他表示：他现在在镜头前哭泣，晚上还要去面对那一个个离世的人……我向西班牙的同事求证。他表示，医疗资源极度紧张的情况迫使医生准备做出艰难的决定。专业人士指出，新冠病毒大流行是一种"例外情况"，必须如"医学灾难"一样加以应对，并在分配正义的基础上，以合适的方式分配医疗资源。在医疗系统饱和或者崩溃的情况下，有必要优先注意的是最可能恢复的病例。西班牙重症急救医学与冠心病学会制定了道德指南，以帮助医生做出这些决定。指南建议，在两名症状类似患者之间，"优先考虑谁有更高的预期寿命和生存质量"。道德指南明确指出："重要的一点是，要注意，年龄因素不应成为分配ICU要考虑的唯一要素。"在卫生部正在准备的正式方案中，其应急计划仅考虑患者的康复标准，即无论年龄大小，而是他们的生存可能性的高低。道德指南的一位作者解释道："如果八十岁的病人很健康，没有理由不给他插管，而一个六十岁有其他疾病的患者，也许就不应该给他插管，而是给他戴上口罩让他躺下。治疗是要有上限的。"

法国也出台了"在特大疫情期间优先提供抢救措施的规定"。文件主要告诉非急救科专业的医生们要根据哪些主次条件来做出诊断，决定哪些是要优先急救的病人。文件根据病人在感染冠状病毒之前的健康状况分类，然后结合冠状病毒病的特点来评估病人的脆弱程度。同时文件也重申了急诊科之前已经有的道德指标，具体地说不要让病人痛苦，尊重病人的自理能力和尊严。根据法媒报道的意见，就是如果医院的资源不够用了，就要根据病人康复的能力来选择要救谁，也就是要抢救最有希望康复的病人。法国全国道德咨询委员会建议为在医院抢救系统崩溃面前那些不得不挑选病人来抢救的医生设立道德辅导室。选择治疗对医生的心理是个巨大考验。这是很残酷的。我们当然可以质问：生命不是同等重要吗？为什么要做出这样的选择？一位巴黎的急救医生康斯坦丁就在法媒撰文表示，在法国，我们不可以拒绝需要抢救的病人。我们要找到办法。我不知道办法在哪里，但我们能找到。

真的能找到吗？我们躲在远离病毒的寓所里的质问是轻巧的，可是医生在医院面对的现实却是残酷的。那么多无奈的生命在面前挣扎，如果不是万不得已，谁会轻易放弃一条生命呢？在米卢兹医院，医生被迫放弃对一位七十岁老人抢救时，医护人员崩溃痛哭的画面，一直在我心头挥之不去。法媒报道了一些一线医生的选择。有个医生说，他们每天都收三四个要进抢救室的病人，每天也要拒收三四个病人。拒收的人里面，要么年纪太大，要么已经病得太重，承受不了重度抢救的措施了。抢救是为了让病人过关，但是对太弱的病人帮不了忙。他说，不予抢救，这是要由几个医生集体做决定的，可能的话，还要和病人商量。医生表示，如果在病人的情况恶化之前，能够和病人讨论，制定治疗的目标，那是最理想的了。但是当病人已经到了呼吸衰竭的时候，就不可能心平气和地去讨论这些问题了。还没到要抢救这一步的时候，我们总是想情况还过得去，可是碰到这次新冠病毒，我们知道病人里相当多的一批人是要遇到到底要不要抢救这个问题的。

法国一位驻意大利北部的记者在发回的电视画面中，哽咽地告诉大家：在意大利北部有些镇子，死亡的人数已超过第二次世界大战。我们还不知道明天会怎样。意大利也传出了年老的病人自动让出呼吸机给年轻人的消息，而意大利北部一些市镇已经没有六十五岁的老人了……

人类创造了很多很大的成就，可是我们对生命本身还在初始的摸索阶段。生命有时是那样的坚强，有时却又是那样的脆弱。而那些成就在脆弱的生命面前更是显得一无是处……我想起意大利十四世纪作家薄伽丘的《十日谈》中叙述的场景：街上行人走着走着就突然倒地死亡，死者皮肤上都是黑斑，城市瞬间变成人间地狱。薄伽丘亲历了十四世纪黑死病给自己的城市佛罗伦萨带来的灭顶之灾，百分之八十的佛罗伦萨居民死于这场瘟疫。经过了七个世纪，在人类文明高度发达的今天，面对这不知来历的疫情，我们所做的还是那样的有限，仍然不寒而栗。

是的，没有一个冬天不会过去，没有一个春天不会到来。只是有些生命永远留在了这个冬天。对有些生命，这个刚刚抬头的春天成为他们最后的春天。死亡的警钟为活着的人而鸣。现在我们只能"负隅顽抗"。如果我们无力去拯救生命，那么让我们珍惜生命，也尊重那些正在拯救生命的生命。不添乱，不作乱，给另一个生命留出空间，其实也是一种拯救。

载于香港《文综》2020 年 6 月夏季号

我在冰岛看极光观火山

[美国]黄宗之[*]

2021年9月，我与妻子雪梅随团到冰岛旅游。原定到达冰岛的第二天观看极光，据天气预报，那是我们在冰岛十天里唯一的晴天。晚上十一点驱车奔赴海边，很可惜，晚上的极光十分微弱，天上飘浮着一层薄云，我们未能看到极光。就在我们失望准备乘车返回宾馆之际，有人在我们身后叫了起来：你们看啊，那一块儿天空发红，有火光，会不会是火山岩浆喷发？旅游团的二十几个人不约而同反转过身，朝极光出现的反方向望去。是的，一定是的。有人大声肯定说道。与我们同行的卢群很快证实说，她上了网查看，火山熔浆现在正在喷发。她举着手机，把网络上火山岩浆喷出的视频即时报道展示给我们看。我们都因这一激动人心的消息兴奋起来，太好了，冰岛的火山是今年爆发的，已经有好长时间没有动静了，能看到活火山喷发，我们这次来冰岛旅游，即便没有看到极光，那也值了。有人急不可待，催促道：

---

* 男，湖南衡阳人，医学硕士学位。1995年6月受邀到美国南加州大学医学院从事肝脏疾病的分子生物学与癌基因的研究。2001年至欧洲跨国生物医药制药公司美国分公司工作，现任研究开发部科学家，定居洛杉矶阿凯迪亚市。1999年开始文学创作，与妻子朱雪梅合著《阳光西海岸》《未遂的疯狂》《破茧》《平静生活》《藤校逐梦》《幸福事件》《艰难抉择》七部长篇小说，在《北京文学》《小说月报》等国内外杂志和报纸上发表二十余篇中短篇小说和散文。现任美国洛杉矶华文作家协会会长，《洛城文苑》《洛城诗刊》文学专刊副主编。

我们现在赶快开车去吧！千万别错过了也许这一辈子仅有的一次机会。

导游不同意。他的理由很充分，太晚了，到达火山附近的停车场，走路到火山口容许游人到达的山头有六公里山路。晚上山高路陡，夜黑风高，不仅不安全，大家穿的衣服也不够。那天晚上，我们仅拍了几张远景，尽管深感遗憾，但当我把这几张远景照片发到微信朋友圈，仍旧获得一阵惊叹和点赞。接下来，连日天气不佳，时常一会儿阴一会儿雨，一会儿狂风大作，一会儿暴雨如注，没有一日有好天气，我们不时上网查看火山岩浆喷发的即时报道，火山口似乎没见动静。看来，这次冰岛之行，我们既错过了看到极光，也失掉了近距离观看火山喷发的壮丽景象了。

三天后，从钻石冰海滩与杰古沙龙冰湖旅游回程，晚上下榻在米湖旁边的 Ser Hotel Myvatn 宾馆，我们在宾馆吃晚餐时已经接近晚上九点。白天我们去钻石冰海滩与杰古沙龙冰湖途中，经历了车轮落下路肩的小事故，在等待拖车公司派车赶来救助期间，我与两位同车友人陪导游守在出事现场时，又遭遇了一阵暴风骤雨的洗礼，我期待霉运能够过去，给我们这一天的旅程稍微带来一点惊喜。车子在回宾馆的路上，天气转晴，透过车窗，我们看见阴云渐散的天空露出一片蔚蓝。车内有人在问：今晚会有极光吗？晚上的天气看来不错呀！我开玩笑煽动说，那就向上帝祷告吧。与我们从洛杉矶一同来的朋友卢群附和我也开起了玩笑，她双手合十，闭上眼睛，向上帝祈祷。随后，她查了极光预报，说是晚间九点有可能会出现二级极光。

用完晚餐，我们带上手电筒，穿上羽绒衣走出宾馆，希望有可能看到极光闪现。宾馆门内的过道上站着一群肩扛大炮筒相机、手拿三脚架的游人，看似他们是专程赶来拍摄极光的。好家伙，说不定我们这天晚上真能看到极光！我暗自庆幸，于是在他们这一群"专业"队伍离开宾馆时，我们一帮人跟在他们后面走出宾馆。宾馆外是两千三百年前玄武岩火山大爆发而形成的米湖，我们随着前面游人亮起的手电光在黑暗中前行，大约走了不到十分钟便到了米湖边一处火山口旁的山坡上。坡顶平整，有几条长方形木凳立在那儿。这地方好似一个观景平台，地势高，朝四周望去，天空和辽阔的米湖与远处的山野尽在眼中，我们周围的世界全沉寂在一片漆黑的暗夜里。

　　拍摄极光的游人在平台上架起大炮筒相机，把镜头对准有一点云彩的星空，我随着他们的镜头聚焦的方向望去，看到天边似乎有一点微弱的灰白亮光。那会是极光吗？我默默思忖。我曾看见过有人发在微信里的极光照片，天空中的极光应该是绿色的。守候在观景平台上拍北极光的人中，有人开始拍摄。说来奇怪，极光太微弱，我们用肉眼并看不见，他们的照相机经过十几秒曝光后，相机的屏幕上居然呈现出绿色的光影。这时，我才明白了，极光很弱时，人的肉眼难以看到它的绿色，除非极光很强烈，否则，它在天空中出现的是灰白亮光，只有用摄像工具，才能捕捉到它的绚烂色彩，并随着它的强度不同，与地球的距离远近，呈现出绿黄或深红等色泽。

　　也就在晚上十点后，极光并没有像预报上所说的，在当天晚上为二级，九点以后衰弱。过了十点，极光反而越变越强，我们用肉眼看到了在一片乌云顶上出现强烈的光亮，那绝对是从天穹照耀下来的光，即便在手机上设置十秒曝光时间，屏幕上也能呈现出非常强的鲜绿，绿得如宝石般晶莹剔透，相机屏幕上绿得一片灿烂。那天晚上，与我们同车从西雅图来的罗亚琼可谓兴奋不已，晚上十二点多钟在微信群里发了好几张手机拍到的极光照，第二天早上五点多，她又应朋友之邀跑到宾馆门外火山口，去拍日出时的壮丽景色。清晨大伙还在梦乡，她已经把一组日出照发进了微信群里，附在极光照片之后。次日我们坐在车里，罗亚琼仍旧忍不住兴奋之情，冲着我们大叫：我是不是发疯了？整个晚上只睡了四五个小时，拍了极光又去拍日出！她嚷嚷道，我真不愿意错失抓拍冰岛的美景呀。我们真是太幸运了，冰岛之行不仅看到了活火山爆发的远景，又看到了极光，这一生，我可以不用再来冰岛了。

　　是呀，看到了极光，我同样心满意足了。这天晚上我难得睡了一宿好觉，从来没有如此睡到第二天早上醒不来。妻子把我叫醒，才匆匆洗漱，赶去餐厅吃早餐。那真是一个难忘的夜晚，第二天一早，我们冰岛游的微信群里更是热闹非凡，无数张极光照争相绽放，三辆车里的新朋旧友纷纷上传自己拍下的极光照片。我们这辆车的导游不输他人，他的极光照可谓是此次同行无人可比，拍尽了极光的千姿百态。值了，我终于看到了极光，来冰岛最大的愿望实现了。

随着旅游行程接近尾声，次日大批人马将乘飞机离开冰岛回美国，导游原定最后一天旅游的日程是去火山口。为了不留遗憾，我们决意无论天气如何，火山是否有岩浆喷发，我们都去，因为这是今年才爆发的活火山，此生难得一遇。我们做好了晚上去火山口的万全准备，白天仅在冰岛首都转转，参观总统府、音乐厅，随后下榻机场附近的宾馆，定在下午六点二十分出发去火山口。

这一天，天公真作美，原本天气预报有雨，可从早上我们出门就见放晴，阴云之间露出碧蓝的天空。有人上网查看了火山即时报道，有点可惜，并没有出现火山喷发。不过，从上传的摄像图上可以看到，早几日火山喷发流下的岩浆仍在山峡石头壁上留着几条鲜红痕迹。所以，不管如何，我们还是决意去那儿碰碰运气。天有不测风云，也许碰上了喷发呢！再说啦，即使看不到火山当时喷发的壮观景象，目睹流出来的岩浆，跑这一趟也值。

这天下午自由活动，我和雪梅遂与卢群夫妻俩走路去了一趟冰岛博物馆，钻进零下十五度人工冰洞体验冰岛严冬季节的酷寒，赶在四点钟之前回到旅游车停靠地点，随车去了机场附近的宾馆。我们落脚在 B&B 宾馆时，已经是下午五点半了，导游要求大家尽快办理好入住手续，吃好晚餐，换好衣服，赶紧出发。

我是第一个出现在餐厅里的人，匆匆点了两份快餐，与妻子在餐厅里狼吞虎咽吃完后回房间换衣服。我换上厚厚的羽绒服、登山鞋，带上爬山拐杖、手电筒，背上装有瓶装水、充电宝、雨衣的背包，来到宾馆大厅。等我们这部车所有人到齐时，卢群发微信给同游的另两部车，催促大家集合出发。没想到，那两部车早已经离开了宾馆，到达了火山附近的停车场。我们这才急不可待地赶紧上车，朝火山奔去。我坐在车左边最后一排靠窗的位子，两眼注视着窗外的天空，望眼欲穿盯住火山口方向的群山，期待会有奇迹出现。天高云淡，在火山口那块地方，有一条长长的白云升向天空，拖着越来越宽的大尾巴，尾部弥散在空中的一片阴云里。那会不会就是火山岩浆喷发产生的浓烟造成的？我默默猜想着。或许是因为幻觉，也可能是我太过寄予厚望，受太想一睹火山喷发奇景的意念所驱使，我似乎看出那股升向天空的云，在接近山峦的地方隐隐约约有点发红。我半信半疑地对大家说道：你们看看，那云的最下面好像有火光。是，好像是有，罗亚琼在我前面一排座位上证实道。她兴致一下高昂起来，乐呵呵地说，说不定今天会碰上好运，因为我们这一车都是人品好的人，真的能够看到火山岩浆喷发。她开玩笑说，我有一位好朋友今年来冰岛两次，为看极光或火山喷发，到达冰岛后又把假期向后延长了一周。她很失望，全落空了，既没有看到极光也没有等来火山喷发。她对我说，她怀疑是自己的人品不够好。我们一路继续说笑，随着车子在高速公路一路奔驶，不到半小时，终于到达了火山口附近。前面两部车有朋友发来微信说，火山口周围有 ABC 三个停车场，他们转了一阵，好像已经全满，没有停车位了。我想，这也难怪，连日下雨，山高路滑，即使有火山喷发，这坡陡泥烂的，谁又能上得去呢？如此难得一天放晴，特地从异国他乡远道而来观看爆发的活火山，谁愿意错过这千载难逢的好时机！

我们到达 A 停车场时，所有车位都停满了车。随后，我们的车途经距离火山口最近的 B 停车场，我看到还有几个空位，车没有停下，迅速朝前方开去。我正纳闷着，导游开口了，说是，从 B 停车场上山，是观看火山的最佳位置，可以直接看到火山口岩浆喷出来和沿途流经的景象，但坡陡路险难行，我们这一车人全是孩子已经上大学之后的空巢父母，年龄不饶人，还是安全第一吧。他顾不得我们回话，便把车子直接开去了 C 停车场。可是，我们到达那儿时，停车位也全满了。我们不得不选择返回其他停车场，或在 C 停车场内打转，等待有车子离开。说来真巧，就在我们的车正准备移动时，旁边一部车尾亮起了倒车灯。一辆面包车从停车位上退出来。

真是有老天在相助呀！卢群大声说道。她在前排座位上挥着手，振振有词地说：可不是吗？好人有好报。我们这辆车内九个人，来自美加两个国家六个不同地区，才几天共处，我们风雨同车、甘苦与共、彼此关心、扶持相助，已经成了朋友。老天怎么会亏待我们这些好人呢？

车停好了，我们走下车，沿着崎岖不平的山路朝火山口处前行。跨过一座山坡，山风呼呼，泥土早已被风吹干的地面，仍旧有一些积水的路段。这时，天还亮，前面的路清清楚楚地朝前延伸，我看见远处的群山，一座比一座高，山路上有一行一行游人沿着山脊梁朝上行走，越往上看，人越多。人影憧憧，近处还能看得出人形，远处就已经越变越小，人如蚂蚁般了。

　　哇，这宏伟的高山呀，在这浩大的世界里，我们这些人居然是如此的渺小，渺小到微不足道。我顿时有了感怀：我们活在世上，平常总是会为一点生活小事斤斤计较、争争吵吵，心有一点不快，就会劳神伤心，倍感苦痛。在这大千世界面前，我们这些渺小的个体又能奈何？有什么放不下，丢不开？值得为生活的一点波折而难受煎熬吗？活得那么在意！那么辛苦！那么计较！站在这高山之间，身处大山这恢宏的自然界怀抱里，我似乎油然而生一些释然，一些豁朗，一些通达。

　　翻过一座小山，我们来到一条沙石路上，满地的沙土上全是一颗颗凸起的乱石块，我们在凸起的石块间寻找可以插足的沙地，稍不留神，踩到石头上，脚底一斜，人的身体重心就偏了，我好几次差点摔倒。走过了沙土地，前面是一个很陡的山坡，四十五度斜角，脚下全是细岩沙和乱石，踩在地上，身子不住往下滑。我看到不远处有一根粗绳子顺坡而下，固定在一根一根铁柱上。有人抓住绳子，正一步一步缓缓地向下移动。于是我招呼大家朝那绳子处靠近。大伙依次两手抓住绳子，靠着绳子的帮助，朝山坡上艰难地攀缘。好不容易上了山坡，来自纽约的克莉丝汀喘着气，蹲了下来说，她实在走不动了。疫情以来，她被困在公寓大楼里一年多时间，每天有人送来食物，她守在家里，不再活动，身体弱了，体力不行，心脏受不了。她对我们说，你们走吧，别管我。正在绳索附近关照大家安全的李东辉马上插言进来说，不可以，怎么能丢下你呢？他与我们一样，是与妻子罗亚琼跟团来冰岛旅游的。他马上要罗亚琼随其他人先走，他留下来照顾克莉丝汀，陪同她在后面慢慢走。我与这位刚五十岁出头的中年人相处才几天，他给了我不少照顾，遇到狂风暴雨天，他在我前面打伞挡雨；

到达宾馆，他第一个下车给大家卸行李。连日大雨，他在冰岛买了一条防雨裤，担心我从洛杉矶炎热地区过来，容易受寒感冒，要脱下雨裤给我穿。别看他戴着一副近视眼镜，却并非一介书生的懦弱。他性格开朗，为人豪爽，敏捷机智，热情大方，细心主动，乐于助人，他和同在微软工作的热心、充满活力与激情的妻子，给我们大家留下很好的印象。这让我不由想到了微软，想到在那个全世界最好的公司里工作的人们。是微软造就了他们还是他们成就了微软呢？

在李东辉的影响下，我与雪梅也决定留下来，陪他们一同走。我好不容易才说服他，前面的路还远着，如果遇上困难，需要有人帮忙的时候，能多一双手相助也好呀。其他人朝前走了，克莉丝汀走一会儿歇一会儿，在我们的前呼后拥的保护下，艰难地朝一座山往另一座山坡走。我们也随着她站一会儿走一会儿，一步一步朝前行。到达另一个山头，看到不远处有火山岩浆从山顶流下山谷的景象，我们同车的其他人也正好全在这一块儿。我停下脚步，站在山坡上，朝对面山看过去。有两条宽阔的红色岩浆从山顶流下，在冷却的黑色焦岩中间画出鲜红夹着橙黄的粗线，像刚出炉的铁水，朝山谷流淌，直到靠近半山腰。那两条红里带橙的岩浆汇入黑色的熔岩里，鲜艳的颜色消失得一干二净。可以看到早前从山顶泻下的岩浆一直流到山谷，冷却后的火山熔岩，黝黑得如同铺马路的沥青，堆满了整个谷底。我们站在山坡上拍照，记录下这宏伟壮观的大自然景象。雪梅不无感慨地惊叹道：太好了，即使今天看不到火山喷发，能近距离看到岩浆也值得经历这一路艰辛了。她如此得心满意足，摆出不同姿势，以熔岩处为背景，让我不停地给她拍照。就在这时，我忽然看到，在距离熔岩不远的山顶左侧有一股白色浓烟冒出。我听到李东辉在叫喊，你们快看，火山马上要喷发。我一怔，拿起手机，对准了火山口。是的，一点不假，就在一股浓烟之后，一团火球朝上冲起，把火山口上空的云层照得通红。我们几个人欢呼雀跃，呼喊道，今天终于可以看到火山喷发了。

我们所站的位置是在火山口平面的下方，并看不到火山口岩浆喷出的奇观。与我们同在这座山坡的人源源不断朝更高的山峰上挺进。

我看到远处的山峰上有不少人，那儿高耸着一架有天线的装置，应该就是每天即时报道火山动态的摄像点。我目测了大致的距离，我们所在的山顶距离观看火山的最高峰才一半路程。我恐高，克莉丝汀也不可能继续再爬更高的山路。从山顶上下来一群人，他们正是我们旅游团先一步抵达火山口的另一车人。有人对我们说，下山路更难走，他们已经在山峰上看过四次火山喷岩了，趁着天还亮，看得清下山的路，他们回去了。克莉丝汀不打算继续前行，我也因为恐高，打退堂鼓，想与克莉丝汀随他们下山。此时，卢群冲着我叫了起来，你干吗呀，这一辈子才有一次机会，怎么样也得克服，咬着牙爬上去，不然，你会后悔的。克莉丝汀与离开的几个人一同下山去了，雪梅陪着我走到尽可能远离悬崖的山脊梁上，李东辉紧随着我，寸步不离，与我平行，走在靠近悬崖的一侧。我有一种从未经历的死亡恐惧，两眼不敢朝山下看，腿打着抖，提心吊胆，咬紧牙关，在他俩的护送下，硬撑着走过了两侧是深渊的险恶路段。

我们终于在天全黑下来的时候到达了有即时观测火山爆发录像设备的山峰。在那儿，山高群岭矮，火山口与它所在的山顶历历在目。站在山峰上，天高夜寒，疾风凛冽，手端着相机，冻得指头发木，按不下摄像键。我从背包里拿出所有可能保暖的衣服，口罩、帽子、围巾全裹上，仍旧抵挡不住全身冰凉。也就在我正搂紧衣服，拉上衣领口，不让大风从脖子倒灌进身躯时，火山喷发了。一阵轰鸣声响起，随之而来的一团火球从敞开的血盆大口里吐出，它红色的舌头升向高空上的白色云层，接二连三地舔着那洁白如玉的云絮，直把天空中原本洁净无瑕的白云，舔得鲜血般殷红。它肆无忌惮地把自己胸膛里的热血吐向苍穹，岩浆如血液四溅，映红了天，照亮了地，染红了我们周遭的世界。它驱开黑暗，扫荡夜风，让我们的周围沉浸在一片红彤彤的光影里。我们一边摄影，一边欢呼。我们克尽困苦，冲破艰险，所有的努力没有白白付出，老天终于给了我们此生最为丰厚的回报，让我们目睹了千载难逢的大自然最美妙、最令人感动、最壮丽、最神奇的火山爆发。我看到那岩浆滚滚洪流像刚出炉的铁水，朝山顶的平地滔滔流去，像一条不可阻挡的江河朝山下倾泻，带着热，带着能，带着摧枯拉朽的气势，奔涌向前，给黑暗带来光明，给寒夜带来温暖。

雪梅禁不住大声高叫，太棒了，我们实在是太走运了，来冰岛旅游，既看到了极光也看到了火山喷发。李东辉赶紧给我和雪梅俩拍照留影，他突然一阵惊喜，把照片展示给我们俩。快看，快看，在你们俩头顶的那块天空，火焰的上方有绿色的极光。我一看，万分惊奇，顿时高声大喊，看到了，看到了！我和雪梅激动不已，紧紧地搂在了一起。

站在这高高的山顶上，我倍觉有一种死而复生的惊喜，难以言喻的愉悦和冲破险阻后的幸福感。我突然在想，幸好我没有放弃，听从了卢群的鼓舞和劝导，终于爬了上来。我们一路追寻，不就是想看到最后的美景吗？我们在人生的道路上不断前行，又何尝不是同一道理呢？我们的前面横着的是一座又一座的高山。人生漫长，在最艰难的关头，我们不畏困苦，艰辛跋涉，不轻言放弃，我们才有可能攀上最高的山峰，看到最美丽、最壮观的景象。

载于《香港文学》2022 年 2 月总第 446 期

一旦羽翼成，举翅不回顾

——穿越美国之旅

[美国] 坚　妮[*]

2021 年 7 月初，儿子接到洛杉矶一家大公司的聘书。一周后，我们母子俩驾车从美国东部出发，横跨八个州，抵达洛杉矶。花了一周时间找房，刚住进他新租的公寓，他就对我说："以后你可以随时来，这里也是你的家。"

自从他接到聘书，我们之间发生过数次激烈的争吵，十多天的旅行和租房的经历屡屡把我们两人的情绪推到极致。他这句话一出口，仿佛是在向我递出橄榄枝，以前的他可不会这样转弯道歉。哪个当母亲的听到不会欢天喜地？可我说："谢谢你，不过你要想清楚，发出这种邀请后，可别后悔啊。"

说完，我俩都笑了起来。

---

* 原名谭加东，作家，翻译家。广东开平人，暨南大学文学系毕业，美国纽约圣约翰大学 MBA 金融专业硕士和布朗大学英国文学硕士。曾任北美高科技公司、连锁店企业财务主管和上市公司 CEO，美国国务院、联邦法庭和国际律所笔译与口译，香港《明报月刊》驻华盛顿特派记者，美洲《华侨日报》记者。一直从事双语文学写作和翻译，同时在中英文报刊发表作品，多篇短篇小说在《小说月报》《收获》《十月》《今天》等杂志发表并被国内出版社收入文集。出版有翻译著作、短篇小说集和杂文专著，长期为香港《明报月刊》《香港文艺》《美洲华侨日报》《财新》等杂志撰写杂文随笔。

一

　　他本来是 2020 年夏天毕业的。2019 年从祖母那里得到了一万美元遗产,这小子自己设计了一个程序炒期货,一万炒出了七万,顿时自信爆棚,把找工作的事情拖到了寒假。没想到,寒假一过,新冠疫情暴发,所有发出去的申请都石沉大海,唯一的机会薪酬只是其他同学所得的一半,他选择了拒绝。

　　我说,中国人讲骑驴找马,你先做着,另外找,不行吗?

　　他说,我不能做三个月就因为更好的机会辞职,那样会留下污点。

　　夏天过后,同学们都回家躲疫情,他也只好回家,住进我楼下的书房。头一个月,两个最大的通信公司都通过 Zoom 对他做了面试。公司 A 很快就说要他,2021 年 1 月入职。他欢天喜地地过了圣诞节和新年,可是,1 月过了,不见他上班,2 月到了,还是没动静,原来公司又压缩把那个位置裁了。因为已经有了这个机会,他就没认真准备公司 B 的最后一次面试,所以 B 也错过了。七搞八搞,眼看毕业快一年了,什么着落都没有。看得出他"压力山大"了。

　　我说,你不是也考了 GRE 吗?成绩也不错,继续读研究院就是了。他咿咿呀呀,说如果这一轮申请函发出再不行,才走这最后一步。

　　读研究院成了最后一步?!我当年来美国,读研究院是第一步。因为如果没有研究生的资格,就竞争不过大学毕业的美国人,也就找不到工作,拿不到 H1 签证、绿卡,死活也要读个硕士,还要选容易找工作的专业,硬着头皮去读会计或者计算机,哪里像他们美国生长的孩子想学什么就学什么?我拿到 MBA、拿到绿卡,工作几年之后,觉得英文不够硬,又去读了第二个硕士,足足花了十五年时间才觉得自己在北美站稳了脚跟。

　　我在和他同样的年纪来到美国,也是夏天,也是本命年,也大学毕业了。不过,我那时的英文可以张嘴瞎说,耳朵却跟不上。第一次出门坐地铁迷了路，问人家也听不懂。更别说拿着学生签证，既不能工作，也没钱读书，却仍要读书。到餐馆打工，不到两小时就被辞退，因为客人说要 rice，我不知道 rice 就是白饭。老板娘说，看你们中国来的留学生太可怜，还是给你一晚十美金的基本工资，让你走路。

我母亲也是同一个年纪在芝加哥艺术学院毕业，也是夏天，也是本命年。不过，那时《排华法案》刚刚解除没有几年，像她那样的中国女学生在美国毕业是没出路的，她只好回国。

儿子显然比我们都要好运，这是他大学毕业后的第一份工作，工资几乎和我这做了一辈子才爬到顶端的一样。时代不同，从何比起？只是向他招手的两个公司，一个在东，一个在西，我希望他留在东部，疫情之下，即便不坐飞机，开车一天也能到。可他选择了西部的洛杉矶。在洛杉矶没车不能出门，交通又最乱最堵，连我这个三十多年车龄的老司机都害怕，对他这种刚拿到驾照没开过几天车的人可不是开玩笑的。我说，我这辆车就给你吧，我们母子俩轮流开过去，你正好在路上练车。

轻易得了辆车，没什么表示，反而给我提要求——三天后出发。我说，横跨美国大陆可不是说走就走的，何况还是疫情期间，我需要时间把家里的事情和工作安排好，把旅行的路线和酒店规划好。

他说，那我就飞过去算了，不麻烦你了。

我说，就算你飞过去，还不是要我出钱给你住酒店、买车？而且，你的车技对付洛杉矶的高速，还真让人不放心。当初，你炒出七万美元我想"借"六万，还保证高利息，留你一万继续炒，你不肯，现在手上还剩多少钱？三千！连租房押金和首月租金都不够。没有我担保，谁会租房给你？

好吧，他说，既然你愿意赔上金钱和时间，给你一星期准备，不过，找房子找室友你别插手。

遵命从令，我立即上网搜索，密密麻麻写满好几页旅行攻略，还下载了地图，涂上红蓝绿颜色，标示所经各州去年大选的政治倾向——这可不是过于政治化，我来美三十九年，过去几年抬头的白人优势种族主义让我看得胆战心惊。我们两个亚裔面孔要深入红州，不能不考虑人身安全，所谓知己知彼也。

我的第一版方案是，经芝加哥，沿着杰克·凯鲁亚克《在路上》著名的66号公路南下，一路西行到加州。马上就被驳回：我是赶着要去上班，不是旅游，你这里停停，那里玩玩，什么时候才能到？我们从这往南向西，不超过五天。

好吧，往南，向西，我又画出一条路线，每天行驶四百英里左右，中途停下来参观至少一两个历史景点，一共七天就可以到达加州海岸。

不行，只能五天，早起出发，天黑入住，一天至少开十二个小时。我说，那样把人都开蒙了，这是一个难得的机会，去看看一些有名的城市和历史事件发生的地方，纳什维尔、孟菲斯、小石城、塔尔萨、圣达菲……我试图给他介绍所去之处的历史价值。他说，别控制我，这是我的事情。这控制的话题，可不容易一下子就说清楚。我一甩手，好吧，我不去了，车子也不给，你自己飞过去吧！

他也知道得罪老妈不划算，造反也要等上班拿到薪水才行。不到三分钟，他来敲我的房门，我不开门，他在门外道歉：我那样说是不对的，我失控而已，就按照你的七日安排走吧。

这小子转弯转得这个快，连让我吊吊他胃口的时间都不给。好吧，我也重新调整时间，六天完成。不过，圣达菲是坚决不让步的。

二

我们上路了。从弗吉尼亚州的66号公路往西，接81号公路往南，入田纳西州，接40号州际公路，一直往西……弗吉尼亚州位于阿巴拉契亚山脉的中部。这条山脉从北到南，贯穿东部十三个州。无论是夏天到山下的雪兰多河划舟，还是冬天到山脉另一边西弗吉尼亚州的迦南谷滑雪，66号和81号公路都是必经之路。

我儿子的童子军生涯也一半在这山脉里度过，夏天登山行军，冬天在雪地安营扎寨。看着他在这条路开车，我不禁唱起约翰·丹佛的

《乡村路带我回家》：带我回家，回到我的归属，我西弗吉尼亚州的家，山之母，带我回家……完全不考虑离家人的心情，遭到他的抗议。我便改口，跟他讲我第一次到弗吉尼亚，是二十世纪八十年代，我在纽约留学，暑假到唐人街当导游，我带得最多的一条线路是两天一夜的华盛顿DC团：早上七点从纽约唐人街孔子大厦门口出发，中午在费城的自由钟打卡，然后在95号公路上的麦当劳午餐加上厕所，下午两点赶到华盛顿的太空馆，四点沿着66号公路开车一个小时，到雪兰多谷地的卢瑞地下溶洞，晚七点入住酒店并用晚餐。华人旅游公司巧妙地把"雪兰多"翻译为"仙人洞"，貌似提供了一个值得去的地方，其实因为卢瑞的旅馆费用是城里的三分之一，而且鼓励游客在溶洞外的商店买弗吉尼亚州的腌肉和培根，商店会给导游百分之十的回扣（旅游公司每天只给导游十美元的基本工资）。那时的中国游客不在乎看华盛顿DC的历史和美术馆，只要看太空馆里的登月车和自然博物馆里那块价值连城的钻石就够了，连白宫和国会都只是在外面打卡照相，因为如果进去，就没时间看那块钻石了。

哈哈，中国人真会做生意。儿子笑道。

我继续说，第二天七点出发，八点半来到波托马克河对岸的美国海军陆战队纪念碑，我就对着那个著名的美军在硫黄岛插美国旗的雕塑对游客说："这里是美国的国家公墓，河对面是美国首都，政府所在地。你们知道美国为什么如此强大繁荣吗？就是因为这块墓地的风水好。"于是，游客们对着这块风水宝地唏嘘不已，拿起相机啪啪乱照一番。我那时根本不知道，有个阿灵顿国家公墓就在隔壁，等到几年后我自己到华盛顿DC旅游，才发现旅游公司不带游客进阿灵顿公墓是怕花太多时间，中国人也忌讳进坟地，就找了这个雕塑冒充是公墓。

车子这时经过戈申（Goshen）。我指着窗外的蓝山，这不是你们童子军夏天来露营的那个戈申吗？他说，是的，冬天也来过，有一年夏天还碰上山洪。"你知道吗？如果这一轮找工作没有着落，我都想去参军了。军队肯定愿意要我这种有电脑技术的人。不过，我就担心我过不了入伍的体能关。就是经过童子军训练，知道自己不是那种体能很强的人。"

我沉默了。美国长大的孩子跟我们就是不一样，宁愿去参军，也不读研究院。疫情发生后，他一直坚持住在学校，最后无可奈何地回家。我给他做各种好吃的，给他留出个人空间，希望用安逸留住他，可他一有机会便毫不犹豫地拔寨启程，没有一点犹豫眷恋，恨不得多待一天都不行，只有我因为他要离开家而内心郁闷。

　　我想起自己十六岁离家到农村插队的心情。那时候政府规定，城市高中毕业生必须到农村去之后才考虑给任何别的机会。既然如此，何不快些去下乡？我还差五个月十六岁，母亲坚持要我过了生日再走，我觉得母亲小题大做，跟她争执不下。最后她送我一个生日礼物换取了我的妥协——让我去北京去看全国美展，然后跟她和父亲还有几位老画家去长江三峡顺流而下一路写生。我那时在学画，这样的礼物当然无法拒绝。我要去下乡的农村也不过离我父母居住的城市一百公里，当年虽然没有高速路，火车一个小时车程，怎么母亲就那么不愿意放行？她无非担心我一去不回，永远留在乡下成了农民。儿子那种要把握自己前程的迫切心态，不就和我当年一样吗？他十八岁到西海岸上大学，现在二十三岁了，到两千多英里外独立生活，去做他喜欢的事情，正如白居易有诗云"一旦羽翼成，举翅不回顾"，我该高兴才是的。

三

　　第二天，我们回到 40 号高速继续西行，争取在中午之前赶到位于孟菲斯附近的雅园（Graceland）猫王的家。

　　这是他少数感兴趣的行程之一。哪个美国长大的孩子不知道猫王，又不想看看猫王的家？没想到，疫情期间，这里的游客一点也不少。候车的队伍密密麻麻地绕了五六圈，虽说有遮阳顶棚，但夏日高温热浪阵阵袭来，混合着人体的各种味道。这些来朝拜猫王的粉丝，从体形、服饰、口音来看，大部分都是南方人。他们之中超过半数的人没戴口罩，有多少人是打了疫苗的，还真不敢说。

我这时是真晕了，一路过来，看新闻都说南方几个州的德尔塔病毒感染人数在上升。我们要在感染风险最高的几个南方州穿过，而这雅园和八英里之外我们将要入住的孟菲斯市，就夹在最深红的密西西比州、路易斯安那州和阿肯色州之间。可是，我儿子兴致高昂，一百一十四美元的门票也买了，只好寄希望打过的疫苗能像金刚罩那样罩住我们。

　　半个多小时后，终于上了可以坐二十多人的专线车，穿过马路，被带到猫王家门口。轮到我们进屋时，已经过了下午一点。沿着规定路线，匆匆走完猫王楼下的客厅、饭厅、厨房和娱乐室。对猫王的审美趣味我真不敢恭维，可是对于这么一位在南方乡间长大、二十一岁成名的美男巨星，你能要求他什么？

　　离开雅园，他哼起猫王的《在贫民窟》。"在芝加哥寒冷灰暗的早上，一个穷人的小孩降生在贫民窟里，在贫民窟。他的妈妈哭起来，只有一样东西她不需要，就是又添了一张吃饭的嘴，你们懂不懂，这孩子需要帮助，否则他长大就会成为一个愤怒的青年。"他故意颠来倒去捣蛋的唱法，令我想起他童年的模样。

　　他五岁开始学钢琴。每年夏天，我们都到附近有名的狼阱表演艺术国家公园露天音乐会，在那里听过很多音乐名人的演出。但他最喜欢的却是音乐卡通电影《幻想曲》，里面有个边跳边唱 "halo my darling" 的青蛙。这青蛙被各种以为得了宝的主人拿到舞台上或者经纪人那里去推销，一到这种时候，它就立刻变回一只只会咕咚咕咚打嗝的蛤蟆，害得主人被暴打一顿踢出来。儿子模仿青蛙惟妙惟肖，但是，一要他认真唱给别人听，他就闭嘴。自从看过这部电影之后，他就不再像以前那样，高兴地为别人弹奏钢琴，我也无法再让他做任何即兴表演。

　　我三四岁的时候，音乐感和模仿力都很强。母亲的一幅油画被中国美术馆收藏得了四百元奖金，她准备用这笔钱给我买一架旧钢琴。可是，这个想法很快就被打消了，因为当时弹钢琴、学西洋音乐被批评为"崇洋媚外"。她有留学美国的经历最怕被人说崇洋媚外，就用那笔钱买了一辆单车。革命的进展很快就证明了她的明智。到我小学二年级的时候，中学生进屋抄家，烧书砸钢琴，单车却完好无损。之后港台流行歌进入大陆，我刚学会了几首校园歌曲，又跑到美国来读书，那种靠打工挣学费的日子连睡觉的时间都不够，更没时间听音乐。所以，我是个彻头彻尾的音乐盲，脱口而出的调子只有几首革命歌曲。

我的音乐的体验被剥夺了，导致我再困难也要让儿子学钢琴。开头两年，他兴致很高，可后来就有了抗拒情绪，学到第七年，就坚决不肯再去上课。

那时，我工作的部门正要被公司砍掉，面临失业威胁；没钱请律师，放弃了追索儿子赡养费的官司；公立学校的白人校长和老师在用各种办法逼我们几个非白人的孩子离开。我被这"三座大山"压得喘不过气来，要搬家到郊区，让他有个较好的生活和学习环境，拼命接外包翻译活，好有钱让他继续学钢琴。我这么困难为什么要一根筋非要他学钢琴？除了补偿心理，恐怕更多的是第一代移民的不安全感，连学校的老师都歧视你，你不出人头地，怎么能在这种环境里生根开花？他将来如何突破？学琴是文化修养，也是能力训练，不是娱乐，也不是游戏。这种功利性，被他洞察到之后，他从一个小青蛙那里吸取了抵抗的智慧，用来反抗他的母亲。

四

第三天，我们来到了克林顿总统发家的小石城。

小石城的中心高中，是著名的突破种族隔离的九个黑人学生（由联邦警察护送）进入白人学校的地方。因为是暑假，学校关着大门，周围也静悄悄的。这是一座非常有气势的庞大石头建筑，哪怕用今天的标准看，也美轮美奂。难怪当年小石城的白人无法接受黑人孩子进入这么漂亮正规的高中。在他们眼里，黑人应该待在贫民窟里，黑人孩子应该接替父母当保姆、园丁。

我的一些中国朋友认为，平权法案剥夺了华人进名牌大学的机会，黑人孩子抢走了亚裔孩子的位置。如果用同样的逻辑来讨论这个问题，为什么不是白人的孩子抢走了亚裔孩子位置？所以，我对儿子说，你一方面比来自贫民窟的黑人孩子有很多优势，另一方面生活在一个对非白皮肤有歧视的国家，不管你做什么，只能是比别人更优秀，才可以从这夹缝中找到自己的空间，而且不要以为这就可以高枕无忧了，这个国家的种族歧视问题只要不解决，你就得以双倍的努力获得你本来应得的东西，而且这些东西随时可能会被拿走。

这是我在这个国家近四十年生活的深切总结，也是我选择了第三天不直走 40 号公路到俄克拉何马城落脚，而是绕道北上到塔尔萨市过夜的意图。我需要儿子看看这座城市，记住这里发生过的一场屠城事件。

二十世纪初，塔尔萨曾经有个号称"黑人华尔街"的商业区。但是，一个白人女子诬告在电梯里被一个年轻黑人性侵，一夜之间，整个商业区被白人烧光，造成三百多人死亡。事件水落石出，白人女子与年轻黑人同搭电梯，只是因害怕反应过度而乱喊乱叫，根本不存在性侵。格林纳达黑人区——这里曾经有一千多家黑人学校、医院、教堂、旅馆、商店、报社、图书馆和住家。事件之后，市政府仍然借机重新划分土地，将黑人排挤到离市区和白人区更远的地方重新安置，一个曾经繁荣的黑人商业区从此消失，现在已完全看不到一点旧日痕迹。

起因虽是误会，但是这背后除了有白人对黑人的恐惧，更多的还是当时该地区种族矛盾的尖锐化，被政府从亚拉巴马州强迁过来的印第安人部落和内战后从南方迁移过来的农场主之间为使用土地的权力斗争，解放了的黑人在此地发展繁荣和旧日庄园主之间的种族矛盾。当冲突被擦出火花，白人可以毫不犹豫地视法律如粪土，将铲平黑人区看作是他们天经地义的权利。而在事件当中完全失灵的政府，在事后有效地淡化屠杀，借机将梗在当地白人心中的这块黑城完全从历史地图上抹掉。我希望这段历史可以提醒我这太自信太乐观的儿子，学校和教科书告诉你美国的种族歧视问题有了多大进步和改革，却无法告诉你人心深处无法改变的仇恨和偏见。

五

第四天的目的地是新墨西哥州的圣达菲。从阿肯色州，穿过得克萨斯州北端，到新墨西哥州，预计要开八百英里。我们前一天已经离开了雨水充足的南部次亚热带地区，进入了平缓的丘陵地带，高大的风力发电杆像巨人布满公路两边，远处不时看到牛群在阳光下像芝麻点散布在草原上。

下午进入新墨西哥州，接上了传统的 66 号公路，地势开始变得蜿蜒连绵，高高低低，干燥的气候下缺乏绿色，到处是褐色的植物，没有人烟和动物。我之所以坚持一定要到圣达菲，当然是因为乔治亚·奥基弗，她被称作是"贯穿了整部美国现代艺术史""本世纪最杰出的女画家"。这里是她晚年居住与创作的地方，也是她逝世的城市。遗憾的是，当我们急匆匆赶到奥基弗纪念馆，它因为疫情而闭馆，却没有在网站上通知，害我们白扑腾了一场。

都说圣达菲是艺术家集中的地方，我们走了很多条街，看见开门的都是卖旅游品的，没有画廊。一家卖石头的商店，吸引了我，里面的石头太漂亮了。我走南闯北五大洲四大洋，除了非洲没有去过，到任何地方，都喜欢看石头、捡石头。可是，我还真没见过哪有这么多好看的石头，黑的像水墨画，紫色、绿色的闪着金光银光，带着神秘的诡异，彩色的非常有现代感。我这下才明白，奥基弗的颜色和造型来源于周边的地理风貌和这些彩色石头。于是买买买，挑出我认为最有味道的，打了一包，对儿子说，为了这包石头，我要把一些衣服留在你家了。

因为我这么一说，第二天经过路边一个小艺术村时，我看上了用当地一种叫鳄鱼刺柏木做的砧板，儿子坚决反对我买。我给他解释每块砧板的纹理和造型，每块都是一件艺术品，就像我们家那张核桃木小椅子，以后我传给你，你别当普通家具扔了，那是奎克人特别的手工契合制作，而且因为椅面有个木节，纹理特别漂亮。我越说，他反对得越坚决，我突然明白，他是害怕我走时把箱子里装满石头木头，给他留下一堆衣服鞋子。我赶紧说，这块砧板送给你的新居，总之我就是想要那些砧板。他头摇得更坚决了，我决定放弃对他进行艺术教育，掏出信用卡，买下一块可以装进我拉杆行李箱的砧板，心想，大不了就把衣服鞋子都扔了，带着石头和木头回家。

再往前走，从无比干燥的山丘中穿出，进入无比干燥辽阔的大沙漠，人也燥热起来。砧板事件如刺在喉，两人之间的气氛变得紧张了。想到明天把他送到目的地，从此更难得有机会与他深入交流，我向他交代说，家里虽然有上十个书架的书，只有半个书架的书需要跟随我到最后一刻，那是我最喜欢的作家，杰克·伦敦就是其中一位，而《热爱生命》和《夏威夷》都在其中。

短篇集《夏威夷》中一个故事讲的是一个中国人钟阿中，他卖猪仔（广东人对签劳工生死契的别称）到夏威夷种甘蔗，后来与人合伙开店进出口小商品，同时到有钱人家做厨子，用积攒的工钱在还没开发的岛上买地，后来土地涨价，他从大甘蔗庄园主，变成地产商和投资商，娶了原来夏威夷王室家族的女儿，儿女都送到美国大陆私立学校接受教育。虽然他的儿女和妻子都在夏威夷上层社会出入，但他与西方人格格不入。女儿到了结婚的年龄，阿中放话出去，给大女儿三十万嫁妆，于是有着海军上将前途的白人军官娶了他的女儿。他给第二个女儿的嫁妆比大女儿少了一半。有人问他，为什么如此不公平，他说现在大家都知道他女儿的价值，需求高了，价格自然就该调整。中国人的女儿和儿子们最后都嫁了或娶了当地有地位的白人，过着花天酒地的上层生活。智慧的阿中（杰克·伦敦的原话）看明白巨大的财产将会给他的晚年带来家庭纠纷。有一天，他把妻子和儿女们都招到家里，给他们每个人一笔钱，把大房子的地契交给妻子，把公司的大印交给儿子，就登上了开往中国的海船。他也知道，这些财富让他回到家乡也会招来烦心事，所以就在澳门上了岸，买下了那个因为他是中国人拒绝他入住的豪华酒店，过他想过的日子。果然，在夏威夷的家人为了他留给妻子的财产和儿子的公司大打官司，互相起诉，他就在遥远的东方隔岸观火，用书信的方式给他们提出建议。

儿子听完跟我开玩笑说，你不会因为我不让你买那块木头，明天也坐飞机回中国去吧？

对呀，儿子你虽然听明白了这个故事的讽刺意味，但你真能够理解我们两代人之间的代沟和文化差异吗？你小时候那么喜欢听我读书讲故事，甚至一个故事一晚上要重复八次。从你还不会说话，一直到你可以入迷地捧着书本自己阅读，我期待着你长大，可以跟你分享我书柜里那些文学名著和画册，和你到世界各地的美术馆、博物馆去看那些名画，到纽约、伦敦的剧场去看莎士比亚戏剧。结果，你却长成了一个理工男，一知半解地搬出书本上的知识来跟我辩论资本主义和社会主义的区别；你的艺术修养仅限于到高中就停止的钢琴课；你出身美术文学世家，却不读文学书籍，不懂美术。你一向很自信，现在也有了安身立命的本事和方向，所以你不明白老妈为什么总是在一边唠唠叨叨，一会儿建议你背上背包到世界各地去旅行，一会儿鼓励你继续留在大学里选修各种人文课程，一会儿给你找出一堆世界文学名著，一会儿又拖你去爬山下海。你的老妈确实很烦人，尽想出一些不切实际、不着边际的事情要你去做；你的老妈恨不得把她认为世界上最好的东西都传给你，而这些东西只有在文学的阅读和艺术的审美中发现和培养。

那不是一块木头，是你我之间的审美差异。我多么希望你能跟我一样，为一块石头一块木头的美而惊叹。

六

我们以每小时九十英里的速度在这样的荒凉地带行驶了两天，终于进入了加州境内的沙漠。我忽然明白，为什么加州不会有前面几个南方州那种成群结队的大篷车垦荒移民的历史，因为没有人可以拖家带小，用数月时间穿越这种无水无植物的大沙漠。这个1848年才从被打败的墨西哥人手里拿过来的州，要等到跨大陆铁路 1869 年完工之后，才能把东部的人运过来。加州的开拓者不是淘金者就是冒险家，还有修铁路的劳工，他们都是从南部墨西哥入境和太平洋海上登陆，这里也包括我们广东四邑侨乡的先人。

大约是在十九世纪六十年代后期，我台山籍曾祖母的几个兄弟签了劳工卖身契，坐船来到加州。他们之中没有人荣归故里，甚至没有多余的钱救济家乡守寡的姐姐。他们的故事被一个多世纪的贫困、战乱淹没。如果把美国的排华历史套入他们来美国的年代，尤利西斯·格兰特总统 1875 年签署的《佩奇法案》正好针对这些亚洲劳工，不许成为合法公民，不许从中国带妻子，也不许与白种女人通婚，更不要说投票权。

1992 年，我父亲移居美国时，去旧金山找到过一个同族亲人的后代，还被带去祠堂，拜了舅公们的牌位。前几年，我也到过这座司徒姓氏的祠堂，在唐人街一栋很旧的楼房，从狭窄的楼梯上到二楼，有个开阔的空间，几位老人在打麻将。正中的后墙上，在各村名下挂满了名牌，都是没能回到家乡安葬的海外孤魂。我掏出四十美元给管事的阿伯，算是给前辈亲人的香火钱。我跟儿子说，等你安定下来，也要到旧金山的这座祠堂里去一趟，给这些先人续一炷香，他们没有公共承认的荣光和纪念碑，要靠你们这些后代记住。

我们长途旅行六天后到达洛杉矶，又经过六天的住房搜索和争吵完成了此行的目的，有了本文开篇的那一幕。我戴着双重口罩在德尔塔变异病毒正在美国施虐的时刻花了一天时间飞回东部，很庆幸此行没有累倒病倒，能够立即坐下来写这篇记录。

载于《财经周刊》2021 年第 36 期

谁愿乘风破浪?

[美国] 江　岚 *

除了与"疫情"和"中美关系"相关的各种新闻之外,"乘风破浪的姐姐"这个定中短语,赫然是近日网文热词。有位文友远在河南,看过不少我的文章,知道我大学一毕业便背井离乡,如今已在异邦安家。以他的人生阅历,并不难推想从"离乡背井"到"异邦安家"的岁月里,我必定曾经被人生的风浪拍打过。于是给我留言,建议我以这个短语为题写一写,鼓励我说,这样的主题,你一定能写好。

他的留言让我有些感动,当时便答应了。等到真的坐下来要写,看着"乘风破浪的姐姐"这几个字,默然良久。的确,我的青春早已小鸟儿一样飞去无影踪,我是这个短语中如假包换的主词:老"姐姐"。而那个定语,"乘风破浪",随即让我格外唏嘘——人生的最高境界乃是不劳而获,衣来伸手饭来张口。一个人若能够一辈子风平浪静,波澜不惊,为什么要去乘风破浪?

---

*　博士。现执教于美国高校,业余写作,已发表各类体裁作品逾两百万字,短篇小说、散文、诗歌曾先后多次获奖,代表作品被收入海外华文文学选本计三十九种。出版有短篇小说集《故事中的女人》、长篇小说《合欢牡丹》、学术论著《唐诗西传史论》(中、英文版)、系列有声书《其实唐诗会说事儿》等。编著"新世纪海外女作家丛书"十二册、《离岸芳华:海外华文短篇小说选》《故乡是中国:海外华人散文选》等。现为北美中文作家协会应届副会长兼外联部主任、加拿大华文学会副主任委员及海外女作家协会终身会员。

可惜，人生的最大无奈，恰恰在于一旦命运以特定的方式选择了我们，我们无权选择逃避。当风吹来浪打来，无论愿意与否，都得想方设法去应付。

一、打工

经过二十三小时的长途飞行，飞机降落在美国大西北的小镇机场。我，一个离开校园才半年的日语专业毕业生，变成了一个留美博士的陪读妻子。丈夫背负的债务和我兜里仅有的一百美金，让我很快明白，"打工"和"工作"这两个词之间有着实质性的区别，前者是非法的，后者是合法的。留学生家属不得合法"工作"，我若要去挣钱，便只能去"打工"。而打工的机会，只在大城市里，不在这种偏远小镇上。

于是，买张票坐上灰狗大巴，离开来不及熟悉的小镇，离开新婚的丈夫，八小时之后，我抵达离小镇最近的大城市，芝加哥。

颇具规模的中餐馆坐落在芝加哥东北郊外，附设有酒吧，用的是老板娘的芳名："费雯·李"。中法混血儿老板娘生得个头高大，满头棕红色的鬈发，一句中文不会讲。我完全没经验，英文讲得磕磕巴巴，她还是把我留下了，条件是：她不付一分钱底薪，给我机会边做边学，每天能否挣到小费，能挣到多少，全凭我自己。

当时的我，连炒菜必须先放油都不懂，要打好这份工，首先得学会认菜。用餐高峰时间，大厨把客人点的菜炒出来，厨房的梳理台上呼啦啦排满一大溜，"宫保鸡丁""辣子肉丁""陈皮鸡片""湖南鸡片"……我哪里分得清楚什么是什么？别人都忙得脚不沾地，想帮我也腾不出工夫，我只好站在那里干着急。

幸亏越南裔的大厨是好人。留意到我的窘迫，他不仅特意把我单子上的菜排放在一起，得空了还照着菜单仔仔细细给我讲每道菜的特征，教我识别。

比各种菜更难搞的是那些鸡尾酒。不要讲客人满嘴跑的是英文，就是说汉语，我也搞不懂那些稀奇古怪的名称啊。可人家点了，你必须得记下来！于是，客人嘴里叽里咕噜冒出一大串，我就死死记住那一串一串的音节，到调酒师面前再一串一串背出来，硬生生"鹦鹉学舌"，其实根本不知道人家说的是什么。这个过程里，最怕有人打岔。一旦被岔开，那些音节记不全，我立刻抓瞎。

老板娘对我们送菜上酒的程序和方式有严格的规定，事实上，后来我很少再见到服务标准如此严格的中餐馆。比如，她要求出菜一定要用那种硕大的椭圆形盘子，尽量一次出齐一桌子菜。我们单手托起大盘子，另一只手拿支架，到了客人的桌前，打开支架，放下盘子，再把每道菜逐一用双手送上。如果客人点了烤鸭一类要用饼包着吃的菜，还必须当着客人的面，在这个大盘子里用筷子和汤匙包好，才能送上桌。

用筷子和汤匙包烤鸭，难为了每一个男服务生。我倒不怕包烤鸭，只怕那个直径几乎有我身高一半的大托盘。即便是空的，单手托着也晃晃悠悠，何况上面再排满四五碟菜？！说不得，只好练。餐馆的空当时间，从对付空托盘开始，渐渐往上加碟子。练了两天慢慢悟出来，要像男人们那样，完全靠一只手臂的力气把盘子托起来，走进走出，再转下来，好好放上支架，我根本不可能做到。不过，先手托起来，把大托盘搁一端在肩膀上，借助腰部的力量起落，就成了。

每天下了工，已是深夜。和工友们一起，回到芝加哥市区的一栋老房子。我们每人每月付一百五十美元的租金，共同租用了二楼，包括四间卧室，一个公用的洗手间和一间小厨房。我的房间大约七八平方米大小，把报纸铺在地板上，睡袋铺在报纸上，就是全部家当。起初每天夜里还要背菜单、酒水单，后来不用了，可以洗个澡倒头就睡。

一周六天，每天十二个小时，我迅速成为"费雯·李"的熟练服务生。也曾打翻过大托盘，把一盘子汤汤水水全糊到女客人身上；也曾因累到头昏眼花算错过好几张账单；更曾因为英文太烂，出过各种奇葩的洋相……江湖真不是那么容易闯荡的。不是没有过又累又委屈，自己躲起来哭的夜晚，只是心里还存着一点梦想，梦想着只要努力坚持，必定能拨云见日，眼下的窘迫终将成为过去。

攒够了足以还清债务的钱，我离开芝加哥，返回小镇。数月之后，随着我先生学业的变动，我们夫妇开着一辆破旧的老福特车横穿大半个美国，来到了宾州的伯利恒小城。抵达的次日下午，偶然因当地朋友介绍认识一位美国老太太，三言两语交谈过后，我便成了她女儿家里的清洁工。

当初离家到美国，是来"陪读"的，以为等先生完成学业，我们就回去了。可他轻易回不去，我若想在此地谋一份像样的"工作"，必须先念书，那么我就还得给自己挣学费。

那栋殖民式红砖房很小巧，我每周去两次，周二缝补浆洗，周四吸尘扫除，每次六个小时，时薪四块五美金。主人家只有三口人，更换床单被褥，洗熨衣服什么的还好说，要收拾这房子里的一应摆设就不那么简单，因为女主人是专业的室内装潢设计师。客厅沙发和茶几的腿是纯铜镶嵌；地板有的是硬木，有的是大理石；客厅的家具是顶级核桃木；还有餐厅里那盏由三个同心圆环组成，每个圆环平面上的一个个小洞里插满特制水晶棒的大吊灯……都得用不同的专用清洁剂一点点擦拭。劳动强度不大，可实在费时间。

艺术家们通常都追求完美，这位女主人也不例外。如果我在六个小时之内做不完这些事，如果她回到家打开装饰柜里的灯，看见那些昂贵小摆设上还有灰尘，我就必须加班。加班的时间是不作数的，长短和她都没有关系。所以我只有在六个小时里快马加鞭，用力赶工，为了动作快一点，胶皮手套也不敢戴。有一阵子手指尖上布满了芝麻大小的红印子，斑斑点点，是皮肤表层被清洁剂腐蚀掉了。

结果是女主人对我还算满意，一个月之后把我介绍给了她的朋友。也是一周两次，每次六小时，工钱一样。这一家有五口人，三个孩子年纪还小，房子也比较大，男女主人性情更随和。我的主要任务是缝补浆洗，常常六个小时不到就把活儿干完了，他们就让我领着三个小娃儿玩一会儿游戏。

可当清洁工的工钱太低，周围的朋友们说。横竖是辛苦，不如去餐馆打工。他们介绍我去了一家上海人开的中餐馆，离伯利恒有近两个小时的车程，老板管吃管住，我只需要每周往返一次就好。餐馆坐落在宾夕法尼亚州和新泽西州交界处的小镇上，叫作"New Hope"，译成中文，就是"新希望"。

小镇边有特拉华河蜿蜒而过，两岸风景如画，沿河开辟的自行车道绵延十几英里，夏秋两季吸引来无数喜欢户外活动的人们。此地定期举办的古董和手工艺品跳蚤市场也很有名，随之而来的是大量手工艺人在周边安家。艺术家们当中，同性恋人数的比例比较高，我在这家餐馆里最经常见到的客人，多的是双双对对的假凤虚凰。

犹太裔的老太太路易丝·汉肯不是同性恋，也不是此地居民，她那天只是偶然路过，偶然在午餐和晚餐的空当时间推开了这家餐馆的门，成了我的客人。世界上还真是有"缘分"这档子事儿的，我和她一见如故。路易丝·汉肯成为我端菜送酒的生涯里结交的唯一朋友，更成为我"打工"状态的终结者。

一年半以后，汉肯老太太为我申请到工作签证，我进入她名下的进出口公司，有了一份合法的"工作"。

二、读书

路易丝是汉肯家族移民美国的第四代。祖上以来一直居住在大费城地区，以从事商用房地产开发起家，家境相当富裕。汉肯家族成员大多和她一样，除了继续投资房地产开发，还各自经营其他生意。路易丝名下这一家公司专营欧洲汽车进口代理，主要由她唯一的儿子小汉肯负责日常运作。

我加入之后，公司开始增加了中国纺织品进出口的业务。那时国际长途电话费贵得要死，其他的联络方式基本没有，连电子邮件都还没普及，隔着一个太平洋和半天的时差，双方联系最重要的工具是传真机。夜以继日，传真机"唰唰唰"地打印，一叠叠纸，要联通的不仅是信息，更有许许多多原先根本想不到会成问题的问题。打样、改版、订货、运输、清关、销售……每一个环节上都有无数细节，每一个细节都有可能成为下一步的障碍，每一张订单都是一场煎熬。三四年下来，我愈来愈清楚地认识到，自己缺乏在生意场中舞刀弄枪的天分，必须及早退步抽身。

决定了重打锣鼓另开张，还是得重返校园去读书。我搜罗来一大堆托福模拟题，整整三个星期不分昼夜地死嗑之后，上了考场。凭着一份刚刚好压在最低分数线上的托福成绩，我进入理海大学（Lehigh University）教育学院，攻读教育技术学的硕士学位。

我没有按部就班地去考 GRE，美国高校研究生院的入学考试。没有 GRE 成绩而能够被录取，是我和系主任 Cates 教授聊了两个多小时，"动之以情，晓之以理"，争取来的。也就是说，我是被"有条件录取"的。Cates 教授给我的附带条件是：入学后的头三门必修课成绩必须达到 A-（95 分）以上，否则他便将我逐出校门。而且，在这项附带条件被满足之前，我没有申请任何奖学金或助学金的资格。

我这个人，实在缺乏什么事情想明白了，理清楚了，再付诸行动的智慧和定力。当时根本不懂得，这个附带的录取条件将如何接二连三，狠狠剥掉我身上数层皮。

1998 年春季，开学的第一天。截至我走进"多媒体编程"这门必修课的教室那一刻为止，我连用电脑打字都不会。

课堂是系里的多媒体实验室。这门课没有教材，只有人手一台计算机。教授在上面实例演示，学生在下面跟着做，一大堆电脑术语从教授嘴里冒出来，成序列的一大串生词。我一个文科生，听得一头雾水外加一身冷汗。这是头一门必修课啊，每每想起系主任开出的条件，连做梦都要被惊得几乎要尖叫。到此地步，只能拼尽全力去熬，天天泡在实验室里，哪怕熬到吐血三升也顾不得了。

到期末，我这门课的成绩拿了个 A-，又刚刚好压在系主任要求的线上。

我们系里的这个多媒体实验室和理海大学其他的普通计算机房不同，里面的每一台计算机都连结着音响、录像机、唱片机等等高档电器设备，必须经过秘书值班室才能进入，也只有在秘书南希小姐上班的时间才开放。也就是说，我如何拿到这个 A- 的过程，每一点每一滴都落在了南希小姐的眼睛里，又通过她的描述，断断续续进入了我的指导教授，Hennings 博士的耳朵里。

Hennings 教授因此大笔一挥，做主免掉了我下一学期的学费，同时主动为我向系主任陈情，建议他免除我的入学限制条件。教育学院研究生的助学金名额少之又少，他便大力推荐我进入商学院开设的国际学生暑期培训班去教书，每个课时的报酬二百美金，让我暑期里有了一大笔收入。随后，他又连续两个学期为我申请到学院的优秀学生奖学金。

理海大学的学费之昂贵，闻名于美国高等教育界。二十几年前的学费已高达每学分一千二百美金。研究生每学期必须修满十二个学分，一年的学费总计超过两万六千美金。这种数额的钱，根本不是课余偷跑到校外去打打工就能够挣出来。倚仗着 Hennings 教授的大力相助，从入学起，我得以安心读书，不用为学费操心。

1999 年暑假里，在专业上卓有建树的 Hennings 教授，被另外一所大学聘为教育学院的院长，离开了理海大学。他门下尚未毕业的研究生们，被系里统一分派到其他教授名下。而我，只顾埋头按照他早已为我规划好的选课安排和研究方向，高歌猛进，没想到要去正式拜见后来那位名义上的指导教授。

过了很多年以后，我自己也进了高校教书，才意识到那不是一个简单的礼节上的疏忽，而是一个严重的错误。由于这个错误，滑铁卢已在前方不远处等着我。

1999 年秋季学期开学前夕，我收到学院敦促我去缴纳学费的通知，三门课总计一万余美金。这一惊非同小可，我立刻冲到院里去问究竟。秘书们用十分平静坦然的目光看着我，说，你的奖学金申请被拒绝，必须自己交学费。

奖学金申请被拒绝，不是我的成绩没达标，而是没了教授推荐。Hennings 教授离职，新的指导教授根本不认识我；系主任 Cates 教授这一年学术休假，代理系主任也不认识我。对一个他们完全不了解的学生，要他们如何推荐？！事到如今再去求他们帮忙也无意义，我直接给分管奖学金事务的 Pennington 教授写信，请求他重新考虑我的申请。

我得到的回信，当然，以对我的处境表示深切同情开头。接着婉言坚拒：本学期的奖学金申请和审批早已截止，且已发放完毕，爱莫能助。结尾提供建议：下个学期请尽早提交申请，届时学院会优先考虑。

这一封三段式的典型官样文章把我彻底逼急了。没有学费，我这学期注册不了，连合法的学生身份都无法维持，哪里还有什么"下个学期"！我把心一横，决心把死马当活马医——我连夜给当时的院长原田教授写了一封长长的信，也用标准的三段式，先点明主题，再陈述情况，最后问他：如果像我这样一个热爱所学专业，刻苦用功的学生因无法负担学费而中途辍学，那么学院设立所谓"奖学金"的意义何在？！

过了两天，学院秘书打电话来，说 Pennington 教授约我下周四去他办公室，面谈奖学金之事。乌云密布的天空终于洒下一线曙光来了。结果还没等见到 Pennington 教授，这一线曙光已灿烂成满天阳光：学院的公函寄来，通知说，院长特批了我的申请，奖学金已划拨到位，我只管去上课就好。

我在那个四面楚歌的夜晚，给原田院长写的那封信，主题明确、措辞恳切、情感丰富，恐怕要算我生平写得最好的英文信之一！却没有留下底稿，如今想来多少有点儿遗憾。

三、尾声

拿到硕士学位之后，第一顺位的要务自然是找工作。一轮轮的求职信履历表发出去，一次次泥牛入海。好不容易得到面试机会，好不容易经过若干面试终于被某家公司相中，简直比老姑娘待嫁还要诚惶诚恐。

那是一家大百货公司的培训部门。部门经理打电话通知我，让我次日上午九点半，等待人事部的电话。人事部主管要确定我的职位、职务和薪资待遇，以便形成正式合同文件。

那个"次日"，不迟不早，不偏不倚，正是 2001 年 9 月 11 日，那个后来让全世界大惊失色的上午。当纽约"世界贸易中心"的两座大楼遭到攻击后相继倒塌，当曼哈顿下城一片黑烟火海，通信网络迅速被切断，我所等待的电话铃声，不可能响起。紧接着又有化学毒品投放风波，遍及新泽西和纽约州。更糟糕的是，后续调查发现若干名恐怖分子都是持学生签证居留在美国，一时导致持学生签证的人们或多或少遭受池鱼之灾，我所等待的那个电话，再也没有打进来。

当生活里突然出现这种个人力量根本无法冲破的狂风巨浪，幸好还有文字，幸好还可以写。写写写，在文字的情境里构筑一个自我宣泄的空间，也算是一种自我救赎的过程吧。我一边教养幼儿，一边写，倒也没觉得那些日子特别绝望。

然后就到了 2004 年。中国迅速提升自身综合实力的进程，拉动了全球经济数次危机后的复苏，祖国人民用自力更生的伟大成就向世界重新定义着"中国"形象，掀起了遍及全球的"汉语热"。我，凭着一张教育学院的硕士文凭，加上一叠文学作品获奖的证书，接受了圣·彼得大学的教职，负责设立该校"古典与现代语言文学系"的汉语课程。

又一轮从头来过，重新做起。系主任不断给我加油打气，又命我再去读一个博士学位。当时我已是二子之母，年纪老大的了。带着两个小娃娃，一头教书，一头念书，不折不扣的人仰马翻，顾此失彼。那几年最大的渴望，便是脚指头也能抬上书桌，和十指一起敲键盘。

好歹熬出来了。博士学位答辩通过五天以后，我的论文被出版社签约，总算没有辜负那几年间，两个小小孩儿对我尽可能多的体谅、理解与配合。后来，我基本上不需要苦口婆心监督她们的学业，也算得那几年辛苦的一重意外收获。

此后，我在数个不同的大学校园里教书，兜兜转转，并不是总一帆风顺。如今又回到圣·彼得大学，熟悉的校园，熟悉的人与事，让我刚缓过一口气，谁知就撞上了疫情。全美的高校陷入一片忐忑不安，大幅度预算危机，大面积裁员、减薪，有的甚至被迫永久关闭。眼下暑期过去大半，尚不知下学期如何，即便疫情全部过去，遍地遗留创痕的未来恐怕也不容乐观。

大大小小的风浪，似乎从未打算轻易放过我们。所谓"乘风破浪"，真没有想象中那么潇洒，那么意气昂扬。如果可以，谁不希望自己始终游弋在波平如镜的水面上？谁不希望一辈子优哉游哉，荡起双桨摇啊摇，三两下就摇到了外婆桥？奈何我们不过是芸芸众生里的普通一分子，出生时没有含着金汤匙，一根线一粒米都要自己赤手空拳去挣回来。命运加诸我们人生里的风再狂，浪再大，也还是要硬着头皮去面对，壮起胆子去闯，只因为——即便没有伸手扼住命运咽喉的力气，也不能任由命运扼住了我们自己的咽喉。

所幸在这个过程里，每一次风吹来浪打来，总有那么一些人，相识或不相识，站在我们身边身后。他们以各自不同的方式，传递着对我们单纯的信心，用一份又一份凡俗人间贵重的暖意，支撑起我们直面风浪的勇气。

所以，无论如何，必须活下去，还要活得更好。

载于《香港文学》2021 年 2 月总第 434 期

你不是一座孤岛

[美国]江　扬[*]

疫情像逃离了潘多拉盒子的魔鬼，让你猝不及防，让你手足无措。原本订好去加州的机票，一改再改，最后还是在身不由己的 2020 年 6 月下旬飞往美国，开始一段人称"逆向"的行程。

从家里出发已是一线医护人员的标配，N95 口罩、护目镜、手套，还有医用防护服傍身。以往人头攒动的香港国际机场如今冷冷清清，到处贴着"已消毒"的字样，地标上写着"请在一米黄线外等候"，当然你不会看到排队的人群。进入机场测量体温、安检登机测量体温……紧张和惶恐，让人感觉呼吸困难，护目镜里的视线模糊。

舷舱外的夜很深了。环顾机舱内，我的座位前后都空着。几乎无人看电视，个个都蒙头盖脸睡大觉。也许，此刻扑入那个疫情蔓延的国度，心中涌动的都是和我一样的惆怅与不安。我不敢大口喝水，更不敢张口吃饭。吞下一粒安定药片，醒来已经过去十个钟头。空姐在派发蓝色海关申报表的同时，还增加了一张白色的"赴美旅客健康申报表"，表格的顶部写着"每位到达美国的旅客均需填写"，底部写着"本信息的收集为强制性的"。我认真地回答并填写了每一个问题。

---

[*] 中国作家协会会员，曾任香港《文汇报》首席记者。出版有报告文学集《九七香港风云人物》，散文集《岁月不曾带走》《留住那晚的星星》《同一片天空下》等作品。

洛杉矶机场的入境大厅里空空荡荡。没有人为你测量体温，更没有人告诉你需要居家隔离十四天，疫区应该做的事情全部省略。我把在飞机上填写好的健康申报表与护照一起递给移民官，他看都不看就把健康申报表退给我。当推着行李车过海关时，我再一次递上健康申报表，海关官员照样不看退还我，只好带回家留作"纪念"。百思不得其解的我，询问开车来洛杉矶接我们的朋友，他说"你是来疫区，查你什么呢"？

到家已是半夜两点。一直没填东西的肚子，在极度疲惫中饥肠辘辘。打开冰箱，找不到马上能吃的食物。"噔"的一声，微信中跳出一张照片，是邻居洁发来的：微弱的月光下，我家大门的把手上挂着一个袋子。接着是她的一段语音："我蒸了南瓜排骨放在玻璃罐里，还做了米饭。你们到家时可以有点东西吃。"她的话犹如一针强心剂，让我瞬间复活过来，才想起我们从车库进来时完全没有留意大门。这个南瓜排骨和白米饭比所有的山珍海味都要让人心动，我立刻奔向大门外。眼睛瞬间潮湿了，那睫毛上挂着的，是悄然而下的夜露吗？

第二天清晨，大门口又放着一盒鸡蛋、一罐牛奶、一瓶酒糟和洁自己烤的面包。很快，Angela 打来电话说"居家隔离需要什么我送过去"，志明发微信"有需要我们做的随时讲"，晶告诉我网上购物的地址，丽介绍自己烹调的秘诀，春邀请居家隔离结束到她家吃西班牙海鲜饭，平和大明相约在办公室聚餐聊天……这都是我熟悉又熟悉的声音，心里相继浮现出一个个可亲的身影。在疫情笼罩下，人与人之间彼此关怀、彼此扶持、彼此照料，成为抵御灾难的巨大精神力量。每每念起，我都有种难以用文字表达的感动。

离开香港时，特别购买了一些口罩，寄给远在波士顿的姑姑表妹一家，送给圣迭戈的姐姐姐夫嫂子侄子，送给帮助过我们的朋友，也没有忘记送给打扫房屋的墨西哥工人和修整花园的墨西哥园丁。当我把口罩送给园丁 Cipriano 时，他用手在衣服上擦了几下，随即打开盒子从中取出一个口罩戴上。嘴里一边感谢一边抱怨说到处都买不到口罩，还说要把这些口罩留给他的孩子用。

真是让人弄不明白，从 2020 年 1 月 20 日美国第一例新冠肺炎患者在华盛顿确诊，到每天都在飙升的一个个冰冷数字，后面却是千千万万条鲜活的生命。而今，连酒精在美国也是奇缺品，就像口罩一样。网上订购的食品箱子送货到家门口，都少不了要用酒精消毒后才能打开。我曾经多次登录多个网站都无货，忍不住张口向洁求助。她说："别着急，我先将已经开封的酒精装半瓶给你。"这半瓶酒精，在疫情的冷酷和距离中，显得那么真诚，那么实在。

如果没有听到朋友梅的语音，我几乎忘掉这天是端午节。往年广州的端午节，站在阳台的我，看珠江上千舟竞渡，顶龙头，结七彩，锣鼓喧天。吃粽子，当然是端午节最重要的元素。梅的儿子开车把粽子送到我家门口，每一个，都沉甸甸的。在蒸煮中，手工包裹的粽子翻腾着浓浓的荷叶特有的清香，感觉那是能够慰藉心灵的、从来没有这么好吃的粽子。

刚刚结束自我居家隔离，大学同学青就从洛杉矶打来电话。她说院子里的柿子树今年结满了果，太多吃不完都做成了柿子干，一直记得我特别喜欢这一口，专门存放在冰箱里留着。我想起那年去她家，硕果累累的柿子树就是一道诱人的风景。不过，现在我没有勇气开车去看她，也谢绝了她来看我。几天后，我惊喜地收到了她快递来的柿子干，看上去色泽鲜艳，每一片都切得薄而均匀。我迫不及待地品尝，甜而不腻，仿佛她就站在我的面前，笑容里透着亲切。

平常的时光如水流逝，没有涟漪，流过便也流过了。可是在疫情期间，越来越会发现，那些有花朵芬芳的日子，有月光的夜晚，有朋友关心的瞬间，有一些特别的时候，你曾被一双深情的眼睛深情地注视过。无论在世界的哪个角落，这些注视都是温暖所在，幸福和快乐所在。这些注定都是要被记忆着的事情。

清晨的云从海上弥漫过来，乳白色的雾气袅袅升腾。那样的深，那样的浓，像流动的浆液，缓缓地罩住了行驶中的轮船，罩住了岸边的沙滩，罩住了树林里的屋顶。雾化的海水在深蓝、浅绿、灰白之间不断地变换，显得有点魔幻。站在露台上的我，任雾气轻轻地缠绕，钻进我的发间，钻进我的指尖。

这里是加州圣迭戈北边的小镇拉荷亚（La Jolla），在西班牙文中是

"宝石"的意思。它紧靠在太平洋的弯曲海岸线上，三面环绕着峭壁和海滩。阳光在一年四季里都是那样明媚那样充足，气温早晚相差不多都是那样清爽那样凉快。独特的西班牙文化丰富了人文历史，绮丽的海洋景色交织出"迷人的"气质。凸显与众不同的是黄昏的海平面，无限延伸到天水相交处，夕阳的颜色在每一秒内变幻莫测。静静待落日沉入海底的刹那，一轮红日就好像被大海这头巨兽逐渐吞噬，用尽力气展示出最后的惊艳。

不到五万人口的小城，"宝石"般的流光溢彩也没能挡住新型冠状肺炎患者的与日俱增。即使政府宣布进行"居家"与"社会疏离"政策，"软性"封闭部分海滩及海滩停车场，尽管加州大学圣迭戈分校海洋研究所专家恳求海边冲浪、划皮艇、单人划桨者及沙滩上的人群，都应该远离海边，因为微小的病毒水滴，也会飘浮在空气中被海风四处吹散。

然而，在漫长蜿蜒的海岸线上，挑战沙子阻力的跑步者，继续在欣赏海景的同时迈出艰难的每一步。嬉闹的儿童就像牛顿说自己"是一个在海边玩耍的孩子"一样跳着、跑着，为拾到了一块比通常更光滑的石子或发现了一枚美丽的贝壳而欣喜若狂。漫步的人、冲浪者、划皮艇者……无一戴口罩。确诊的人数日日飙升，像荡高的秋千揪紧每个人的心。

晚饭后的走路，是我每天唯一外出的机会。戴上口罩和墨镜，走在散布座座房屋的山坡上，高高低低，曲曲直直。每栋宅院，都是超个性的混搭，你很难找到一所完全相同的房子。殖民地风格、牧场式风格、西班牙风格……相互之间有融合，又有影响，醒目却不过分夸张，次次经过都让人看不够。

装点在各家门口的树木奇形怪状，虽然许多都叫不上名字来，可是每一棵树都值得凝视和欣赏。它们安静地吐故纳新，在自然界的外力下随意长成天然的艺术。暮色中偶尔吹过的风，不过凉也不过暖，刚刚好。这好中似乎还夹杂着花香、树香，它们都会在远远的空气里用香味勾勒出自己的样子。我喜爱这种感觉，甚至喜爱树儿们花儿们铺出的小路。偶尔遇见三三两两散步和遛狗的人，他们都没有戴口罩，说说笑笑地在晚霞中走着，好像疫情跟他们相距遥远。

7月4日是美国通过《独立宣言》，脱离大英帝国独立的纪念日，也是美国的国庆节。可是一点也不给面子的新冠疫情，确诊人数在全美四十个州持续攀升。各州政府取消了往年的游行活动和烟火表演，海滩和酒吧也纷纷关闭。那天，散步经过一家又一家的门口，汽车排了一溜儿远，鸡翅、肉排、热狗混在一起的烧烤味香了一条又一条街，疯狂群嗨的 party 夹杂着音乐声传出老远。一个大宅的门口，一块手写"Black Lives Matter！"（黑人的命很重要！）的牌子摆在石头旁边。

自从 5 月 25 日明尼苏达州发生白人警察暴力执法造成非裔美国人弗洛伊德死亡后，这条黑人运动口号带出的反种族歧视和抗议警察的示威活动，在美国各地迅速蔓延，到后来演变为打砸抢烧的暴乱。骚乱者经过的一些店铺，尽管已经在门窗外面钉上木板，甚至贴上支持抗议的标语做护门神，仍然未能幸免，被人撬开抢劫一空。

维持社会稳定的警察，变成了人们眼中的过街老鼠。众多的老百姓，似乎觉得自己失去了安全感。枪在这个时候，成为人们自卫的武器。朋友们恐惧治安恶化，纷纷购置枪支弹药自保。大家相约一起去打靶，我提议找个空旷的地方，别去闷热、幽闭恐怖的室内练枪。

通往墨西哥边境的杜尔祖拉，尘土飞扬杂草丛生。去靶场的路越走越颠簸，几乎是在陡峭的泥土和岩石路面上开车行驶。许多起伏的小山丘下，是一个接着一个乱糟糟模样的牧场和陈旧的马厩。超过六十年历史的南湾枪支俱乐部野外射击场，就在这个鹌鹑、山猫、土狼和鹿栖息的野生动物保护区里。六个靶场分布在不同的山坳里，主要射程分别为 25、50、100、200、300 和 800 米的范围。

靶场开阔，一个个射击台排列成行。这个会员制的枪支俱乐部不提供租枪。朋友明自带枪支，弹药也装了好多盒。有几年没摸枪的我，第一次使用五种不同的枪，跃跃欲试中夹杂着一点点紧张。站在一个射击台前，我想先从最小的枪开始，拿起了外号"掌心雷"的微型手枪。这枪是风行几十年 007 电影中詹姆斯·邦德的代名词，曾经获得不少女性的青睐，成为藏在精致坤包里的防身利器。巴掌那么大的枪，设计非常轻巧。我右手举起枪，再用左手托住右手，帮助枪支减轻晃动。然后不断地调整自己的呼吸，屏气凝神，三点成一线后击发，虽然枪管短了些，可是发发子弹都没有脱靶。

澄明的天空，不含一丝杂质，视野越来越清晰。我再换一把有着两次世界大战、朝鲜战争和越南战争经历的勃朗宁，传说它对美国人来说是一种精神、一种情怀，大概就是让你的内心充满无限的遐想与感慨。击发的那一刻，右手有着明显的扳机感，后坐力确实比其他的枪小了许多。而另外一支与它差不多长短的左轮手枪，子弹出膛时不用自动抛壳，转一转就可以开始下一枪的操作，换弹匣也得心应手。美国警察中有百分之九十的人佩带的是左轮手枪，在近距离的武器中，即使左轮手枪一旦瞎火，只需要再扣一次扳机，马上就能补一枪。如果换成自动手枪，遇到突发情况时，再要退弹时已经来不及。

乒乒乓乓一轮，弹壳撒满一地。明的子弹管够，不是一个人或者一把枪打上几发就完事，颇有随便突突随便打的节奏。我很珍惜，一发一发地瞄准，一发一发地击发，感觉自己就是个战士，只有弹无虚发，才能有效地保护自己。明指着射击台上他那支狙击步枪，让我试试。我坐上射击凳，装弹、上膛、探身向前，将脸紧紧放在枪托的托腮架上，上上下下地调整好间距，再从瞄准镜里"瞄"出去。

目标在镜片上的线条与刻度里显得格外清晰与明亮。我扣动扳机，"砰"的一声，几乎在弹壳飞出的同时，火光迸发，远处三百米的钢板靶子传来子弹命中的"当当"声，通过瞄准镜我能看到自己打的子弹穿过钢靶留下的圆孔。射出子弹后的枪口冒出丝丝缕缕硝烟，甚至狙击步枪带来的后坐力……都足以点燃每个体验者的热血和激情。

旁边射击台是梅的儿子，他递给我一把霰弹枪，熟练地帮我装上弹匣。有人也叫散弹枪，那子弹看上去又粗又大。我右手握住枪柄，让枪托压着肩关节的内侧。瞄准时却找不到缺口，只见准星，一下子我就蒙了：没有缺口怎样瞄准呢？他说霰弹枪没有缺口，你的枪指向哪里就打到哪里，特别适合近距离和突发事件。还说前不久，洛杉矶的一个华人屋主遇上盗贼持双刀闯入劫车，男主人就是用霰弹枪上膛吓退了劫匪。

在美国，拥有武器是宪法规定和文化的一部分。买枪就跟买菜一样，从沃尔玛连锁超市，到街边的体育用品商店，再到私人枪支店，都有枪支出售。十八岁成人就可以合法买到枪支和弹药。从前外出忘记关车库门都安全的拉荷亚，现在盗贼入屋行窃的事件屡屡发生。华裔为了防身护家，自发建立起安保群。遇上一家有事，大家合力帮忙。此时，我深深感到守望相助的伟大。

人，从来就不是孤立的。你不是一座孤岛，在茫茫大海里自成一体。每个人都是大陆里的一片，或者沧海里的一汪。那一刻，我没有了孤独，没有了恐惧。这样的被释放，在美国的日子里我不知有多少次。总之，被释放的那一瞬间，我是从内心深处触摸到感动的泪滴了。

载于《大公报》2020 年 8 月 31 日

"春天无法取消"：疫情
期间看大卫·霍克尼画展

[美国] 孔书玉*

诺曼底的苹果树

2018 年 10 月的一天，刚刚过了八十岁生日的大卫·霍克尼度假经过诺曼底地区。在那里，他驻足勒阿弗尔港口，看到莫奈《日出印象》描绘的景色；在浪漫的小城翁夫勒享受了一顿美好的晚餐，还坐着轮椅在著名的法国国宝巴约挂毯前徘徊了很长一段时间。短短四天的北法之旅，让他做出了一个决定，他要搬到诺曼底，把那个乡村仓棚改建成自己的画室。

八十岁的老艺术家没有时间耽搁。好在他有雄厚的经济基础帮助他尽快实现自己的意愿。2019 年底，霍克尼搬到欧日地区，在这个以历史和艺术著名的法国乡下，在卡布尔市南十余里的一个小村庄附近，他买了方圆有四亩地的一个农舍做画室。那里以苹果树、木条屋、苹果酒、Calvados 白兰地和 Pont-l'Evêque 奶酪著名，还有咖啡馆和露天跳蚤市场，是法国最美丽的村庄之一。

---

* 北京大学中文系文学学士，比较文学硕士，英属哥伦比亚大学（University of British Columbia）亚洲研究博士。曾在加澳多所大学任教，现为西蒙菲沙大学（Simon Fraser University）人文学系终身教授，林思齐国际文化交流中心主任。主要从事亚洲文学、电影和传媒，以及海外华文文化的教学与研究。作品发表于《读书》《书城》等杂志，出版有《故事照亮旅程》（2020）及多部英文学术著作。

几个月后，一场全球范围的灾难忽然降临。外面的世界相继沦陷，人们在隔离的日子里变得焦虑和苛刻，风声鹤唳，人心惶惶，却不忘推诿责任，攻击他人。

然而，在诺曼底的那个小村庄旁，大卫·霍克尼沉浸在他的创作世界。每天两点一圈，从住所到画室的路上，绕一大圈，看那些苹果树、梨树的蓓蕾如何在春天的阳光下盛开，发散出白色的光。还有池塘边的柳树，抽出嫩黄的枝丫。水中枯凋的枝叶中慢慢长出一个个小圆圈，那是睡莲的浮叶。

他试图用几年前已经开始的新技术把他看到的春天的景色描画记录下来。就像一百多年前在巴黎郊外那些巴比松画派和印象派画家那样，在写生中捕获自然和光。只是这次他不是在帆布上，而是在平板上作画，每天用一种叫 Brushes 的软件素描。现代的技术可以让他尝试不同颜色笔触来捕捉春天的变化。

他每天可以画一张两张甚至三张，连续工作三个月。从初春一直画到入夏。好像不知道疫情，忘了身外的世界。

"疫情来临时，我们很幸运，在诺曼底，不用见人。每天工作。没人打扰我们，创造力爆棚。"

"某一天，看到一棵树，低处的树杈上长出八个蓓蕾。"

一个人活到他的境界，就是不管外面的世界如何，你只看你心中渴望的风景。

整整一年后，这一百一十六幅画作被打印出来，在伦敦皇家艺术学院以"诺曼底2020，春天来临"为名展出，并成为2021年艺术界最为重要的一个画展。

还在疫情反复和病毒变异中惶惑质疑的人们，走进伦敦皇家艺术学院那三间有着高高屋顶的展厅，面对这些淡粉色、鲜绿色，这些温暖新鲜娇嫩的春天的颜色和笔触，他们发现自己不仅面对一种借助新技术的表达，也面对着这些熟悉又陌生的被遗忘的风景。

这些画的构图很简单，常常是一棵树伫立在画中心，下面是鲜绿的草坪和周围低矮的灌木，还有大片的明亮的天空，以及远处模糊的起伏的丘陵。

那棵树从黑褐色的干枝杈，到满树的粉色白色和橘黄色的花，到浓浓的绿叶已经透不过初夏的光。

什么时候，我们已经错过了 2020 年的那个春天？

加州游泳池

大卫·霍克尼 1937 年生于英国北部约克郡的布拉德福德。二十世纪三四十年代的布拉德福德是个被煤炭熏黑的城市，没有其他颜色的城市。是莫奈、马蒂斯和毕加索让大卫看到了色彩。1954 年他在曼彻斯特看到梵高的画展。于是中学毕业后他就申请进入当地的艺术学院，立志成为艺术家。1957 年进入伦敦皇家艺术学院后，如鱼得水。在那里，他结识了一批志同道合的"同志"，成为五六十年代之交，英国方兴未艾的波普艺术的活跃分子。1962 年毕业时他以天赋和声誉初试锋芒——1963 年，不到二十六岁的霍克尼就举行了他第一个个展，所以虽然伦敦皇家艺术学院对他大逆不道的行为和艺术实践并不赞同，最后还是授予他学位，而且是金牌奖。

但是伦敦的天空对一心想突围的霍克尼还是过于晦暗和拘束，因为他不仅想在艺术上表现，更想在生活方式上，找到一片新的天地。而在某种意义上，这两者其实互为灵感。1961 年去纽约的一次旅行为他展现了这个新天地，于是在肯特郡一家艺术设计学院短暂教了一段书后，1964 年，霍克尼移居洛杉矶，开始了成为"活着的最重要的英国画家"的加州时期。

在加州之前，霍克尼早期绘画的色调都是暗色的，"那是布拉德福德的我所能看到的颜色"。即使那幅作于 1961 年的可以说是他的同性恋身份宣言的《我们俩小伙子厮混在一起》，也是晦暗的灰色蓝色和暗红色组成的有些压抑的封闭空间。画名出自惠特曼《草叶集》里的那首诗：

我们俩小伙子厮混在一起，

彼此再不分离，

大路上纵横来去，四方游荡不羁，

放纵精力，伸张肘臂，紧扣手指，

披挂武器，无所畏惧，

吃着、喝着、睡着、爱着，

无法无天，出海、入伍、盗窃、威逼，

惊吓着吝啬鬼、奴才、牧师，吸气、喝水，舞跃在海
滩、草地，

骚扰城市，蔑视安逸，嘲笑条例，赶逐弱虚，

履行我们的突袭。

（舒啸译）

　　是加州的阳光，照亮了霍克尼的画面。蓝色的泳池和阳光下的绿
得如伊甸园般的草坪，构成了他六七十年代经典的加州时期的绘画。

　　霍克尼笔下的加州最具标志性的景象就是游泳池。当初他决定移
居加州，就是因为几年前初访美国时，在当地的所见所闻令霍克尼感
到惊奇："当我向下凝视着游泳池满眼的蓝色时，我意识到，在英国是
奢侈设备的游泳池，在这里却再平凡不过。"

　　相比气候阴郁拘泥传统的英国，加州几乎就是阳光和天堂的化身，
承载着年轻艺术家对情欲渴望的感受。加州给他的灵感就像阿尔勒之
于梵高。年轻的霍克尼把头发染成金黄色，戴着黑色的圆框眼镜，穿
着鲜艳的毛衣外套，一副惹人注目的反叛形象，仿佛一个行走着的宣
言：我要追逐生命的阳光，过自己喜欢的生活。

　　不过在当代艺术史上，这些明亮，几近天堂一般的泳池和绿地并
不只代表加州风景。这些洛杉矶人造绿洲背后其实是已经成形的，虽
然有点边缘化的、同性恋的欲望乐园。如艺术评论家 Ben Davis 所说，
"对这个同性恋艺术家来说，那些建于洛杉矶大宅后院的私人游泳池，
为他带来自由探索男体的奇妙空间。"

　　让霍克尼一举成名的作品就是于 1967 年得到约翰·摩尔绘画大奖

的画作《彼得从尼克家的游泳池爬上岸》。那个年轻的散发着欲望的男性裸体，是霍克尼以当时的恋人同伴 Peter Schlesinger 为模特，很直接表现出画家对男性的仰慕，描绘出现实的同志生活。另外一件几乎收录在所有当代艺术教科书中的经典之作，也是霍克尼最早以加州为创作主题的系列作品中的一幅——《更大的水花》。这幅作品也创作于 1967 年，以特别调出的蓝色作为基底，并加入独特的几何构图，透过蓝色平面映衬出白色喷沫，表现出跳水者刚刚入水的一刹那。

这消失的瞬间，这永久的瞬间。

Ben Davis 在他写的一篇解释霍克尼的《更大的水花》的文章中看到了似乎流于平面或者享乐主义的画面后面的情感，他说："在这些画作中霍克尼创造了打破洛杉矶黑色电影刻板印象的意象。是的，他给这世界上的人们带来一种天使般（洛杉矶，也称'天使之城'）的存在。但是，我也在他的这些绘画的异常僵硬的关系、痛苦与空虚环境中看到了爱德华·霍珀式的孤独——阳光下的一丝黑暗。

"从风格上看，霍克尼这个时期清脆的现实主义与眩晕的绘画感之间的平衡，为你创造了一个可以生活并充满真实感官体验的世界，同时也被视为一个幻影。霍克尼此处的风格使他的场景看起来仿佛既是永恒又是短暂的，既是享乐主义的，却又带着些许惆怅的渴望。"

这些画面在六七十年代同性恋文化运动中达到了一种神话的效果，被他自己称作"同性恋传教"。四十多年后，霍克尼在 1972 年所创作的油画《艺术家肖像（泳池与两个人像）》，于 2018 年 11 月 15 日在纽约曼哈顿一个拍卖会上被佳士德以约九千零三十万美元成交，打破在世艺术家作品的最高拍卖价纪录。

巴黎的余光

正是以加州为创作主题时期的创作，使得首创"波普艺术"这一术语的英国艺术评论家罗伦斯·艾伟把霍克尼与美国波普艺术大师安迪·沃荷、日本点点艺术家草间弥生并提为波普艺术最有名的三个代表人物。

但此时的霍克尼不仅以艺术题材和表现创新，更以不守常规的生活方式或者说生活态度成为"当代影响最大的艺术家"，甚至马丁·斯科塞斯在1976年执导电影《出租车司机》时都说受到他的影响。

1976年霍克尼出版了自传，1978年在好莱坞的山上建了豪宅和永久画室。但是他追寻阳光的足迹并没有停留在加州。

1975年3月，大卫·霍克尼暂时离开加州，搬到巴黎。虽然那时很多人认为巴黎已经不像二十世纪上半期，已经不再是世界艺术之都了。

他一到达，就立刻叫出租车把他带到圣日耳曼大街上那座法国大革命领导人丹东（1759—1794）塑像前。他后来常常对那些来巴黎的友人说："别错过那座塑像，在他身上你能看到我。"那是对巴黎的革命精神和自由意志最高的致敬。

当时霍克尼的画室在圣日耳曼的普瑞，一个有庭院的巴黎传统建筑中，是画家巴尔蒂斯（1908—2001）住过的地方。巴尔蒂斯是个客居在巴黎的波兰艺术家。自从1935年开始他就住在3 Courde Rohan，庭院正对着连接圣日耳曼大街和圣安德烈商业街那些狭窄弯曲的小巷。1952年到1954年，巴尔蒂斯画了那幅有名的 *Le Passage Du Commerce-Saint-Andre*（*The Passage Of The Commerce-Saint-Andre*），描绘了这个波西米亚巴黎的心脏，那平常的街景：一个社区的黄昏，有人在遛狗，有人在发呆，打工的人收工，孩子在玩耍。难怪有人把这里叫作"村"。这里"村"并不是一个贬义词，它说的是熟悉、日常、温暖、安心，那些抵御都市陌生化的一切前现代的品质。

那时霍克尼和他的伙伴 Stephen Speeder，就是1981年跟他一起去中国的那个人，每到傍晚会到附近的餐馆 Brasseriela Coupole 吃饭。一路上的风景就像巴尔蒂斯画中描绘的那样。这让霍克尼感动。本来他以为波西米亚的巴黎已经不存在了。

可是它还在，因为是余光，因此显得更加珍贵。

六七十年代的圣日耳曼的普瑞，从艺术史的角度看，的确已经流露出日落西山前的光景。贾科梅蒂已经在 1966 年就去世了，毕加索也搬到了法国南部。曾几何时，毕加索的画室就在附近的 Rues Aint Augustine；库尔贝的画室在 Rue Hautefeullie，波德莱尔出生的那条街上。Delacroix 的画室也不远，在 Place Furstenburg，莫奈和巴齐耶也是在那里。

跟他的前辈大师们一样，霍克尼每天早上起来，先到花神咖啡馆吃早点。然后走回来，开始工作，一直到中午。中饭到下面随便吃点什么。然后继续工作到五六点钟。晚餐还是到花神或者双叟咖啡馆。1930 年，毕加索也是这样，常常在晚上，泡在这些咖啡馆消耗时光。

霍克尼在这样自由而自律的节奏中度过了愉快的两年，但是最后半年，美国人、法国人还有英国人开始知道他的居所，络绎不绝地跑来请教，直到深夜才先后离开。这打乱了他的生活和工作，因为他毕竟只有一个房间，接待客人就无法作画。

于是 1976 年，他逃回了伦敦。

更大的画面

七八十年代，霍克尼的几位好友因罹患艾滋病或者癌症去世。霍克尼一如既往地用他自己的方式——肖像画来纪念他们。这些画像摆在一起，仿佛又一次聚会。这些为了告别的聚会使得已过不惑之年的霍克尼开始通过艺术表达他对生命的有限和时光的流逝的思考。

那一阶段霍克尼正对拍立得相机影像感兴趣。常用即时影像做肖像素描或画作的参考。他的肖像画中常常有几个人，甚至为画家自己也留有一个位置，偶然的机会他把几张拍立得照片混贴在墙上，或叠放在一起，竟然产生了意想不到的效果：不再是常规摄影那个单一的视角，而是有着立体主义画作的那种多角度的效果，甚至可以表现时空渐进变化的过程。霍克尼因此进入了一个新的创作阶段：摄影拼图系列 Polaroid collage，用他自己的话说就是"拼接 joiners"。以多张不同视点的照片，拼凑出主图，形成具有立体主义的艺术作品。这看上去是用照相技术，但实质上是他对用照相手段来摄取现实的一种批判。他指出一张照片或一种视角永远不可能完整再现现实。而只有通过艺术，通过创造，即把不同的照片组合拼接在一起，才能显示一种更大的图画，一种流动的多视角的画面。他那时创作的突破性的巨幅画作《梨花盛开的公路》(1986)，就用了七百多张照片拼贴在一起，试图表达这种主观的多视角的现实，他所看到或感受的加州高速的现实。

这种对艺术和现实的理解的突破，使他曾经一度在越野车上绑上九台摄影机同时录像拍照，那九宫格式的画面是挑战当代视觉艺术的宣言，正如二十年前他对加州泳池的赞美。

2002年，已经旅居加州很多年的霍克尼在英国探望母亲和亲友。他忽然发现原来还有春天这个季节。那一年他决定从加州搬回英国居住。他在约克郡靠海的小城 Bridlington 住了下来，在他母亲的房子一住十余年。在这段时间，大卫·霍克尼似乎重现发现了故乡。他几乎一天一张地画着风景素描。而且重拾前现代的印象派传统，在室外作画，都是大幅的画面，有油画，还有很多是水粉画，都是约克郡的风景，大片大片的明亮的色彩。

在这时期的画作中，比如《从斯莱德米尔到约克的路》《穿过沃尔德的路》，以及 Woldgate Woods，你可以看到后期印象派画家修拉那充满阳光感的点状笔触，看到野兽派的马蒂斯大块的浓得化不开的色彩，充满动力和能量。而霍克尼这时偏爱大幅画面，有时是几块画面的拼接，可以长达十五米，是要把东约克郡的四季风景都一览眼底。那幅著名的《加罗比山》，就是在东约克郡的最高处，俯瞰一块块拼贴图一般的田野和穿过山坡田野的缎带一般的道路。仔细一看，你会发现画面视角不是单一的，只有造物主才有这般的想象和魄力。

这时候，艺术已经不只是模仿现实世界，艺术可以创造风景，用心中的阳光。

难怪，2012年，已经画了五十多年的霍克尼在集合了他约克郡创作的画展《大卫·霍克尼：更大的画面》前接受采访时说：照相机当然捕捉不到这样的美和空间感，摄影永远无法与绘画相比。

这种对视觉艺术的理解和开拓实践，使得霍克尼不仅与二十世纪初的现代派前辈们沟通，同时在这个科技创新的年代他也不断关注新的方法。在 2012 年的展览中，一进门就是一个名为《四季》的录像装置，用十八台摄像机多个屏幕同时呈现一道风景。也是在这个时期，他开始把 iPad 和 iPhone 带进艺术创作。

一直以来，霍克尼的作品所使用的媒材就非常广泛，包括油画、水彩、摄影、印刷版画，甚至传真机、镭射影印机、电脑及影音录像、iPhone、iPad 等。他的视觉艺术实践，使得他在艺术史上不只是一位艺术家，也是一位艺术哲学家。2012 年，英国女王伊丽莎白二世为他颁发了英国功绩勋章。

2017 年，在伦敦泰特现代美术馆，巴黎的蓬皮杜美术馆，纽约大都会艺术博物馆，庆祝画家八十大寿的大卫·霍克尼大型回顾展先后展出。回顾展呈现了六十年来霍克尼最具代表性的油画、绘图、印刷作品、照片和录像。每个时期的作品也展现了这个不断挑战自己的艺术家利用科技演化而爆发的创作力。

"我会一直画下去，我可能还会做个百年回顾展。"

"春天无法取消"

所以在某种意义上，2021 年这个"春天来临"展览是大卫·霍克尼十几年前在东约克郡开始的艺术之旅的继续，一种直接面对自然的创作。虽然评论者对他用 iPad 和 Brush 软件"画"出的作品的艺术性或艺术价值有不同的意见，他们都确认这些作品流露出的老艺术家对生活的那份喜悦，有着极强的感染力，尤其在疫情肆虐的背景下。

那年春天，霍克尼告诉来诺曼底拜访他并跟他陆续保持了很长时间对谈的艺术批评家、作家 Martin Gayford 说，他开始重读《追忆似水年华》。这是他第三次读普鲁斯特的这部巨著。第一次还是他年轻时服兵役的时候，那是他艺术创作最低潮的时候。"到了法国，你才能真正理解普鲁斯特的那种写法。"每件事其实都发生在特定时期，有特定角度的。

"小说似乎没有什么事件，只是一个个的艳遇，社交聚会，以及旅行，都是瞬间而已。而小说的高潮就是叙述者意识到这些事件的内在联系，经由他的意识。这就很像立体主义看世界的方式。小说中也有很多意象，记忆的碎片。"

霍克尼觉悟到，"时间是可伸缩的，唯有现在"。

而现在是什么呢？

是那枚春天夜晚的月亮，从屋子里发出的光和外面的月色，是漂满浮萍的小池塘，是草地尽头的小溪，是秋天挂在树上的落叶，还有收获，还有日出日落。

看着春天的到来，看着夏天的到来，看着秋天的到来，这是多么赏心悦目的事情。

现在还是霍克尼画的他在诺曼底的那个被称为七个小矮人的房子，从标题到笔触都有一种童稚，那是一种有意而为的决心，一种乐观主义的决心，似乎给一个正在经历着创伤的世界一个家，一个许诺，一个安慰。

载于《书城》2022 年 1 月

对种族歧视说不：亚裔文学先驱约翰·冈田

[美国] 李文心*

1941 年 12 月 7 日上午，日本海军突然空袭美国夏威夷的珍珠港，以极小的代价重创美军太平洋舰队。消息传到美国本土，举国震惊、愕然。当晚，在太平洋东岸的西雅图，一个日裔美国青年面色凝重，俯身在桌前。他时而沉思，时而疾书，然而他心里却是一团乱麻，不知如何来表达内心的矛盾和冲突。他刚满十八岁，是华盛顿大学英文系一年级的新生，秋天刚迈进这所知名大学高雅的殿堂，正如饥似渴地钻研文学名著，期望有朝一日成为一名作家。但是，几千里之外一场突如其来的空袭，如同晴天霹雳，震碎了他的文学梦。他敏锐地意识到，自己即将告别犹如普吉特海湾那样宁静的生活，而等待他的，将是无尽的动荡和劫难。残酷的事实是，这并不是一场普通的战争，而是一场他祖籍国和他出生国之间的博弈：身为美籍日裔的他究竟处在交战双方的哪一边呢？他出生于美国，是地地道道的美国公民，他的权利、义务和归属都在美国；然而，他的头发、面孔和肤色却和敌人一模一样。即便他可以用没有一丝口音的标准英语去辩解，又会有谁接受他的申诉和相信他的忠诚呢？

---

* 毕业于北京第二外国语学院，后赴美国留学并获得普渡大学英语文学博士。现任纽约州立大学教授，北美中文作家协会副会长和财务长。历任专业学术组织美国多族裔文学会副主席和美国现代语言学会族裔分会执委。除学术和翻译专著外，另有中英文散文、诗歌和小说发表。

这位文质彬彬的青年名叫约翰·冈田，1923 年 9 月 23 日出生于西雅图一个富裕的日裔家庭。此刻，他正在父亲所拥有的商务酒店的家中殚思竭虑，却无法写出披肝沥胆的文章。无奈之中，他灵光一现，想到了诗歌这一简约却又富于表达力的文体，急就一首题为"我必须坚强"的短诗，投给华盛顿大学校报。此诗共有两节，描述了这位二代日裔被迫卷入祖籍国和出生国之间的冲突而感到的无助、困惑和担忧。主题通过副歌表现出来："人们将会说三道四，人们将会有非善意之举，我知道他们会这样做，因此我必须坚强。"出于安全考虑，他没有署名。数日后，这首感情真挚但略显青涩的匿名诗不仅发表于华盛顿大学校报，而且被《西雅图星报》转载。如果我们将此诗看作冈田创作生涯的开始，那么它就像一枚微不足道的石子，尚未在他人生的航迹中激起一点浪花，就销声匿迹了。他于 1971 年 2 月 20 日在洛杉矶家中默默无闻地去世，此时，他唯一的著作《不不仔》早已被世人遗忘。然而，就在他看似将永远无缘于文学史之时，亚裔联合资源计划的成员陈耀光偶然在旧金山的二手书店里发现了这本小说，由此改变了它的命运。

此种被重新发现的文学传奇，在美国文学史上时有发生，比如在二十世纪七八十年代女权主义兴起和发展初期，女作家凯特·肖邦、佐拉·尼尔·赫斯顿和水仙花（伊迪斯·莫德·伊顿）都是这样被重新发现和评估，成为美国文学史上不可或缺的重要作家。相比之下，像约翰·冈田这样被重新发现的亚裔男性作家，则比较少见。而且，即使在他的《不不仔》于 1957 年出版时，他也完全不为文坛所知晓，而不是像上述女作家那样曾经有过短暂的辉煌。因此，如果冈田的著作与陈耀光失之交臂，那么这部亚裔文学史上意义非凡的小说，就有可能真的永远被埋没了。当亚裔联合资源计划的领军人物赵健秀得知《不不仔》的存在时，他激动万分，感觉就像一个美国白人作家"在沮丧与孤独之中"突然发现了马克·吐温一样。

在 1941 年 12 月 7 日那个不平静的夜晚，冈田仍是个涉世未深的青年。虽然他本能地意识到前景不妙，但从那首诗的内容来看，他还是严重低估了日本空袭珍珠港对他的负面影响。等待他的，不仅仅是白眼和谩骂，也不是遭人打闷棍，而是实打实的囚禁之灾。1942年2月，罗斯福总统签署了9066号行政命令，将他们一家和大约八万余日裔美国公民以及三万以上无法入籍的第一代日裔移民一起，统统关进了西部沙漠地区的集中营。他们失去了自由，失去了财产，其中有些人还妻离子散，家破人亡。冈田的一家被囚禁在爱达荷州的米尼多卡集中营。这位土生土长的美国人，此刻遭遇了人生最根本的认知难题：我到底是日本人，还是美国人？既然是生于斯、长于斯的美国公民，为什么未被法庭审判就直接遭到囚禁？ 1882年起实行的《排华法案》虽然是针对华裔所设，但实施时也殃及其他所谓蒙古人种，即亚洲各个族裔。他们被禁止入籍或拥有房产，也不能与白人通婚。从《排华法案》实施到十九世纪二十年代，大批日本移民定居夏威夷和美国西海岸，弥补华裔劳工的短缺，然而，日本突袭珍珠港，使美国对亚裔的种族歧视找到了新的爆发点，首当其冲的自然是日裔。在严酷的现实面前和强大的舆论攻势下，冈田感到恐惧、愤怒和彷徨。正是这种切肤之痛为他提供了《不不仔》的素材，但直到十几年之后，他才有机会动笔完成他的毕生力作。

与绝大部分被囚禁的日裔相比，冈田相对比较幸运。在那首"我必须坚强"的短诗前言里，他写道："我父母是日本人，但我效忠于美国。在思想、背景、历史、文化、语言和宗教方面，我是完完全全的美国人，并且为此感到骄傲。我把我所拥有的一切都归功于我出生的这片土地，并且，我将欣然捍卫国家的法律、传统和政策。"由于这些爱国文字的表述，他通过了当局的政审，在被关押五个月后，获准到内布拉斯加州继续他的大学学业。他这种类似于保释的待遇，要比继续被囚禁的日裔青年来得早半年多。1943年初，美国政府用问卷方式调查被囚日裔美国人的忠诚度，其中最后两个关键问题是："第27题：你是否愿意加入美军，并且不论被派往何地都愿为国家而战？第28题：你是否愿意宣誓无条件效忠并且忠诚地保卫美国，使其免受任何及所有外来和内部的攻击，并且发誓放弃对日本天皇和任何外国政府、权威以及组织的任何形式的效忠和服从？"大约百分之八十的日裔美国人对上述两个问题都选答了"是"，而此时冈田虽已经在大学复读，但他也填写了问卷，并选答了两个"是"。不久，他即加入美国陆军情报部，被派往太平洋战区与他的祖籍国开战。

冈田的选择和大约三万多适龄日裔一样，试图以入伍参战的实际行动表明对美国的效忠。以绝大多数二代日裔组成的第442步兵战斗团被派往欧洲战区，在与意大利和德国法西斯的战斗中表现突出，充分体现出此团座右铭"全力以赴"的勇猛精神，从而多次受到美国政府的嘉奖。他们当中有许多人是抱着必死的决心投入战斗，期望以身报国来证明对美国的忠诚，以便使仍在囚禁中的家人得到尊严和善待。即使日裔这样彻底表白，他们也未能完全赢得政府的信任，因而绝大多数人都被派往欧洲战场。而极少数被派往太平洋战区的日裔，包括冈田，也不参加地面作战。那时美国空军尚未建立，冈田服役的航空情报部门隶属美国陆军情报部。他飞临日本外海的岛屿，翻译截获的日本军机电讯，并用日语向地面负隅顽抗的日军喊话，敦促他们投降。他于1946年以中士军衔光荣退役，履行了一个公民保卫国家的义务。

在此后的二十五年中，冈田的生活相对平静，没有再起大的波澜。退役后，他返回华盛顿大学完成了英语学士学业，继而于1949年获得哥伦比亚大学社会学硕士学位。出于工作的考虑，他又回到华盛顿大学取得了图书馆学学士学位，并顺利就职于西雅图公共图书馆。此后，他娶妻生子，像普通人一样，过上了平淡无奇的日子。但是，在这风平浪静的表面下，他内心的激流旋涡正汹涌澎湃。当初，他基于公民的义务感和正义感，在政府的忠诚问卷前当了"是是郎"。从结果来看，那无疑是正确的选择。但那些"不不仔"难道就错了吗？当政府未通过合法程序，即强行剥夺公民的财产并将他们投入集中营，这样岂不是违宪吗？当他们应征入伍，而父母家人却仍像人质一样被继续关押，这于天理又何容？

冈田尤其不能忘怀的是一位朋友，他向法官求情，想把被关押在别处的父亲转移到家人所在的集中营。这位朋友的父母上了年纪，他还有两个妹妹，住在一起好歹有个照应。他对法官说，您若能批准我的请求，我愿意应征为国而战。但法官拒绝了，他的朋友也因此拒绝服役，结果被投入联邦监狱。有一次，冈田与上司雷达长完成侦察任务后返回关岛，途中闲聊打发时间。高大的白人中尉问他的家人住在哪里，冈田一时语塞。当他说家人被关在偏远的集中营里，这位上司觉得匪夷所思。待他详细说明情况后，白人中尉喊道："如果他们这样对待我，我绝不会坐在这破烂的 B-24 里……这仗还打个什么鸟劲儿呢？"他说，我有我的道理啊。白人中尉回答："去他妈的蛋吧！"

随着时间的逝去，这一幕幕的往事，不仅没有淡漠，而且时时闪现在他心头。"是是郎"和"不不仔"到底孰是孰非？这两个日裔立场的代表，一个披着军装，一个套着囚服，翻来覆去地纠缠搏击，让他心神不宁，寝食难安。他知道，囚禁日裔美国人不是一个简单的对错问题，而是十九世纪美国体制化歧视亚裔在二十世纪的延续和翻版，其复杂性不能用单纯的政治、军事或法律观念进行衡量。从国家安全上讲，二战中美国同样与意大利和德国交战，但并不质疑意籍和德籍美国公民的忠诚度，因而也未对他们进行拘押。单从法律上讲，关押第一代日本移民似乎是有法可循的，但问题是，对他们当中的多数人而言，"敌对国移民"是一顶无法摘下的帽子，因为《排华法案》及相关法案明文禁止他们归化美国。冈田那位白人长官对此问题可能不明底细，但是光凭直觉，他也立刻判定美国政府囚禁美国军人的父母和家人是大错特错的。但是，五十年代初美国社会的大环境充满了对日裔美国人的敌视，因此，冈田是在生存和精神上的双层重压下，艰难地完成了《不不仔》这部力作。他塑造了两个主要人物，一个是"不不仔"山田一郎，另一个是"是是郎"菅野健二，从而展现他内心对囚禁日裔这一问题错综复杂的矛盾。当年，菲茨杰拉德也采取了同样的二分法，塑造出盖茨比和尼克这两个价值观迥异的人物，来探讨对美国梦的不同认识和观念冲突。然而，《不不仔》命运不济，出版后并未引起主流社会的注意，而日裔读者则对其提出质疑和谴责。在战后初期，日裔美国人极度渴望得到主流社会认可，时刻表示忠心和感激还唯恐不及，哪里敢无事生非，去反思国家行为的对错？尤其令人伤感的是，就连冈田的家人也不理解他，对此书更是讳莫如深。在郁闷和绝望之中，冈田英年早逝，年仅四十七岁。

冈田不仅是反思亚裔"双重意识"的先行者，而且是第一个运用长篇小说来探讨种族与融入美国社会问题的亚裔作家。《不不仔》描述的是主人公山田一郎在战后充满挑战的环境中探索日裔身份认同的故事，但在当时的社会氛围下，冈田不可能把它写成一部公开抨击美国体制化歧视日裔公民的小说。因此，一郎的"双不选择"不是源于个人反抗社会不公，而是屈服于来自家庭的诱导和压力。这样，故事的主线就顺理成章地描述一郎出狱后逐步认识自己"错误"的过程。在朋友的帮助下，他最终找回了作为日裔美国人的自信，从而开始新的生活。当然，我们今天重新审视这部小说就不难发现，这种情节似乎简单得令人生疑，甚至有些落俗，其原因是冈田自行克制，选择以主流社会比较能够接受的方式来写。然而，如果我们细读此书，还是不难体会到作者的用心良苦。西谚有云："魔鬼隐藏在细节里。"那么，这隐藏在小说细节中的"魔鬼"或者说"主题"到底是什么呢？

我们不妨设想，如果冈田本意是向主流社会表达日裔忠诚的话，他完全可以让菅野健二这位"是是郎"成为主角，而不必让山田一郎这位"不不仔"担此重任。与固守日本生活方式的一郎家不同，健二的家庭接受美国文化和价值，可以说是模范日裔的代表。健二是从这样美国化的家庭走出来的孩子，应征到欧洲战场上奋勇杀敌，不幸负伤而失去右腿，因此荣获美军银星奖章。这么显而易见地绝对会提高日裔形象的写法，冈田不可能没有设想过，而且冈田家人也肯定希望他写这样一部书。但是，这却不是这场战争带给他的启迪。作为"是是郎"的一员，他深知应征参战是一种理性的选择，其中隐含许多无奈。同时，他坚信"不不仔"绝不是应该被社会唾弃的叛徒，因为他们的选择捍卫了宪法所赋予公民的基本权利和尊严，不仅在道义上无可挑剔，而且还表现出难能可贵的勇气。这就是为什么他写了一部以"不不仔"为主角的小说，而把健二设计成陪衬人物。通过一郎与健二的交往，我们得以了解"不不仔"内心的矛盾和向往，以及战斗英雄的难言之隐。一郎羡慕健二的身份，但是随着健二的腿伤不断恶化，他开始质疑自己的牺牲是否值得。他去世之后，一郎与健二的女友惠美成为恋人，这样的结局也强烈地暗示，只有一郎才拥有未来，只有他才能够接受迟来的正义。

在另一个层次上，我们甚至可以把这部小说看作是冈田对自己"是是郎"身份的批判性反思。当人们处于人生关键时刻而必须做出命运攸关的重大抉择时，大多数会首选合理规避和折中自保。冈田在忠诚问卷上选择"是是"的时候，又何尝不是理智的妥协？当他的朋友对法官说"不不"的时候，那正气凛然又是何等的悲壮激昂！冈田当时或许没有勇气说不，但是他相信正义在"不不仔"一边。事过多年，他也没有忘记这段屈辱，因而选择从"不不仔"的角度来描述这段磨难，这不仅是对他良心的救赎，更是对种族歧视说不的呐喊。作为一个小说家，他的武器不是法律条文或者道德说教，而是鲜活的形象和激动人心的文字，用他的话说，那就是"只有小说才能够充分记录人类的希望、恐惧、喜悦和悲伤"。为了能实现这一理想，他不惜举家搬迁多次，从西雅图到底特律，再从底特律到洛杉矶，无非为了增加一点薪水，好撑起一家人的开支。对一个小说家来说，无论是从事图书馆的事务性工作，还是编写公司的技术手册，都是可以想见的枯燥。但是，他在求职简历中这样写道："我不介意顶着压力工作，或者处理堆积如山的资料（也愿意接受加班、带工作回家和中断休假）。"由此可见，他为日裔伸张正义，承受了巨大的代价和牺牲。令人惋惜的是，冈田最终未能等来囚禁日裔平反昭雪的一天，也未得到美国政府的道歉和补偿。

他不会知道，1976 年福特总统发布公告，正式废除罗斯福总统签署的 9066 号行政命令，公开承认囚禁日裔美国人是"国家的错误"。他不会知道，1988 年，里根总统签署《公民权利法案》，向每一位在世的集中营受害者赔偿二万美元，大致为此悲剧画上句号。他不会知道，因为缺了他的收入，妻子不得不卖房，搬到较小的公寓，用省出的钱来付两个孩子的大学学费。空间小了，他的手稿、资料和信件无处存放，妻子试着去联系加州洛杉矶分校的日裔美国研究所，但他们不知道约翰·冈田是谁，自然不会收藏他的文稿和资料。他不会知道，当赵健秀和稻田富生风尘仆仆地赶到洛杉矶，妻子对他们说："我真希望你们是在约翰在世时来找他，他见到你们一定会很高兴的。"但一切都晚了，什么都没有了，手稿、笔记和信件全都烧掉了。赵健秀当然希望看到《不不仔》的手稿，但他最想得到的是冈田第二部小说的手稿。这部描写第一代日裔生活的小说已基本完工，凝聚着他将第一代移民形象永载史册的美好愿望。而现在，我们已经不可能知道《不不仔》创作背后的故事，也无法进一步了解这位谦逊却又执着的伟大作家了。

赵健秀和他亚裔联合资源计划的同事们在 1976 年再版《不不仔》，使这本书沉寂多年之后重见天日。1979 年，华盛顿大学出版社推出新版，之后此书一再重印，成为美国大学文学课必读书目之一。他在书的后记中写道："早在 1957 年，约翰讲了亚裔美国人至今想都不敢想，更不敢说的话。"六十多年后的今天，亚裔美国人又遇到了新的挑战。某些人以莫须有的借口，煽动亚裔仇恨，并公然实行暴力攻击，这说明种族歧视在美国社会至今仍然根深蒂固。2021 年刚好是约翰·冈田去世五十周年，希望有更多的人能去读《不不仔》，了解这位反抗亚裔歧视先行者的事迹。当年，他在异常艰难的情况下敢于向种族歧视说不。今天，我们的力量已经更加壮大，如果有更多的人也能向种族歧视大声说不，这也是对他最好的纪念。

载于《香港文学》2021 年 12 月总第 444 期

像蝶翅上的粉末

[美国] 凌　珊*

《流动的盛宴》是海明威的一个随笔集。

因为再读《伟大的盖茨比》，想起这本书。盖因里面讲了很多当年的故事，就是在彼此并没成名的青壮年时期的情形。很像当年我们的留学时代，赤手空拳跑到新大陆来开辟新世界。

彼时的巴黎则像如今的美国，吸引着第一线的老美的文青们前赴后继。这样说，是因为当年他们也跟穷学生一样，没钱，没车，一穷二白。乘船十二天穿越大西洋到巴黎，还带着三个月的小娃。

人穷志短？

好像这也是《伟大的盖茨比》里涉及的一个主题。盖茨比求爱被拒，因为穷，富家女看不上。盖茨比出发征战，得胜归来，再去求婚，好像身价高了，底气也足了。

第二个问题出现了——be aware of what you wish。卡波蒂的话吧，就是小心你所希冀的。中国老话大概接近叶公好龙，就是龙真来了，你要侍候得起。

在此，海明威大书特书的几段菲茨杰拉德交往经历，真是把这句

---

* 现居美国得州首府奥斯汀，英美文学专业毕业。作品发表在《山花》《人民文学》等期刊。出版翻译作品麦卡勒斯《伤心咖啡馆之歌》(2018)，老舍《四世同堂》回译(2019)、长篇小说《金秋》(2016)。

话解释透彻到骨髓。菲茨杰拉德跟塞尔达之间的爱恨情仇，可以媲美《伟大的盖茨比》书中的故事。每个成功的男人背后都有个女人，那神经病女人也算吗？老菲要写书，因为只有写书才能挣银子，才能养活美人儿。

美人说，谁要你的破书，你不陪姑奶奶，姑奶奶有人陪。好了，下面就是法国海军飞行员的恋爱大戏一场。老菲眼里的巴黎天空，都是刺心刨肺的。好吧，老菲妥协，不就是去爬梯吗，舍命陪娘子了。娘子说，不行，还要投入，你人在爬梯心在书不行，你要投入——喝酒。

喝酒？还怎么能写书？老菲拒绝。

不喝吗，给你个大帽子戴戴——你个摆谱的，臭写字的。是说你真不上档，人家请你来爬梯，你这也不给主人面子啊。扫兴加煞风景。

老菲的脑子里巴黎的天空，飞行员的影子飘过。好吧，喝就喝，谁怕谁啊。来来来，干了这一杯再说吧。今宵离别后，每日君都来。

啧啧，老菲就这样给生拉硬拽喝酒狂欢，最后成了酒鬼。

呵呵，不就是不让我写吗？我不写了行吧。别人也不要写了吧。老菲干脆跑到海大人那儿，把老婆的那套把戏全盘套在海大人身上。

海明威说，有很长一段时间，大概好几年，菲茨杰拉德耽搁他写作的时间就像塞尔达耽搁他的时间一样。海明威大笔油墨描述这段经历，最后说，但是那时，他没有比清醒的菲茨杰拉德更好的朋友了，伟大的心是相通的。理解万岁。他们两个真是铁杆。

老菲最私密的事也要向海明威请教。你能想象两个大牌到卢浮宫去参观是为了尺寸的问题吗？就是看那些塑像的雄性之风给自己打气。海大人成了心理师，要一再跟老菲说，看啊，那些大卫们，真的跟你的一样啊，彼此彼此。

老菲为啥这样？不说你也知道。因为老婆大人要毁掉他的信心，就是要拿他的雄气开刀，说，你这样的"尺码"真是没女人愿意的。

嫉妒是真实存在的，占有欲？疯子？塞尔达最后真的进疯人院了。

那么，这里想说的是什么。

爱情不是万能的。爱就是要相爱相杀，愿打愿挨周瑜黄盖？

想起石黑一雄的话：年轻的时候，你会觉得一切都和职业有关。最终你会意识到工作只是一部分而已。你是如何以成就事业的方式荒废人生，又如何在人生的舞台上蹉跎了一辈子。

猜想石黑的意思是说，生命最重要的是要把你的人生观先摆正，人生中的基石先放好。这些要比那些虚妄的成名真实必要得多。比如婚姻，用现代人的话说，就是经营婚姻最好的时机是在结婚前，那就是积极地去恋爱。

看看老菲，在老婆大人之前根本没有过其他女人，所以塞尔达的妄加评论他也就信以为真，还带着海大人跑去卢浮宫实证考察。真是虎落平阳被犬欺。老实人的实心眼。以爱情为名义的绑架。虽然塞尔达对追求自己的那些人并不表示鼓励，可是觉得有趣，这就够了，足够点燃老菲的妒火，只好一陪到底，做跟班，你去哪里老子奉陪到底。行了，不用写作了。塞尔达满意了。

这种纠结在《伟大的盖茨比》里也表现得淋漓尽致。

盖茨比风光归来，来寻找昔日的恋人黛西。看看老菲跟塞尔达之间的关系，就知道盖茨比跟黛西之间会怎样了。盖茨比的结局是一命呜呼。老菲也差不多，四十四岁就因为长期酗酒心脏病去世。

说回到《伟大的盖茨比》。怎么个伟大法？

是因为它在向你揭示，过去的就过去了，好马不吃回头草。不做好马吗，那就请看盖茨比的命运。你也许爱情顺利，但是其他方面也会有类似的问题，因为这是个不完美的世界。

这书当年竟然卖得不好，但是评论好。就是不畅销但是有口皆碑。属于经典的面孔大都是这样的，就是需要时间的检验。

有一段描绘海明威看到《伟大的盖茨比》这本书的印象，书封花哨，看起来像一本蹩脚的科幻小说护封。老菲跟他说，护封上的画跟长岛公路边的一块广告牌有关，是小说里非常重要的一个线索。应该是黛西丈夫汤姆飙车撞死情妇的场景。

他们这一伙人，用当时巴黎的格特鲁德·斯泰因的话说，就是生活中出现了问题，解决方法就是喝酒，何以解忧，唯有杜康。是为迷茫的一代。

你道是塞尔达都这样了，老菲还不去赶紧说拜拜，或者去看医生之类的求助方式。都没有，那时候估计也没有这样专门的行业。

好在有小说，有文学。小说家的好处就在于把生活中的一切苦难写成故事。这也是小说家的力量。《伟大的盖茨比》就在于揭示了这种生活中的困顿，不可挽回的人生错误。你可以对自己的生活困惑，也可以对人生的某些问题没有正解而愁苦。但是继续探索开拓，思索求证，就会像山间隧道一样，再坚持一下，曙光就在前头。

这样说来，菲茨杰拉德并非完全被裹在洞里的，对一切也是洞察的。所以海明威看完《伟大的盖茨比》说，从此明白不管菲茨杰拉德干什么，也不论他的行为表现如何，自己都应该知道那就像生了一场病，必须尽量对他有所帮助，尽量做个好朋友。因为能写出这样伟大作品的人，已经对人类做出了超常的贡献。

"他的才能像一只粉蝶翅膀上的粉末构成的图案一样精细自然。曾经，他跟粉蝶一样，对此并不知晓太多。也不知道这图案是什么时候给擦掉或损坏的。后来他才意识到翅膀受了损伤，并了解它们的构造，于是学会了思索。他再也不会飞了，因为对飞翔的爱好已经消失，他只能回忆往昔毫不费力地飞翔的日子。"

海明威的这一段话算是给他眼中的菲氏夫妇及菲茨杰拉德本人的一个总结。让人感慨惆怅，遗憾叹息。世间从来都是琉璃易碎彩云散。

好在书籍永存。

载于《散文》2021 年第 11 期

庚子札记
——读《随园诗话》

[美国] 刘荒田*

一、"随身带"

袁枚所著《随园诗话》有一则,道及他自己如何从"村童牧竖,一颦一笑"中吸取作诗的灵感,举了两个例子。一是:听到随园里的挑粪工,十月中,在梅树下喜滋滋地说:"有一身花矣。"作了两句诗:"月映竹成千个字,霜高梅孕一身花。"另一是:他二月出门,送行的野僧说:"可惜园中梅花盛开,公带不去!"他也作了两句诗:"只怜香雪梅千树,不得随身带上船。"挑粪工和野僧不会写诗,但出其不意的发现让才子倾倒。

从十月严霜里满树的梅花到春天浩瀚的梅花信,都不能"随身带",实在是亘古之憾。最大限度地缩小范围倒是可行的。陆机的名作《赠范晔》:"折花逢驿使,寄与陇头人。江南无所有,聊赠一枝春。"折一株梅花,托古色古香的快递哥送给故人。江南和位于陇西的陇头,两地距离遥远,彼时的保鲜技术未必过关,充其量是梅枝插在盛水的瓶子里,或以湿润物裹枝,一路小心保护,运抵时没枯死已算了不起,指望它展现江南春日漫山遍野的烂漫,则失诸无知。所以,只宜高来高去地品味诗意,而不胶着于技术细节。

---

* 广东台山人,1980 年移民美国,已出版散文随笔集三十八部,其中《刘荒田美国笔记》2009 年获"中山杯"全球华侨文学奖散文类首奖。

还能随身带什么呢？想起清人俞樾的《茶香室丛钞》有一则：余姚的杨某，带三四口大瓮，进四明山的过云岩，在云深处，一个劲用手把云往瓮里塞，满了就用纸密封，带到山下。和朋友喝酒时，把大瓮搬出，以针刺破封纸，一缕白云如线透出，袅袅而上，"须臾绕梁栋，已而蒸腾坐间，郁勃扑人面，无不引满大呼，谓绝奇也"。不过，这故事是作者从《绍兴府志》引来的，并非亲历。揆诸常识，温度和湿度一旦有变，云就消失。如果真的可行，追求环保或雅趣的一代代人早就把它做成大企业了。

白云能否携带存疑，但 2018 年，有企业从秦岭海拔两千六百米以上的原始森林，以压缩机收集新鲜空气，然后过滤，灌装，在塑料瓶子上标明"秦岭森林富氧空气"，每瓶售价十八元。据说买家相当踊跃，有的一买就是整箱，雾霾天特别畅销。一企业卖空气进账四百万元。云和空气的表面区别在于可见与否。这一新闻漏洞太多，没多少人上钩，两年过去，"卖空气"行业不曾做大做强就是明证。如此说来，原汁原味的风景是带不走的。

想来想去，较为成功的"随身带"发生在刘邦的父母身上，儿子当皇帝以后，老两口搬进宫殿，享受顶级荣华富贵，但他们很不快乐。儿子问根由，原来他们舍不得从前一起生活的村民。于是皇帝在皇城里造了一模一样的村庄，有房舍、井台和槐树。父母日夕想念的全体乡亲父老也迁入，从此，父母过上从前的日子。这未尝不算釜底抽薪的解决方式，但人已老去，从前的拍肩膀换为跪拜，关系从本质上变了。亲密不可能存在了。最后，只剩下形式。

那么，能随身带什么呢？图像可以，直接的有现场写生，拍照；间接的有文字描写。不是没有遗憾，再逼真再精美的照片，都难以曲尽其灵动的风韵，传递鲜活的现场感。二者的区别，一如塑料花和真花。文字则相反，多夸大其好处，让人羡慕不已，亲身领略之后却大为失望。

原来，人生的许多体验无从复制，更不能原封不动地"随身带"。

二、爬进乡梦的苔

"细雨偏三月，无人又一年。"

诗题为《咏苔》。冬夜临睡读《随园诗话》，被上面两句俘虏了，赔上小半夜无眠。再看，作者是号称"扬州八怪"之首的金农，他更有名的诗句是："故人笑比庭中树，一日秋风一日疏。"但有人认为这两句出自唐人高蟾的"君恩秋后叶，一日一回疏"，并不算奇。袁枚称赞前两句"乃真独造"。

为了这诗，我满脑子是青苔，青苔。四分之一个世纪前，旧金山一位朋友在报上开摄影专栏，邀我给照片配诗，我给《枯苔》写了这样一首："多情的青苔／从家乡的天井／阶前，墙角／爬过大海以后／却在岸石上／被干旱绊倒了／意外地获得了／异族的肤色"。当然，敝帚难以自珍。刘禹锡《陋室铭》中的"苔痕上阶绿，草色入帘青"才是不朽之句。

一如苔痕是"陋室"的标配，青苔在多雨的江南随处可见。金农咏苔取迂回战术，对"苔"提也不提，改从三月的细雨下手。那是春天，燕子的尾巴怎么也剪不断雨丝的缠绵，然而，湿气日重，遍地冒出青苔。而少小离家老大回，走进积满灰尘的家，拨开重重叠叠的蜘蛛网，头一眼往往是青苔。对此，我是有第一手经验的。每一次回到老家，拿起近一斤重的带绿锈的钥匙，打开坤甸大门，拉开趟栊，走进祖屋，满眼是绿，里面是苔的领地。铺方砖的地面和墙根，天井所对的方槽四周的花岗石阶，水缸，厅堂里的谷瓮底座，土地神的香炉下……绿苔触目可见，如雨后出岫的云阵。有一些孤军深入，在祖父母、曾祖父母的炭相四周做点缀。我坐在酸枝椅上，扫视四周，惊讶于苔的图形，浑成，柔婉，和我手里拿的《韩昌黎全集》恰成对照。这本书是我从阁楼的五斗柜翻出来的，脱线的书页里不乏蠹鱼的杰作，洞眼和线条无不流丽。人去楼空所引起的叹息中，含着凄凉的黑幽默——连老鼠也绝迹，因为长久没有食物的缘故。然而苔藓是活生生的，长年累月悄悄蔓延。

不过，青苔并非独厚于让人发思古幽情的所在，它的生命力来自卑微，只要潮湿就能生长，问题在于：如果有人踩踏，就难得恣肆。金农诗的下句，以"无人又一年"让你想象此地的寂寞，继而联想到"苔"这片处女地。诗人的情绪系于两个虚字——"偏"含恼人的绵绵春愁，"又"是嗔怪，更是渴盼。与脚迹无缘的苔，不就是诗人常绿的怀念吗？

回到我不成器的新诗去。将"枯苔"看作新移民的自况不是不可以。越洋而来，爬得太远，最后上岸，立足于新大陆。此地湿度不足，青苔青不起来，色地变白，这就是"异族的肤色"了。

撇开诗，在旧金山苔也随处可见。我家后院分三层，最高一层砌乱石为基，雨后在凹凸的缝隙，茸茸绿意若有若无，那就是它。人和苔的较劲，见于苏东坡的《百步洪》："君看岩边苍石上，古来篙眼如蜂窠"，激流旁的石头的"苍"，就是苔藓。

在洋社会，对青苔感兴趣的人不多。我辈出于积习，对蕴含东方审美趣味的蕴藉诗情放不下，这不，这一夜，我醒来数次，从梦境里进进出出，都脱不了苔。第一次，看到它从金农的诗句爬出，在我的乡梦里铺开一片片，继而闪进我早年写的怀乡诗，最后，栖息在袁枚的诗："白日不到处，青春恰自来。苔花如米小，也学牡丹开。"——《苔》。朦胧里，身上的汗毛都变成生长的青苔。

三、"跌碎梦满地"

《随园诗话》有一则道及："有友呼僮烹茶，僮酣睡。厉声喝之，僮惊扑地。因得句云：'跌碎梦满地。'"且设想这一场景，以为主人外出，舒坦地睡懒觉，梦得天昏地暗之际，被主人带怒气的呼叫惊醒，一个翻身从床上跌下，揉揉眼，忙说好好，一溜烟进厨房去生火。而地上，有童仆的"遗梦"。那是什么？是四处流淌的水，是迸散的琉璃片，是随手一撒的珍珠，还是一碗冒热气的卤肉饭？天晓得。

想起今人北岛被广泛引用的名句："如今我们深夜饮酒，杯子碰在一起，都是梦碎的声音。"还有一本青春网络小说，书名为《梦破碎的声音》。梦被赋予"能碎""易碎"的特质，始于何时，不可考。但如果因古人以诗让梦"碎"过，此后谁用这一意象，就被贴上"抄袭"的标签，我十分反对。雷同也许出于巧合。为文为诗，十八般武艺就这些。

尚不知道梦碎的"声音"是怎么样的？北岛提供一种——酒杯相碰，那是相当之铿锵的，若太用力，则成清脆的"咣"——碎了。其他呢？囿于见识，想抄也没得抄，那就乱拟：如瀑布飞洒，如银瓶乍破，如竖琴落地——那是雅士的；如惊飞夏蝉，如投石于潭，如鲛人洒泪——那是青年的；如赶鸡，如杀猪，如摔扑满——那是给俗人的。其实，梦（特指好梦，若是噩梦，巴不得它完蛋）之碎是必然的，差异只在时间。前文的书童，碎得有点狼狈。较普遍的"碎"，则缘于睡醒。

醒来的人间，依然有无数的"梦碎"。较具代表性的，是充满激情的爱。从情窦初开之年到尘埃落定的老年，这样的悲喜剧从来不断。共通的特征是：初发时在化学物的作用下，急剧膨胀，被密不透风的幸福包围，进入浑然忘我的亢奋状态。从肉体到灵魂，都尽情舒展，全力以赴，为了享用二人世界的缠绵、甜美。家庭、儿女、经济状况、房子、职业、与双方亲属的关系……所有现实问题都被忘却，忽略，搁置。沦陷于与"梦游"近似的阶段，谁会看到未来呢？怎么会想到，好梦无一不"碎"，浪漫的恋爱碎为婚姻，进而碎为柴米油盐，尿布和房租，迅猛有余的爱被导入平川，野性被驯化为亲情。算碎得漂亮一类。家庭解体，争产，争抚养权，两败俱伤的一类，梦就碎成弹片。

如果在相当程度上由荷尔蒙驾驭的爱情，碎了可再碎，再度入梦就是；于老人而言，更大的陷阱在亲情。国内的退休老人，儿女在美国成家立业，他们卖掉房子，连根拔起，来美国和后代团聚。初期，梦境多美好！绕膝，含饴，天伦……然而，不少人的梦碎在婆媳关系，语言不通，日子无聊。

所以，透彻地明白"梦碎"的必然，预先设置后路，如重新入睡，再筑梦境；如坦然接受结果，再度出发。年轻人把梦碎的声音化为跳楼的钝响，那是最愚蠢的。

袁枚对"跌碎梦一地"这诗句的评价是："五字奇险，酷类长吉。"细加品味，还生奇想：据说人临终前会去"捡脚印"，即把平生经历做最后的梳理。"脚印"是曾有过的"实"，而"梦"是存于记忆的"虚"。趁脑筋管用，把梦的碎片一一收集，予以评鉴，未始没有意义。比如，老来追寻年轻时的一次失恋，去初吻之处，定情之处凭吊，恍惚间，地上有光影迷离的小石子、枯草梗，可能是多情的往昔刻意留下的。

四、从"近乡情更怯"到"转致久无书"

《随园诗话》把"只因相见近，转致久无书"和"近乡情更怯，不敢问来人"（原文为"近乡心更怯"）并列，称二者为"善写客情"的典范。后者早已脍炙人口，常读常新。即如今天，通信科技发达，手机、视频、微信唾手可得，哪怕远隔万里，"乡"的即时信息依旧了然，哪怕是离开多年的游子，行近早已迁离的家乡，"怯"还是自然而然地从深心涌出。

从前，或怯于音讯隔绝，亲人生死未卜；或怯于老屋的残破，乡亲的冷眼；甚而，只怯于积累太多的乡愁，生怕乡梦里的情景和即将揭晓的谜底全然两样。今天，所"怯"当然没那么沉重，但多少有一些。以我为例，无论居住海外还是离家乡百多公里的城市，返乡早已是常事，但每一次视野中出现靠近老屋的灰黑色碉楼，它如此俨然，庞然，似在隔空发问："回来了？"我心中就波澜骤起，审问自己：此去可对得起祖宗与家山？顿时脸红耳热。

诗句"只因相见近，转致久无书"，指的是一种社交现象：朋友住得近，相见容易，所以彼此没书信来往很久了。书信在现代早已过时。

我一年到头，用去的邮票不足五枚，且都是为了付账单或寄报税表。朋友之间的通信，转为电邮、微信、脸书。信笺、钢笔搁置多年，手写技能退化，固然是大势。然而，最近因新冠疫情趋向高峰，每天自囚于家，如顺应逻辑，本该多与朋友联系，却是相反，一如既往地"无书"。本来，无论拨打手机还是利用微信的通话功能，二者均免费，依然兴致缺缺。放在二三十年前，和朋友通电话是何等迫切的心灵需求，买了无数张电话卡，和投缘者一谈就几个小时。今天整天，手机放在家，我只拿起过一次，接听一个自称快递公司的诈骗电话，和骗子聊了三分钟，被问快递单编号，我报以 12345678，他挂了。此后电话铃没响过。

要问缘由，该是自然趋势，人际交往需要投入激情，老来欲望陆续退场，幸存的几位老友早已心心相印，却不复仰赖"倾诉"。乐观地说，这是人格独立的表征。心灵已自给自足，独处时所潜心的，是读书、书写、看剧、思考，难以进入深层的泛泛之谈成了累赘，更不必说礼节性问候了。

回到引诗去。"只因相见近"二句，我只在袁枚这本书中读到。开头怪自己读书太少，但从网上搜索，也没有任何相关信息，不知出自何诗何人。别说深度远逊"近乡情更怯"二句，也比不上《随园诗话》所引彭贲园的一首《接家书》："有客来故乡，贻我乡里札。心怪书来迟，反复看年月。"袁枚称赞它"写尽家书迟接之苦"。住得近就不写信，乃人间常态，人之常情，一如饿了要吃饭。"近乡情更怯"精准地表现了归人近乡这一特定时空的微妙心理，道出人人口中所无而心中皆有的情愫。中国古典诗以表现普遍性人性见长，因高度概括而获得最大公约数，适用性广大。

《随园诗话》还把以下诗句列为"善写别情者"："可怜高处望，犹见古人车"；"相看尚未远，不敢遽回舟"。论诗情，它们超过"只因相见近"少许。

五、干卿底事

初春，驾车穿过旧金山海滨的金门公园。平日，密密匝匝的树和连片的草地，尽是绿色，要么老成的墨绿，要么天真的嫩绿。不知何时冒出大模大样的绛红，不多，这里那里，一蓬蓬，很是触目，是桃花。每年春节，"桃之夭夭"是按时出场的，"灼灼其华"是不会偷懒的。不但灿烂在野外，还会被中国人砍下，放在唐人街的花摊，按照蓓蕾的多寡和枝条的大小，每株卖价从一二十元到数百元。然后，街上浮动着超低空的桃花云，最后，被对新年满怀憧憬的人物插进大花瓶。不过，新冠病毒横行之年，这一场面不复见。

我停下车子，在树下徘徊，花香若有若无，近看不再成片，而是各自为政。我脱下口罩，以示诚恳，向树上忙于迎春的使者致敬。以为一次点头，至少有一朵花轻摇一下，以些微的感动回应。枝头并无动静，讨了个没趣。没有风，蜜蜂嗡嗡飞过。记起十年前路过徐州，走进一处建了天下刘姓发祥地"彭城堂"的园林，白杨树约齐了，在头顶萧萧复萧萧，我起初认定是始祖显灵。再想，树才不管人事呢！

是啊，何止"吹皱一池春水"，组成自然界的全部东西，哪一桩"干卿底事"？桃花不为人的节庆而开，一二十天后，落红遍地，也并非配合才子伤春。林黛玉葬花，花不会感恩。人，特别是诗人和恋爱中人，向植物慷慨分发只有人才有的感情或诗意。一厢情愿，欺负人家不会申辩，更不能将不满付诸行动。花不解语，石头不能言，由世代罔替的独裁者——人类包办，被含情脉脉，被谈言微中，被用来做这种象征那种前兆。

人和动植物的不相通，是命定的。"通感"云云，文学上一种表现手法而已。极少的例外，见于宠物，也仅限于初级、表面。彻底解决沟通上的难题的，从古到今，似乎只有一个公冶长。《随园诗话》载：有一次他从魏国回到鲁国，见一老妇人在路上哭，问她为什么？回答说儿子外出没回来。他说，刚才听到一群乌鸦谈话，说要一起到某村庄吃肉，很可能你儿子已经死了。老妇人赶去查看，果然看到儿子的尸体，便向村官告状。村官说，没杀人，怎么知道有尸体？把公冶长抓起来，对他说："你说你能通鸟语，且试给我看看，如果是真的就放你。"公冶长坐了六十天牢，终于听到鸟叫，哈哈笑起来。监狱长问他笑什么，公冶长说："鸟雀在叽叽喳喳，说白莲水边，一辆运粮食的车翻了，拉车的牛连角也摔断了，还没收拾干净，咱们飞去啄个痛快！"监狱长前去查看，果然如此，于是公冶长获得自由。此后他还敢不敢窥探有羽一族的隐私，不得而知。

这故事诚然别开生面，可是有点煞风景。不懂鸟语，单听鸟声，清脆婉转。求偶时公鸟放低身段，曲意挑逗，娘儿们矜持地应对。鸟们斗歌，此起彼应，更是高级天籁。可是，深入鸟们的日常生活，才知道它们一点也不雅，不谈哲学、美学、爱情和咏物诗，只说口腹。和人类一样，以食为天。而乌鸦的口粮，居然是人的尸体。读至此，恶心吗？

佛家对妄自尊大的人类做出警诫。周作人的《我的杂学》抄了《梵网经》中对"盗戒"的注解：《善见》云，盗空中鸟，左翅至右翅，尾至头，上下亦尔。俱得重罪。准此戒，纵无主，鸟身自为主，盗皆重也。"连提鸟笼也是罪，别说拿气枪瞄准了。

驾车从公园开出，一连打了十个响遏行云的喷嚏，来自花粉过敏。没有疑问，是桃花送的礼物。姑且算对我的青睐吧！

六、墙壁题诗

《随园诗话》有一则：

"山东道上，妓女最多，佳者绝少；过客壁上题诗者亦多，佳者亦少。独有无名氏末二句云：'最是低眉可怜处，在山泉水本来清。'用心慈厚，深得风人意旨。"

"壁上题诗"的古老风俗引起我的注意。最早晓得这回事的，是上小学时读《水浒传》。宋江在浔阳楼独饮至醉，想起自己学吏出身，虽江湖上留虚名，三十多了，名不成，功不就，倒被脸上刺字，发配来这里，如何有脸见家乡的父老兄弟？愤怒出诗人，这未来的江洋大盗首领来了灵感，碰巧看到白粉壁上"多有先人题咏"，"便唤酒保索借笔砚来"，在墙上挥笔，先来一首反词，宣泄恐怖主义理想："他年若得报冤仇，血染浔阳江口。"写罢，"自看了大喜大笑"，继续喝酒，发更大的酒疯，写下第二首反诗："他时若遂凌云志，敢笑黄巢不丈夫！"又去后面大书五字："郓城宋江作"。

封建时代的华夏，壁上题诗相当流行。私宅不算，公共场所如旅社、酒楼是理想之地。名山大川之旁也有的是，至今成为受保护的古迹，但那一类须后续操作——刻石。不然一场大雨就消灭了。而人来人往处的白粉墙，似是"虚位以待"的暗示。浔阳楼就是这样，开张以来陆续有人题诗。老板不预先检查内容，事后也不把不喜欢的抹去。最雅的当数苏东坡，他在不朽之作《西江月》后加注："顷在黄州，春夜行蕲水中，过酒家，饮酒醉。乘月至一溪桥上，解鞍曲肱，醉卧少休。及觉已晚，乱山攒拥，疑非尘世也。书此语桥柱上。"如果这诗是当晚作的，难度不小，比如，墨砚和笔怎么弄到，旁边有没有用人举烛或火把，有没有官员以玷污公共场所查办他。不管怎样，桥柱上的作品后来若被勒石，保存至今，那一带不难成为 4A 景区。

这类题诗，可算古色古香的"涂鸦"。好在，能否在白粉墙上发表，有心照不宣的规矩：内容可容纳造反，但不能没有文采。李逵的名言"杀去东京，夺了鸟位"一类豪言，粗鲁有余，谅不会写上。这种自我审查或叫自知之明，倒是所有提笔者共有的。回到《随园诗话》提到的妓馆去，嫖客题诗大抵类于今天在"意见簿"上留言，抒发盘桓此地的感怀。这些诗，经过诗坛祭酒袁枚法眼的鉴别，都不怎么样。所引的两句最好，含深切的悲悯，读之动容。然而，它于妓院生意有大碍——小姐们都是变浊变脏的"泉水"了。总经理和老鸨却没有动它，足见宽容。换上今天，保安不打得这恶意诽谤者满地找牙？

设若时光倒流数百年，壁前负手徜徉，一首首品味，实在有意思。

题诗的排列未必工整，但丰富是没得说的。总不会是清一色的歌颂。不乏各逞机锋和才情的"斗诗"。哪怕题诗人免单海吃过几顿，也不会明目张胆地阿谀。士林留笑柄可不是玩的。字肯定也拿得出手。《随园诗话》还提道："余过如皋，访冒辟疆水绘园，荒草废池，一无陈迹，唯败壁上有断句云：月因恋客常行缓，风吹落花不忍狂。"苏东坡的名作《和子由渑池怀旧》有句"坏壁无由见旧题"。考其本事，苏辙曾道及："曾与子瞻应举，过宿县中寺舍，题其老僧奉闲之壁。"说的就是那已消失的"旧题"。

这一流风余韵何时终结，不得而知。到了这个世纪，餐馆并不缺白粉墙，该有发酒疯或炫才的人物在上面挥毫，但肯定随即被筛检，稍不中意就被覆盖。"乱题"属破坏财物，轻则罚款，重则被扭送。有备而来的不算，那是要付润笔或出场费的。

不过，公共场所内外，另类的题壁有的是，最流行的是"×××××到此一游"，有如老虎狮子撒尿划领地。像宋江大哥一样留下籍贯姓名，一点也不害羞。当然，他们不会被捉将官里去。无数景点被这些粗鄙的文字所污染，无人干预。旅游部门不是不想涂掉，但太丰盛，且源源不绝。

我自懂事以来，只记得一首今人的题壁诗："男女急时须如厕，出门松了又快意。一勺二滴感谢你，粮食丰收靠积肥。"那是二十世纪七十年代，题在家乡村头比"茅坑"高级一点的公厕的砖墙，作者是邻村能背全本《古文观止》的名宿，他年轻时教私塾，后来靠代客写信为生。字也是他的，柔媚有余。并非一时兴起，而是生产队长委托的，有工分可拿。墨汁不耐久，一年过去，被雨淋了，洇漫难辨。

载于《广州文艺》2021 年 8 月，
复被选入花城出版社《当一朵茉莉
渡过沧海——2021 年中国散文年选》，2021 年版

如　蚁

[美国] 刘　倩*

　　杨绛在《将饮茶》里说，唯有身处卑微的人，最有机缘看到世态人情的真相，而不是面对观众的艺术表演。今年以降，一个微小到看不见的病毒，让偌大个世界苦不堪言。富人们钻地洞（豪华掩体），乘私人飞机，躲进乡间别墅。普通人就没那么幸运了，一家子蜷伏在窄小的屋檐下，惶惶度日。

　　不过财富不能解决一切。之前好莱坞富豪制片人史蒂夫·宾从他居住大厦的二十七层公寓跳下，这位花花公子，曾经与伊丽莎白·赫莉、莎朗·斯通、乌玛·瑟曼和娜奥米·坎贝尔等美艳明星约会，身后留下数亿美元资产。沦落在疫情中的他，受不了隔离的折磨，以极端的方式告别世界。

　　3月底，我曾去纽约曼哈顿中城，在空空荡荡的街上行走，发觉曼哈顿被消音了，第五大道阳光下的寂静有一点科幻味道。朋友在电话里说，她的一个年轻朋友得了新冠肺炎，症状很轻，可是传染给七十多岁的母亲，母亲一个星期后就去世了。另一个朋友说，他的同事全家都得了新冠，小孩子只有两岁，全家靠喝藿香正气水，度过了危险。可是孩子的奶奶在疗养院去世了，身边没有一个亲人。同事来

* 在大陆和美国中文媒体担任记者编辑多年，主编《纽约客闲话精选集》。现居
　纽约。

电话说，全家都失业了，她是最后一个接到通知的人。

从 3 月 18 日纽约实施全城隔离，到 6 月 26 日，整整一百天的时间里，纽约市超过二十一万一千人染上病毒，两万两千四百多人死去。

我八十四岁的婆婆一个人困在公寓里，已经三个月了，因为她是高危人群。自从州市开始要求大家戴口罩，她就开始没日没夜地做口罩，到处送人。她说睡不着，停不下来。和大洋彼岸的母亲视频，她兴奋地说这说那，很快乐，因为患上老年痴呆，她不知道有病毒。

世道艰难。老一辈的人会说，不管怎样，都比战争好。父亲讲过爷爷的故事。1940 年秋，日军侵入太行山区，"三光作战"降临家乡，整村整村的杀光烧光抢光。我问父亲，日军为什么这么做，他说没啥原因，日本人灭了邻村，日军也来过马窑里（是父亲所在的村子），大家都往山里跑，躲起来。他们进山搜索，被抓的有的被杀，有的被拉去修炮楼。一名日军在回忆录《证言记录三光作战》中说，把能干活的男人全部绑来，一头家畜、一粒粮食不留。把家具、锅盆、锄锹破坏干净。叫他们再不能活下去。

爷爷在地里干活，被日军一枪射杀。二爷爷做村长，为村民与日军周旋，日本人用刺刀挑了他的后背，所幸没死。三爷爷是国民党抗日团长，因日本特务告密，遭到围歼。所幸四爷爷参加抗日游击队，没有被杀。据说整个平山县十几个村子被三光，杀了一万四千人。冻死、饿死、病死、被强奸者无数。

人命如蚁，此诚不欺也。

小时候，怕各种小虫子，唯独不怕蚂蚁。我们住的居民楼前，墙根底下，有好多蚂蚁洞。朋友小丽喜欢用馒头屑、小虫子喂蚂蚁，看工蚁卖力地扛起馒头屑往洞里搬。有时把两个窝里的蚂蚁放到一块儿，看它们打群架。它们用细细的前爪互击，不断地跑动，很像拳击场上的对打，打输的仰面躺倒，丢盔卸腿。有次小丽在学校挨了老师批评，放学回家，她冲到厨房装了满满一盆水，端出来，一下子泼到蚂蚁洞。只见蚂蚁们抱成一团，拼命往水坑外滚。水坑里留下一大片蚂蚁的尸体。

从那以后，我们再没去喂过蚂蚁。

今天傍晚，出门散步，发现家附近的一家意大利餐馆在路边支起了白色的帐篷，五六张餐桌，桌与桌之间相隔两米，两人一桌，三人一桌在悠闲地用餐，夕阳点燃了白色的帐篷。这是三月封城以来的第一次，纽约正在逐步解封。高大的梧桐叶在夏日的微风中摇曳，对面树影中的教堂门上，圣母玛利亚低头悲伤地看着脚前耶稣的尸体，左右两位天使陪伴着她……

爱将延续给在爱中死去的人，因为爱是灵魂的生命，就如同灵魂是肉体的生命一样。死后封圣的托马斯·阿奎那这样说。蚂蚁有灵魂，也应如是。

载于《大公报》2020年7月3日

不平行的世界

[美国] 卢新华 *

一

人生，很多时候真是要摔个跟头，才能真正明白过来的。

或者，生一场大病也行。

不过，当我躺在洛杉矶——这个被称作"天使之城"——的圣盖博医院三楼的病房里，从昏沉沉的睡眠中一点点醒来时，还完全没有意识到这些。那时，我只是感到整个身体都不是自己的，好像被装进塑料袋，或者被塞进另一个人的身体里，而那人又在地上不断地翻滚着，弄得我头晕目眩，五脏六腑好像也要掉出来，又被一双双手捂着，憋闷得透不过气来。

后来，不再感觉到那么眩晕和难过的时候，我才努力抬起沉重的眼帘，让它们撑开一条缝，瞟了瞟困住我手脚和身体的这间闷罐子般的病房。因为身体是多少有些朝右侧躺着的，所以首先映入我眼帘的便是与我相邻的一张空荡荡的病床——这让我模模糊糊想起曾读过的一篇小说，好像是"亮出你的 ×× 空空荡荡"……于是，"空空荡荡"这几个字便也像咒语一样不停地在我耳边回荡。我来这儿似乎并不是

---

* 美籍华人作家。1978 年复旦大学中文系一年级时发表短篇小说《伤痕》，获当年全国优秀短篇小说奖，并成为"伤痕文学"的奠基作之一。出国前曾出版中篇小说《魔》，长篇小说《森林之梦》等，出国后出版有中篇小说《梦中人》，长篇小说《细节》《紫禁女》《伤魂》，长篇思想随笔《财富如水》和《三本书主义》等。现为国际新移民华文作家笔会会长。

为了治病，而是要填补医院里经常会出现的病床的"空荡荡"罢了。我心里就有些紧张和不安，以至于竟出现了幻听和幻觉——宽大的窗户上，依次本分地垂立着的尼龙片，骤然抖抖索索地晃荡个不停。

我于是想到，在这新冠肺炎病毒肆虐之际，不管我是不是已经染疫，事实上就此已经与外面的世界完全隔绝了，很可能，昨晚与妻儿的分别便是永别。在这种心理暗示下，我更觉得房间里一片昏暗，眼前唯见一条条花花绿绿的经幡招魂般在飘忽着，很像是死神在向我招手。"如果有死神对你凝眸，千万不能与它对视"——我忽然听到一个奇怪声音的耳提面命，忙又急急地合上双眼，好像是迫不及待地关上了两扇生通往死的沉重的石门。

我就又沉沉地睡去。

等我再度醒来，推开窨井盖一样厚重的眼帘时，忽听到手机铃响了。我顺着铃声寻摸过去，发现手机就放在一旁的活动餐桌上。我于是取过来，双手捧住，放在胸前，打开屏幕。手机是昨天凌晨时分妻子和儿子送我来医院急诊时放进我裤子口袋里的。在我昏睡的这段时间里，已经来过好多信息，妻子发得最多，多半是询问病情，问医生来过没有？到底生的什么病？叮嘱我一有消息就马上告诉她，焦急之情溢于言表。其次是儿子，但他在微信中似乎并没有把我急诊住院这件事当回事，好像我只是外出玩几天马上就会回来似的，语气中甚至还有些高兴，似乎我离家后，他正可以耳根清净，不再有人总为电脑方面的事烦他，且在语音留言中还有些幸灾乐祸地告诉我："老爸，你一走，浣熊们可开心了。昨晚它们一家六七口全来了，把你的鱼塘弄得天翻地覆，睡莲也都扯断了，扯碎了，一片片漂在水面上。还有呀，你最喜欢的那些小红鱼儿，我数一数，也就只剩下十一条了……"随后便是一段长长的视频：暗淡的星光下，浣熊们一个个蹿上跳下，在鱼塘里扑腾来扑腾去，像是在开 party，好不热闹呢！

我就有些伤感："儿子啊，儿子，你可曾想到，万一你老爸从此一去不回，你还会话说得这么轻松，还会再用这些浣熊来烦我吗？"

我抚摸着手机，很想回复他点什么，可手一直在抖着，也觉得实在没有力气，只好放弃了。

我就又重新合上眼，然而那视频却在脑子里不断地反复放着。

"这帮家伙，跟我斗智斗勇了这么久，咋就知道我挂急诊住院了呢？而且几乎是我前面刚离开家，它们后面就结伴成群地赶过来搞破坏了……难道它们真有儿子说的那么聪明？或者，莫非也如佛教徒们常说的——它们就是我前世的冤亲债主，今生约好了要来向我讨债……？"可这前世的事情又有谁能说得清楚呢？

二

自从我买了这处山半腰的房子，并将院子一点点修整、打理好后，一直感觉着很称心如意，却未料不久便与一群素昧平生的浣熊杠上了。

这似乎也是一种宿命：人的一生，不管你愿不愿意，总是会和什么人什么东西或什么力量杠上的。即便不是这样，也可能还会和命运杠上。但我从未想到过我会和智商也许比人低下得多的浣熊杠上……

我房屋的领地里，共有两片水域：一片是院子中央的喷泉，从位于二楼或三楼的窗口居高临下看过去，池子里面的水常常湛蓝湛蓝的，辉映着三朵由上而下、渐次变大的莲花瓣。另一片则位于后院大阳台靠南侧的墙角。早前的房主是建筑师，他利用围墙和墙壁的夹角围成一个水池，水池的正面呈椭圆形，两侧铺着黑黢黢的礁石，礁石一点点高上去，行到高处便形成一个看似假山的尖尖的峰顶，而峰顶后面则隐藏着一根人们不易觉察的喷水管，打开水泵开关，白花花的水便从那儿哗哗涌出，泻入一个很大的石坑，继之再分流到一个个小些的石穴，然后渐次溢出来，化作瀑布，扑向水池。

我们刚买下这房子时，水池还是干涸的，池底和周遭都很脏，布满了树叶、泥土和蜘蛛网，我和妻子用海绵以及钢丝刷等工具足足清洗了两三天才将它清洗干净。我喜欢莲花，便花了将近两百美金去苗圃买来红白黄三盆莲花种在水里。一段时间后，那些不断摊铺开的莲叶间开始生出一个个小骨朵，看上去煞是清静养心。自此，我每天清晨起床后的第一件事便是从二楼下到阳台上，走过水塘那边去观察莲叶和莲花的变化。那些莲叶本来还是沉浸在水底的一根根尖尖的细芽，不几日就变成嫩绿圆圆的一片片，亲吻着水面……莲花清晨时通常都有些娇羞，低眉垂首，但到中午时分，却一个个粉面朝天，解襟敞怀，昂首怒放了……

有一天傍晚，我站在水塘边凝望着宁静的水面，忽然觉得缺少了点什么，猛然就想到应该有鱼儿才对，才圆满。于是即刻又去宠物店，一下子买回来六十六条红色的或红白相间的鱼儿放进水池中。

我对数字向来敏感，六十六条也是取其六六大顺之意。果然，那些鱼儿乔迁到我们家水塘后，好像得了莲叶和莲花的雨露滋润，以及我这位业已告别垂钓运动的人士的细心呵护，竟长得很快，一两个月的时间里便由寸把长长到两寸多，给这水塘平添了无限的生气。每次喂食时，听着它们争抢鱼食时所发出唼喋声，看着它们时而潜入水底，时而又翔出水面的欢腾的身姿，我常常会乐而忘返……

然而，所有这一切，却在一个月黑风高的日子里彻底改变了。

其实，这之前已经有征兆。

有一天，儿子曾站在我书房的窗口，手指着斜对面邻居家院里的一棵长着密密实实树叶的苦楝树告诉我："老爸，你看看那棵树，刚刚有浣熊在上面做窝呢。"

"浣熊？做窝？不可能吧。"我有些疑惑。

"你眼睛近视，什么都看不清楚。我还能骗你？那棵树上一定来了浣熊，而且还是只大肚子浣熊。它们可能打算在这树上长住呢，要不然，也不会在树上做窝的。"

我就有些将信将疑，但还是显得大度地说："住就住吧。反正是在邻居家，只要它们不来我们这边捣乱就行了。"

"哼！"儿子听我这么说，忍不住冷笑一声。

"什么意思？"我问。

"等着瞧吧。"儿子说，意犹未尽地盯着我看。

三

未过多少时日，我便能全部领会儿子那眼神中的深刻含义了。

浣熊，或者说是浣熊们之所以要到我们邻居家的苦楝树上做窝，其实它们是醉翁之意不在"酒"，而在我们家的"水"。人说"仁者乐山，智者乐水"，我自己也曾说过，"大道如水，财富如水"。本指望这两片水既可以帮我得道，同时也可以帮助招财的，没想到第一个招来的却是浣熊。我初见"浣"字时，曾觉得很可玩味——三点水加一个"完"，解析出来岂不就是"竹篮打水一场空"，"玩完了"的意思吗？而"熊"字似乎又是在说，"三滴水是空，四滴水也是空，你又'能'如何呢？"

我后来通过儿子的科普，又上网查了查方才知道：浣熊原是天生的"游泳健将"，最喜欢栖息在靠近河流、湖泊或池塘的树林中，它们大多成对或结成家族一起活动。白天大多在树上歇息，晚上才出来鬼混。因其进食前要将食物在水中洗濯，故名浣熊。

这好像跟浣纱女倒有得一比，至少两者都很爱干净，一个喜欢浣洗食物，一个喜欢浣洗衣服。当然，浣熊的脚觉也很发达，经常用前爪捕食和进食，使用前爪几乎同猴子一样灵活，又是杂食性动物，不仅喜欢吃野果、坚果、种子、橡树籽等，还喜欢吃昆虫、鸟类、鱼类等等。

所以，浣熊绝不是素食主义者，它们和我一样，不仅茹素且也茹荤。但我很怀疑它们之所以偏爱小鱼，是因为鱼生在水里，长在水里，本来就很干净，用不着再耗费一遍洗濯的功夫了，可以省些精力做其他的事。

于是，我就似乎明白了点什么。本来邻居家只有树林，对浣熊们也许并没有什么特别的吸引力，但我竟给树林标配了喷泉和鱼塘，难怪它们要兴冲冲地携家带口乔迁过来做我的邻居了。

我当时确实是有些过于自信了。我本以为我新围成的高高的铁栏杆可以阻挡住浣熊北进的步伐，即便要造反和捣乱也是在邻居家的院子里，与我何干？未料我亲手筑起的钢铁长城竟如二战时的马其诺防线一样形同虚设。对于善于攀越且长着和猿猴（还有人）一样的五个手指和脚趾的它们而言，要进入我的领地串门，简直是易如反掌，可以如入无人之境。

有一天上午，当我揉着眼睛下楼去喂鱼时，终于见到如同激战过后的一片狼藉的景象：莲叶和莲花被践踏和蹂躏得七零八落，分崩离析，有的漂在水里，有的散落在岸上，一池原本清澈见底的水也早变成浑浊的黄汤……更可悲的是，我收拾完残花败叶，仔细清点了一遍我的鱼儿们，发现一下子就少了二十多条。而且，那些原先只要我的身影出现，它们就会从莲叶下钻出来，尾巴欢天喜地拍打着水面，争抢我撒下的鱼食的可爱的鱼儿，如今看到我，却像是看到鬼，吓得四处逃窜。我相信，如果此时此刻我下到水里去，它们肯定也会认为我就是浣熊。

人和一个动物，尤其鱼儿或鸟儿们建立起一种亲密的关系，获得它们的信任，是很不容易的。可惜因为浣熊，如今我也被视为寇仇了。

这不能怪鱼儿们，任谁有过这样一场类似世界末日般的经历，就像碰上了拦路抢劫的土匪和将你关在地牢里用锁链锁住的人贩子，从此都会彻底改变自己的三观的。

这样想，一种要为鱼儿们伸张正义的激情和冲动，让我痛下决心要对浣熊们采取点什么措施，至少也要对他们说"不"！

但我想来想去，还真没有什么好的办法，最后也就是每天晚上睡觉前拿塑料棚板将鱼塘盖住而已。然而没过几天，浣熊们就发现，只要拱开一个缺口，还是可以轻易地下到水里畅游和觅食的。只不过因为视线欠佳，它们捉到鱼儿的机会毕竟大大减少了。

后来，因为每天盖棚板、收棚板也很麻烦，我就又想出一个法子，在鱼塘上方蒙上一层细细的灰色的尼龙网。

然而没过几日，浣熊们又将网线咬出一个很大的窟窿。

于是，我才想到上网求教别人。

据一位家住温哥华的女士说，她曾在浣熊经常来往的路上撒上图钉，后来就再没见浣熊来过。但我以为，图钉毕竟太短，扎上去也许并不很疼，就找来一些废弃的大约五六英寸宽的长长的木板，按七八英尺长锯成共八块，每隔一英寸半拧上两英寸左右的防锈螺丝钉，然后将其中的五块放置到水塘底部，用很重的石头将两端压住，以防漂浮。又将另外三块钉板放置到我认为浣熊们必经的路上，并在上面撒上一些树叶加以伪装……

这以后，浣熊们大约因为吃过苦头，造访院子和鱼塘的次数开始大为减少，但它们还是忍不住要来的，橙红色的地砖上，酱色的木头楼梯上，间或地我还是可以看到它们五指鲜明的黄黄的泥手印或脚印。有一次，它们肯定被钉子扎痛了，甚至还流了血，滴落在地砖上，形成一块块褐色的斑痕，于是动了雷霆之怒，索性将鱼池里的钉板全部翻将起来，并且踢翻了所有的莲花塑料盆……

四

"Hi，你好！"忽然听到有人唤我的声音。

"唔唔。"我睁开眼，想要说点什么，却发觉舌头有些发硬，卷不起来。

"我是你的护士，我叫Kevin，值班医生马上会来，他会和你谈谈你的病情。"这是位男护士，很庆幸他会说汉语，这样沟通起来会更方便些。

就在Kevin忙碌着帮我换输液瓶的当儿，一个有着黝黑的圆圆的脸庞，个头矮矮的亚洲裔医生板着脸走近我的病床前。

"You have three news, two good , one bad ."我可以听得懂他说的，但为避免错漏或遗漏了什么，我还是将眼睛朝Kevin瞟去。

Kevin见状，马上对我翻译道："医生说，有三个消息要告诉你，两个是好的，一个是坏的。你想想，你是要先听好的，还是先听坏的？"

"都……可以。"我说，舌头像是打了结，连我自己都感到很惊讶，不敢相信那是从我嘴里发出的声音。这让我想起我在北京一家出版社当过头头的同学曾经说过，他有一次早上起床后，忽然发现舌头发硬，说不清楚话，知道是中风了，于是马上告诉太太打120，后来因为抢救及时，才没留下什么后遗症。

正想着，忽听医生已经在说，护士也在一句接一句地加以翻译："先说好的消息吧。第一，经核酸检测，你没有新冠肺炎。第二，经血液化验，你可以排除癌症。但是，你有一个坏消息，就是你的血液被感染了，怎么感染的，我们现在还不是很清楚，需要做进一步的CT和核磁共振检查。不过，我们初步怀疑是你的胆囊发生了病变，正考虑给你做胆囊切除手术。"

坏消息果然是坏消息，甚至是不能再坏的坏消息了，因为我忽然记起小时候常读的"老三篇"《纪念白求恩》中的那个白求恩了。他就是在一次外科手术后，因血液感染而不幸离世的。

"你仔细想一下，你的血液可能是通过什么途径感染的？"医生又说。

但我摇摇头，一方面的确不知道，另一方面我此时的注意力已经完全集中在我可能将不久于人世的残酷现实上了。

医生大概从我惊愕的表情和迷离的神态上看出了我内心的恐惧和挣扎，忙又告诉我："不过，你不用担心，对于血液感染，我们已有很成熟的治疗经验和药物，可以说百分之百能够被治愈的。"

我似信非信地望望他，忽然从他的眼神里看出他是越南人。那是赌场生涯留给我的经验。许多输了钱的越南客人常常都用这种阴森、冷酷并怀有深深的敌意的眼神盯视着我们这些来自中国的发牌员。

正这样想着，忽听医生又在问："你同意切除胆囊吗？"

不知哪来的勇气，我忽然很坚决和果断地摇了摇头。

他大概也从我的目光里看出有些异样，就没再说什么。但在他转身离开前，忽然恶狠狠地也像是诅咒似的对我说："不手术，你会死的。"

然而，在几番躺在涵洞一样的圆筒里做过长时间的核酸检测和CT检查后，或者说也就是我住院后的第二天上午十时左右吧，我躺在病床上，忽听到身体里有个像是空调开关一样的东西嘀嗒响了一声，然后就听到整个身体里忽然嗡嗡地响起来。我立马就感到人不再那样憋闷了，头部也不再那样眩晕了，五脏六腑似乎也复归原位，并一阵阵蠕动起来。

很快，我也有了食欲，并有了要上厕所方便的冲动。

拖着挂着输液瓶的带滑轮的支架一步步小心地挪进厕所间，坐在仅供我一人使用的洁净的马桶上，我开始关注起周遭的环境——淋浴房，梳妆镜，马桶右侧的紧急按钮，塑料的防滑地砖，白色的光滑的木头门，门框……然后，我的注意力忽然被右侧门框底部正在协同作战、勉力运送着一粒大米的几只蚂蚁吸引住了。我很惊诧——在这样一个严丝合缝的整洁的卫生间里，竟然会跑出几只蚂蚁。我就紧紧盯住它们的去向，最后发现它们是消失在那看上去若有若无的门框底部的缝隙里。

我忽然感到不再孤独了。虽然家人因为官方禁令无法来医院看我，但这些蚂蚁却不在禁令之列，可以一直陪伴着我。它们不仅是我的室友，甚至还是这家医院的拥有者，至少不用缴纳房租，也没有人能够赶走它们。它们看上去也光明磊落、气定神闲，只不过为了生存，却必须一直忙忙碌碌。

我眼圈忽然有些发热。

我从那些蚂蚁身上看到了我和我们时代大家庭的影子。

五

我就想到了我的家，我的房子，我的院子……一时竟有些恍惚起来。

从法律上来说，所有这些地产和房产肯定都是属于我的，市政大厅里就存有我的房地产档案的记录，而且，那些文件上千真万确地也是签着我和妻子的名字。可我不禁起了疑心——它们真的属于我吗？

佛经上似乎说过，财富原是五家共有的，分别是官府（或者国王）、盗贼、眷属、水和火。官府会抽税，盗贼会偷窃，眷属会侵占，水会冲走，火会焚毁。

那么，我的房子和院子呢？仔细想一想，又何止是五家共有？至少还有浣熊、臭鼬、松鼠、蜂鸟、喜鹊、蜜蜂、蚯蚓、白蚂蚁、蟑螂、蜈蚣等等……

而且，它们的祖上肯定先于我很久很久以前，就一直在这块土地上生活着。白人当年初来乍到，就以为自己是新大陆的发现者，于是跑马圈地，将大片大片的土地以法律的形式据为己有。可那时有谁想到过，印第安人才是原住民，那些森林、河流、高山、沙漠本是属于他们的。当然，美国立国后，也许是良心发现，美国政府还是决定还给印第安人一些保留地……

再则，从更广阔的时空关系来看，我其实也并不是我所居住的房屋和土地上的所有者，至少不是唯一的所有者，而只是一个以人类的所谓法律做掩护的侵略者……我和以上所有这些生物也不是生活在一个平行的世界里，只要各自安守本分，互不侵犯，井水不犯河水就行了。事实上，树上的橘子、橙子、柿子、苹果、牛油果、桃子、桂圆、芭乐熟了后，鸟儿们总是要拣熟透了的果实先尝尝鲜，而我竹林里的竹鞭似乎也从不安于法律的种种限制，总是不断地试图进入别人家的庭院，至于那些白蚂蚁，更不鸟你们买房和卖房时的那些规定，"野火烧不尽，春风吹又生"，顽强地一代又一代地生活在我们居住的房屋的木梁中……总之，我们拥有着同一片土地，同一幢房屋，同一片领空，同一个鱼塘……我不能也不应该指望自己可以说服浣熊们从此吃素修心，不再来祸害鱼儿们。因为这世界从来就不是一个平行的世界，而是一个互相交融着、穿插着、我中有你、你中有我，有时候我就是你，你也就是我，时常互喷、互撑、互食、互抢，但有时也会互助的世界。

而且，浣熊们似乎也不总是做坏事，因了它们的存在，臭鼬就很少光顾我们的草地扒翻蚯蚓进食了。

有一天傍晚，暮霭降临后，我曾和臭鼬在牛油果树跟前猝然相遇。初以为是浣熊，便朝它大叫一声并猛跺了几下脚，企图吓走它。谁知那家伙并不畏惧，反而头抵着地，做出一副要和我决斗的架势，我这才想到这可能是臭鼬，因为只有臭鼬见到人才有这种胆气，非但不逃跑，似乎还想和人一争高低。它们敢这样做的底气无非就是会放屁，而且那屁还奇臭无比，又特别能够持久，常常可以在你的鼻孔里待上几日几夜也不消散。

然而，随着浣熊一族势力的壮大，臭鼬渐渐地也就退居二线了。

想到这里，我忍不住又翻出儿子发给我的那段有关浣熊的视频看了看，渐渐地也就心平气和起来。——它们毕竟被我压迫和限制了这么久，也该带着一家人出来散散心，娱乐娱乐了。自由的空气不仅对人重要，对浣熊以及一切有情众生也一样重要。即便它们高兴得有些过火，有些放肆，甚至发展到打砸抢，又能怎么地呢？力比多太多太满了，谁都会想方设法去找途径发泄的。

六

出院前一天，手术医生也来了，这是一个很和善的白人医生，但我仅用鼻子闻一闻便知道，他其实是犹太人。他温和地对我说："虽然我们还没有确诊你的血液感染是胆囊发炎引起的，不过，胆本来就是无用的，我们觉得趁你住院的这个机会还是把它拿掉比较好。"他的态度虽然很和蔼可亲，但他张口说出来的话却让我一下子警觉起来。但我不会让他知道我此时已对他的心态了如指掌——医生们需要钱，多一个手术便多一份收入。

我于是很平静地对他说："大夫您好，我是个喜欢哲学的人，也喜欢读《圣经》。我想请教你，《旧约》里说上帝造人，可我有些弄不明白，上帝造人的时候为什么要给他造一个无用的器官？"

这犹太医生真是聪明，马上就明白了我的意思，当然也明白了我明白他的用意，于是很客气地对我道："你说得很对，那我们就不急，等确诊了再说。"

又过了一天，检查的结果一如我所料，胆囊其实并没有什么毛病。

但遗憾的是，血液感染的源头究竟在哪里，一直到我出院时，他们依然没能查出头绪。

出院那天，一个来自菲律宾的女护士过来帮我收拾好随身携带的一点衣物，又找来一包医用口罩塞给我，然后送我出门。可我走到门口时又情不自禁地回过头去，想了想又走回我的病床前，从活动餐桌上吃剩的饭碗里捡起几粒米，走进厕所关上门。

护士一定以为我是要解手，可她绝对想不到，我却是蹲在地上，仔细地将那几粒白米饭摆放到门框的根部。

"再见了。"我在心里说，"虽然我们看似生活在一个平行的世界里，可我们却曾拥有过同一间厕所，同一家医院。"

让我吃惊的是，也许蚂蚁们听到了我的心声，竟然一个接一个地从门框的缝隙中爬出来……

七

我回到家后的当晚，大约十一点左右，正要上床休息，忽听儿子又从楼下打电话告诉我，说是浣熊一家又来了。

我本体乏无力，但好奇心还是怂恿我拿了一把大大的手电筒赶紧下了楼——我和浣熊明争暗斗了这么久，还从没有正面遭遇过呢。

将接近鱼塘前，我突然拧亮手电筒，一束巨大的明晃晃的光柱直直地射向鱼塘。几只大一些的浣熊吃了一惊，扭过头定睛看了我一眼，随即便从鱼塘里飞身跃出，很快便没入夜色。然而，它们的孩子，两个小小的、毛茸茸的贝贝却成了我的人质，被羁留在了鱼塘上方一个小小的水坑里。

这两个小浣熊长得很可爱，胖胖的圆圆的脸，黑黑的大大的像是戴着太阳眼镜的眼圈，圆圆的耳朵，白色与棕黑色相间的皮毛。其中一个在惊吓中也忍不住扭过头来，于是，我清楚地看到它的脸是花的，尾巴很长，也生着黑黑白白的环纹。也许是它太紧张，或者不习惯于被手电筒的强光直接照射，很快就又转过头去，但仍旧手脚并用，将身体直直地贴在坑壁上。那姿势很像是我的小外孙和外孙女因犯了小错而被妈妈罚站面壁时的情景。多可爱的两个小浣熊啊！甚至比熊猫还漂亮呢！我忽然起了一种想要领养它们的冲动，并询问起妻子的意见。然而不等妻子答话，儿子马上插嘴道："浣熊是不能家养的。再说，你又没有征求过它们父母的意见。它们肯定不会同意的。"

"可是，哪有这样的狠心的父母，竟然将两个孩子抛下，只顾自己逃命！"我于是说。

儿子听了，马上要过我手中的手电筒走过围墙那边去，扫视隔壁邻居家的那片光秃秃的山坡与树林的接合部。果然，那位看来是小浣熊妈妈的大浣熊此刻正焦急地、无可奈何地站在那里，回望着站在围墙这边的我们。看得出，它现在走也不是，回也不是，正在要么可能送死，要么可能失去孩子的痛苦中挣扎。

我看得有些不忍，忽然就想起疫情期间曾经看过的一部叫作《盲山》的电影，那里面有一个女孩子被人贩子骗进深山，几番试图逃脱未果，后来老父亲带警察赶来援救，结果却被买她的丈夫打得差点送了命……

我于是就想："如果我留下这两个小浣熊，岂不是活生生地将它们母子拆散，让它们从此生活在丧母和丧子的剧痛之中？"

人同此心，动物亦同此理。

我就对儿子和妻子说："咱们回屋去吧。"

"那——这两个小浣熊呢？"妻子不放心地问。

"甭担心，我们一离开，那妈妈马上就会来领它们回家的。"

八

但那晚躺在床上，我却失眠了。

恍惚中，我的床成了一个孤岛，四周全是一片汪洋，天地间白茫茫一片……

我也看到一切平行着的线条忽然都在时光的扇面上互相交织在一起，分不清彼此。

又有许多不知名的生物在天上飞，在水中游，在树上上蹿下跳，在地下无孔不入，在人的身体里或安居乐业，或横冲直撞……

灰色的大地上，虚拟的时空间，到处都留有浣熊的脚印，很像一枚枚经过精心雕刻的五瓣梅花般的图章，印在泥地上，印在木板楼梯上，印在一块块地砖上，也印在市政厅我那份房地产档案的文件上。

那文件上还集聚了许多其他的手印和图章，有一枚很像是松鼠在电线上走钢丝的造型……

但最终，那些手印和图章又幻化成一个个里里外外沾满了米粒的饭团。米粒们互相依靠着，紧贴着，不断地聚集，又不断地离散，不断地剥落，又不断地填补。最后，我的思想，我的念头和想法，也成了这样一个个无法衡量其质量和数量的饭团。继之，那些米粒忽而又像蛆虫一样不停地蠕动起来……

生命其实就是一个不断蠕动着的饭团，我忽然想。它没有终端也没有开始，只有持续不断地变易和迁移。所有的开始即为终端，所有的终端又是开始。它们既是线形的，又是弥漫形、发散形和回溯形的。

我甚至还想到，不仅人和人之间会"心有灵犀一点通"，人和动物之间有时也会"心有灵犀一点通"。要不然，怎么能解释在我住院的那天和出院的这天，浣熊们要携家带口踩着点儿来光顾我的鱼塘呢？

也许，我们的前世里曾有一份未了的情缘或者债务；也许，这是它们对我限制它们自由，侵占它们祖传的领地的有限的报复；也许，有一种力量是要让我懂得：除了必须尊重人外还必须尊重浣熊和一切有情众生，并且明白：

——世界不是平行的。

我在寂静中忽而又听到了白蚂蚁啃吃木梁的声音，看到从元宇宙里撒下的一撮撮木屑。

但我已经心如止水，泛不起一丝波澜。

因为我已然明白：哪来的我？哪来的我的房屋？谁都是寄寓在天

地间的匆匆过客，留不住什么，也存不下什么的。能有幸和浣熊一家低头不见抬头见，与白蚂蚁同居一室做室友，比起和地痞流氓骗子同活在一个世界上肯定要好得多了，甚至还是累世修来的福分，该珍惜才是。

更何况，即便白蚂蚁胃口再好，吃得再凶，也不可能在几十年间便将这房子啃光、吃完的。而且，就算它们能啃光，又与我何干呢？

我不知道浣熊们有没有了解到我的这些想法，自此竟很少光顾我的鱼塘。

然而，它们却常常光顾我的脑海。

2022 年 2 月 20 日改定于美国蒙特利公园市家中

载于《江南》2022 年第 3 期

一个异乡人的不安之书

[加拿大] 芦　苇*

　　没有一个作家是真的不想说什么的。那些卓越的作家即使在现实中备受打击，也会希望和配得上自己才情的未来展开对话。

　　费尔南多·佩索阿生前甘于困窘，像一只固执又老迈的蜗牛，在春天闪着银光的杨树上爬行，动作虽然迟缓，目标却高不可攀。明明是这辈子发生的事，他偏要否定，说成是前世梦里的景观。他在散文和诗歌中，通过数十位"异名者"的身份进行创作。他不是他们！连作者都成了虚构人物！

　　佩索阿和我们每天在写字楼遇到的，端着咖啡杯闲聊，领薪水的上班族没什么不同，但他下了班就过上和我们不同的生活。

　　最近一年多来，因为新冠病毒的肆虐，人们的正常生活都变得不正常了。不安的情绪犹如一团嗤嗤忽闪的小火，在顽石和尘埃之间，在每个人的心灵缝隙之间慢慢燃烧。

　　去年夏天，一向还算强健的我曾受到不小的惊吓。在搬动装有食物的纸箱时，因动作鲁莽，我不慎拉伤肌肉，引发身体长时间的莫名疼痛。但一开始并不确知缘由，只好一次次地预约医生，又是电话，

---

*　作家，原名张焰，出生于福建，籍贯江苏，毕业于厦门大学哲学系。发表作品于《长城》《侨乡文学》《书屋》《书城》《小说与诗》《侨报》《作家》《福建文学》《红杉林》《世界华文文学论坛》等国内外多家报刊。现居加拿大。

又是视频，后来还前往诊所求医，身穿黄色防护衣的家庭医生给安排了几项相关体检。在几次等待体检结果的过程中，各种胡思乱想像过山车一样，从低点到高点，再从高点回到低点。我甚至想到了维特根斯坦的一句话，得到了古怪的安慰。那句话的大意是，人在活着的时候，死神是不会降临的。

如此说来，我们平时难免抱怨的琐碎小事，都要有很好的运气才能够遇见。人是没有办法随心所欲的，就连选择孤独也不能随心所欲。我们逃离不了注定的平凡生活，一日三餐，年年月月日日，这是我们不愿承担孤独的代价，我们离不开爱与陪伴。

我们当然可以雇人做卫生，铲雪，锄草，烧饭做菜……但我们无法雇人来承担牵挂。

去年夏天，正是在一个心神不宁的雨天里，我翻开了刘勇军翻译的《不安之书》，译文极其优雅，字里行间释放出仅属于佩索阿的不安气息。

自十七岁之后就再也没有离开过里斯本的佩索阿，将"旅游"一词的内涵演绎到了极致，在他的笔下，没有他到不了的地方。而里斯本的雨，自然就是他旅途中的常见之景了。他的雨究竟怎样，有没有我眼里的忧伤与活力？

> 下雨了，天气依旧潮湿与阴冷。然而，天空湛蓝无比，雨要么是被打败了，要么是筋疲力尽，而雨后残余的乌云撤退到了城堡后面，向蓝天投降了，这才是它们正确的选择。

原来，雨和打败它的天空之间，发生过一场战争。而佩索阿精神世界里飘下的雨，却从未投降过，而是顽强地敲打着他不安的心。佩索阿的日常生活平淡如水，这更使他意识到文学中蕴藏着的炽烈：

> 有哪些有价值抑或有用的东西值得去坦白呢？有些发生在我们身上的事情发生在所有人身上，或只发生在我们

身上；如果发生在所有人身上，便无新奇之处。但如果只发生在我们身上，便不被理解。如果我写我所感，便是为感觉的热度降温。我所坦白的无关紧要，因为一切都无关紧要。我将我所感绘成风景，我用感觉创造出假日。

如此坦诚，如此深刻。

与我下班后的忙碌不同，独居的佩索阿在下班后只属于他自己。

他躲进租来的便宜房子里，只管写。写作就是活着，活着就是写作。他爱过一个深爱他的女人，却因为害怕承担责任而拒绝了她，分手后，两人曾重逢、爱火重燃，依然无疾而终。该女子也终身未嫁，莫非她也被诗人的爱弄迷糊了？更不可思议的是，他们的感情没有肉体结合，属于典型的柏拉图式爱情。何至于此？佩索阿献给恋人的诗歌圆润纯净，堪称情诗典范。诚如佩索阿对自己所进行的自我剖析，他在内心里是怯弱的。他决绝地放弃了可以带来温暖的家庭生活，炉火旁的一片面包和一杯咖啡，那都是富有诗意的赞美诗啊。但我们以凡俗之心如何能够理解诗人的选择？他有一颗世间罕有的敏感之心。他深谙哲学和艺术的秘密，却从不炫耀，他只在最直观最精确的叙述中接近事物的真相。我感觉，他在下笔时就已经预见到自己的"不朽"，这位乔伊斯的同时代人，在语言的瑰丽上与乔伊斯颇为相似，他的诗性文字所呈现出的精神世界的无限可能，令人叹为观止。

一个人仅仅因为描绘出精神的形状，就可以傲立于世，这份荣光独属于佩索阿。所有有限的，无限的，所有存在的，不存在的，他都一一道说。佩索阿的《不安之书》由几百个随笔片段组成，他为这些"不安"的灵魂呓语花费了十几年的心血："我是谁，谁又是我？"在洁净空灵的文字中，一颗孤独心灵的每一丝每一缕，全都展露无遗。他写山水和风雨，他写白昼和夜晚，他写绝望和希望，他写苦难和欢乐，他写爱和痛，人所置身其中的一切绝望与虚无，滋养命运的欢爱与理智，他都没有忽略。

一本没有情节的书，完美地将人类存在的碎片，散落在一切敏感心灵的波涛中。佩索阿身居里斯本，里斯本却是异乡。他那样的人是没有故乡的，生活对他来说，只是一座路途中的客栈，他不知所往，只有荡然无存的过去使他心醉。

佩索阿去世多年后才为世界所了解。据说，他的作品至今还在整理中。按照时髦的理论和对文化人物的归类，佩索阿是欧洲现代主义的核心人物。当然，他活着时对自己的"核心"位置一无所知，他感慨道："我唯有在变成雕像时才受到理解，人在生前受到的冷漠对待，死后是无法用爱弥补的。"每一个时代都会错过它最好的作家，时代的不肯认同，有时候是出于作家被权势迫害，有时候是出于文学圈的妒忌和排挤，有时候是出于读者的平庸，但更多时候是出于不可跨越的认知差距。

追随时代与追随真理，境界迥异。

当然，对于像佩索阿那样被时代错过的人而言，现实选择中的困窘并不那么可憎，他如果想在世俗生活中谋求多一点的利益，不会太难，生命无非一场选择，而理想主义者的主动选择往往处于一种"在真理之中"的境界，他们选择不一样的命运多半是因为孤独和卓越。很多时候，当我们苦苦攫取尘世的幸福时，我们并无资格讥讽那些落魄、落难之人，他们沉重而无奈的选择，往往负载着价值生活的全部精神内涵。

佩索阿死后数年才成为葡萄牙的骄傲，成为二十世纪欧洲现代主义最了不起的少数作家之一。现代主义象征着对传统的反叛，象征着自我意识的觉醒，在文学上更注重抒写感觉。意识流小说就是现代主义文学的重要分支，佩索阿的写作也有显著的意识流特征。说真的，佩索阿被归到哪一类"伟大行列"他才不会在乎呢，他的孤独和遗忘，全都那么决绝，他遗留于世的文字就像一束幽潭微光。佩索阿生前生活拮据，不得不为了生计出门去打一份工，但他又不肯仅为了一口面包活着。他放弃赢得更多"面包"的机会，把全部的爱和力量都给了文学。

佩索阿骄傲地声称："我一寸一寸地征服了与生俱来的精神领域。我一点一点地开垦着将我困住的沼泽。"

佩索阿最吸引我的是他的情绪。他作为作家的连绵不绝的思考，和他作为思想家的连绵不绝的诗意。那可不是一个落魄男人的情绪，那是一个异乡人的情绪。

那也是一个完全理解了自我处境之人的情绪。

他在书中坦承，他与别人的最大不同在于，别人"用感觉去思考"，而他却是"用思考去感觉"。的确，这位用思考去感觉的作家，在自己的自由意志中放弃了世俗的"攀登"，他只凭着心灵"眺望"，便占据了"一切山峰"。

佩索阿的文字虽然对于改变一个社会制度或赚取一点物质利益并无直接用处，但他的文字真实描画出思想者的精神沼泽，他的文字维护自由之人的感受力、敏感性和独立精神。这比什么都重要。这种精神汇集起来，就有了更加文明的社会形态。

佩索阿的情绪包罗万象。这个没有结过婚的人未免有些悲观，但他在《不安之书》中所构建的"不安"情绪却并非普通的焦虑。他着眼的，是整个宇宙、全部人类以及一切灵魂的不安。他否定了理解，却又用一生的执着留下希望被理解的证据。在他不安的文字中，我们看不见太多他个人的悲欢离合，但他整个人就蜷伏在书页里，和我们——所有的读者在一起。这是一本应当带到荒原里去阅读的书，因为它描述的，正是异乡人在命运荒原里的"不安"。荒原里有沼泽，有模糊的远方。

那么，究竟谁是异乡人？我们所有的人。是的，相对于终极命运而言，人生在世，并非栖居于故乡，而是漫游于异乡。当"永恒"尚未现身时，人不可能回到真正的故乡。

这一生一世的所爱所恋，都将消逝在难以确定的未知与幻想中，想到此世与彼岸，想到过去与未来，想到曾经和即将激荡灵魂的一切经历，"异乡人"才是每个人最为准确的尘世"身份"。在《重回童年》那一段中，佩索阿问道："上帝在何处？即使上帝从未存在？我想要祈祷，想要哭泣，想要为自己没有犯下的罪行而后悔，想要享受宽恕的感觉，那感觉比慈母的抚摸还要美妙……哦，无边的死寂，让我重回保姆的怀抱，把曾经哄我入睡的婴儿床与摇篮曲还给我。"

这场哭泣属于佩索阿和所有敏感的人。

佩索阿将信仰比喻成一个被放置在托盘上的"封好的包装箱"，等着被接受，却无法被打开。面对如此神秘的未知，佩索阿如何打开它？

用语言，唯有用语言。这就是佩索阿的选择。

大部分的写作者，都在笔下寻找一点什么，而以苦难为笔的佩索阿，却将人类在前行道路上所无法找到的东西全都袒露在阳光下。正因为无法找到，所以不安。正因为这份夹杂着强烈渴望的不安被诚实地袒露在阳光下，所以才有了慰藉。

载于《书屋》2021 年第 11 期

写给母亲的信

[美国] 吕 红 *

一

自疫情暴发以来，最令人感动的，是那些付出生命和鲜血代价的被誉为白衣天使的医护人员，点点滴滴，让我想起了亲爱的妈妈——

书页里夹着一帧故居前的小照，清秀的模样，尚未发育好的单薄的身形，却义无反顾，满腔热血无私无畏，担负起救死扶伤之重任；无怨无悔，奔赴那最艰苦的地方……那年母亲下放医疗队到西峡贫困山区，为乡亲们治病；没菜吃，她硬着头皮咽下那生蛆的腐乳；突遇山洪暴发，老乡用木盆推着她蹚过激流……那感人一刻，永难忘怀。

偶尔翻看旧影集，感慨万端。忽有了新发现——五朵金花，年轻的白衣天使，她们相互依着小亭栏杆，微笑着憧憬着……啊，冥冥之中，仿佛天堂中的母亲在对我含笑微微……

我曾噘着嘴抱怨妈妈：为什么不多给子女拍些童年照？而孩提时她在天津在汉口都拍了好多照片呢。后来才知，原来幼年时那些天真

---

* 文学博士，美国华文文艺界协会会长、《红杉林》美洲华人文艺总编。著有《美国情人》《世纪家族》《女人的白宫》《午夜兰桂坊》《曝光》《让梦飞翔》等中英文作品。中短篇小说及散文随笔见于《北京文学》《当代作家》《台港文学选刊》《散文选刊》等。作品入选《美文》《美国新生活丛书》《中国散文年选》等海内外多种年选及作品选集。主编《女人的天涯》《新世纪海外女作家获奖作品精选》《跨越太平洋》《蓝色海岸线》等。获多项文学及传媒奖，首届国际新移民文学突出贡献奖、华文著述学术论著奖、写作佳作奖等。

可爱的照片，都是她大哥拍的。遥想当年风华正茂，母亲被选为代表参加国庆观礼；与同学们在草坪上舞蹈，留下岁月印痕。但随着孩子的接连出生，生活工作等等压力，拍照机会越来越稀少。偶尔全家去照相馆或郊外留影，几乎都是亲戚从外地来探亲时的合照。

艰辛的日子里，父母为了抚养子女，起早贪黑出去工作，回家后还要忙于家务，照顾儿女，可知付出多少心血？妈妈早出晚归，却总有些好吃的给俺兄妹几个解馋。如卤鸡头鸡爪，大部分是医院病号吃的，零头才是医护人员的夜班饭。母亲下班常常带回来满满一饭盒，孩子们啃得满手油，啧啧地连手指头都舔了个干净！

老爸告诉我，你妈妈那时多辛苦，夜晚下班十二点，半夜一点才到家。带回来好吃的补身子的都留给家人，还笑着说她已经吃过了。

啊，我想起来了，母亲的心多细啊！每每放假回家，她都要给我做最爱吃的烧鱼，鱼稍煎一下，再烹调，撒上葱花，鱼汤鲜美无比！患病后她不能做菜了，就塞给我钱，说不能做好吃的给你，就到街对面餐馆买锅贴饺子小笼汤包吧。再也回不来了，年除夕全家大小包饺子的欢乐，一人擀面七手八脚帮忙或包或烧水或运输的热闹；再也回不来了，那团聚的温馨一刻……

二

青青陵上柏，磊磊涧中石。

人生天地间，忽如远行客。

带着一瓣心香，一抹书香，循着长长的石阶，走上山岗。妈妈，我来看你啦！

寻寻觅觅，频频回眸，依稀仿佛，你温暖的手牵着我，穿过野花摇曳的小径，绕过雨痕斑驳的古亭，还有点缀着喇叭花的篱笆墙。记不清那时我是几岁，却清楚记着晚风清凉飒飒响，身上衣裳有你洗晒的太阳味道；你为我扎好了小辫子，去上幼儿园，每每牵着你那温暖的手，总要让你摸摸小脸，是不是又长胖了？……

烛光里的妈妈，无论是艰难岁月的省吃俭用，还是经济条件宽裕改善，都能让一家老小过得体面而滋润。那时买什么都凭票，过年才穿新衣。扯布裁衣都要比女儿身材尺码大，为逐年增高留有余地。好在我不挑剔，早年你穿的两排扣的列宁服，剪裁设计，衣袖卷进，裤腿缝起，旧衣服改造一下，穿起来还美滋滋的；洗白了也没关系，就去买颜料，柜台里一袋袋五颜六色的。妈妈问我喜欢什么颜色呢？我指着天蓝色说，喜欢！好，买了。你用一个脸盆倒入热水，将颜料倒进去，用筷子搅动，直到色彩染上衣服，穿起来美滋滋的。也不管那颜色有多么土气！

孩儿永远都是慈母心头的最爱。俺小时画画，画你戴着棉帽，笑容可掬，妈妈开心极了！有一次去农场插秧，偶然与幼儿园阿姨聊起子女的艺术天分，收工就坐在田埂上聊，聊到忘情，倦鸟归巢，日头已西落。寻常日子并不宽裕，仍尽可能满足儿女细小愿望，滋润每一个艺术细胞——女儿周末学琴从那时就开始了。清韵袅袅，永不会随流年而逝……

也许每个人的一生中，都有刻骨铭心的爱；怀念曾经的往事，怀念曾经在生命里在血液里最为重要的人。想当年，年轻的父亲曾写过那么多情书情诗，文采斐然，真情流露，曾点亮了你的青春，照耀了你的梦想……可惜在乱世中被一把火烧了个干净。失去了才知失去的珍贵！对话悄悄打开一扇通往心底之门，走进风云变幻的时空，不停地琢磨，不断地回味，相知相依而又生离死别，是怎样一种伤怀，一份感慨，内心又有怎样的独白，剪不断理还乱……万里迢迢漂洋过海来的沉甸甸家书，十几页密密麻麻的文字，可是其精神寄托？

人生不是每一段生活都能有一个美丽的回忆，也不是每个回忆都能让人那么刻骨铭心。然而当自己经历过那种来不及领悟伤痛就失去生命中重要的亲人之后，难以释怀终日缠绕在心头；每当特别的日子，遥在天国的妈妈就浮现，为我轻轻拂去心头的怅然……

三

母亲是个内敛而又坚强的人。三十载医务生涯从未请过一次病假。人说平时小病小灾的，反而没事。恰恰是不常生病的人，最后都是一场生死攸关的大病。

母亲太内敛了，痛苦都埋在心里，怎会不生病呢？"文革"时外公被抄家、批斗、患病，当被造反派指鼻子斥骂"资产阶级臭小姐"时，你只能泪往心里流！因战乱炮火轰炸、颠沛流离，从小你就尝遍人间疾苦，勉强吃上饭，勉强读点书。无论强权多么蛮横，世道多么艰险，人的良知及善良本性都弥足珍贵……对待病人你是那么尽心尽力，暗中还帮了不少落难者，为他们送医送药。人家唯恐躲避不及怕沾了"叛徒"或"走资派"，你却说，来的都是我的病人；就算有错——也不能不给人治病啊！

表姐说："不论是星期天、节假日，我们到你家去，经常会听楼下传来：'曹医生，院长有请。'这时你妈不管在干什么，她会丢下一切，二话不说拔腿就走。这就是你妈留给我最深的印象。"母亲是最伟大的，母爱是最神圣的。对非亲非故身处逆境中的人尚且都能关照，更何况对至亲骨肉，怎会没有融于血脉的挚爱亲情？

身患绝症的母亲送将要远行的女儿出门，腊月里，寒风刺骨，不想让你送，说外面很冷。万般不舍的眼神，一直望着我们，父亲拎着行李，摇摇手，转身大步向前。走了很远，忽然，听到有微弱的声音在背后呼唤。只见你远远地、吃力地向这边跑来。雪地冻得溜滑，刚做过手术又做化疗的母亲，身体虚弱，真怕你跌倒了啊！

急急忙忙赶来，为什么呢？是为给我几张小小贺年卡，为了叮嘱我两句话。父亲摇摇头，说看看你妈妈，就是这样牵挂心疼孩子。走了很远，仍然看到你的身影伫立在雪地上。

"看尘世种种，须臾之间，尘归尘，土归土。……悲欢离合，一场春梦掠过岁月之湖，了无烟痕。"往事依稀。泪水涟涟。

我和父亲轮流守护着缠绵病榻的母亲，每日读书读报。在陪伴间隙阅读各类经典，写笔记做文摘，累积了数十本笔记。日后随我天涯漂泊，行走他乡，始终都是无可替代的宝贵财富和精神慰藉。从前母亲因忙于工作没闲暇来读杂书，病中，反而读了不少文学书籍，有图书馆借的，也有书店买的。这样母亲与亲友之间有了更多话题。在这个世界里，她们洞悉人生奥秘，心灵、艺术、美、大自然浑然一体，人与大地和宇宙紧紧相连。人，充满理性与情感的人，沉浸在艺术创造的神秘，以及亲情友情之温馨。

小妹来医院探望，母亲眼睛溢满了泪水，那种生离死别之感，连旁边的医务人员都被感染而掉泪！

最后一次见母亲流泪是在她弥留之际。那一段时间，我和父亲一个守上半夜，一个守下半夜。已经有好几个月了。病况日渐加重，她一开始还说"如果我要是再活一年就好了"，到"我要是能活过春节就好了"。我每次听她说这样的话，心如刀绞。她是医生，比一般人都清楚地了解自己的病情，也比那些不懂的人更清楚死神愈来愈近的脚步声。这是多么残酷的清醒！

这天晚上，我和父亲为谁守前半夜或者后半夜的事，有点小小争执。都想让对方早点休息。突然，这个时候母亲开口，而且是用中气很足的声音说："你们都去睡吧！"她的脸色突然间很有光彩，居然说出这么完整的话。精神也显得格外好。

有相当一段时间，亲友同事来看望她，最多就是微微点头和轻轻摇头。连看望她的领导，问候她，母亲只是微微喘气，无法说话。仅见她口形在动，发不出任何声音。父亲与我都已经习惯母亲的沉默了。

当她突然对我们说话，我和父亲有些惊喜，也不争执了，父亲先去睡了。我觉得那天有什么地方不对，内心隐隐不安。关了房间灯，仅留小小台灯，我一边看看书，一边看看母亲动静。我发现母亲跟平日不同，她眼睛里不断地有泪水在流淌，我给她轻轻擦去，又有泪流出来；愈来愈多，怎么擦都擦不尽。我慌忙按下紧急红灯，护士医生来了，他们急救了一番，吸氧气、打强心针等。最后用电筒照照瞳孔，散大，心跳也没了。

母亲就这样静静地走了。我为她擦去最后一滴泪。

往事依稀。生命里的冬天总是太长，母亲熬过许多冬天，但终究没熬过寒冷，那年除夕，她说想回家，想与亲人过一个团圆的春节！可是未能如愿。春寒那夜，回光返照的母亲，用最后的气力发出微弱的声音，留下无尽的爱。

每每谈到母亲，老爸就情绪失控，老泪纵横，凄楚地说，我想你妈妈。我也哭了。

四

妈妈，今儿我来看你了。恍惚中，又回到童年。妈妈温暖地牵我手。这温暖，沁入了花开的清香，盛放着，却也收敛着，这么的缠，是缠绕到心里。倾尽所有的美丽，这尘埃里的爱，开到荼蘼。你笑貌如昔，永远保持在盛放的年华！

"摇摇洁白的树枝，花雨满天飞扬，两行滚滚泪水流在树下……"

母亲出生在天津，成长于汉口，唯一的出行是与弟弟结伴，去镇江外婆老家拜望，见过哥嫂。然后去南京探亲，玄武湖拍照，博物馆浏览，留下此生唯一的旅游纪念。

相比之下，做儿女的，天涯海角，东西南北，东半球西半球，一个比一个跑得远，但再怎么远，也忘不了故乡的山水，忘不了——妈妈呼唤儿女回家吃饭的温馨！而根植于我们文化血脉的基因，始终保留着，源远流长，生生不息！

母亲、祖母、祖祖辈辈的母亲，养育着一个一个家庭，便是一个家庭史乃至民族史，她们都是历史中人也应是创造历史的一部分。今天纪念她们，歌颂她们的美，她们的德，都为家庭为民族尽了责。因此要更多更好地做一些母亲们尚未来得及做的事，更要为下一代做一些想做的事，让他们生活得更好更幸福；变纪念为铭志，变哀思为奋起，让母亲和母亲们的在天之灵安好！

而今，母亲已长眠于那青山绿水间，安歇在青青山岗。

清明节，我与老哥一道，给母亲重新修缮了墓碑，并修了舅舅的墓。母亲有亲兄做伴，终不孤单。墓前，烟雾袅袅恩情悠悠，碑上镌刻的名字，时而清晰时而模糊。

母亲叫芸。有草头的芸，芸芸众生的芸。外公给取的名字。她自己总是简写成：云。云彩的云。

君有言：你若盛开，蝴蝶自来；你若精彩，天自安排。在这样静美的时光里，袅袅烟火，秋水长天，固守着仅存的坚持，终究可以守候成最美的风景！

命运跌宕，在千千万万个母亲中，她们都是些再平凡不过的女性。也许，感受这份无奈与遗憾才是最"经典的"美。

童年读书懵懵懂懂，但印记却深深浅浅。人说曹雪芹具有巴尔扎克再现整个社会生态幽微的洞察力及布鲁斯特的敏锐、缪西尔的才智与托尔斯泰的悲悯情怀；博览群书，有一种遇到了知音而生出的千言万语的刹那震撼。文字是渺小的，但也是伟大的；是软弱的，更是坚强的；是良心、是利剑、是烛光、是沙漠中的甘泉、是茫茫黑夜中的希望；是唯一能够让人不至于陷入绝望的精神支柱，是头顶上的星空与心底的道德律——即使生活苟且，我们仍有诗和远方……

妈妈，我又开始拉琴了，是你喜欢的曲子；波尔卡、波兰圆舞曲，还有：春天里的花园多么美丽——那时候，家境并不宽裕，为了女儿的爱好，你省吃俭用，咬牙买下了一台手风琴。我们姊妹的音乐细胞也就在悠扬的琴声中袅袅生长：喀秋莎、山楂树、多瑙河之波、珊瑚颂、洪湖水浪打浪……

手风琴的旋律在轻拂，那逝去的幸福如梦如幻，花楸树叶轻轻地起伏；白色月光静静，照亮游子的归乡之路……

写给母亲的信，寄向遥远的天际。妈妈，我从未觉得你离开我很久了，因为你不时出现在我梦中。依稀想起，诗人余光中的诗句：

我最忘情的哭声有两次。

一次，在我生命的开始。

一次，在你生命的告终。

第一次，我不会记得，是听你说的。

第二次，你不会晓得，我说也没用。

但两次哭声的中间啊，

有无穷无尽的笑声，一遍一遍又一遍。

回荡了整整三十年，你都晓得，我都记得。

本文在《当代文学精选》举办的"我的父亲母亲"

全国征文大赛中获散文作品一等奖

燕子掌

[日本] 孟庆华*

来到日本以后，燕子掌是我们家养的第一株花。

当初选择养它，主要是因为它好伺候。感觉它只需要喝水，无须施肥，也无须特别关照，就能长出葱绿色的肥肥厚厚的叶子来。

感恩燕子掌一年四季奉献着，它会竭尽全力地展示翠绿的身姿、宽容大度地供我们欣赏。因为那时候我每天都要早早出门去打工，正没白没黑地在东京的各个角落拼命地奔波着，这棵不矫情的燕子掌无疑是最好的选择，它也成了我们最好的陪伴。

由于它的存在，在那段时间里的每一天，只要回到家来看到它温和喜庆的笑脸，疲惫的身心立马就获得了最放松的一刻。

只是当初没有料到的是，这一养，它便跟了我近三十年，算起来，我们如今的确成了真正的老朋友了。

在东京最初的那几年里，为了方便打工，总想找一个离车站近又便利的地方，为此，也不知道我们到底搬过多少次家了，每次搬家，我们都要狂扔一场东西，这燕子掌自然也逃不出被扔掉的东西之类啦。

---

* 女，中国作家协会会员，专业作家。年少时学理科，工作后弃理从文，做过记者，"文革"后北京鲁迅文学院第一批毕业生。20 世纪 70 年代开始发表作品。出版《告别丰岛园》《倒爷百态》《远离北京的地方》《梦难圆》《太阳岛童话》《走过伤心地》等多部长篇小说和中篇小说集。另有报告文学、散文及随笔千篇以上。2017 年在"首届日本华文文学奖"大赛中荣获一等奖。现定居东京。

只是对燕子掌，我还是网开了一面的：往往是小心翼翼地从硕大的母体上，剪下它的一个肢体来，带到我们的新家去继续插养，其余的主干就只好很无奈地扔掉了。

可惜当然是非常的可惜，但是也真是毫无办法，这就是残酷的现实。因为日本住房非常有限的空间，早已经让我们养成了断舍离的习惯。

在我们最后这次搬进新家后，终于是天如我愿，不但熬到了东京最好的地段，三间宽敞明亮的住房，还有个宽大朝南的凉台呢。

于是我终于下定决心带着那棵硕大挺立的燕子掌，堂堂正正地入住进去，从此，我们一起堂而皇之地当起了这个新家的主人。

我担心它的寂寞，也同时请进来很多其他的植物，例如山梨县有名的黑葡萄树，金心巴西铁，还有皮实耐养的仙人球……它们站成浩荡的一排，并让它们雨露同享地成了这个家的主人。

我的新家，从此整个凉台也惊奇地变成了一片翠绿。

衣食无忧的燕子掌，从此在我们这个新家里更是茁壮地成长起来，它墨绿挺拔的身姿，每每都会成为我的最爱，也是最吸引我的目光的一株植物，我还经常要拿它来说事，在先生面前多次炫耀过自己的功劳。

转年的 4 月，我无意中发现，这株顽强的燕子掌，突然间没了往日的朝气，显得垂头丧气的样子，我当时还以为它是因为缺水的缘故……可是，几日耐心地伺候下来，它的脸色不但没有恢复，反而更加地接近土灰色了。

我在纳闷的同时，禁不住怜惜地弯下腰来，伸手开始抚摸起它的肢体来……

一向硬挺的燕子掌，此时却灰塌塌的，感觉就像重病中的人一样，毫无力气，一副东倒西歪的样子。我的手一触碰，它就随之无力地摇晃起来，好像随时有倒下去的危险。

我意识到问题的严重性，就又故意地触摸了它几次，这下它更像是醉了一般，脚下无根地大摇大晃起来，差点就栽倒下去……

咦，这是什么情况？我养了它这么多年，还是第一次遇到这种事，那一刻我真的是有点发慌了。

说时迟那时快，我赶忙找来塑料布，铺在凉台中央，把燕子掌连根拔起，将花盆中的土倾盆倒出，本意是想为它诊断出个究竟来。没料到的是，刹那间我被惊呆了。惊呆过后，就是我的头皮开始发麻，吓出了我一身的鸡皮疙瘩来。

我的天哪，我不由得惊呼：可怜的燕子掌，你怎么就这么倒霉呢？这些蠕动着的害虫，是从哪里来的？莫非是天降的不成？它们正在贪婪无耻地啃食着我的燕子掌，几乎把它本来肥硕的根部全都啃光了！

我的心不由颤颤地疼了起来。恨这些可恶的白蛆，也恨我自己的粗心大意。怎么就没有早些发现呢？！

黑黝黝的泥土被倒出来之后，在灿烂温暖的阳光下，土中还有十几条肥肥胖胖的大白蛆一样的幼虫，由于不适应突然到来的阳光，在光天化日之下，它们慌乱地弓着身子，扭动着肥臀在往四处逃窜着。此刻，它们雪白的腰身，在沃土中显得尤其扎眼。

我急忙唤来先生，我俩认真地研究一番之后，才敢断定：这些肥硕的幼虫，一定是蝉的幼虫。不知蝉是何年何月在我家的花盆里产下了它的卵，这个可恨的蝉，至死都是这样的挣扎，这样的诡计多端！

最初的一闪念是：我要杀死这些蝉虫，让它们从此灭绝，我要为我家的燕子掌报仇。

我气哼哼地急忙从袋子里拿出新土来，刮净瓷花盆，把奄奄一息的燕子掌重新小心翼翼地栽进去，细心地扶正后又浇了有营养的果皮水。

边干边祈愿它能够躲过这一劫。在我与它这么多年的交往中，我已经深知了燕子掌的脾气秉性，知道它是很顽强的，相信它会安然过关的。

正在我满怀着仇恨想把那些藏着头脸、露出尾巴和腰身的大肥虫杀死的那一时刻，我先生求情般蔫蔫地对我说："你看，咱家里又不是没有多余的花盆……我看还是算了吧，无论怎样，它们也是一条命啊，还是不要杀死它们为好……"

我双眼冒火地死盯着他，不解地反问道："你说什么呢？难道你要养这些害虫吗？"

他不正面回答我，自顾自地说着："你知道蝉的一生是怎么度过的吗？……夏天，在树底下听见熟悉的声音'知了——知了——知了'，那就是这些卵长大变成蝉了呀。蝉的一生要经过受精卵、幼虫、成虫三个阶段……进入夏天，早年产下的受精卵就会孵化成幼虫，它们会钻入土壤中，以植物根茎的汁液为食，通常幼虫会在土中待上几年甚至十几年呢……往往到6月末的时候，幼虫就成熟了，它们那时候就会从这土里爬到地面上来了，你说，它们这一辈子有多难……"

我有点蒙，不错眼珠地看着他："你说这么多，跟我有什么关系吗？"

"我觉得它们也挺不容易的……谁都有自己的难处，它们一样也是掌控不了自己的命运嘛……"他故意避开我的目光，一脸悲戚地继续说着。

我听着，看着，脑子里立刻划起魂来：他不是在向我暗示他自己吧？……自打他知道了自己战争孤儿的身世以后，他就开始变得从不杀生啦，哪怕是一个蜘蛛，一只苍蝇，他也要打开窗子，给它们放生！

多少次我不解地追问过他，他只是头也不抬淡淡地回我一句："它也是一条生命啊！"

"可是这令人恶心的虫子，可把花给害惨了，这个你又怎么解释？……"

"那倒是，其实你仔细想想，不管是黑暗也好，光明也罢，它们从来都没有抱怨过自己的命苦是不是？更不会轻易地放弃自己的生命，而是为了生存下去，在拼命地觅食呢……"他应付着我说完，话题一转，又替那些害虫说上了。

我一扭头，不想再理他，把他和他的奇谈怪论，扔在了一边。

先生献殷勤地端来一个闲置的瓷花盆，小心翼翼地往里面拨着刚刚被我倒出来的湿土和土中的虫子们。

"其实，这些恶心你的虫子也有它们极为精彩的地方呢！"

我不解地用眼睛打量着他，心想：不要轻易地上了他的当啊！今天我倒要看看他还有什么新的花招？想蒙骗我也没有那么容易。

"在闷热难耐的夏天，最卖力的音乐就是蝉鸣了。你仔细想想，我说的是不是真的？别看蝉的体积这么小，它却有让人敬佩的地方呢！整个夏天，它们也是拼了命了……"

那一刻，我欣慰于先生的三寸不烂之舌，也明白了他一遍遍的暗示。

我不由从蝉生联想到了先生的一生，想起他自幼失去亲人的经历，我便无语了。不想再刁难他了，随他所愿吧。

蝉的一生即漫长又短暂。蝉在地下生活是漫长的苦难的……其实人生也一样的不易，在战乱中失去亲人的孩子们的一生也如蝉生啊。

人从出生到去世，屈指算来，在红尘中生活仅仅三万多天。其间不但要经历四季，经历成长，经历奋斗和苦难，还要经历疾病，有的甚至还要经历战争，战争的裹挟，往往也会让无辜的人变成坏人，变成失去了一切的可怜人，甚至有的还会变成十恶不赦的罪犯……

在自然界是这样，在人间也是如此，或多或少地存在着让生命充满了变数，充满了连我们自己都无法掌控的局面……

蝉的一生给我们人类的启示是：不管是黑暗也好，光明也罢，这些都不是它自己所能掌控，所能扭转的。它只能在黑暗里，寻找能让它维持下去的养分，即便抱怨自己命苦那也是徒劳的。

不抱怨命运，不向命运投降，这才是我们应该做到的。甚至连眼前这些让我觉得恶心的虫子，它们虽是害虫，想想这些，它们也确实有它们精彩的一面呢。蝉的一生是如此，人的一生更是这样的。

想到这里，我的气也渐渐地消下来了，最终也就释然地退了一步，给了那些形象丑陋的白胖大虫子，一个能够生存下去的旧花盆做窝窝吧……

一周之后，换了新房的燕子掌的叶子上，渐渐地有了鲜绿色的光泽，两周之后，燕子掌好像是已经站稳了脚跟一样，显得硬邦挺拔起来。一个月之后，生命旺盛的燕子掌，从它的腰部又悄悄地生出了很多新绿色的杈杈来，这说明生命旺盛的它已经完全康复了。我试探着用手轻轻地摇摇它，它还像从前那样，故意炫耀着把腰板挺了挺给我看。

　　我的心也终于由愤怒渐渐地变得平和下来，变得开朗和欣慰起来。同时，我也在悄悄地期盼着另一个盆中，那些新的生命，能够早日从黑湿的泥土里爬出来，期盼着它们展开翅膀飞起来，在燥热的夏天齐声唱起来：向人们诉说它们生命短暂而又精彩的演变过程！

载于《香港文学》2020 年 5 月总第 425 期，
后被《台港文学选刊》转载

桂花之下

[日本] 弥　生

我想在院子里种一棵桂花树，她说。

异国他乡，从身无分文地来国外求学，到在东京有个小院子想种桂花树，一句话简单，但其中所含生命的辛苦和岁月沧桑，过来的人才会知道。

她是广西桂林人，个子小小的，一笑起来鼻子上就挤出好些皱，在阳光下闪亮闪亮的。

"我们那里，满城都是桂花树，一到秋天，到处都是桂花香，那香啊……"她吸了吸鼻子，好像这里沿街的路边树，都是已经开了花的桂花树似的。

"原来桂林之所以叫桂林，是因为桂花树啊！"我说。其实，过去有看过《山海经》，书里奇奇怪怪的故事大都只是当故事看，至于其中的"桂林八树"，当时还以为桂林有八棵有名的树呢！

她耸了耸瘦削的肩膀，一笑，鼻子又开始皱起来，抹了一下，告诉我说："日本就只有这一种丹桂树，"她把手上的植物图片拿给我看，"只有开橘红色的花儿的这种，在我们那儿，有金桂银桂丹桂还有四季桂，白的黄的金黄的橘红的各种颜色的都有，秋天桂花开的时候满城香，香得人都像掉了魂似的……"

我想象着花魂游荡在桂林城里而城里人都魂魄全无的情景，我以前怎么就只知道"桂林山水甲天下"，而不知道"桂花香消城人魂"呢？

我一边想一边只顾着自己往前走，扭头看落在后面的若有所思的她才像掉了魂，八成她要在院子里种一棵桂花树，其实是想把那魂找回来。

来日本之前，我生活的北方城市还没有这种树木栽种，或是因为气候或水土的原因吧，那时从小学到高中都在"文革"当中，没有植物或者生物的课程，生活的范围又十分窄小，桂花树长什么样就真没见过。

更小的时候，居住在同一大院里前楼的一位伯伯从南方出差回来，来家里找父亲下象棋，带来过桂花糕似的点心，爸爸当时特别不好意思又特别高兴地接过来，然后很小心地递给妈妈，妈妈接过来，对下棋的爸爸的眼神就温和了起来……而我，眼巴巴地望着被妈妈特意放在高高的柜子上的小糕点盒，以为晚上总可以分到一小块儿的时候，小糕点盒却又不见了踪影。

那时候，不见了就是不见了，连"为什么"都不能问，那时，作为小孩子，很多很多大人的事我都不知道，一心就盼着自己快点儿长成大人，至少大人可以知道那一盒来自南方的桂花糕的去向。

长大以后的很长一段时间，生活里完全没有糕点，那盒不曾吃到的桂花糕，成了一个情结一个符号一个记忆，珍藏在我儿时的心里了。

日本的桂花树另外有一个名字，叫"金木犀"，我最初见到这种树的时候还不认识它，只觉得这小花儿有一天突然就开了，橙红色的米粒般大小毫不起眼，只是香味浓郁，闻起来令人心旷神怡，它的花期在 9 月下旬至 10 月上旬。

那时孩子们还在中野区的一个叫作"打越保育园"里日托，我每天一大早领着一个背着一个把她们送到园里，再转身奔向车站挤上电车赶到上课的学校，完全顾不上身边的风景。保育园旁边的那一排原本安静无奇的墙边树，突然就香了起来，把那附近的一大片空气都浸染得芬芳无比。

园长把剩在园里最后的两个孩子，一大一小正在帮助老师拉窗帘擦地板的两个女儿叫过来，然后一手一个地交给我，说你们慢慢回，这一路上"金木犀"开的正浓郁呢！

哦，那些开着橘红色的小花的树原来叫"金木犀"啊！

东京的风景里有樱花梅花藤花紫阳花，这回有了金木犀了，而且就那么近开在女儿保育园的墙外面，那么一大排，那么芳香沁人，让我紧张的心情一下子松弛下来，我认识了这种叫金木犀的树。

但金木犀就是金木犀，在没有遇到来自桂林的她之前，我完全没有把它与桂花画等号。那时没有手机没有互联网，如果想要知道此树是不是彼树，得去离家好远的中央图书馆找植物图鉴，然后再查日中词典才有可能，而那时，也真没有除了上班和看娃以外的精力和时间。

"金木犀"就是桂花树，她说这话的时候，樱花正在无拘无束地绽放，长长的粉白色的花枝舒展到仙川河的岸边，岸上是一大片林荫和绿茵茵的草地。因为今年的新型冠状病毒疫情，从 3 月起政府就倡导大家在宅工作居家自肃，此刻也没有什么人聚集在一起"花见"，无人欣赏，樱花也自顾自地开放。一阵细风吹过，几片粉白的花瓣飘落下来，落在她已有白发的头上，那丝丝闪亮透过花隙间的阳光晃出来，我感觉到了细微的忧伤，说话间，我们就都老了。

认识小周，其实已经很久了，那时我们在同一所日语学校，只是比她早来了两年的我，已经渡过了最初的艰难，一边在大学院读研究生一边在日语学校兼职，而她刚来，还在读语言。

她个子小小的，很安静，其他同学在教室或者走廊里说笑的时候，她只是静静地看着，有些成熟的样子。

有一段时间，我周末在日中友好中文教室里教课，班里的一位日本中年主妇，问我学好中文的诀窍，我想都没想，就告诉她："与中国人亲密交往啊！"那时，中国已经打开国门，自费出国的留学生逐渐增多，不过普通的日本人还很难在街上遇到。

再次周末的中文课，已是临近暑假的最后一节，主办方让我在教室里上一次文化实践课，我想了半天，决定包水饺。之前，我统计过参加学习的这些学中文的中老年人要吃的饺子个数，他们按照日本的拉面馆的一份煎饺的数量说是五六个，我不知道那是出于客气还是出于习惯，我笑笑，想着肯定不够，即便不像我一口气可以吃二十个……我按超过每人十二个准备，结果也是当然不够，连他们自己都不停地说，中国水饺太好吃了，没想到跟拉面店里的煎饺味道完全不同，更没想到自己会吃十二个。

我一人和面、一人擀皮、一人调馅，累得要死，但听到这些话开心了许多，我做菜并不擅长，唯一从小被母亲家传的包饺子和擀面条，看来倒是不用自卑的了。

收拾锅碗的时候，那个叫岛田的主妇来找我，说她想亲密交往一个中国朋友，最好是女留学生，她的丈夫已经不在，她有一个房间可以给她住。她跟留学生学中文，留学生可以跟她学日文，还说自己喜欢插花和茶道，留学生去她家住的话也可以体验日本文化和习俗。

改日我在日语学校的二年级的班里讲了这件事，说愿意去体验日本家庭文化的女生可以跟我说，那天下课后小周就来了，说她愿意去。

把小周介绍给岛田的时候，岛田很高兴，她看着安静又有些不安的小周，脸上出现了上中文课时的认真，退后两步对小周鞠了一躬，正式地说，"初次见面！"小周也慌忙地一边鞠躬还礼一边说："拜托您了！"看来相互都挺对眼的，我也放下了提着的心，岛田对小周说："你明天就可以搬到我家住。"

之后不久，我离开了日语学校，离开了周末的中文教室，离开了东京，离开了日本……而小周在日语学校毕业后，考进大学读研究生，大家天各一方，断了联系。

卖树木和花草植物的店家在两个车站的中间，那是店主的祖辈留下来的一片林地，与过去只卖长在自家林子里的树木的祖辈不同，现在的店主会从各种渠道汇集各种比较有人气的树木先养在地里，客人来后好能任意挑选。

我们边走边聊，她问我："你没有见到桂林的桂花树吗？"

我二十年前去桂林的时候是春天，一心惦记着鼎鼎有名的漓江山水，脑子里完全没有桂花树的记忆。

"春天的桂树不起眼，跟普通的阔叶树很难分辨，没开花的桂树或许实在无法引人注意。"她说。

店家的林地里，曲径幽深，花红柳绿，在林地的一角，店主领我们看到了"金木犀"。

桂花是常绿乔木或灌木，高三到五米，最高可达十八米，树皮灰褐色。小枝黄褐色，叶片革质，长椭圆形。不开花的时候，你即使站在它面前，如果不注意，也完全认不出，不是懂植物的人的话，会跟我一样，不在花季不识君呀！

想起小时候唱过的毛主席诗词里有"吴刚捧起桂花酒"的句子，估计中国最古老的桂树就是长在月宫里的那株了，不知道那个被罚到月宫里砍伐月桂的吴刚现在还是不是继续着这样的苦差？

吴刚的故事最早见于《山海经·海内经》，但故事并不完整，也没有涉及伐桂一事。但在民间流传过程中被增补完善，形成了现今流传的"吴刚伐桂"的版本。故事说：吴刚又叫吴权，是西河人。据战国时期魏国史书《竹书纪年》记载：夏朝第六个国王胤甲（别名孔甲）即位，建都于西河。《竹书纪年》中引孙之录说："西河，是周文王之子周武王封其弟康叔为始祖的卫国之地，此村地处古黄河西岸。"据传西河村名的由来，就是由于黄河未改道东移之前，此村位处古黄河西岸，俗称西码头，后演变为西河。

炎帝之孙伯陵，趁吴刚离家三年学仙道，和吴刚的妻子私通，还生下了三个孩子，吴刚一怒之下找到伯陵对他施以恶毒的报复，使伯陵"雉经"（头颅倒悬，因拖地而行碎裂），死状极惨。炎帝得知之后大怒，将吴刚置于月宫中，命他砍伐不死之树——月桂：若桂树伐倒不再复苏，吴刚始得返回人间。桂树因长于月宫之中而称月桂，高达五百丈，即伐即合，伐倒又长，吴刚便只能一直待在月宫里了。

这是我从小到大听的神话故事，可很多年之后，女儿让我给小朋友讲中秋节的故事，并递给我一本中国台湾出版的 3D 的儿童绘本，里面有一段"吴刚伐桂"的故事是这样讲的：

> 很久以前，有个叫咸宁的地方发生瘟疫，那里有一个勇敢的小伙子名叫吴刚，他得知月宫中的桂花树可以治疗瘟疫，于是经历了千辛万苦，在八月十五的晚上，爬上天梯登上了月宫，摘走了很多桂花。玉帝知道了，十分震怒，于是派天兵天将把吴刚抓来，惩罚他在月宫中砍伐桂树，只要桂树能够被砍倒，吴刚就可以回家。但是玉帝对桂树

施了法术，无论吴刚怎么砍，树都会复原。吴刚思乡心切却回不了家，于是他在每年的中秋之夜都折一枝桂花放到人间的山上，很多年之后，山上长满了桂花树，每到中秋，桂花满开，芳香浓郁，人们用桂花泡茶，泡酒，做桂花点心和糖果，咸宁此后再也没有了灾难。

哦，咸宁，吴刚竟然不是西河人？我愣了一下，赶紧上网查"百度"，可看了一圈，找到了古代的西河村位于河南省安阳市汤阴县城东菜园镇南，西河村是那里最古老的村庄，其村名使用已有两千四百余年历史，可好像不关吴刚的什么事。又查其他的词条，说唐宋文献上说吴刚是西河人，又说西河是现在的山西汾阳一带，且有《水经注》转录了三国时期王肃的《丧服要记》中的一段话："桂树者，起于介子推。子推，晋之人也。"而且在 2007 年 10 月 23 日的《山西日报》上还有图和文字说，吴刚的神话传说起源于山西。总之，有关吴刚的"乡籍"，看来看去越来越糊涂了……

但为什么台湾出版的这个绘本上说吴刚是咸宁人呢？

咸宁，是位于湖北省东南部、长江中游南岸的一座城市，是湖北的南大门，也是武汉城市圈和长江中游城市群里的重要地方，那里气候温和，四季分明，别名又叫"桂花城"，有关咸宁的介绍这样说。

"咸宁"一词，最早出现在周朝的典籍中。《周易》中说："乾道变化，各正性命，保合太和，乃利贞。首出庶物，万国咸宁。"《尚书·大禹谟》中也说："野无遗贤，万邦咸宁。"意即普天之下全都安宁。

想来，吴刚原是神话中的人物，纠结他的"乡籍"不过是我笨，有桂花树的地方或许才比较重要，别称是桂花城的只有咸宁，两千三百多年前，诗人屈原途经咸宁时亦写下过"奠桂酒兮椒浆""沛吾乘兮桂舟"的诗句，而且，还有什么比"普天之下全都安宁"这句话更让人感到美好和向往呢！

日本的金木犀是江户时代从中国传来，"木犀"的由来，据说是因为桂树的树皮与犀牛的腿很像，又因为丹桂橙黄色的花儿黄金一般，就有了"金木犀"的名称……这些属于植物知识的部分，在我也是后知后觉。

小周的爷爷家在桂林是名门，爷爷极爱欣赏和收藏名人字画，那时徐悲鸿还年轻，看到这位周大人的藏品，也锲而不舍地画了他最拿手的奔马请求他收藏……那些珍品连同周家的宅院，新中国成立后都已经被"充公"或散失，但有幅徐悲鸿的骏马，至今挂在桂林的博物馆里。小周说："算唯一的万幸了。"

小周遇到他的时候，是在东京—广州然后转机去桂林的飞机上，在穿过商务舱过道的时候，小周的登机牌掉在了他的脚下，他帮她捡了起来，"谢谢！"小周说。他也用中文说："不客气！"英俊的一张脸庞，西装革履却不拘谨，一看就知道是那种教养良好的日本年轻人。

在桂林机场等行李的时候，又遇到了他，交谈中，知道他是富士通公司的商务代表，正在广西进行业务考察，九十年代中期的中国，对外招商引资进行的热火朝天，连桂林这样的小城市，也不例外了。

他第一次来桂林，小周自然而然地义务做了一回导游，刚好是秋天，桂花的芳香围绕着善感年岁的他们，"或许有些情愫就被桂花催开了……"时隔多年，小周说。

后来，他们结婚又离婚，"两种文化的交融，是不那么容易的，不在其中体会不到……"

哦，文化。

很多的夫妻是因为人的情感产生离合，很多的故事是因为文化变化了走向，有时，没有对与错。

有些事，不是努力就好的，我知道。还有，不愿意敷衍或妥协或欺骗的那种性格上的诚实，因为文化不同，也并不能让对方都能理解。

桂花树只有在开花的季节，才有可能被大多数人认出，桂花没有果，只有花，开过，香过，被认识过，之后漫长的日子里，或都是不被知不被问不被看重的。

小周之后自己一个人带着当时年仅两岁的女儿走到今天，年幼的女儿一直非常不理解妈妈那时候为什么总是忙碌，不理解自己为什么不像其他小朋友，能在周末和节假日去动物园或者迪士尼乐园，不理解妈妈为什么让自己寒暑假总住在桂林的外公家……"女儿那时的寂寞和对母爱的需要，我没有闲暇去好好理解。"小周说，声音里透着无奈和凄凉。九十年代一个单身的年轻母亲生活在外国，要靠打工养育女儿的那些艰难，或许只有自己亲身经历才能体会吧！

买来的桂花树种在了小周家的小院里，小院里已经有了冬天开花的梅、春天开花的樱、夏天的紫阳花，现在添上了桂花树，这个院子的四季终于圆满了。

这么多年，家乡的桂花树一直在梦里的，这回，梦走出了幻想，落在了异乡的小院，而此时，或许也是她不再把异乡做他乡的纪念日。

金桂的花语是"谦虚"和"真实"，眼下的真实，其实就是我们头上的白发和日渐增长的年岁吧……

2020年的冬天、春天和夏天，因为新冠肺炎的疫情不同以往，但无论如何生活也在继续着，我期待这棵栽在小周院子里的金桂能够在这个秋天开出美丽芬芳的花朵。尽管它换成了"金木犀"的名字，但本质上它依旧是中国的桂花树，至于籍贯，是西河或者咸宁也没那么重要，认识的还终归会认识的，如同你我，如同这个时代。

载于《香港文学》2020年11月总第431期

三月危城

[美国]南　希[*]

谁也没想到，2020年春天，人类会不小心打开一本恐怖故事书。

我记得英国作家马因·里德的小说《无头骑士》里，有一个恐怖的画面，半夜时分，在美国南部得克萨斯大草原上，常常出现一个无头骑士，骑着马到处游逛。

1918年曾经发生过一场几乎灭绝人类的大流行病，一百年后它变成一只无头巨兽，满血而归，卷土重来——它就是新冠病毒。

平静的三月

三月初的一天，我跟部门经理、意大利人米希尔谈工作。她一边敲着电脑，一边跟我聊工作和生活，一边不失时机抓起桌上的苹果，啃一口，放下，对我说："刚才说的技术问题，你觉得应该怎么处理？"

---

* 现居纽约，1978年发表处女作，著有长篇小说、短篇小说、散文、诗歌、评论等多种作品。出版长篇小说《娥眉月》和《足尖旋转》。曾获多种文学奖，如小说《邂逅》获"华美族移民文学奖"小说金奖，小说《多汁的眼睛》获美国汉新文学奖金奖，散文《天禽如人》获美国汉新文学奖金奖等。

突然，她打了一个喷嚏，我跳起来，退到门口，对她说："你最好不是 COVID-19！"

我做出夸张姿态，因为我曾跟她和老板提出在家办公好几天了，但老板不予考虑。

"你别紧张，我只是过敏，你知道，我每年都被这个过敏搞得乱七八糟的！啊！别紧张，COVID-19 离我们远着哪！"

我再一次强调："我是认真的，我的家人正在中国居家抗疫，这绝不能儿戏，万一封城，我们公司必须考虑一套居家办公的方案。"

"哈哈，封城？笑话，不会封城的；咱们老板是犹太人，犹太人！就是封城，他不会关门让我们在家办公的。"

美国人对待口罩的态度很奇怪。我中午时间下楼买午餐，顺便想去看看曼哈顿的街头怎么样。我戴着口罩走进电梯间，第一个碰到我的，是一个高个子白人，他迈进电梯间瞥见我，吓了一跳，为掩饰自己的慌张，他展开了一系列"友好"盘问："你从哪儿来？你去什么地方旅行过？你有什么不舒服没有？戴着口罩是不是很难受？"其间又有一群人拥进电梯间，其中有一个小个子白人，他看到我像见到鬼一样，一步跳出了电梯间，站在那里惊魂未定地回头看着我，在过道里等下一个电梯。事后我才知道，他们的概念里，只有病人才戴口罩。

此时曼哈顿街头行人稀少，旅游者踪迹全无。很多商店、餐馆已关门，只有少数的快餐店还开着，但是里面食客寥寥无几。一家新开张的面包店已关门，椅子成堆地整齐地码在桌子上。路过一家理发店，平常都是围着一堆客人，现在只有一个人在理发。人们都躲在家里，只有一个叫病毒的幽灵在空气中游荡……

意外的电话

2020 年 3 月 20 日早上，我正要去上班，突然接到了一个电话，公司通知：我和一些员工被解雇了，包括部门经理米希尔，她刚离婚，还有一个八岁的女儿和一个老妈在家。当时政府还没有宣布任何对企业的补助，老板把可预见的经济损失先转嫁到我们这些职工身上了。

接到这个电话，我并不吃惊。我当时下意识的反应，是为可能出现的"封城"做准备，于是我马上出门采购。不能去中国人办的大超市了，因为人多，我决定去附近几家美国人、韩国人开的小店扫货。我全副武装出门，戴着双层口罩，帽子加防护手套。在店里，我遇见一个小个子韩国女人，她以滑冰速度潜行，手脚机敏，手到货到，像猴子摘桃子般灵敏，大约想速战速决。我俩在窄小的货架间狭路相逢，我进一步，她进一步，我退一步，她也向后跳开一步，因为怕离我太近。于是，我俩的动作又像跳街舞，又像打太极，你进我退，你拿我等，我走你追……以前完全无防护的店员，现在不少已经戴上了口罩，收银员前面也新加装了一道透明的防护隔板。

一场始料不及的世纪性灾难在威胁纽约，可怕的新闻轮番滚动让人迷茫失措。在这天的电视新闻，我看到了美国 NBC《今日秀》著名主持人霍达·科特，身穿一件蓝色毛衣，右侧胸前佩戴一个金色胸针，正在播放新冠疫情相关的新闻。面对镜头她突然当场失控，忍不住流泪痛哭失声，以致无法继续录制节目。

当夜，我辗转难眠，直到天明，顺着卧室的窗户看去，黎明的曙光从楼群后面升起。邻居家房顶上结着薄薄的霜，看上去冷冰冰的。

孤独的死亡

电视、电脑、网络上成天播放着新闻。

这是一位 ICU 医生的自述：

死于冠状病毒是一个孤独的死亡。我的患者就像被单独禁闭。有一次，我在病房外停下来，向里望了一下。上年纪的女病患躺在床上，脖子上的导管拴在呼吸机上。她的丈夫坐在床边的小塑料椅子上，手放在腿上。我犹豫了一下，然后推门走进去。我通知他，医院因空间拥挤改变了规则。所有的访客必须离开病房，你现在需要向她道别。你不能再来看她了。

我看到他的脸变了。我的女病人顿时呼吸加快，呼吸机警报响了。她的丈夫迅速将手移到她的肩膀上，这时她的呼吸才缓慢下来。警报消失了——他知道如何使她平静。因为他也是冠状病毒的病人，他曾经历过所有这一切——囊性纤维化、住院、手术、排斥反应。当我们用呼吸机时，女病人发声困难，只能由她丈夫为她说话。我真不知道这位老人离开病房后，他的妻子如何平静。

我的另一位已经插管的男病人，独自一人在自己的房间里，与女儿一起在视频通话软件 FaceTime 上。这将是她看到的父亲的最后一张影像——在摇摇晃晃的电脑屏幕上，他的病号服上已沾满了鲜血……

一位纽约重症病房的华人医生说，她最难面对的一件事，是病人在急救切口插管的最后关头，都想见一见家人，最后道一声"再见"。他们只能在平板电脑上，对另一个空间的家人说话，她印象最深的是，一位老人，他对太太说，"我是一个幸福的人，因为我娶了你！再见亲爱的！"这是他们的最后一句话。

医护人员是当前战争的唯一一支"军队"——但他们缺乏口罩和防护物资，只能自己想办法。护士们穿上了用黑色垃圾袋做的临时防护服，没有头罩和其他防护就匆忙上阵了。即使有一些医生得到防护服，他们一边救人，一边担心着自己和家人的安全。我看到一个新闻视频，看见穿着蓝色工作服的爸爸回家了，小儿子张开胳膊像展开一双翅膀的小鸟，跑来拥抱爸爸。

爸爸无意中举起手，对他大喝一声，不！

小孩吓得止步，缩到门厅的一角，屋里鸦雀无声，爸爸无力地跪下，把本能伸出拥抱儿子的手收回来，用手抱着头，无声地哭泣。

疲累的春天

一天，天气很好，我冒险出门散步。我兴致勃勃地贪婪地呼吸着新鲜空气，那些迎春花、樱花和玉兰花早已勃然绽放。今日花正好，昨日花已老。当我看到它们时，我看到的是一个疲累的春天。

我们的地球怎么了？为什么几年就来一次大流行病？一个英国孩子问妈妈说，地球是不是累了？

是的，地球累了，人类病了，一切都停下了。我们被隔离了。动物、植物也遭殃了。据报道，被隔离的世界各国，野生动物开始"入侵"城市！马德里埃尔雷蒂罗公园的孔雀，开始上街游走；而在巴塞罗那，上演着"野猪进城记"；在西班牙的阿尔巴塞特，山羊在古镇里散步；在日本的奈良，小鹿跑出公园觅食。

上千只狐狸在伦敦各区奔走，甚至大摇大摆地出现在取款机前，夹在排队的人流里；在美国旧金山大街上还出现了土狼；在泰国华富里府景点三峰塔，因为没有了游客的喂食，饥肠辘辘的猴子跑上了大街觅食。

我对着花朵和树木喃喃自语，一棵树一枝花都不放过，好像跟它们道别。我想起一个患失忆症母亲在火车上，向窗外一闪而过的河流、街道、树木和站牌子，叫出它们的名字，包括广告牌，她女儿说，母亲知道自己得了失忆症，她大声念是为了记住它们的名字。

城市变成一片寂寥后，将出现人们从未见过的一派景象。我想记住今天的花朵，默念着它们的名字。我羡慕它们可以昂首站到明天，而我，只能把今天的美景，点缀在明天窗口——把一个疲累的春天，遥挂于窗外，与我隔窗相望。

黑云压城

每天目睹眼泪和惊人的死亡数据，使我失眠的毛病越来越严重。每天吃安眠药才能入睡的我，剂量从 1.5 加到 5，有时一夜要吃几次安眠药。我在半梦半醒之间，梦到一个电影里的场面——神秘外星生物用一个巨大吸管伸进人群，去挑选那些老弱病残的人作为晚餐。这个场面太残忍了，很像现在新冠病毒专门袭击老弱病残。这个电影叫《明日边缘》，由汤姆·克鲁斯主演。

电影里少校比尔·凯奇首次出战就惨烈牺牲，但他却由于某种不明原因重获新生，在一次一次的生死循环中，比尔越来越明了制敌方法，最终走向胜利。我印象最深刻的是，他被外星生物一遍又一遍地杀死，又一遍又一遍地活过来，就是为了找到杀死神秘外星生物的制胜武器。我想，这个制胜武器，就是疫苗啊！

为了身体和平复情绪，我开始在家里做瑜伽。当初我选择瑜伽，是出于一种奇怪的忧患意识。万一我被关在一个狭小的空间，我怎么办？如何保持乐观保持体力？由于这种想法，我选择非娱乐性、非集体性的健身活动，而专注于可在狭小空间、不需要设备的个人健身项目，比如说瑜伽。我为可能出现的困境做准备。没想到这一天到来了。更没想到的是，我还要忍受物资的短缺和那些坏消息的轰炸。

我无法集中精力阅读已打开的书。我着魔似的看着新闻，同一篇文章反复读好几遍，但不理解我看到了什么。我丧失了语言和感知的能力。就好像被人迎面一记重拳，打得我面部麻木，六神无主。

我关掉了电视，我不再看新闻，不再看感染和死亡人数，不要让它每天轰炸。天黑了，我也要睡了。可是夜里，我又一次从噩梦中惊醒，赶快找一张小纸头，用一首小诗记下我的梦——《无头怪兽》：

你像一只无头怪兽，在曼哈顿的大街上溜达，

安静地等待，伺机捕抓猎物，

你柔软的爪子蜷着，藏着尖利的指甲，

它落地无声；我们连连后退，慌不择路，

拖着疲惫的脚步，地上有死去亲人的血迹。

像一百年前那只流行病毒兽的孙子，

你满血回归，

龇着獠牙。

我们手无寸铁，

没有工具，

　　弹夹空了，

　　一群白鸽从曼哈顿广场腾空飞起，

　　你把病毒喷向它们。

　　纽约街道，空无一人，

　　只凭一个空旷的信号，你集合起狮子大灰狼和野猫的队伍，

　　迅速占领了城市。

　　从没有人烟的曼哈顿出发，

　　你们呼朋唤友，

　　边走边晃动着尾巴，

　　向天空亮出獠牙，

　　发出"嗤嗤"的声音……

写完，天已渐明，窗外日光熹微，春意渐浓。一切似真似幻。

巨变的十天

2020 年 3 月 30 日，全美失业大军将近一千万人了！

2008 年经济大衰退的情景又重现了！仅十天，我被这个飓风卷到谷底。再也没有比现在更黑暗的时刻了。

这一天全美确诊总数 163676 人，新增确诊 20972 人。死亡总数 3146 人，新增死亡 502（是迄今单日死亡最多的一天）。

仅仅十天，从 3 月 20 日到 3 月 30 日，全美确诊总数从 18853 人，上升至 163676 人；死亡总数从 233 人上升至 3146 人。

细思极恐。我觉得不是死了 3146 人，而是一个人悲惨死去，重复了 3146 遍！就像电影《明日边缘》里悲惨镜头的重现。

主播有气无力的声音从电视上传来：接下来是美国最受考验的两个星期，尤其纽约、新泽西和加州的确诊人数和死亡人数将达到高峰。

终于，美国政府"正在考虑"要求民众戴口罩。CDC 主任终于承认无症状患者对疫情扩散的巨大影响，劝告大家要戴口罩。

一艘核航母舰有 100 多名美军士兵被感染，机长向美国海军求救隔离，避免死亡。

国防部正在奉命生产 10 万尸体袋。

三月初时日子是平静的，直到那天我被解雇，我还来不及忧愁。其后第一天至第十天，忧愁一天一天地加厚，一天又一天地积累，忧愁以越来越大的面积、体积和重量向我们压下来。

仅仅十天，纽约在哭泣！当年的"9·11"，震惊世界。曼哈顿下城部分地区，曾因此封锁数月之久。尽管所有人都倍感伤痛，但其他地区依旧正常运转。可眼下这场疫情，正将整座城市拖入瘫痪。

随着冠状病毒疫情的进一步恶化，纽约很多商家都已果断关门，而且用厚厚的木质夹板墙严严实实封住整个大门以及玻璃，以抵御可能到来的全城暴动。这源于市区警方本周的一则"声明"：五分之一左右的警察难以到岗。病毒摧毁了纽约市警察局。警方甚至都得不到像样的装备。终于出现了病故的警官！皮埃尔·莫伊斯中尉等警官死于冠状病毒。纽约警员死于疫情的人数增至 10 人，纽约警察局局长特伦斯·莫纳汉向白宫发出了一封绝望的电子邮件，请求白宫主人批准提供更多的防护装备给他的警官们。否则他们将没有办法维持这个城市的正常秩序。

一位护士近乎崩溃地哭着对朋友说，她从来没有见过这样的景象：人的尸体被装进腥黄色的触目惊心的尸体袋中，草草地扔进冷藏车，上面只是贴一张白纸，填写着死者的姓名，没有亲人相送。从昨天夜里到今天白天，尸体一卡车一卡车地往外拉。

一位医生朋友说，实际感染人数远大于公布的人数，我们要做好最终被感染的准备，"只是老天保佑，不要变成那20%"。

我在夜色中独自悲伤……

仅仅十天，我们被从现实世界打到它的反面——荒诞世界。

在这个荒诞世界里，纽约变成了荒城——为了居家隔离，我自己好像变成了一只老鼠，从漏水孔钻进暗无天日的地下水道。忧愁变成下水道那刻着字的金属盖子压着我们。

在这个荒诞世界里，纽约变成了愁城——失业者、等候救济的人、停薪留职的人，算计着粮食罐子上的刻度，计算着小孩儿的尿布、奶粉、冰箱里的蔬菜够不够……万家灯火的孤独，忧愁变成了忧伤。

在这个荒诞世界里，纽约变成了死城——在黑洞里，我们的视觉退化了，除了电视就是手机，我们的眼睛成天盯在疫情上；我们的听觉变得灵敏了，刺耳的救护车警铃整日响彻街头；我们的嗅觉萎缩了，忘记了风的味道和花草的熏香。外面的华丽世界恍如隔世，宏伟的依然耸立，闪耀的依然绚烂。春天的花蕊依然在孤独中，不顾一切地勃然怒放。

在这个荒诞世界里，纽约变成一座空城——婚礼没有公开的仪式，临终没有神父的祷告。寂静荒凉的曼哈顿上空，阴云密布；曾经热闹的时代广场，空空荡荡，悲怆而清冷。曾经人头攒动的 Soho 步行街，变得死气沉沉。挨家挨户的木板壁垒，用木板封住的橱窗，使这个曾经的不夜城，变成了一个战区。

在这个荒诞世界里，纽约变成一座鬼城——城市像一头怪兽，当它突然中止喧嚣，陷入无声沉寂，反而让人毛骨悚然。狮子、豺狼和野猫们正在黑暗中奔跑集结，占领城市……

三月狼烟，四月黑洞。

纽约这个美国最繁华的大都市，正挣扎在生存和死亡的边缘，上演着惨烈的世纪性灾难。现在它已变成了一座荒城，狼烟滚滚，浓雾深锁。今夜又要有上百个无辜的冤魂在大街上游荡。在一片海水背景下，忧伤变成纽约上空凝聚着的惨淡阴霾，飘向大西洋……

它向世界示警：

双子塔着火了！

载于《文综》2020 年夏季刊

墨城春天，花香伴我入眠

[澳大利亚] 倪立秋 *

从新加坡再度移民到墨尔本之前，我在狮城的一位印度裔同事曾经以戏谑的口吻这样告诉我："In Melbourne, there are four seasons in one day.（墨尔本一天有四季。）"她来澳洲留过学，在墨尔本生活过好几年，对这里的天气深有体会。而我那时只是刚刚办好了移民澳洲的手续，尚未正式在墨尔本长时间生活，还没有多少关于墨尔本气候的亲身体验，但内心明白她在调侃之余所流露出的善意，于是在"呵呵"一笑之后仍然真诚地向她表示感谢。

来墨尔本生活了一段时间之后，我觉得那位远在狮城的印度裔同事所言不虚，尤其在入夏之后，"墨尔本一天有四季"这个说法时不时地得到印证。进入夏令时后的墨尔本，昼夜温差有时相差几十度，真有点地理书上在描述新疆沙漠戈壁的气候时所写的那样："早穿皮袍午穿纱，围着火炉吃西瓜。"不过在墨尔本，温度低时倒不至于要穿皮袍，因为城区常年看不到下雪，这里零度以下的日子并不多见，冬天要看雪得去附近的大山上，但穿棉衣或薄羽绒服却是有必要的。

在墨尔本生活久了，我发现其实这里虽然有四季，但不像中国大

---

* 文学博士，现居澳大利亚墨尔本。已出版专著《新移民小说研究》、散文集《神州内外东走西瞧》、高校教材《中文阅读与鉴赏》和《中文写作》、诗歌翻译《东西文化的交汇点》（When East Meets West），以及编著《微观天下》《雅拉河畔》等多部作品。

部分地区那样四季分明，感觉墨尔本的气候常常是从冬天直接过渡到夏天，或者是从夏天直接过渡到冬天，春天和秋天似乎往往被轻描淡写地一笔带过，好像只是意思意思就过去了，并无认真的态度。而冬天则似乎相对更长一点，所以这里的大部分家庭都没有安装空调，夏天热的那几天用电风扇扇几下就可以对付过去了，很多人认为空调的用处不大，没必要特意花钱去安这么个东西。

虽然墨尔本的春天不像中国的春天那么长或特征明显，但我却能及时敏感地察觉到它的来临，这并非因为我有什么异禀，而是因为我家前后院子周围的花香在提醒我：芳香美好的春天已然降临。

我家前院和后院都种了一些木本和草本的花卉，比如紫色的丁香、绿色和紫色的薰衣草、或蓝或白的非洲紫罗兰、或粉或白或红的玫瑰、大红的山茶、粉红的夹竹桃、金色的合欢、粉紫带白色的柠檬花等等，还有那些我叫不出名字的蓝色和紫色木本花卉。这些花各自在不同季节开放，而有些在春天开放的花除了漂亮之外，还芬芳四溢，香气迷人，沁人心脾。

春天来临时，我结束一天的工作傍晚下班回家，停好车后一脚踏入我家车道，常常会有一阵芳香迎面扑来。那香味清新馥郁，经过鼻腔直透肺腑，让我心醉，一天的疲劳似乎因此瞬间全消，我顿时觉得生活在这样的花香里真是一件幸福的事情。我知道这香味来自我家前院种的一种花，这种花我只知道它的英文名字叫 Golden Diosma 或 Coleonema，却一直找不到它的中文翻译。它还有一个雅号叫"Breath of Heaven（天堂的呼吸）"，这个名字真是太好了，如果天堂是这个味道，那天堂就真的很美好，值得向往。

我家左右隔壁两家邻居都是意大利裔澳洲人，两家的女主人和我一样，都喜欢茉莉花，只不过她们喜欢的茉莉花和我之前认识的茉莉花有所不同，我也只是在认识她们之后才知道茉莉花的品种竟然会如此之多。右边的那家种的是白色爬藤茉莉，他们家沿着栅栏种了长长的一排，因而介于我们两家之间二十余米长的木栅栏上开满了密密麻麻的白色茉莉花；而左边的这家种的则是一大蓬粉色的爬藤茉莉，这蓬茉莉从他们家那边的木栅栏爬上来，紧紧贴挂在我们家的木栅栏这边，它离我的卧室和厕所的窗户不远，长得非常茂密厚实，小小的粉色花朵如幼童粉嫩的小脸，清丽可人，惹人怜爱。这些小花层层叠叠，挨挨挤挤，开得很是密实热闹，花瓣虽小却能散发出浓郁的醉人香气，仿佛要尽可能使劲儿把自己的香味喷射出来，把自己最美的精华奉献给这个春天、这个世界。每天回家后走进卧室脱掉工作装换上家居服时，我总能闻到这蓬粉色小茉莉的浓浓花香，晚上则在睡前一边闻着阵阵花香，一边阅读书籍文献，或在花香的陪伴下与亲友在电话和微信中闲聊，倦了后再在这些茉莉花的氤氲浓香中渐渐入眠，沉入梦乡。

墨尔本的春天虽然不长，特征也不是十分明显，但墨尔本人庆祝春天来临的心情却一点也不受影响。每到春天，不少知名花园对外开放，欢迎公众前往游览花园观赏花卉，有些地方还以某一种花为主题举办花卉节，比如我就去弗莱明顿赛马场观赏过花色多样的玫瑰，去泰斯勒郁金香节参观过大规模的郁金香展览，另外还有阿罗温花园的紫藤萝拱廊和墨尔本大学的紫藤萝一条街，以及一些知名或不知名的花卉展。这些花卉节和展览每年都能吸引无数游人争相前往观赏名花异卉，那些植物园或者是皇家或私家花园，更是游人乐于前往的游览胜地。每到周末或假期，那些地方定会游人如织，来访者络绎不绝。而那些名花异卉仿佛也懂得主人和游客的心思，纷纷以自己的最佳状态示人，用热烈绽放的花朵把墨尔本的春天衬托得美美的，闻起来香香的，也把游人的心烘托得暖暖的，撩得他们蠢蠢欲动，纷纷走出家门去游春赏春，把自己融入墨尔本这个大花园中去。

记忆中弗莱明顿赛马场的玫瑰品种和花色异常繁多。我去的那天是墨尔本杯赛马节的正日子，天气很好，晴空万里，赛马场人山人海。前往观赛的俊男靓女们个个都盛装打扮，鱼贯而入，笑靥如花，喜气洋洋。不经意间，我脑子里似乎有些错乱，以为自己误入时装节或帽子节，好像不是来看赛马而是来看时装展或帽子展的。毕竟这是我平生第一次看到这么多的美女戴着花样百出、别出心裁的精美帽子前来观看赛马，内心里感到格外新鲜有趣，敏感地察觉到中西文化的巨大差异，并且深深地体会到这种差异之美，也由衷地欣赏这种差异之美。

正值盛春的赛马场里，各种玫瑰花此时也开得正旺，似乎不想让那些俊男靓女专美，而且还要跟他们争奇斗艳，一比高下。这些怒放的花朵更为赛马节的热闹气氛加持，使赛马场的节日气氛显得更加热烈，激动欣喜之情全都写在每个到场观众的笑脸上。那些玫瑰花也许是经过了多年的精心栽培，不光植株高，而且花朵硕大饱满，花瓣肥厚多层，可与牡丹媲美，尽显富贵之气。穿过用白色玫瑰花装点的长长拱廊，我来到了五彩缤纷的玫瑰花园。这是我第一次看到如此特别如此美丽如此规模的玫瑰园，真的觉得自己就像《红楼梦》中的刘姥姥进大观园，眼睛不够用，不停拍照的手也有点忙不过来，因为眼前的玫瑰花不光形态各异，而且颜色和品种繁多，有洁白、粉白、黄白、红白夹杂、大红、玫红、粉红、桃红、紫红、红黄夹杂，浅黄、粉黄、深黄、金黄、黄绿，以及浅紫、深紫等各种颜色。在进入这个玫瑰园之前，我从来不知道玫瑰花竟然会有这么多的颜色和品种，从未感受到玫瑰花竟然能显现出如此高贵妩媚的气质。弗莱明顿赛马场玫瑰园中如此众多美丽的玫瑰花真的让我眼花缭乱，叹为观止！

放眼望去，我发现其实整个赛马场就是一个巨大的玫瑰园，因为赛道四周全都被玫瑰花环绕，赛道入口两边布满了整齐美丽的玫瑰花阵。因为有了这些玫瑰花，整个马场都是香的！从马厩进入赛道的那条通道就是一条玫瑰花甬道，参赛选手们身着骑士服，头戴骑士帽，全副武装，英姿飒爽，光彩照人。他们骑在高大帅气的骏马上，依次经过这条玫瑰花甬道进入赛道，比赛结束后再经过这条甬道回到马厩，原本就高端大气有档次的骑士和骏马，在花团锦簇的甬道衬托下显得更加贵气逼人，美得令人窒息。那趟弗莱明顿赛马场之旅，我收获的不仅是欣赏赛马的亢奋与激动，俊男靓女的动感与时尚，还有满园玫瑰的婉约与芬芳、浪漫和遐想。这次马场之行虽然已经过去多年，那满园玫瑰却仍然让我记忆犹新，那花朵的芳香似乎还在我周身飘荡、氤氲不散。

赛马场玫瑰园的玫瑰花虽然花色品种繁多，花朵富贵美丽，在我所见过的玫瑰园中规模最大，品质也最好，但跟泰斯勒郁金香节的郁金香展相比，那它的规模可就是小巫见大巫了。如果说弗莱明顿赛马场的玫瑰花让我感受到了精致与贵气，那几年前的泰斯勒郁金香节之旅则让我体会到了置身于优雅的花海是一种什么感受。

这个郁金香节于每年的9月12日至10月11日在泰斯勒花卉农场举行，为期一个月。这个时间是身处南半球的墨尔本的初春时节，这个持续一个月的节日正好涵盖了为期两周的中小学学校假期，因此吸引了无数家长带着孩子举家前往参观，使得这段时间的花卉农场热闹非凡。我也是几年前趁着儿子学校放假，一家人周末开车去泰斯勒花卉农场，在初春时节去奔赴那场与郁金香花海的美丽约会与盛宴。

以前在上海和狮城都参观过郁金香展，曾深深为郁金香的美丽优雅与内敛含蓄所折服，但是那些展览的规模都不算大，可能与郁金香的培植过程和所需成本有关。我在墨尔本所参观的泰斯勒郁金香节，其郁金香花田占地五英亩，相当于三十余亩土地的规模。在如此大片的土地上，这家花卉农场种植了九十万株郁金香，一垄一垄的各色郁金香整齐排列，如彩虹一般往天边无限延伸，在一望无垠的土地上织就了一张巨大的缤纷花毯。那场面，那气势，带给我无限巨大的美的震撼和冲击。

我漫步在花垄之间的空地上，感觉自己徜徉在鲜花的海洋里。欣赏着周边一朵朵或含苞待放或已然盛开的郁金香，我内心的震撼和欣喜之情无以言表。主办方将花田里的郁金香按照颜色整齐排列，有时一垄大红伴以一垄金黄，有时两垄深紫与两垄浅黄相伴，或四垄亮白再与四垄粉红搭配；还有些花的花瓣不止一种颜色，有的红中带白，有的白中带紫，有的大红花瓣上镶着金边，有的花瓣两面的颜色不一样，外侧是深红，内侧是金黄。看着这些美丽绝伦、含蓄内敛的郁金香，我的内心时时充满惊喜，也时时冒出若干苦恼。惊喜的是，每走几步我都能看到不同颜色和品种的郁金香，苦恼的是一时间我会感到自己才尽词穷，无法找到合适的词语来描述这些花朵的美，难以准确表达内心里那些由郁金香所带来的美丽冲击和美好感受。

在展示五彩缤纷的各色郁金香花卉的同时，郁金香节的主办方还组织了其他活动来为这个节日助兴，吸引更多游人前往观赏，比如"土耳其周末""荷兰周末""爱尔兰周末""儿童周"等主题活动，再加上相应的各民族美食、葡萄酒、爵士乐、摇滚乐等饮食、文化、娱乐表演。这些活动增加了郁金香节的丰富性和趣味性，让游客们在饱览名花观赏异卉的同时，也有机会享用美食美酒，享受美好的音乐艺术，让他们有机会在视觉、听觉、嗅觉、触觉和味觉上全方位获得美的享受。

深入过弗莱明顿赛马场的玫瑰园，参观了泰斯勒花卉农场的郁金香，我意识到虽然墨尔本的春天似乎时间不长，春的特征也不是十分明显，但是只要稍加留意，春的气息其实无处不在。就像我家前后院子里和两边木栅栏上的各种花，虽然都不如郁金香那么名贵，但它们的外形和散发出的香气自有其独特之处，同样带给我美的享受。更让我感到温馨的是，我家院子里的那些花时时环绕在我的周围，它们不光赏心悦目，还能天天伴我入眠，助我进入美好的梦乡。生活中有花儿相伴，有花香助眠，吾知足矣！

2020 年 1 月 1 日写于墨尔本

载于香港《文综》2020 年 3 月

丝光榴红照眼明

[美国]蓬 丹 *

自幼即是多梦多思多感的性情,对芸芸大千、海海人生恒常充满憧憬与热爱。求学时代喜读文史地理,然而毕竟只是纸上谈兵,在一知半解、少不更事的观想中,许多层面都被美化升华,有一个典丽而又神秘的名字,尤其令我浮想联翩,那就是——丝路!青春少艾的年岁,天马行空的遐思,它幻化成一道流光溢彩的天路,以丝的细柔、锦的润泽、绸的婉约、缎的冶艳,蜿蜒贯串于我的心灵版图!

关于丝,小学课本即曾讲述上古黄帝的妻子嫘祖,养蚕缲丝、织造衣料的传说。数千年来,丝绸制作逐渐演变成一种艺术,而作为穿着,薄如蝉翼、柔若云霞的霓裳羽衣,不仅得到华夏仕女的青睐,曾几何时,国外的贵族名流亦以拥有正宗中国丝绸而自豪。这些原产于遥远古国的丝绸,如何漂流至迢迢千万里之外的异域他乡?

---

* 本名游蓬丹,祖籍福建宁德,台湾师范大学社教系毕业,后赴加拿大获商科学位。历任采购经理、英语教学主任、文艺刊物主编等职。1991年任北美洛杉矶华文作家协会创会会长,海外华文女作家协会永久会员,2017年起任北美华文作家协会网站主编至今。著有散文集《投影,在你的波心》《虹霓心愿》《流浪城》《花中岁月》《沿着爱走一段》《梦,已经启航》等,小说集《未加糖的咖啡》《每次当我想起他》,另有传记文学、报告文学、诗集等共十三部。曾获海外华文著述首奖、中国台湾优良作品奖、五四文艺奖章、世界海外华文散文奖、辛亥百年文艺创作奖等。

是的，就是经由丝路——因为丝路，外邦的华宫大殿中，才能辉闪着丝帛的幽光亮泽！ 关于丝路，中学历史课本告诉我们，那道通路是指西汉时期，汉武帝派遣张骞出使西域，联系各国共同抵御匈奴而开辟的，以国都长安，也就是今日的西安为起点，经甘肃、新疆，到中亚、西亚，并连接地中海各国。原先虽是为了军事目的，其后各国使者与商人沿用张骞开拓的路线，进行贸易交流。"丝绸之路"的美名，正由于这条路上主要贩运的是中国丝绸，后简称丝路。这项东方古国的特产先运往西域，再由当地商人转售到那时称为"大秦"的罗马帝国。

想象豪奢的罗马君王或贵族，在他们帘幕深垂、绮香缭绕的后宫，歌姬妖娆的嗓音，回旋在乐舞终宵的太平盛世；嫔妃曼妙的身影，在丝罗轻衫掩映下，幻起浮光铄金！ 史料记载，埃及艳后克利奥帕特拉也钟爱丝绸及其制品，曾穿着丝绸衣袍接见使节。

后妃佳丽们沉溺在绫罗丝缎的软玉温香中，但可能永远不会知晓，她们眼底荡漾的这一片华彩绝色，背负着多少丝路的血泪与风尘！

是的，后来我也才在较深入地阅读及探索中知晓，两千年前的丝路绝非浪漫华丽的代名词，它不是平坦顺畅的锦绣大道，反之，那是一条漫长而未知的幽冥险路！ 是忠肝义胆的张骞，放弃了乐府诗《西门行》中，形容为"昼短苦夜长，何不秉烛游……"的逸兴遄飞的帝都生活，毅然接受诏书衔命远赴西域，不畏艰难与随从堂邑父带领大汉使者，在天苍苍野茫茫的荒漠中一步一脚印开拓的！

《汉书》中明确记载："……骞为人强力，宽大信人，蛮夷爱之。堂邑父，胡人，善射，穷急，射禽兽给食。初，骞行时百余人，去十三岁，唯二人得还。……"这段史实描述了张骞性格坚强而有毅力，度量宽大，对人讲信用，堂邑父善于射箭，处境窘困时须猎捕禽兽生饮马尿来充饥。在大漠风沙中，在强敌环伺下，需要何等铁血意志才能完成使命？ 当初张骞出发时率领百余人，离家去国十三年后，只有他与随从堂邑父得以生还回乡。

"张骞通西域"是一个博大恢宏、影响深远的划时代里程碑，丰富了华夏民族的知识及眼界，促进了东西方物质及文化多层面的交流。除了丝绸，中国精美手工艺品如漆器、玉器、铜器等也传入西方，而西域土产如苜蓿、葡萄、胡桃、石榴、芝麻、大蒜、胡萝卜，各种毛织品、良马、骆驼、狮子、鸵鸟等陆续被引进神州大陆。音乐、舞蹈、绘画、雕塑、杂技也都有着交互的影响。经由丝路，中国与欧亚非诸国的贸易交流、思想碰撞、文化融合，将世界带入了新纪元。

虽至今尚无机缘，亲自踏临穿越大漠的这一条天路，但怀抱着对丝路花雨、京华盛世、大汉天威的认知与向往，我在二十世纪九十年代，一个春末夏初的五月天，参访了丝绸之路的起点——古都西安。

西安以悠长丰美的历史飨我以心灵的盛宴——阵势庞大的兵马俑，洋溢着浪漫风情的华清池，巍然伫立千余年的大雁塔，激扬怀古幽思的碑林，代表仰韶文化的半坡先民遗址，乃至于燃着灼灼红灯的夜市……

而最是让我惊艳不已的，是与"五月榴花红似火"的诗中情境不期而遇！

华清池楼台园榭中植有多株石榴树，从西安往临潼的公路边，更是一丛丛石榴林，一株约莫两人高，鲜翠的叶片、灿红的榴花，有的枝梢末端结着尚未成形的半圆果实。无论是在贵妃出浴的"海棠汤"边，古帝王的坟茔下，甚至破落民居旁，它都毫不偏私、毫无怨艾开放着，成为黄土地上最艳丽的一种风景，而在 1986 年，它已俯仰无愧地被遴选为西安市的"市花"。

看到石榴，仿佛和丝路源远流长的历史就产生了交集。

史册记载，石榴原产于西域的安石国，其种子正是张骞由西域带回中国的，所以当时称为"安石榴"，简称石榴。引入之初，汉武帝视为珍树奇果，被栽植在长安御花园的上林苑，多年后才慢慢流入民间。由于石榴花大多是艳红色，鲜丽讨喜，妇女常将裙子染成石榴红，于是衍生出"拜倒在石榴裙下"这句令人莞尔的俗语。

历代诗家争相吟咏长安城的石榴树，可谓爱不忍释、赞不绝口。例如：

韩愈的"五月榴花照眼明，枝间时见子初成"。

李白的"珊瑚映绿水，未足比光辉。清香随风发，落日好鸟归"。

白居易的"一丛千朵压栏杆""风袅舞腰香不尽"，另一首白居易的诗章"花中此物是西施，细看不似人间有"，更是倍加推崇。

元代马祖常用"乘槎使者海西来，移得珊瑚汉苑栽。只待绿荫芳树合，蕊珠如火一时开"简明书写了石榴的来历及花开果熟之美。

时至今日，古代丝绸之路的作用虽已式微，然而"张骞通西域"的传奇史不绝书，至今仍是令人高山仰止的励志典范；而丝路的魅力历久不衰，多少人将丝绸之旅规划为此生必去的愿望行程，期许在黄沙漫天、驼铃声响的背景中，追怀汉家儿郎张骞的赤胆忠魂与不朽风采！

一般人对于两千年前张骞开拓的"陆上丝绸之路"较为熟悉，其实，从中国东南沿海，经中南半岛和南海诸国，穿过印度洋进入红海，抵达东非和欧洲，就是所谓的"海上丝绸之路"，自秦汉时期已开通，也是联合国教科文组织明文认定的文化遗产。这条航路千余年来波澜壮阔，同样承载着东西交流的重任，也不断推动着沿线各国的共同发展。

宋元时期，中国造船及航海的技术大幅进步，加以指南针的运用，全面提升了商船远航能力。此时期中国与世界多国有着海洋商贸往来，直接引发西方世界一窥东方文明的大航海时代热潮。明朝郑和下西洋，是举世皆知的海洋故事，也标示着海上丝路发展到了极盛时期。

我十余年前也曾有机会造访"海上丝路"的起点——福建省泉州市。泉州在宋元时代曾为"东方第一大港"，也是著名的侨乡，繁富的文化遗产令我目迷神驰，更有幸聆听到被誉为"百代乡音传世界，千年雅乐出泉州"的南音。这种中国最古老的、被称为"晋唐遗音"的乐舞形式从中原流传至南方，在泉州发扬光大。据考据其使用的乐器就融合了来自西域音乐的元素，例如拍板、横抱琵琶等。

记得那是一个清风习习的港都之夜，晚膳后我们漫步至一个小公园，五彩斑斓戏台上正在演奏南音。周遭是传统造型的屋宇房舍，红砖雕砌的壁墙，两边尖翘如燕尾的飞檐，古朴秀雅，几疑置身唐山宋水的画卷；洞箫、二弦琴及琵琶的丝竹齐鸣，隐含几许异域风情的乐音袅袅。我不禁心想，或许性喜艺术曲乐的民初才子弘一大师李叔同，就是钟爱这古韵悠悠、诗意沛然的氛围，所以后来选择在泉州的开元寺剃度出家吧？

岁月掠影、历史回顾，恒是为了鉴古知今、传承美好、迎接未来。2013 年中国提出"丝绸之路经济带和二十一世纪海上丝绸之路"（简称"一带一路"）的经济合作观点后，"丝路"再度成为中外交流的重要概念。

立足当下，瞭望将来，举国上下都衷心期待着，昔日丝路的鼎盛气象风华再现！众志成城，相信在共存共荣的理念下，中国与世界的关系将更为稳定友好，双赢局面指日可待。

至此，我终于明晓，在我心目中被神化了的丝路，本质上确然是一条精妙绝伦、神奇且神圣的天路，而其实，它也一直蜿蜒贯串在所有华夏子民的心灵版图之中！

来自异域的石榴花，在泱泱九州的土壤上珠蕊缤纷、灿烂千年，至今犹然蒂固根深、艳光四射，也正是前途似锦的象征！

载于香港《文综》2020 年 9 月

日日春，从起始到终了

[美国] 虔　谦[*]

　　爸爸现在住的这间房子让我印象深刻的，不是屋里装满大小书柜的书，也不是屋外远处的几栋华丽高楼，而是阳台上两盆常年花开不息的粉色日日春。

　　日日春花结构超级简单，只有一层，几瓣丝绸般的叶子环绕一点颜色略深的花心。这是世界呈现给我的第一朵花。无论是在老家，在台湾，还是在美国加州不同的城市，日日春花以各种色彩，牵动我几十年不变的记忆和乡心。

　　爷爷是惠安石匠，奶奶是惠安农女。虽是"粗人"，但他们终生爱花，特别是爷爷。不知是巧合还是爷爷刻意的挑选，我九岁那年住进去的那栋平房，外面庭院的四个角分别有四棵植物：夜来香、色叶（一种叶子有混合颜色的观赏植物）、玫瑰和番石榴（芭乐）。搬进去没多

*　海外华文女作家，研究生毕业于北京大学中文系。小说发表于《文综》《香港文学》《厦门文学》《湖南文学》《小说选刊》及《人民日报海外版》《世界日报》等。曾获北美华人图书馆协会图书奖、郁达夫小说奖提名及长篇小说华文著述佳作奖、汉新文学奖，获 2018 年"和平崛起·改革开放四十周年全国文学创作大赛"小说银奖，2019 年首届"大湾区"杯长篇小说历史大奖，2022 年首届华人影视文学优秀创意奖等。作品编入教材和多种选集。出版长篇小说《二十九甲子，又见洛阳！》《无房》《不能讲的故事》，中短篇小说集《玲玲玉声》《亦真园》《万家灯火》，散文集《我来自你谜一样的故事》《天涯之桑》《机翼下的长江》，诗集《原点》《天井》等。

久，爷爷便在天井里种了一株月季，并为它编了一个环形的竹篱。那月季的枝藤便按着爷爷的意思往上攀爬，芬芳的月季花覆盖了天井的一角。月季花下，爷爷做了一张圆圆的石头桌子（多年后我探访惠安，在崇武海滩上看到了一模一样的石桌），天气清爽的夜晚，爷爷就坐在石桌边月季下，喝着茶，扇着扇子，既赏月也赏花。

爷爷不满足于此，遂请人帮忙搬来两根石条，架在天井的另一端。两天之内，爷爷便把十多盆漂亮的花放在了石条上面。我记得并叫得出名字的有兰花、菊花、海棠、茉莉等等。为了搬石头，爷爷扭伤了腰，还落下了病根。我出国后，多次梦回天井，梦到那两根石条，那些花……

和爷爷相比，奶奶比较简单知足，凡是爷爷添置的她都喜欢。家里的茉莉花白玉色泽，芳香无比，样子宛如微型牡丹。奶奶喜欢它的洁白和香气，时而会摘一朵别在耳边。兰花的高雅和淡淡幽香则别有一番魅力。此外，爷爷还会培植雕刻水仙花。我不知道石匠出身，会染衣服，会编竹器乃至后来专职补牙修牙的爷爷是从哪里学得的水仙栽培技术。他的耐心更是一流。他一手栽培出来的水仙，年年在老家阳台上花枝绰约，如同仙女临风。

和爷爷不同，奶奶对花是雅俗同赏。日日春花爷爷不大放眼里，奶奶却亲手栽了好几株。这花好照顾，耐干旱，也不怕涝。一年四季，花期如春。在院子里花显得有些寥落的季节，日日春花便大显身手，格外抢眼。

爷爷奶奶相继去世，继承"花业"的是妈妈。爸爸和妈妈在繁重的搬家过程中，没忘记将几盆花带上。这些花就被妈妈养在公寓楼房外长长的环屋阳台上。在那些看似平凡的日子里，行动不便的妈妈一直照顾着那些花儿。妈妈崇尚简单，尤爱日日春。出国之前，她特意为我写了一首镶嵌着日日春花瓣的骊歌。

我出国不久后，妈妈就走了。离乡多年后我回家探亲，见不到祖父母，也见不到妈妈，只有那回形阳台上生命力顽强的日日春，伸展着长长的花枝，抖动着粉红色的花瓣。蓝空下我凝视着日日春，便看到了爷爷奶奶和妈妈的身影，他们的音容笑貌，神韵与精灵。

当年天井里石条上其他的花都已经凋零，或不知去向，唯有日日春花，执着地在那里守候，守候着家，守候着我的回归，等待着和我分享孩提和家的温度。在国外这么多年，日日春花成了我记忆最实、感触最深的故土之花。久而久之，我们既咫尺相依，也天涯神接。日日春花，用她柔柔的穿透力，成了我生命里的DNA。

　　　　　　　本文以《日日春花开不息》为题，载于
　　　　　　《人民日报》海外版，2022年1月8日

晨 运

[印度尼西亚] 莎 萍*

清晨起来，东方天空渐现鱼肚白，还衬有少许绯缇的朝霞，看来应该是一个好天气。近来气候反常，每天都下雨，难得有晴天。邀约老伴同去晨运慢跑。老伴正为几天积下来未干的衣服操心，只好独自去了。

信步走上大街，空荡荡没有一个人影。深深吸了口新鲜空气，顿感心旷神怡。"嘶！"一辆崭新银灰色的轿车从身旁擦过，吓了一跳。哇！好险。正惊魂未定，忽然"嘶"的一声，刚才那辆轿车，就在前面五码处的十字路口，撞到了一个老人。汽车不但没停，反加大油门逃逸。眼见这一切，我把脚步停下，心里正打量，要不要前去探视扶持援救；因为近来经常听到，有些歹徒故意把身体扑撞正在行驶的车辆，待车主意识到以为闯了车祸停下来救援时，便趁机围上来敲诈勒索。想是这么在想，但一股悲天悯人扶苦救难的天性油然而生。

俗话说：救人一命胜造七级浮屠。不管三七二十一，两步并作一

* 原名陈喜生，1935 年出生于福建金门阳宅乡。毕业于厦门大学华侨函授部中国语文系。现任《印华作协》副主席、东南亚华文诗人笔会创会理事、《国际日报》文艺副刊"耕耘"编辑、《印华作协》会刊《印华文友》主编。第七届亚细安华文文学奖得主。出版有《等待》《感谢你，生活》《茶的短章》《感情的河》《写给未来》《酿诗·春天》《小水滴与诗评》《莎萍文集》《莎萍诗选》等个人文集及多部合集。

步，急奔向前。地上躺着一位六十多岁的友族老人，身旁掉下一包东西，左手捏紧右肩大声呼叫："Tolong（帮忙）——Sakit（痛呀）！"我蹲下去扶他坐起，一面问道："伯！你感到怎样？"他摇一摇头，口里直叫"痛呀！帮忙"。也许刚才汽车的刹车声和老人的呼叫声惊动了附近的人，这时从右边巷子里奔出了两个年轻友族青年，一个身穿T恤，好像是运动员，年纪二十多岁，眼睛微凸，有厚厚的嘴唇；另一个年纪也二十岁左右，身材瘦小，尖下巴头发有点鬈曲。

"哎呀！伯乌定，你怎么了？出了什么事？"受伤的老人没有回答，只是不住地呻吟。"到底是怎么一回事？"厚嘴唇的青年问我。我把所看到的一切，从头到尾说给他听。"汽车呢？""走了。""你可记得车子的牌号？""汽车走得那么快，怎看得清楚！"这时那尖下巴的青年在他耳边不知说了些什么。"当车祸发生时，除了你还有什么人在场？""大清早，马路冷冷清清，只有我一个人。""真的没有别人，那驾驶汽车的人，你认识吗？"尖下巴的青年插了上来，这时我有点生气。"你问这话是什么意思？事实就是这样。为什么我要骗你们？我是一片好心才来帮忙相救的。""我看你还是坦白交代清楚，不要隐瞒，否则对你不利。"那厚嘴唇青年出言相逼，周围看热闹的人越来越多，幸亏这时开来了一辆警察巡逻车，车上走下来三位警员，二位手持长枪，一位腰佩短枪，像是警长，问道："发生什么事？这么热闹？"我自动走上前去报告了所看到和所发生的一切，那厚嘴唇的青年也向前说道："伯，不可听一面之词，必须调查清楚弄个水落石出。"

警长是一位四十多岁的中年人，和蔼可亲，看来很有办事经验，他排开众人，胸有成竹地说："现在救人要紧，赶快把伤者送往医院，有什么事，请随我到警局再谈。"众人把伤者抬上警车，我也随警车到警局去，那两个友族青年却不敢随着跟来。

到了警局，是警察分署，只有二十多位警员。办好了例行公事，把我所看到的一切记录在案，警长对我说："有关族群的问题很敏感，刚才那两个年轻人有意挑衅，我看你还是在这里逗留一个晚上更好。为了你的安全。"

这岂不是成了变相拘留？没有办法，我打了一个电话回家，老伴在那一边唠叨:"你就是爱多管闲事,要做好人,现在你可知道滋味了!"这时我也怀疑自己是不是做了件傻事,"明知山有虎,偏向虎山行"。如果当时把停下来的脚步转向回家,现在就不会被扣留在警署里了。

第二天,该回家了,可是没有消息通知,找警长又不在,问值班巡警,一问三不知,直到下午五时许,警长才匆匆跑来对我说:"我们到医院去。"心情不禁紧张起来,难道事情有了什么变化?到了医院踏进病房,病床上躺着昨天受伤的老人,头部及肩膀紧扎绷带,看见了我,老人很高兴地说:"你真是一个好人,感谢你的搭救相助,昨天我的侄儿没有礼貌,说了些让你不高兴的话,实在抱歉,请你原谅。"这时站在床边那厚嘴唇的年轻人,堆满笑容伸出手来相握,向我道歉:"请原谅!""没关系,算了!"我回答。这时老人从枕下拿出一封信来给我,"你看看。"我把信打开,上面写着:

"伯,我是一个罪人,昨天清晨我太太难产,驾车急急赶去医院,不幸误撞到了你,等到太太平安产下孩子后,我心里感到很难过,像个犯罪的人一样。为了减轻我心灵上的负担,我派人暗中查访,知道你受了伤没有生命的危险,并已送院治疗,我又千方百计从护士口中,得知了你的姓名和所住病房,现在我寄上一个包裹,里面有二百万盾,请你收下,算是我补助你的医疗费。你不认识我,希望你不必再追究,也不要报告警察,会给我带来麻烦,祝你早日康复。"下面署名:Tam。"是谁带来的?"警长问。"一个不认识的小孩。"老人回答。告别了老人走出病房,警长拍拍我的肩膀:"你可以回去了。"

走上大街,天已渐渐暗了,到处闪耀着五颜六色的霓虹灯,距天亮还有一段时间,截辆的士回家。我在车里不禁想道:做好事,行好心也要受这么多的折磨,难怪世上好人越来越少了!

载于《世界日报》副刊《梭罗河》2005年4月2日

选自浙江工商大学出版社

《新世纪东南亚华文幽默散文精选》,2020年版

接风派对

[美国] 盛　林*

一

2009 年 2 月，某一天，我从杭州飞到了休斯敦。

我去了一个僻远的小镇，名叫沃顿；进了一片树林，名叫"熊屁股"，也叫"狼林"。

熊早就走了，去了哪里暂时无法考证。但狼林里还有郊狼、浣熊、负鼠之类野东西，还住着一个狼人，名叫菲里普·卡特，蓝眼睛的英格兰后裔。

狼林里有幢小木屋，这是狼人的家，狼人与狼同居野林，吃生菜，喝生水，用木头烤肉，在林中养蜂，不喜见人，总在野林转悠，身上大面积长毛……

那时我还在杭州。

不瞒您说，我也是狼，一头孤独的狼。

有一天，孤独的狼穿破高楼，纵身一跳，一路狂奔，穿越万水千山，来到了沃顿，来到了野林，与狼人会师。

* 浙江杭州人，毕业于原杭州大学中文系，浙江大学新闻系研究生，长期在《杭州日报》工作，担任记者、编辑、副刊部主任。多次获得省市及国家好新闻奖、合集奖、散文奖。2009 年移居美国休斯敦，北美中文作家协会终身会员，纪实文学作家。出版有《骑越阿尔卑斯山》《生活本就是田园》《奇怪的美国人》《半寸农庄》等七部纪实文学著作，其中《半寸农庄》获第三届三毛散文奖大奖。

盛林，菲里普，两个狼人一拍即合，拜天地成亲。

我的美国日子，就从这一天开始。

二

刚安顿下来，美国亲友便挥舞橄榄枝，要为我举行欢迎派对。

菲里普告诉我，欢迎派对是极大的派对，有大餐吃，吃"Big meal"。

菲里普脸孔发红，搓着双手，像激动的红头大苍蝇。他说他朋友少，很少参加派对，这回借了我的风头，仰仗了我的光荣。其实我也是，我也是仰仗了他，我也是离群索居的人。

我们同时为"Big meal"激动不已。

"Big meal"，我懂的，意味着一大桌、几大桌，意味着山珍海味，意味着推杯换盏，意味着叮叮咚咚的刀叉声。

感动中有些焦虑，焦虑什么呢？怕被"Big meal"撑死。

第一个接风派对，由公公婆婆主办，地点就在他们的庄园。

赴宴前，我换了五六套衣服，长裙短裙……最后选了旗袍，卡出小细腰，蹬上高跟鞋，涂脂抹粉一番，然后问我的镜子，怎么样，可以吗，要不要再换？

镜子就是菲里普，他一边充当镜子，一边欣赏中华时装秀。

菲里普说，简直太美了，但你不用穿成这样，家庭聚会罢了，又不是上教堂，或参加婚礼。

我奇怪地看他一眼，他穿着有洞的牛仔裤，上面沾着油漆，鞋上有鸡粪。

我当然不会听他，我从杭州带了四大箱丝绸衣服，必须让美国人见识一下杭州妹子的风采。

那天出门时，我怀抱一大包睡衣、围巾、领带，全是柔软的杭州丝绸。杭州出西施，也出丝绸。车到半路，逼菲里普停车，我去 HEB

买了水果、鲜花、糖果、蛋糕。

菲里普迷惑不解,问,亲爱的,为什么又带丝绸又带水果又带……

我反问,参加派对怎能空手去呢?

他也反问,怎么不能空手去呢?

我不再理他,中国文化,中国礼仪,他还得跟我学十年,也许二十年。

我们大包小包进了接风派对的现场——我公婆的家。

家里挤着一堆陌生人,我一进门就被他们捉住,一顿毫不留情地拥抱,还有人亲吻我,我差点被香水熏死。香水有毒,瞎唱的。

菲里普赶紧为我介绍,这是婆婆安妮,这是公公鲍伯,这是妹妹珊蒂,这是妹夫切里,这是外甥维斯勒、山姆,这是麦基……麦基是条狗,长着一张侦探脸。

水果、鲜花献给婆婆,糖果献给外甥,蛋糕献给小姑,丝绸献给每个人。

拿着我的礼物,婆家人感动得要哭,再次拥抱我,大声说谢谢,香水再次袭击。

大家终于散了,妹夫去外面做烧烤,小姑去厨房择菜,公公去后院劈柴,菲里普忙着割草,俩男孩忙着踢皮球,麦基忙着睡觉。

只有安妮没丢下我,带着我四下看。

安妮的庄园与女儿珊蒂的庄园连在一起,共一百五十亩地。

安妮的房子是新造的,四百多平方米,厨房餐厅客厅连成一片,通过立地窗能看森林。

安妮艺术趣味独到,运用炊具装饰墙壁,汤锅、饭碗、菜盘、刀叉,还有酒瓶、砧板、菜刀,一个个挂上墙,虎视眈眈地,吓得我不敢往底下走,怕哪位失足,杀了我的头。

安妮却得意非凡,一样样引荐,一样样下定义:"瞧瞧,都是古董呢。"

我崇敬地摸了一块千疮百孔的刀砧板,不敢摸第二下,怕把古董摸坏了。

几间房看完,安妮也去忙了,一会儿开烤箱,一会儿开冰箱。

我坐下来等吃。

烤肉香从门缝挤进来，香得让人陶醉，我的肚子开始唱戏，空空空，轰轰轰，铿锵有力，我连忙按紧肚子，怕婆家人听到。

四下张望，想找垫肚子的东西，茶水没有，糖果没有，瓜子没有……只好继续按紧肚子。

就在这时，小姑珊蒂端来一盘吃的，切开的西芹、花菜、西兰花，全是生的，配着黄酱、白酱、红酱，那酱……我想到了某种排泄物。

珊蒂说，林，饿了吧，请吃点心。说着，自己先吃起来，大嚼西芹、花菜，咔嚓咔嚓响。

我没伸手。我感激珊蒂的体贴，但我认为我不是一头牛。

珊蒂摆开了杯子，往杯里加冰，每只加半杯，然后接满自来水，递给我一杯说，林，渴了吧，请喝饮料。她真是个仁慈的小姑。我接了冰水，看了一眼浮冰，眼睛一闭，仰脖子灌，武力镇压叽里咕噜的肚子。这没出息的东西，好像饿了好几天，不就没吃早餐吗！

唉，我为什么不吃早餐呢，重大失策。

等了两三小时，冰水灌了一肚子，一次次上厕所，总算等到接风大餐开始了。

家人们站成一圈，手拉手祷告，感谢上帝，让我们团聚；感谢上帝，把林送给了我们；感谢上帝，让我们有饭吃，感谢上帝……阿门！

然后排队取餐，小孩先来，客人第二，女人第三，男人第四，主人最后。

我排在第二批，拿盘子的手有些抖，因为饿，也因为激动，第一顿美国大餐啊。

轮到我取食了，看着桌上的东西，我有些迷惘。菲里普赶紧为我讲解，今天的大餐吃汉堡，汉堡自己动手做。说完，他亲自演示，一块烤肉饼，一张绿生菜，一片西红柿，几根紫洋葱，几块酸黄瓜，一勺色拉酱，一勺什么酱，裹进面包，成了。还有呢？还有薯片、冰水。还有呢？没了。

等了三小时，等到了这样的"Big meal"。

我真是傻了，这么多人，忙进忙出忙什么呢，忙一只汉堡？汉堡不就两片面包一片肉？

肯定不是。后面还有，第二道、第三道、第四道……就像中国大餐，先吃冷菜，再吃开胃汤，再吃……好戏在后面。

我心里嘿嘿欢笑。

婆家人欢欢喜喜吃汉堡，我在磨洋工，细嚼慢咽，鬼鬼祟祟，等大餐的主角出场。

菲里普吞了两只半汉堡，半只是我捐助的，他抹了嘴，拍了肚，快乐得要昏睡过去了。

我轻声问："亲爱的，大餐……还有什么？"

他大声答："这就是大餐呀！著名的美国大汉堡！"

婆家人都向我看。我的安妮婆婆大方地说："林，别客气，再吃一个！"

我皮笑肉不笑，连连吞冰水，像只南极企鹅。

吃完汉堡，果然上了两道东西，珊蒂创作的南瓜派，安妮创作的柠檬派，还有一桶香草冰激凌。我每样尝了点，差点被甜死。

接风大餐结束，家人围坐一起，谈天说地，我一句听不懂。偶尔我也说几句，他们也一句听不懂。我开始怀疑，他们不是说英文，而我学错了语言，学了非洲土著语。

告别的时候，我对婆家人千恩万谢，谢谢他们的款待，谢谢他们的汉堡。

上车后，我才发现双手空空。我又傻了，问菲里普，怎么没人送我见面礼。

菲里普问，为什么要送见面礼。

我说，第一次见面呀，我送他们丝绸、花、水果，他们不是挺高兴吗？

菲里普哈哈一笑，说，有礼物拿，谁会不高兴呀。

恨从胆边生，悲从心尖起，就是说，我是白送，他们是白拿，这世道有没有公理啊。

但我没作声，更没抱怨，还微笑起来。我礼数周到，弘扬了中华美德，传播了杭州文化，我应感到豪迈、荣耀、伟大、正确，不是吗！

于是哼起歌来："我执钢鞭将你打！咚咚锵锵！"

心情好得不得了。

三

第二个接风派对，主办者是公公婆婆的老朋友，借了一个小会场。

这天正好是情人节，朋友们决定，大家一起过节，顺便欢迎卡特家的中国媳妇。

于是，菲里普再次宣布，又有大餐吃了，"Big meal！"他是幸福万年长的表情。

我冲进衣柜，拳打脚踢，挑衣服，挑得头晕目眩，最后还是挑了旗袍。情人节派对，年轻女人多，她们有大胸大臀，这事我比不上，但我有旗袍，有蚂蚁腰，这事她们比不上。

参加派对这天，我一路拽着菲里普，不这样不行，旗袍紧，鞋跟高，怕摔个跟斗，摔掉我中华旗袍的威风。进到会场一看，我大吃一惊，男人女人多是老人，六七十岁，八九十岁，瘪眼睛、瘪嘴巴、南瓜肚子、冬瓜腿。

主持人向众人介绍，这就是林，安妮、鲍伯的中国媳妇。

这下子乱了，老头老太同时离座，跌跌撞撞，扑来抱我，某人把口水涂在我脸上。

那些拄拐杖的、坐轮椅的，也势不可挡地包抄过来。

我吓得热泪盈眶，任他们胡来，穿旗袍行动不利索，也不敢乱动，怕撞倒一支拐杖，弄出个人命什么的，那就是我的不是了，心里后悔死了，早知来的都是老人，没有"大胸大臀"，我干吗穿旗袍上阵呢，争强好胜，害死人嘞。

主持人宣布，情人节派对开始。

老夫妻们轮流出场，搂搂抱抱，戏说爱情故事，第一次约会，第一次亲吻，第一次求婚，第一次……（这里省略一百字）。他们敢说，听众敢听，还怪叫、吹口哨，像荷尔蒙旺盛的少年人。

杭州媳妇臊得面红耳赤，想找地洞钻，可惜没找到。

没办法，三观不合啊。不过我承认，故事好听得紧，我像兔子一样竖着耳朵，一字也没落下。

总之，现场一片欢腾，台下的起哄，台上的接吻，狂喊情人节快乐。

我低声对菲里普说，天呀，天呀，美国老人也过情人节，还那么流氓。

菲里普说，这有什么啊，情人节是大家的节日，小学中学也过，老师开展性教育，家长派送避孕套，情人节后成双成对……

听菲里普说罢，我想"咕咚"一下昏过去。

终于轮到我们了，主持人把我们叫上台，全场肃静，我慌了，怕回答黄颜色的问题。

主持人问，你们结婚多久了。菲里普抢答，十二天。全场怪笑。

主持人再问，你们在哪相识的。菲里普抢答，网上。

"哪个网？我们也要试试！"台下的老流氓吼。"肯定不是亚马逊，也不是阿里巴巴。"菲里普答。他够机灵的。老流氓们再吼："菲里普，你这幸运小子！"

主持人宣布，送新媳妇礼物。全场鼓掌欢呼。于是，我收到一个红包，模样隆重，厚厚一沓，至少装了一千美金，也许两千，两千是一万多人民币……

心跳得欢，我从没拿过这么大的红包。

菲里普催我拆包，美国人送礼，得当众拆开，公示所有人。我赶紧拆，我的妈呀，拆出一叠彩色贴纸，图案有得州地图、得州牛、得州花、得州鸟……

看着彩纸，我心想，真是太好了，我家有两只大冰箱，正好贴满。

接下来，吃情人节大餐，就是菲里普说的"Big meal"，我今天就是冲着它来的。

大家手拉手，先祷告、后排队，每人手上一个纸盘、一副塑料刀叉，鱼贯而行。

上百个老人，颤颤巍巍，移动缓慢。轮到我们时，我往桌上瞧，瞧见了三明治、薯片、甜饼。

这就是今天的大餐。

对了，还有一杯水，翻滚着惨白的冰块，像一堆快要淹死的眼睛。

老人们欢天喜地，吃着大餐，说着笑话，嚼着冰块。他们很老了，嚼冰块的劲头一点也不小。

四

第三个接风派对，主办人是大牧师麦克。

我不是基督徒，但我是教徒的家属，牧师麦克一视同仁，给我一个接风派对。

牧师大人发来了邀请信，言辞热情。但说实话，我对接风派对没什么兴趣了。接风派对，派对肯定大，"餐"不一定大。但是，俗话说"过一过二不过三"，也许第三次真是大餐？牧师是大人物，大人物请客，总得请好东西吧，得州牛排？墨西哥肉卷？意大利馅饼？烤三文鱼？

上鲍鱼、龙虾也未可知。

别认为我只知道吃，我远嫁美国，急着学习异域文化，顺便传播中国文化，就像历史上的谁谁，西施、王昭君、貂蝉、杨玉环……打住，想她们干吗，她们都没好下场。

盼星星盼月亮，盼到了那个晚上。

这回选衣服，放弃了旗袍，选了休闲套衫，配白色球鞋。我不想让美国人误会，我只有丝绸旗袍，我好看的衣服多着呢，可以穿一百个派对。

进了麦克牧师家，牧师向我奔来，三百磅的人，用力拍我背，拍得我差点吐血。

其他人也是热情非凡，"呼哧"一下，把我团团围住，香水、口水，轮番地恐惧袭击。

参加派对的，有我公公、婆婆的朋友，也有镇长、警长、律师、商会会长……

夫人们都穿晚礼服，袒胸露背，长裙拖地，红嘴巴红指甲，头上戴大花，一个个艳如罂粟。

我看清楚了，她们都有"大胸大臀"，只有我没有。

这下子后悔了，我真应该穿旗袍来，我没东西可压住她们，只有蚂蚁腰。

派对的主持人叫雪里，教堂女钢琴师，七十来岁，穿一袭红裙子，头戴一朵黑色大花。

雪里起了个头，大家唱了起来，*You Are My Sunshine*。这歌我会，跟着一起唱，大意如下：

你是我的阳光，

我唯一的阳光，

你让我快乐，

当天空阴霾，

你从不知道，亲爱的，

我是多么爱你，

请不要拿走我的阳光……

一歌罢了，雪里惊讶地问，林，你怎么也会唱这歌？我说，英语班学的，极美的歌，很多中国人会唱，也喜欢唱。

雪里听了，一把抱住我，流了眼泪，哽咽着说，女孩，谢谢你这么说，你知道吗，歌曲作者是沃顿镇人，是我已故的哥哥。

我瞪圆了眼，我在杭州学歌时，哪里会想到，这歌竟然来自沃顿！

接下来，牧师夫人出马，代表大家送我礼物，一件是杯子，上面印着得州地图；一件是牛仔帽，插着孔雀毛。我转着杯子，虚伪地笑，杯子……干吗送我杯子呢，送盘子不好吗？

但牛仔帽不错。戴上牛仔帽，我从此就是得州女红脖子了。

接风大餐开始了，大家手拉手、祷告、排队，排队时女士优先、男人断后。

我排在了第一个，因为我是客人。身边陪着菲里普，他帮我引路。

到了餐桌边，我用眼睛扫描，没有牛肉、鸡肉、鱼肉或什么其他肉，有一堆面包、火腿肠、薯片、酱汁，还有冰水。菲里普做示范，火腿肠夹入面包，浇上红红白白黄黄的酱，这家伙叫美国热狗。

是的，今天的接风大餐，吃美国热狗。

我没什么可抱怨的，镇长警长会长什么的，也吃这个东西，还吃得挺带劲，没有美酒，只有冰水，他们照样发酒疯，大声喧哗，脸红彤彤的，像一枚螃蟹壳。

哎，来一只螃蟹多好，哪怕一只蟹脚。我开始做梦。

牧师又跑来，又拍我肩膀，笑问，林，你怎么不吃啊，多吃几个，瞧你瘦的。

我再次虚伪地笑，咬了一口热狗，趁人没看见，扔进了垃圾箱。我不怕热狗，怕上面的酱！

我寂寥无聊，独自坐到一边，吞着冰水，看他们吃。

菲里普吃热狗吃得正欢，一边吃，一边汪汪叫，像条小狗："汪得福！汪得福！汪……"

热狗大餐结束，甜食上来了，甜饼、蛋糕、派、冰激凌……甜甜蜜蜜一大桌，不信甜不死你。

呜呼哀哉，怎么不上一盘西瓜或一碟甘蔗呢，上一盘黄瓜也好呀。

回到家里，菲里普坐着不动，精神恍惚，吃撑了，他今天吃了六只热狗。

我精神抖擞，噔噔噔，跑进厨房煮面条，加一个蛋，加几片菠菜，加几根榨菜丝，加少许麻油、醋、酱油……"呼噜呼噜"，开吃。

菲里普摸着肚子，不解地问，咦，亲爱的，不是刚吃了大餐，你怎么又饿了呢？

载于《香港文学》2021 年 12 月总第 444 期

龙虎精神

[美国] 舒怡然 *

 我遇见大卫时，他刚刚过完二十四岁生日。那天他穿了一件赫红色 T 恤衫，黑色牛仔裤，戴一副变色墨镜，看上去很酷。他父亲洛耶先生介绍说，这是我最小的儿子，大学刚毕业一年，在轮胎厂工作。大卫冲我腼腆地一笑，眨眨眼说："是造轮胎的，可不管换轮胎啊。"小伙子还挺幽默的。九十年代初，在圣路易斯这个美国中部城市，中国人并不太多，可大卫却告诉我，他的老师就是中国人，这让我颇感意外。

 大概看我将信将疑的样子，他指了指自己的 T 恤衫说："我是中国功夫班的学员，荣先生是我师父。"我这才注意到，大卫的 T 恤衫上印了一只虎头，下面是四个金色的中文繁体字，"龙虎精神"，字是草书，有种龙腾虎跃的气象。他好像突然想起来什么，问我："我不明白，龙虎精神有什么寓意吗？"我一时语塞，竟想不出合适的答案来。中文里有"龙马精神"，这"龙虎精神"我还是第一次听说，而且是在远离故土的美国。

---

* 毕业于北京师范大学和美国天主教大学，理学硕士。现居美国。著有散文集
 《千万里追寻着你》。小说、散文发表于《青年作家》《山西文学》《鸭绿江》《佛
 山文艺》《文综》《散文百家》《作家天地》《北方作家》《世界日报》《解放日报》
 等。短篇小说入选《2020 海外华语小说年展》(华东师范大学出版社) 等多种
 选本。

可我怎么也不能被一位美国小伙子问倒啊，于是便信马由缰地瞎侃起来。大卫认真地听着，还时不时地点点头，"对，荣师父也是这么说的，龙是神兽，意在祥和，虎为百兽之王，意在威猛。那么龙虎精神，一定是这两种精神的结合了。"大卫浅褐色眼睛里充满了好奇，他说只要"龙虎精神"代表善意，而非恶意，他就可以心安理得地穿这件 T 恤衫了。美国年轻人真是单纯，那是我第一次近距离接触留下的印象。

很快我就把这龙虎精神丢到了脑后，可没想到大卫是个十分认真的人，在我们访问即将结束时，他特意把荣先生请来和我们见面。那天当我们到达参观地——圣路易斯郊区格兰特农场时，大卫正兴致勃勃地等在入口处，他旁边站着一位中年男人，中等身材肤色黝黑，我一下子就猜到了，他准是大卫经常挂在嘴边的那位荣师父。

荣先生很健谈，可惜他不会讲普通话，只会说一点广东话，我们的交流只能用英语。大卫觉得非常有趣，两个中国人面对面，却只能讲英语，在他来看简直不可思议。美国东西南北各方人士，虽然也操着各地的口音，但总不至于彼此完全听不懂。这也让他见识了中国方言的厉害。

荣先生四岁随父母从香港移民到美国，他父亲原来是搞舞台设计的，到美国后，靠开餐馆维持生计。但骨子里他还是传承了父亲的艺术细胞，喜欢书法和绘画。

在一边沉默许久的大卫，忽然插嘴道："没错，我们武术馆墙壁上贴了好多中国字画，可惜我认得的不多。"荣教练哈哈大笑："有四个字，无论如何，你都该认识吧？"大卫眼睛一亮，拍拍脑袋："对呀，龙虎精神，我怎么会忘呢？我们 T 恤衫上那四个字，就是您亲笔写的。"

出于好奇，我忍不住问荣先生，在美国为什么想起来教中国功夫呢？我的言外之意是，在圣路易斯这么保守的城市，能有多少人对中国文化感兴趣呢？荣先生眯起眼睛，望着远处正在进行的驯鸟表演："你看见了吧？那个驯鸟人，起初他在这里搭棚子表演驯鸟，观众寥寥无几。可没多久，局面就打开了。为什么呢？人家技艺超群啊。好酒不怕巷子深，精华的东西经得起时间考验。我这么讲，你可别见笑。咱们中华武术，可不仅仅是几个招式拳来脚去就完了。中国功夫蕴含着太多精深的东西，是值得我们去挖掘的。"

大卫一直在听我们谈话，一提中国功夫，他的精神头就来了，他告诉我说：荣师父不光教授习武练功，他更喜欢布道讲哲学呢，比如我上次跟你提到的龙虎精神。荣先生和大卫相视一笑，他们两人像是有种默契，既是师生又是朋友的那种默契。

"龙虎精神"看来是我们绕不开的话题，我想何不趁机向荣先生请教一下，看他是如何领会龙虎精神寓意的。他听了我的疑问，嘴角露出不经意的一笑，好像是说，终于可以步入正题了。他清了清嗓子，话匣子便打开了。

"你也许听说过'云从龙，风从虎'这句话，这是《易经》里说的。飞龙在天，猛虎行地，龙虎相会可谓风云际会，刚柔并济。风和云彼此相搏，方能成气候；龙与虎彼此交会，才能成天下……"

荣先生滔滔不绝，他完全陶醉在自己的演说之中，以至于忘了听众只有我和大卫两人。我听得云里雾里，不禁在心里暗暗赞叹。荣先生的一席话让我猛然醒悟到，自己虽然是个中国人，可对中华文化的欣赏还远不及一个远离母体文化的海外游子。所谓"不识庐山真面目，只缘身在此山中"，确实是有道理的。

"依您之见，龙虎精神是不是代表了咱们中华民族的精神呢？"我的问话让荣先生一愣，然后他爽朗地笑道："那当然了。不过只限于中华民族精神，未免有些狭隘。你知道有'龙神虎胆'之说，咱中国人不缺龙神，缺的是虎胆。要把龙和虎揉捏成和谐的一体，成为一种精神，不是件容易的事。要再把它融会到中国功夫里，就更不容易了。"听起来荣先生对龙虎精神确实有自己独到的见解。我从未研习过武功，还无法完全领略到他这番话的深意。倒是大卫频频点头，好像悟出了什么真谛似的。

如果不是遇见伊莎贝尔，我的"龙虎精神"就不会有下文了。这让我更加笃信，偶然是所有奇迹的源泉。那时我已经在美国住了十年，伊莎贝尔是一家公司的高管，也是我的生意合作伙伴。他是七十年代初从拉脱维亚逃到美国来的犹太人，当时他的家乡还属于苏联。每当回忆起那段逃亡经历，伊莎贝尔总是惊魂未定，仿佛一切刚刚发生在昨天。

这样独特的经历铸造了伊莎贝尔不同寻常的人格。他极其谦卑敏感，骨子里却又透着一股不屈和傲气。因为来自弱小国家（他从来都自称是拉脱维亚人），对于非主流文化，他怀有一种天然的同情心。他喜欢日本茶道，尤其推崇中国功夫。每次见到我，他都不忘问上一句，你儿子去学空手道了吗？问得我哭笑不得，他一直都搞不懂，中国功夫与日本空手道有什么区别。

有一阵子，伊莎贝尔迷上了中国电影，这还得归功于李安导演的奥斯卡获奖影片《卧虎藏龙》。有天下午，我在办公楼下一家租借电影光盘的商店碰上了伊莎贝尔，他兴致勃勃地和我打招呼："我得向你推荐一部好电影，你一定要看，而且你肯定会喜欢的。"我好奇地问他："什么电影这么受你青睐啊？"他指了指"最新影片"的架子："瞧，就是那个。"我探头一看，原来是《卧虎藏龙》。过了几天，伊莎贝尔又见到我，他劈头就问："你看了那部电影吗？"我说还没来得及看。他摇摇头，露出不可思议的神情，好像为我错过美妙风景而感到惋惜。

"太美了，没有比那更美的了！你说说看，中国功夫的最高境界是什么？"

伊莎贝尔喜欢中国功夫，这个我早就知道。但他能提出这么深刻的问题，却大大出乎我的意料。也许对自己母文化元素的那些东西过于熟悉，反而变得熟视无睹了。伊莎贝尔并未期待我的回答，他接着说："我觉得，中国功夫不只是用来防身的，其最高境界应该是审美的。去看看《卧虎藏龙》吧，看了你就明白我在说什么了。你瞧瞧男女主角那一招一式，你来我往，交锋较量只是表面的，交流沟通才是内里的。"

伊莎贝尔的这番见识让我大开眼界。一个拉脱维亚人看《卧虎藏龙》，不见龙虎相斗之阴谋诡计，却能见出清净明澈通达豁亮的境界。我默默地想，只有心怀善意抛开世俗的繁枝末节，才能触摸到中华文化的精髓和真谛。让我吃惊的是，伊莎贝尔理解的"卧虎藏龙"与荣先生解读的"龙虎精神",竟然如此异曲同工、不谋而合。从一个人对于异质文化的接受与欣赏,也能反映出他的情怀与胸襟。可另一方面,对于伊莎贝尔的祖国拉脱维亚,我又了解多少呢?我甚至都不能确切地知道它在地球的哪个纬度上。是骨子里的大民族优越感使然,还是自己缺乏宽容开放的心态?这么一想,我心里不免生出一种愧疚感。

有一天,路过我家附近的一个小型购物广场,远远就看到新添了一个门脸,门口彩旗飘飘好不热闹。开车走近一看,旗子上龙飞凤舞的四个字居然是"龙虎精神",这可真是个意外的惊喜。刚开张的中国武术学校,以"龙虎精神"作为校训,这不正是荣先生十几年前满心期望的吗?还记得他说"好酒不怕巷子深,精华的东西经得起时间考验"时,那副庄重认真的神情。如今,这样的中国功夫学校,在美国已不算稀罕之物,"龙虎精神"不再是个传说。

"龙吟祥云出,虎啸谷风生",细细揣摩这句话,它道出了龙虎精神的真谛。既要祥和之云,又要威猛之风;龙腾追求的是理想,虎跃面对的是现实,龙虎精神不正是完美体现了一个富有生命力的民族精神吗?

因了龙虎精神这个话题,让我又忆起了这些故人。不知道荣先生是否还在圣路易斯教中国武术。大卫还像从前那样着迷于中国功夫吗?而伊莎贝尔离开这个世界已经整整十年了。再也不会有人追问我,中国功夫的最高境界是什么了。每念及此,不禁唏嘘。

载于《北方作家》2022 年第 1 期

国族灵魂的"压舱石"

[美国]苏　炜[*]

"I am not an American, I am the American. "——这句被故居博物馆反复呈示的马克·吐温名言，中文该如何翻译？在返程的一路上，我和妻在反复讨论。

——我不是一个美国人，我就是美国人本身？——我就是美国人的原型？——我就是最有代表性的那个美国人？——我就是最具"美国性"的那个美国人？……

日后问询过好几位翻译行家，上面的各层含义都或在其中，却都离不开这样一种身份认同：在自我与国族之间画上等号——我即美国，美国即我。——"狂"乎？"自我膨胀"乎？据说原话出自马克·吐温旅欧时的日记，转述的是友人对他的评价。其实，我马上就想到了托马斯·曼在二战中遭受纳粹迫害亡命美国时，回答美国海关问询的那句话——作为一个德国作家，你离开德国的土地以后怎么办呢？托马斯·曼答曰：我血液里流的都是德国。我在哪里，德国就在哪里。

---

* 旅美作家、文学批评家，1953 年出生于中国广州。美国耶鲁大学东亚语文系高级讲师。"文革"中曾下乡海南岛农垦兵团十年。出版有长篇小说《渡口，又一个早晨》、《米调》(被评入"2004 年中国最佳小说排行榜")、《迷谷》(英译本 *The Invisible Valley*);短篇小说集《远行人》、学术随笔集《西洋镜语》、散文集《独自面对》《站在耶鲁讲台上》《走进耶鲁》《天涯晚笛》《耶鲁札记》及清唱剧《铁汉金钉》、古体诗词集《衮雪庐诗稿》等。

难怪，同是美国文学圈著名的"狂人"海明威的这一句话，也同样被故居博物馆一再地重复强调：真正的美国文学，自马克·吐温始。

很惭愧，旅居美国康涅狄格州已近二十五年，这座闻名遐迩的国家级名胜——马克·吐温故居，我竟是第一次瞻访（一如海那边从小成长的城市广州，作为古羊城地标的"陈家祠"，我竟是若干年前陪同耶鲁学生，才第一次造访一样）——人哪，近在眼前的"伟绩"，往往是最容易被忽略的。仿若故土江南的"出梅"季节——连绵数周的阴雨，今天总算是丽日蓝天。沐着盛夏酷热中难得的清爽微风，我们踏入了这座浓荫遮掩的维多利亚时代哥特风格的古久建筑里。

游览文化名人故居，我一般喜欢自己独行独赏，慢品细节，似想与隔时空的故人作私己的对话。可此刻博物馆派定的导游却明令：不可脱队，不可照相，必须随同人流一起走览观赏。刚刚步入故居入口的私人图书馆，我就被立在琳琅古书和尘封的壁炉前面的，两尊硕壮高大的中式广彩大花瓶，吸引了视线。未待细赏我认定的"广彩"风格细节，导游已率人流匆匆离去。我本以为，此乃古早年间西方贵族的某种"风雅标配"——我从歌德故居、雨果故居，以至凡尔赛宫殿、维也纳美泉宫里，都曾看见过这种夸张炫丽的"中式风雅"。但是，随后伴随而来的浏览阅读，马克·吐温故居陈设上、壁纸上这满满的"中国元素"，其背后蕴含的丰盈故事，却是大大出我意料了。

阁楼飞檐，水晶吊灯，玲珑雕塑。眼前这座设计独特、三层楼共十九个房间、据说建筑师根据马克·吐温本人意愿，包含了蒸汽船、中世纪城堡和布谷鸟钟等设计元素的红砖建筑，哪怕用今天的眼光，都可堪称"豪宅"。这种每个睡房都带洗浴套间、洗漱间带双洗脸盆、甚至有着带喷泉的室内植物花园等等的豪华设置安排，在一百五十年前的拓荒时代里，其超拔非凡的格局地位，更是可想而知的。据导游介绍，这座别致的宅所，正是当年美国东部大纽约和新英格兰地区一个小小的文化中心。马克·吐温以性情开朗幽默和交游广阔著称。当年耀亮北美文化星空的众多作家、诗人、学者、牧师和各界名流，都曾是这里的常客。我当时竟没有想到，在这些星斗般的"常客"里，竟有着众多位我甚为熟悉——与我辈同血缘、同根源的先人。走笔至此，且让我先按下不表吧。

这座马克·吐温平生居住时间长达十七年之久的老宅，却不是作家的真正"根源地"。出生于 1835 年的马克·吐温，本名萨缪尔·兰亨·克莱门斯，他的另一个著名故居位于密西西比州北部的汉尼伯小镇，那是他出生、成长的地方。塞缪尔十二岁那年，父亲去世了，他只好辍学，到工厂做小工、到矿山当矿工，在密西西比河上当水手，也当过排字工人和地方小报的记者编辑。"马克·吐温"是他写作以后采用的笔名，原是密西西比河水手使用的表示在航道上所测水深度的术语。正是在这样跌宕流离的底层生活中，年轻的塞缪尔接触到了蓄奴制下的黑奴、淘金热中的华工、红树林里的伐木工等等，他胸襟的良知温热，终于化成笔端下的尖锐批判与博大同情；幽默、讽刺与机智中充盈的炽热情感，铸造出他独特的写作风格。早在他成为这座雅致宅所的主人之前，"马克·吐温"已成为那个时代的闪光名字。威廉·福克纳曾言：马克·吐温"为第一位真正的美国作家，我们都是继承他而来"。海明威则说过："美国的现代文学都源自一本书，它的名字就是《哈克贝利·费恩历险记》。"而代表马克·吐温最高文学成就的几部著作——如《镀金时代》《汤姆·索亚历险记》《乞丐王子》《密西西比河的旧日时光》《哈克贝利·费恩历险记》等等，就是在我眼前的这座红砖小楼里完成的。

这真是一座饱蘸温情、饱孕灵思的小楼。据导游介绍，马克·吐温三十六岁才结婚，妻子是一位富商的女儿，这座小楼正是他的岳父送给他们的结婚礼物。这座别致小楼从房型设计到细节雕镂，都充盈着作家精细入微的匠心，可见他是何等钟爱、迷恋这个居所。从 1874 年到 1891 年，马克·吐温和妻子、女儿在这里度过了他一生中最重要、最安逸、最有灵思光彩的时光。他曾言，漂泊半生，只有这座小楼让他有家的感觉，让他觉得世界从来没有像现在这样富有意义。我的目光，久久停留在那张床沿上雕镂着云霞天使的睡床上，遐想过那些无眠的长夜，作家在此间辗转反侧、驰骋灵感神思的画面；我也曾留心过每层楼上都显得特别雅致出尘、仿佛是神仙驻足过的那些廊台廊亭，遥想当年作家在写作之余，在此凭栏纵目，让思绪穿越烟云纵横四野的场景。但是，当我随人流来到三楼——与一、二楼的维多利亚贵族气派相比显得如此简朴的三楼：一个台球桌，一张狭小书桌，一盏低矮的煤气吊灯……导游的话却撞得我心头嗡嗡作响："这里，才是马克·吐温埋头写作的地方，他最重要的那几部著作，就是在这张小桌上完成的……"

陡然之间，《哈克贝利·费恩历险记》里那条永恒奔腾的密西西比河，就蓦地雪浪滔滔地铺展在我的眼前。那个从贵族寡妇家出逃的白人孩子哈克贝利，那个在惊险中相遇、同样出逃的黑奴孩子吉姆，一黑一白结伴的历险故事，通过密西西比这条贯穿美国大陆和美国历史的大河的牵引，自由和蓄奴制的对立主题，沿河各阶层各种族的众生相——贵族、神父、矿工、骑士、娼妓、强盗、骗子、奸商……浩阔无垠的历史画卷滚烫着鲜活的生命光泽，徐徐向我铺开。我竟忍不住驻足，留在人流最后；虽然远隔着拦绳，把目光久久投向紧挨台球桌的那一边——我才注意到，不是一张，而是有两张一宽一窄、一高一低的书桌，上面都列陈着台灯、书笔、纸案。恍惚光影间，仿若还有作家唇上蓄着大胡子的侧影凝留，还有哲人踱步沉思的足音回响……眼前是密西西比河苍茫的黑夜，"星星是月亮下的蛋"，黑孩子吉姆的童稚话音在我耳边响起来，"流星是因为不听话，被月亮妈妈从被窝里踢出来的……"

噢，正是马克·吐温以贯穿全书的儿童视角（所以百年来此书一直被视作"儿童文学经典"）而写出历史先行者的深远哲思，把对自由的信仰和对自由灵魂的探索，凝铸成百年来人们常常探讨谈论的"美国精神"的厚重基石……

小楼的顶层，自然也到了游览终点。留在最后的导游并没有对我的滞步停留有所怨责，只是温婉一笑，抬手指指专为游览结束新辟的楼梯出口；我和妻便带着诸般留恋不舍离开了小楼，又到博物馆大厅观看了相关的文献纪录片，才最后向这座马克·吐温逝世前曾先后做过学校、公寓和公共图书馆分馆的古旧建筑告别（此建筑直到 1962 年被列为美国国家历史地标之后，才于 1974 年作为故居博物馆向公众开放）。以至多少时日后，我和妻的日常话题，都似梦云牵绕一般，一直离不开开篇提及的那句马克·吐温名言的确义讨论。

"——你老兄可知道,容闳曾是马克·吐温的知己好友吗?"真是一语"惊醒梦中人"!我万万没想到,因为马克·吐温故居行的感动而放上微信朋友圈些许影迹文字,被友人的一席话点醒,才让我有了下面这一段与我辈华族紧密相连、又与个人经验休戚相关的史迹的追寻与追溯。

——容闳,容闳!一个如此熟悉又如此亲切的名字!——真的吗?鼎鼎大名的马克·吐温,真的与我这位来自同一故乡(广东中山,古称"香山")的耶鲁先贤,发生过亲密联系、有过密切交往吗?随着浏览追溯,惊喜和震撼,却接踵而来——不仅仅是容闳(1829—1912),这位现代中国走向世界第一人,我的耶鲁先贤先辈;还有容闳自耶鲁学成归国后再带到美国来的中国历史上第一批公派留学生(习称"晚清留美学童",1872—1881),都曾与马克·吐温和他的这座红砖小楼,发生过非同寻常的紧密联系!——噢噢,不独此也,早在塞缪尔青少年的流浪时期,马克·吐温就在北加州的淘金潮中、红树林的伐木工里,还有过万华工参与修筑的北美太平洋铁路的工地上,密切结交过早年的华人了!

面对当年弥漫整个美国白人社会的排华情绪,报章漫画里各种对"拖着猪辫子"的华人形象的诋毁侮辱,马克·吐温在1872年出版的《艰苦岁月》一书中(以及他众多的单篇文字中),如此字字入骨入心地写道:中国劳工"安静,平和,温顺,不会喝醉酒,勤恳耐劳。不守规矩的中国人罕见,懒惰的根本不存在"。"一个中国人只要还有力气动手,他就不需要任何人的帮助。白人常常抱怨没有活儿干,而中国人却从不发这样的牢骚;他们总是想方设法去找点活儿做。"在书中,他对华人的悲惨处境做了如此沉痛的总结:"华人替白人承受一切控罪,白人偷盗,中国人赔偿;白人抢劫,中国人坐牢;白人犯了凶杀案,中国人去替死。任何一个白人都可以在法庭上,以宣誓的方式剥夺一个中国人的生命,但中国人却从不被许可作证而使白人入狱。"

——坦白说来,我,作为一位深入研究过容闳当年(1850—1854)留学耶鲁行迹的同乡晚辈,又作为曾专门研究、写作并公演过描写早年华工修筑北美太平洋铁路的清唱剧《铁汉金钉》的歌词作者，我是极力忍着心绪和笔尖的抖颤，才能录下马克·吐温上面这些当年敢于逆流而上、挺身而出，为备受歧视欺凌的华人华工仗义执言的铿锵话语的！（史料记载：当时马克·吐温曾因为在报章里发文为华人说话而受到舆论围攻，因此被报社开除，丢掉了记者饭碗）当年，在那个由于受全社会负面舆论的哄抬，从1880年起由国会正式通过《排华法案》的灰暗年代（此歧视法案直到1946年美中已成二战盟国时才得以取消），马克·吐温以一己之力，拼力振臂呼出、白纸黑字写下的这些话，简直就是瀚海荒漠中的惊雷、寒夜黑幕下的闪电，隔着百年尘埃，仍能让人感受到它的炙人的热啊！

还是回到眼下这座红砖小屋吧。容闳，自1875年第一次踏入哈特福德市区马克·吐温家这座刚刚建起一年的宅所开始，他就成了马克家时时高朋满座的知名厅堂里的常客了。从上述纪年可知道，1872年，因容闳极力向清廷重臣李鸿章、曾国藩建议而终获批准，再由容闳亲自率领的首批年仅十二岁的留美学童抵达美国的时候，第一个落脚点，就是容闳已非常熟悉因而人脉丰富的美东康涅狄格州的州府哈特福德市。而当时容闳常住的留美事务局宅所，就位居马克·吐温新居附近的两三个街区之外。——那么，马与容之间，谁是这两位中西大贤的牵线人呢？又一个容闳史料中同样熟悉的名字出现了——耶鲁董事、学者牧师约瑟夫·推切尔。推切尔当年曾在耶鲁法学院专门发表讲话表彰优秀毕业生容闳，此讲话后来被收入容闳的自传《西学东渐记》而成为此书的代跋。推切尔所在的教会离容闳的"留学事务局"信步可达，而推切尔，恰恰正是马克·吐温终生最信任、关系最亲密的挚友。他早年曾为马克·吐温主持婚礼，而若干年后，当马克·吐温的享年不永的妻子和女儿都先于他相继去世时，亲自操办马克家后事和葬礼的，也是推切尔；直至1910年马克·吐温最后逝世，其哀荣备至的隆重葬礼和追思会，也都是由年迈的推切尔主持的。不仅仅是机缘凑巧——容闳当年在美国的婚礼，以及日后另一位著名留美学童李恩富（他的曾孙子曾是我的学生）在耶鲁的婚礼，推切尔同样正是他们的证婚人和主婚人！

细读史料，马克·吐温、推切尔与容闳，这三人之间情义深笃，绝非泛泛之交也！当年马克·吐温的新家，虽没响应当地教育机构的呼吁，像众多美国家庭一样被分配接纳中国学童留住，但他却常常邀请容闳和学童们到家里来做客。容尚谦等幼童与马克·吐温的两个女儿曾经是哈特福德高中的同班同学。马克女儿朱莉娅和他们成了好朋友，常常在家里教他们弹钢琴和唱歌，关系非常融洽。几年后风云突变，当中国学童们纷纷考进耶鲁、宾大、哥大等名校，在学业、体育、艺术等领域渐露头角，广受美国社会瞩目之时，有心人却将留美学童"剪辫子""穿洋服""只识洋文""必定全盘西化"的密函送抵清廷，据知"老佛爷"慈禧太后闻讯大怒，虽经容闳一再上书解释规劝，李鸿章仍旧下令撤回全部留美学童。情势万般危急之时，容闳紧急求助老友推切尔，商请马克·吐温出手相帮，马克·吐温便亲自驾马车到纽约，求见他的老友、当时的美国总统尤利西斯·格兰特，恳请格兰特总统亲自给李鸿章写信，留住留美学童。格兰特总统的亲笔信函曾让李鸿章深为感动，而使得清廷撤童之举延宕了一年；终因保守力量的无法抗衡，1882 年后，一百二十多名留美学童几乎全数被强撤回国（仅有个别抗命不回），中国近代史上第一波本来可以提前促进中国现代化的留学潮，就此夭折落幕。心境黯淡的容闳也随之返国，曾先后参与康有为、梁启超的百日维新和孙中山的抗清革命活动。他在"戊戌政变"后受到清廷通缉而逃到香港时，甚至还曾给马克·吐温和推切尔写信，试探是否能用赈灾的名义向美国国会申请资金，资助当时中国境内已风起云涌的反清革命活动。

——安危相牵，命运相系，休戚与共。容闳和马克·吐温之间的紧密纽带，那是连接两洋两岸、两个大国民族之间的历史纽带和情义纽带啊！

1900 年庚子之乱，八国联军打进北京，圆明园被二度抢劫焚烧。刚刚自欧洲返抵美国的马克·吐温愤而发声，以他著名的尖锐讽刺笔调，公开质问：这难道就是西方传教士为亚洲殖民地带来的"文明祝福"吗？！"现在全中国都起来了，我同情中国人。他们一直在受欧洲掌王权的强盗的欺负。"他预言说："中国终必获得自由，拯救自己。"由此我想起，早在 1861 年，在大西洋彼岸的法国，有另一位面对英法联军第一次洗劫圆明园的暴行时挺身而出的西方作家，他就是维克多·雨果。当年雨果，如此拍案而起："有一天有两个强盗闯进了圆明园，一个打劫，一个放火……他们一个叫英吉利，一个叫法兰西……"

马克·吐温、维克多·雨果，这两颗同为中国人的苦难而颤抖的人类良心，此时却像浩渺星空上两颗互相辉映的星辰，苍茫大海上两盏耀亮黑暗的灯塔，炯炯闪烁在我眼前。年少时我曾背着行囊在欧洲大陆流浪。雨果故居，曾是我踏足巴黎的第一站，也是我迈向文学之海、智慧之海的第一艘舟船；如今我已步入人生的秋天，却在步进马克·吐温故居后，再一次拓展了灵智心胸，获得全新的人生领悟——以自由正义为念，以平等至善为怀，从"己立立人"到"推己及人"再到"成己成人"——以一己而及天下，做人当如是，作家当如是，文学，亦当如是！

马克·吐温、维克多·雨果，多么相像的两位隔洋相望的文学先贤！这样两个近似的画面，此刻浮现在我眼前：

1900 年 10 月，离开美国本土将近十年，作"赤道环球演说旅行"归来的马克·吐温回到美国，成千上万的纽约市民纷纷拥上街头，像迎接战场上凯旋的民族英雄一样，用鲜花彩带迎接这位多少年来为人的自由权利呼号、为弱势平民种族发声的美利坚的良心。日后有评论家称："他是美国文学中的林肯。"

1885 年 5 月，维克多·雨果在巴黎病逝。上百万的巴黎市民闻讯从四面八方拥进凯旋门和香榭丽舍大街，以漫天的泪雨、花雨为雨果送葬。见此壮伟的场景，在场一位官员说："我们出席的不是葬礼，而是加冕礼……"

此刻，史册上的浩瀚人声、漫漫人潮，在我眼前化作了人类文明世界那个滔滔无垠的大海。而马克·吐温和维克多·雨果，还有灿若繁星的其他经典作家和他们的经典作品们，正是国族和民族、人生与生命的漫长航行中的"压舱石"。——是的，"压舱石"。他们和它们，代表着人类文明的质地，生命价值的分量和个体灵魂的厚度深度和广度。"I am not an American, I am the American." 行文至此，此语何解？或许已经无须赘言了。

回头远望，密林晨雾间的马克·吐温故居——那个方阁尖顶、如帆若樯的红砖小楼，果真像迷茫雾海上的一条大船啊！

载于《作品》2022 年 1 月

与松鼠共舞三十载

[加拿大] 孙 博*

平生首次与松鼠邂逅，还是在遥远的 1990 年。

那年仲秋，我从黄浦江畔抵达加拿大的滑铁卢大学。该校位于多伦多西面一百公里处，素有"加拿大麻省理工学院"之称，我有幸到心理学系担任访问学者。一天傍晚，我从人文研究大楼步出，迎接我的是满天晚霞，瑰丽而多彩。走了几步，见好几只松鼠在草坪上蹿来蹿去，有的正抱着小松果，大快朵颐呢。它们毛茸茸的，有着蓬松的长尾巴；其外表颜色各异，有灰色、青灰色的，也有褐灰色、黑褐色的；它们身体匀称、灵活，十分温顺，特别惹人喜欢。

我自幼在上海市区长大，除了在西郊动物园见过松鼠外，从来没有近距离接触过它。我怀着十二分的好奇，驻足静静观赏，流连忘返。一旁同系的洋人博士生丽莎告诉我，松鼠是加拿大常见的野生动物之一，它们的牙齿很尖锐，百分之八十的时间都在觅食。

据她所说，她父亲是一名动物学家，所以她从小就有机会与各类动物打交道，羡煞旁人。她说加拿大是一个野生动物的乐园，随处可见人与动物和睦相处的景象，无论是繁华的市区，还是寂静的乡村，

* 加拿大华人作家、编剧。现任加拿大网络电视台总编辑、加拿大中国笔会会长。出版长篇小说《中国芯传奇》《回流》《小留学生泪洒异国》《茶花泪》《男人三十》等十多部著作。发表影视剧本《中国智造》《中国处方》《中国创造》，担任三十集电视剧《错放你的手》编剧。曾获四十多项剧本、小说、散文奖。

野鸭可以大摇大摆地横穿马路，所有汽车必须停下让路；浣熊悠闲地在屋前跑来跑去，甚至在你眼皮底下停留对视；在偏僻的乡村，还会见到郊狼、黑熊、美洲狮等等。丽莎告诉我，加拿大对野生动物有严格的保护措施，并且还有完善的法律保护。各级政府还对国民开展教育宣传，传播爱护动物、尊重生命以及人与动物和谐共处的理念，因此加拿大人对所有动物都表现出一种特殊的关怀。

临分手时，丽莎还特地关照我，松鼠四肢强健，有钩状锐爪，具有一定杀伤力，千万别冒犯它。对于她的谆谆告诫，我根本没放在心上……

第一次与松鼠有亲密接触，是在1996年。那时，我婚后在多伦多北面买了第一幢房子。房子虽然不算大，但"巨无霸"式的后院如半个足球场，还有好几棵苹果树、梨树、柳树。平日走进后院，随时都会看到一只或多只松鼠在那里，不是在玩耍，就是在觅食。

也难怪，松鼠遍及南极以外的各大洲，连大洋洲都引入了，据说种类多达近三百种。从海拔六千米的雪山到太平洋中的热带岛屿，从西半球到东半球，除了接近极地或者最干旱的沙漠中气候极端恶劣的区域，松鼠科的物种活跃在各种陆地环境下。据科学研究，松鼠还在生态系统中扮演着极其重要的角色。

我在后院见到的松鼠，每只大约有一磅半重，身长十英寸左右。它们一般以草食性为主，食物主要是种子和果仁，也会吃鸟蛋、水果等。据说部分松鼠会食昆虫，其中一些热带物种更为捕食昆虫而进行迁徙，甚至叼走山雀雏鸟。

松鼠喜欢寻找高而温暖的地方筑巢，牢固的大树、建筑物的阁楼都是它们喜欢栖居的地方。据我长期观察，松鼠全年活动，并不冬眠，每日开始活动时间与日出时间相仿，而结束活动时间与日落时间并无明显关联，有时晚上也会见到它。松鼠的活动节律受气候条件的影响较大，暴雨、大风和严寒酷暑都会减少活动时间。夏季在上午、下午各出现一个活动高峰。春季、秋季的活动格局介于冬夏之间。在严寒天气条件下，它也会留在巢中几天不活动。

据书籍记载，松鼠在某些地方是幸运的象征。因为那里人们不经常看到松鼠，所以每当看到松鼠，他们就会觉得很幸运。我几乎每天都能看到数只松鼠，也可算作幸运之人了。

后来，两个儿子相继出生，我们一家四口与松鼠玩得愈来愈"嗨"。一年四季中除了冬天，常常与松鼠上演"共舞"的大戏：它跑我追，它停我蹲，它进我退，它走我转……几个回合下来，累得气喘如牛，但乐此不疲。

在一个盛夏的傍晚，我们四口刚在后院打完一场"水仗"，只见一只大松鼠伏在草地上，全神贯注地啃苹果。一眨眼工夫，一只小松鼠也来了，大概想分享美食。大松鼠的身体马上往前倾，发出"嘶嘶"的叫声，好像是警告小松鼠别过来。可怜的小松鼠只好在旁边观看，流着口水，还发出"咕咕"的生气声，似乎对大松鼠感到很不满。不一会儿，大松鼠轻轻叹了一声，仿佛发出了盛情的邀请，小松鼠马上冲上前去，加入共享大餐的行列，高兴得呜呜叫，画面极其温馨感人。

我从内子手上接过相机，往前靠拢几步，准备按快门。谁知，它们箭一般跑到旁边的树丛里去了，早把苹果抛到九霄云外。我和六岁的大儿子走进树丛，四下寻找，也没见到它们的踪影。瞬息之间，我感到背后有窸窸窣窣的声音，赶紧回身打探，却见大松鼠从我脚下蹿过，又逃之夭夭了。

未曾料到，我们刚走回原位，只见大松鼠已伏在那儿啃苹果了。一旁的内子和三岁的小儿子，也看得傻了眼。我绝不甘心，今天非要拍下它的尊容不可。我跨前一步，它立马也看到了我，睁大眼睛打量我，好像在揣摩我的心思。我再往前挪了半步，准备对焦。说时迟，那时快，松鼠突然发出尖叫声，像发了疯一样扑向我，令我躲闪不及。我火速将相机扔在草地上，顺手拿起玩具水枪，与它展开搏斗。安全起见，内子已抱起小儿子回屋。大儿子马上拿起扫把，也加入战斗。松鼠见形势不妙，马上转身逃逸，边尖叫边"噌噌噌"地爬上了树。

这时，我才感觉左手背略有疼痛。再仔细一瞧，表皮被松鼠的利爪抓伤了，还有两道血印呢。此刻，我终于明白丽莎多年前的忠告了。松鼠在享受美食时，是不喜欢被人围观的，更不用说近在咫尺地拍照了。内子见状，立即开车，带我去附近的医院。医生一看，马上涂了药，还配了消炎丸，所幸并无大碍。也许有心理阴影，从此，我们家人再也不敢近距离接触松鼠了……

到了 2003 年，我们换了大房子，但后院反而比旧房子小了很多。如今的大城市，寸土寸金，新建筑大多如此。一年四季，在住宅四周均能见到松鼠，但概率不大。也许与新的住宅区有关，松鼠的窝并不多见。随着两个儿子的长大，全家对松鼠的关注度也逐年下降了。

冬去春来，日月如梭。最近几年，在屋外见到松鼠的频率愈来愈高，都是因为向日葵。记得 2016 年的一个五月天，岳母照例来我们家度周末，她兴冲冲地拿出一小包向日葵种子，说是从邻居那里要来的。我们两口子分别在上海、广州的市区长大，对园艺一窍不通。岳母似乎看出我们为种植犯难，挥挥手说亲自来种。一声号令之下，我去前院的花槽松土，她们母女播种、覆土，三下五除二就完工了。

春风吹拂，夏雨滋润，向日葵越长越高，两个月后，它真的盛开了。它的叶子像一把把大扇子，绿油油的；头顶上长出了绿色花盘，花盘一天天长大，像个小轮子，黄黄的花瓣围着花盘，远看似金黄色的小太阳，近看像娃娃的脸庞。由于种子的品种不一样，开出花的形状和颜色也不尽相同，花型有单瓣的、重瓣的，甚至还有三瓣的，有单花的、多花的，花色则是各种各样的黄。它们似乎每天都在微笑着面对太阳，永葆向上的姿态，难怪司马光留有"唯有葵花向日倾"的名句。

我的书斋落地窗正对着前院，伫立窗前，迎面扑来的是一片金黄色的向日葵。看着看着，有时竟恍恍惚惚起来，不知身在书海，还是花海？看着一张张绽放的"面容"，心情舒畅，思路敏捷。岳母周一回家，有时也会采上几株向日葵带走，说是做室内插花。我们有几次探访朋友，也顺手摘几株带有水珠的向日葵当礼物，朋友们都爱不释手。

通常向日葵的花期只有两三周，有稍纵即逝之感。好在我们家的花多，开了一茬又一茬，如同前线浴血奋战的斗士，倒下一批，又有新的一批冒出来，花期长达两个多月。到了深秋，岳母用小塑料袋包上成熟的花朵，留下自然落下的种子，等到下一年再用。没过几天，前院突然来了好几只松鼠。隔窗仔细观察，原来它们是来吃葵花子的。反正种子早已留下了，就让它们来吃剩余的吧，多出来的到时也是当垃圾扔掉。一举两得，何乐而不为呢？

翌年，我们家的向日葵种植如法炮制，依然由岳母挂帅，内子相助。秋收时，发现松鼠提前来吃葵花子了。幸运的是，我们收集到的子儿足够下一年用。

到了去年，已是第三个年头种植向日葵了。不同的是，正值内子的二姐从广州来多伦多探亲。五月初，她到我们家做客，自告奋勇要与年过八旬的岳母一起种植向日葵，教师出身的她松土、撒种，乐在其中。岳母还特意多种了一点儿，说是专门给松鼠留下一定的"口粮"。只可惜二姐七月中旬回国时向日葵尚未开放，只有绿叶在疯长，她回到广州后一直牵挂异国的这片向日葵，几乎每天都通过微信询问。七月下旬向日葵盛开后，我们拍了很多照片传给她，这些向日葵是她亲手种下的，花里藏着她的无数情感……

一场瓢泼大雨，直接把多伦多送进深秋。前院向日葵的绿色花盘开始变黄，花盘外的花瓣也慢慢凋谢，花盘里结出了数不清的葵花子儿。这些葵花子压得向日葵抬不起头来，似乎在悄悄地告诉我们："快来收获吧！"

本想与前两年一样，等周末岳母来时一起再用小塑料袋收种子，未曾料想第二天起床后，我看到草地上有不少葵花子皮，再仔细检查，两个大向日葵上的子儿几乎全被吃光了——这肯定是松鼠干的好事！

我们六神无主，打电话向岳母求救，她老人家像个前线司令官，严肃而又大声地命令道："赶紧把大向日葵头全部用塑料袋包起来！"

我们立刻照办，一共包了二十多个。后来两天相安无事，我们终于松了一口气。白天，我看到松鼠在前院来来往往，刚开始我一拍手，它就逃跑了，到后来用小木条赶它都不走。它就蹲在窗台上，津津有味地吃着葵花子，时常发出叽叽喳喳的满足声，有时还大摆姿势让你拍照，真是让人爱恨交加。吸取以往的教训，我只是远远地用手机拍摄。毕竟我们不可能二十四小时与松鼠搏斗，索性成全了它们，就让它们吃个够吧！

万万没料到第三天起床后，这二十多个塑料袋全部被撕破了，里面的葵花子不翼而飞。可恨的松鼠，真是一年比一年聪明，那一个个小塑料袋成为它们觅食的"指路明灯"，它们可以轻而易举地大饱口福。两个回合下来，我们完败。

事实上，上一年秋收时就发现这一严重问题。今年它们变本加厉，找来同伙，共享丰盛的大餐。真是"人怕出名猪怕壮"，狡猾的松鼠怎会放过这一大片招摇的葵花呢？

再说，松鼠的牙齿每天都在不停生长，为了控制牙齿的长度，必须不停地啃咬东西。多伦多曾经发生过一宗惨剧，松鼠咬破一家住户的房顶，然后进入到阁楼。它们在阁楼咬坏了电线和木梁，带来火灾等毁灭性的灾难。松鼠通常在整个房顶活动，利用阁楼里面的保温棉筑巢。它们还住在烟囱里堵塞换气管道，给换气带来影响。屋顶的通风口通常都是塑料或者胶皮的，松鼠可以很轻松咬破并进入。

松鼠四处乱窜，实在是难以捕捉。移除松鼠需要找专门的公司，既花钱又伤神。有一次我在电视上看到，一家公司帮住户查看到松鼠的入侵位置后，使用专业的单向门系统，该设备吸引松鼠从阁楼里面自己出来，防止以后再进入。移除完所有的松鼠后，又将入侵点进行保护，用镀镍镉的专业野生动物防护网保护相应的损坏区域，避免松鼠再次进入破坏。

相比以上的惨剧，我家的向日葵成了松鼠的囊中之物，只好阿Q式地自我安慰一下：总比它造成灾难要好！

岳母得知"战情"后，破例连夜赶到我们家。借着灯光，她把三十多个即将成熟的葵花头剪下，拿到屋里。岳母将它们摊放在靠窗的桌子上，关照我们每天要给它们晒太阳，干透后就可以收葵花子了。我问她明年是否能用，她点点头，但没有吭声。

岳母似乎看出了我们的担忧，她走进厨房，打开橱柜，取出来一小包葵花种子。这是她去年留下的，今年播种时没用完，大约有近百粒，我们并不知晓。看来她早已未雨绸缪，钦佩之情油然而生。

她老人家指着葵花种子，淡淡地说："即使今年的种子一粒都不能用，明年一样会有好收成……"

今年的人间最美四月天，岳母决定提前播撒葵花种子。但过了两周，也未见发芽。再翻土一看，种子颗粒不存。

这时，对面邻居告诉我们，上周曾经看到好几只松鼠光顾。原来，又是它们干的好事儿！岳母立马取来备用的种子，进行第二次播种。紧接着，又在上面撒了较厚的泥土，还浇了水。过了十多天就有动静了，绿芽终于钻出泥土。后来，绿叶一天比一天高。

苦苦等待，是一种撕心裂肺的煎熬。终于等到炽热的七月底，我家前院的向日葵终于又盛开了。两百多株向日葵像两百多个小太阳，在蓝天白云下热烈绽放，令各种肤色的路人驻足观赏，不停拍照。这美景已是连续第四个年头了，也成了方圆三公里独一无二的风景。

八月中旬，我又见一只松鼠蹲在书房的窗台上，它虎视眈眈地看着葵花。可惜，当下还没有子儿供它享用。

透着玻璃窗，我指着它说："小子，别急！到了秋天，跟你还有一场共舞呢！"

它发出响亮的喷气声，似乎在说："到时较量，看谁能赢？"

转眼进入深秋，松鼠竟然纠集一帮同伙，大肆吞噬我家的葵花子。在岳母指挥下，我们与松鼠展开了一场"你死我活"的搏斗。为防它们吃完全部的葵花子，我们只好提前剪下数个并不十分成熟的葵花头，拿到屋里晒干取子。

行文至此，明年栽种所需的子儿总算收集完。窗台外，松鼠依然摇着尾巴大吃着葵花子。它吃它的，我做我的，各取所需，互不干扰。若要论输赢，只能说打个平手。或许，这就是矛盾对立中的和谐共处吧。

载于《上海文学》2021 年第 5 期

只要有土！只要还有土！

[美国] 王鼎钧*

前辈诗人戴望舒有一首作品，开头说："我用残损的手掌，摸索这广大的土地。"我很奇怪，他四肢健全，为什么说"残损的手掌"。读诗不能照字面的意思来了解，真正的意思在字面背后，文学家称为"意象"，"残损的手掌"只是"象"，那么它的"意"呢？我想各位国文老师在课堂上可以有不同的解释，我的体会是，那年代国难当头，一个文学教授恨自己不能只手擎天，残损的手掌无用了，整天藏在袖子里，轻易不露出来，现在为了抚摸祖国的土地，不再顾忌。他以诗人的想象力，摸到长白山的雪，黄河的水，江南的稻田，还有（侵略者留下的）血和灰。他也摸到祖国还有温暖，犹如恋人的柔发，婴儿的母乳。

对祖国土地的爱恋原是人之常情，小说电影常有描述，天涯游子，倦鸟归巢，看见自己在祖国的土地上留下的脚印，心满意足。也有回

---

* 山东临沂人，著名散文家。旅居台湾三十年，以"人生三书"《开放的人生》（1975）、《人生试金石》（1975）和《我们现代人》，以及形成个人风格的标志性作品《碎琉璃》（1978）等，奠定文坛地位。1978年离开台湾定居美国，著有《山里山外》（1982）、《海水天涯中国人》（1982）、《意识流》（1985）、《看不透的城市》（1984）、《左心房漩涡》（1988）、《两岸书声》（1990）、《随缘破密》（1997），回忆录四部曲《昨天的云》《怒目少年》《关山夺路》《文学江湖》等，为一代散文大家。出版有作文四书《灵感》（1978）、《文学种子》（1982）、《作文七巧》（1984）、《作文十九问：作文七巧补述》（1986）。

归者进入海关以后，屈膝下跪，以额触地，前额沾上一层黄土。在西洋人制作的电影中，那人亲吻祖国的土地，以吻为礼是他们的风俗。音乐家肖邦是波兰人，死在法国，他随身带着一抔波兰的土，这抔土随着他的遗体一同下葬。畅销小说改编而成的电影《乱世佳人》，女主角郝思嘉旧业荡然，一切随风而逝，她站在田野里抓起一把土，举土过顶，口中呐喊："只要有土！只要还有土！"然后镜头往后拉，旷野变大了，人变小了，声音反而更洪亮了："只要有土！只要还有土！"

我总觉得手掌的神经丰富灵敏，残损的手掌仍然是手掌。新闻报道常常告诉我们，某一位年轻人不幸失去了双手，他用两只脚弹钢琴，到处演奏。某位年轻人失去双手，用脚勤习书法，真草隶篆都受人称赏。当我们面对挫折时，感激这些成功的榜样增添了我们的毅力，可是我总觉得人在写字弹琴的时候，手掌的敏感起了作用，没有手掌参加，音乐和书法的成就毕竟略逊一筹。人的前额固然尊贵，但是一层皮包着骨头，比较迟钝。人的嘴唇浪漫多姿，教它与墙壁接吻岂不用错了地方。双脚屈居下流，忍辱负重，哪里还有闲情逸致，跟你拈花微笑，不言而喻？所以戴先生说：用我残损的手掌。

说到土，我的手掌痒痒。忘不了黄河流域河南北部的黄土，一片金色绫缎，极目无边。土粒极小，没有风也可以浮起来，钻进你的每一个毛细孔。土层深厚，又松又软，走在上面豪华，坐下去尊贵，捧在手里想象女娲娘娘用黄河的水和泥造人，泥比土多了些重量，弹性，滑润，艳阳又给它添些温度，做哺乳动物比其他物种幸福。天广地旷的黄土，伟大庄严的黄土，埋葬祖先，养育子孙，锻炼英雄。

我拈过东北的黑土，全世界仅有四大块黑土区，中国的东北平原占了一个。这是最肥沃的土壤，"一两土二两油"，"插一根筷子下去也能发芽"。我没有亲身踏上那黑土地，你得有那个福分，我的同事从那个地区来，脱下军靴，用大头针挖靴底的沟槽，把里面的黑土挖出来，放在雪白的公文纸上，大家传阅。我伸出拇指和食指捏起那么一丁点儿，像捏住一颗钻石，想起抗战时期流行最广的歌曲。黑土！人间的宝地！国家的祥瑞！农业的神话！

我还经过一片沙土地，已经忘记是哪一省，那是一次长途奔波，中午打尖，面里有沙，弄得我牙齿酸软，不敢咀嚼。店家解释，这一带农田沙土混合，他们一代一代都是这样吃，教我放心。卖面的席棚搭在大路旁边，后面就是农田，我走进去察看，土壤的颜色比较淡，还不能算是白，伸手抓起一把，土粒和土粒之间的距离比较大，里面空气比较多。论皮肤的感觉，手在黄土里亲密，像居家，手在沙土里比较疏离，像做客。

后来知道，土壤含沙量在百分之五十以下照样可以耕种，这种土壤松软，耕作省力，通气，微生物活跃，植物容易生根，容易吸收水分，它的短处也是它的长处。后来知道岩石风化成沙，土者石之精也，沙本来也是土。土何年成为石，石何年成为沙，沙何时还原为土，这一方人士不操这个心，只要庄稼能长出来，大家鸡鸣而起，没有远虑近忧。一方人流汗开垦的土，流血保卫的土，安身立命的土，那天供给我一顿很便宜的午餐。现在，我知道他们的土里仍然有沙，我希望他们的面里没有沙了。

现在知道，人对土地的爱要扩大，扩大到爱整个地球，地球是人间最大的一块土。不知不觉，在我们讴歌科学的时候，问题来了，在我们醉心进步的时候，问题来了，这个问题的名字叫"土地污染"，我们一代一代人把土地弄脏了，再脏下去，水不能喝，粮食不能吃，留得青山在，仍然没柴烧，人都不能活了。"只要有土！只要还有土！"但必须是功能正常的土。怎么办呢，办法有，一言难尽，以后的日子里，有心人随时会在你耳边叮咛。

这些年，我住的地方离土很远，土，都被严丝合缝的水泥盖住了，被精心修剪的草坪占据了，被各式各样的栏杆围起来了，许多孩子从幼稚园到高中，指尖没碰过土。教育家说这样不好，家长和教师要想办法使孩子们亲近土，喜欢土，心中有皇天后土。于是在我的日记本里有这样一幕：

出门散步，经过一所小学，见一位女教师率领十几个小学生在学校门外一小块空地上翻土拔草，中年教师像母亲一样教孩子如何使用工具，掘地破块，挑出草叶碎石，如何把手掌埋入土中，享受某种感觉，再轻轻抚平土壤。

依照这里的规则，师生工作时都戴着手套，但是双手亲近土壤的时候都把手套脱掉了，教师也和学生一同检查土壤中有没有可能刺伤皮肤的东西。"抚平土壤"是这一场小小戏剧的高潮，这时身材高大的女教师跪了下来。

我相信这是一种教育，这里是人口密集的地区，孩子们也许只能在大楼兴工挖掘地下室的时候看见泥土，那是不准走近的；他也能在阳台的花盆里看见泥土，那是经过化学处理的营养土，不堪碰触。所谓大地，在他们不过是水泥、柏油、方砖、石板和草皮罢了。教师带他们认识一下"人类的母亲"，或者对他们发生不可思议的影响。

走过一段距离，回头远望，校外路边这块小小的空地中间竖着高高的旗杆，孩子们的头顶上国旗正在晴空中飘扬。

载于《明报》2021 年 3 月

潮湿还魂记：太平湖的地形雨

[新加坡] 王润华 *

一、潮湿爬上雨树

从童年开始，我常常去北马的太平湖公园（Taiping Lake Gardens）游玩，那是我家族在清朝第一代移民马来西亚最早落脚的地方。我的叔公王水杨在这一带开采锡矿，所谓淘金，结果真的一夜之间致富，成为当地的侨领，他遗留下来的马来式的吃风楼大豪宅，为童年最向往的地方，但是慢慢的，太平令我最神往的是阳光、潮湿、雨树与地形雨。

每天在中午左右过后，艳阳高照，占地六十二公顷的太平湖，就如一个大火炉，当我站在几百棵雨树下躲避毒辣的炎阳，雨树高举青翠的雨伞，好像诉说攀爬上树身，快速繁殖的，美丽的雀巢植物，原是潮湿的灵魂的故事。

太平湖是少数同时拥有湖光山色的湖滨公园。雨树是太平湖独特的奇景，由于十个湖泊的距离不远，每一棵树同时会有好几个树影落在不同的湖水里。清澈的湖水，使人一时难辨真假。

---

* 新加坡人，1941 年生于马来西亚，美国威斯康辛大学博士，曾任新加坡国立大学人文与社会学院助理院长、中文系教授兼主任、中国台湾元智大学人文与社会学院院长与中文系主任、人文与社会学院院长、新加坡作协主席，现任南方大学学院资深副校长 / 讲座教授。曾获新加坡文化奖（文学类）、亚细安文学奖（文学类）、泰国的东南亚文学奖与元智大学杰出研究奖。出版作品有《重返马来亚》《王润华南洋文学选集》《重返诗钞》《王润华诗精选集》《重返集》《榴莲滋味》等。

雨树原生地是热带雨林，如南美与亚洲的南亚与东南亚，都有大量的这种热带树木，是大英帝国在其殖民地如印度南方、新加坡、马来西亚的公园、政府办公大楼周围或豪宅后院最普遍种植的树木。雨树可高达十几公尺，宽阔的伞形树冠如一把巨大的阳伞，壮大的树干把茂密的树枝向四方伸延，树荫下可容纳百人纳凉，很有当年帝国的霸气，所以成为英国殖民官员最宠爱的风景树。

雨树高崇的树身，巨大伞状的树冠，您想象不到它原是含羞草科的植物家族，当年达尔文提倡进化论，从英国航海到澳大利亚，途经东南亚，曾考证出雨树是含羞草的突变。雨树的感情也像含羞草一样细致敏感，羽状对生的小叶，随着阳光的强弱而迅速做出反应，黄昏或阴天，它的叶子如含羞草会合起来，所以在新马古代，当地人叫它作五点钟树木，因为赤道的太阳五点就开始下山，而雨树的叶子就开始闭合，曾被人当作报时的时钟，或下雨的预告。由于热带雨林夜晚潮湿度高，天亮时分，旭阳升起，雨树的叶子张开，夜晚累积的露水一滴一滴地掉在树干上，所以增加潮湿度，变成太平湖的潮湿寄生最好的天堂。

雨树没有年龄的秘密，因为七八年到十年以上的树木，树干上就会生长羊齿寄生植物，其中以雀巢与看起来像羚羊挂角、无迹可寻的鹿角凤尾草最为普遍。这与含羞草一样的叶子的开合有关，造成露水滴落树干，周围环境的潮湿也喜欢逃往雨树上避难。

二、地形雨：潮湿还魂记

骄阳下太平湖的高温度是潮湿所造成的。远方的宾登山脉南麓山、附近的太平山，树林的苍郁、草坪的青翠、湖水的清澈都是产生潮湿的天堂。当湿润的大自然被猛烈的阳光照耀时，大量水分会被蒸发，形成强烈的上升气流，而后面的太平山，海拔一千零三十四米高，英国殖民时期的度假高原天堂，正好是迎风面，大风从不远的西海岸吹来，潮湿空气在前进途中，遇到太平山迎风坡阻挡，被迫沿迎风坡爬升，空气中的水汽因冷却而凝结，云中小水滴增大为雨滴，从而形成降雨，这叫地形雨。这就是为什么太平每天都有一阵短暂的骤雨，而这一场地形雨就是制造绿色与潮湿的使者。

我曾经一个人静静地观察太平湖的潮湿成长成地形雨的过程，写成诗歌。一群幸运潮湿爬上雨树，变成美丽的雀巢或羚羊挂角的羊齿植物。其他的潮湿，在毒辣的阳光的追赶下，像海啸驱赶的野兽，一群一群的潮湿在逃命中变成地形雨，这是每天的潮湿的行程：

毒辣的阳光
追捕一群一群的潮湿
像海啸驱赶的野兽
顺着风
奔向山脉
发现悬崖峭壁阻挡住去路
发出凄惨的尖叫

潮湿
生命最后的气流
被迫缓慢上升
绝热被冷却
凝结成豆形的眼泪
一滴一滴落在殖民时代
遗留下的十个湖泊
白人的度假别墅

三、湖光山色：土地的伤口

因为典型性的地形雨，太平也被称为雨城，当地的雨量比起马来西亚的其他地方多一倍，也是世界上最多雨的地方。殖民地的历史告诉我，太平的地形雨，象征受伤的土地而流的泪水，因为太平湖的湖光山色，原是殖民主义时代锡矿被挖掘后，在我出生土地上留下的伤口。

根据太平的地方历史，华人移民最早在此发现地下蕴藏丰富的锡矿，引发早期华人帮派争夺地盘而展开血腥争斗的地方，后来英国殖民政府在平定这些纷争之后，将原来马来地名拉律改为华文太平，希望永远平安无事。锡矿物是工业时代钢铁产品重要的原料，它能防止生锈，所以这是全马最早开采锡矿的地方，早在 1844 年就全面挖掘，导致英国殖民政府发现马来西亚地下蕴藏的锡矿产量为世界第一。

太平湖占地六十二公顷，开采锡矿的方法，是深入地壳挖掘，结束之后，自然形成巨大的湖泊，1880 年被开辟成为湖滨公园。太平湖是马来西亚第一个，也是最古老的湖滨公园，由十个湖泊组成。原是英国殖民政府把锡矿采掘殆尽后遗留下来的废矿湖，发展成了今日融合自然美与人工美的名胜地，因为后面不远的麦士威尔山，华人称马来名为拉律山，海拔一千零三十四米，气温常年凉爽，介于十五摄氏度至二十五摄氏度，也曾经是英国人种植咖啡和茶叶的园地，故也被当地华人称为咖啡山。英国人在 1884 年就开辟为英国殖民高官的高原度假胜地，山上至今还留下许多欧洲建筑风格的别墅洋房，花草植物，至今还是热带的凉爽度假胜地。

现在马来西亚的人民，很多都忘了太平湖的湖光山色，原是殖民主义时代锡矿被挖掘后，土地的伤口。每天下午那一阵地形雨，是哀伤土地痛苦的泪水。我最近盼望再有机会回去，每天下午在太平湖的雨树下，观看一场地形雨，一出潮湿死后的还魂记。

选自浙江工商大学出版社
《新世纪东南亚华文生态散文精选》，2020 年版

醅酒干肉　不亦乐乎

[加拿大] 文　章*

民以食为天，小城的华人族群越来越热衷于舌尖上的享受了。

开始是到人家做客，发现餐桌上多了自家产的梅子酒、葡萄酒。有一次，喝了主人自酿的葡萄酒之后，参观了他们的葡萄藤和花大价钱买的大玻璃瓶，猛然记起多年前我家后院原本也有一棵葡萄树的。这棵老葡萄树藤枝粗壮，结实众多，可惜汁多而肉酸，口感很差。每年秋天，熟透了的葡萄会自行脱落，地上液汁斑斓，一片狼藉，引来成群的蜜蜂和蚂蚁，烦不胜烦。我们一气之下把它砍掉了。清理储藏间，发现很多玻璃瓶，同一规格，思来想去不知派何用场，也被我们随手扔进了垃圾桶。此时恍然大悟：原来那个意大利前房主在酿葡萄酒！朋友告诉我，我家的那棵葡萄树是最适合酿酒的品种，连后院那棵只有主干的柳树都是用来特供扎葡萄藤的枝条的。可惜前房主精心积攒的家当被我们的无知毁于一旦。

后来，不知从何时起，微信群里的豪宅图片渐渐被后院木架上一条条的干肉取代了，才知道不少能干的主妇都在自制腊肉、香肠。这

---

* 江苏省淮安市人，毕业于南京大学大气科学系，理学博士，任职加拿大农业部研究发展中心。作品发表在《北京晚报》《人民日报海外版》《世界日报》《家庭》《天池小小说》《文综》等刊物。著有长篇小说《情感危机》《失贞》《剩女茉莉》《玉琮迷踪》，随笔集《好女人兵法》。长篇小说《剩女茉莉》入围江苏省第六届紫金山文学奖。

些土得掉渣、曾挂在农人屋檐下餐风沐露的物件漂洋过海，在加国独立屋阔大的后院闪亮登场，成为主人的新宠。

美团、饿了么供养下的国人大概不会知道海外同胞过的是怎样的日子。这些主流社会之外的少数族裔，不光享受不到美团那样快捷、周全的送餐服务，由于工作单位没有食堂，又不习惯吃滋味寡淡的三明治，连午饭都是用前一天晚饭时盛出来的隔夜菜打发（据说富含有损健康的亚硝酸盐）。花钱去餐馆也只能吃到适合洋人胃口的"改良中餐"。华人超市里的广式月饼、广式香肠、天价腊肉等更是与来自全国三十多个省市、口味各异的华人同胞渐行渐远。相比国内的生活便利度，海外华人大概要落后三十年都不止。忍无可忍之下，主妇们出手了。

食不厌精，吃这件事是可以无限制讲究的。在微信视频的推波助澜下，小城华人从饺子、馄饨、春卷、年糕起步，到有些技术含量的馒头、包子、炸油条、苏式月饼、冰皮月饼，很快过渡到了专业化程度较高的腊肉、香肠。人们亲力亲为，精心制作各类风味小吃，讨好自己的味蕾，满足口腹之欲。尤其是腊味，不光在自家后院晒，还在朋友圈晒。那些其貌不扬的风干肉条，裹在肠衣里的猪后腿肉，仪态万方地沐浴着加国的冬日暖阳，神色傲娇，在左邻右舍贪婪或木然的目光中迎风招展。

由于父母教育理念有误，我在厨艺方面的训练极为有限，虽然从未有"君子远庖厨"的想法，一日三餐一直停留在吃饱阶段。对于这些类似炫富的行为，起初我还只是仰慕一下，心里说一句：不会做饭的飘过。直到去年，新冠病毒从天而降，诗和远方凭空消失，日子只剩下了柴米油盐酱醋茶。宅家的某日，一向做饭超难吃的老公突然宣布：我要钻研厨艺了。让我大跌眼镜的是，此公首先挑战的竟然就是做腊肉，而且一试而成！

吃着老公的实验成果，方记起古人也多是自己酿酒，自己做腊肉的。白居易《问刘十九》："绿蚁新醅酒，红泥小火炉。晚来天欲雪，能饮一杯无？"新酿的酒还未滤清，表面浮起细如绿蚁的酒渣，烫酒用的红泥小火炉烧得正旺。天色阴沉，看样子晚上要下雪，你能来这里共饮一杯吗？杜甫在《客至》中写道："盘飧市远无兼味，樽酒家贫只旧醅。肯与邻翁相对饮，隔篱呼取尽余杯。"杜甫一生久经离乱，五十岁时，才在成都西郊浣花溪头盖了一座草堂，定居下来。草堂落成后，杜甫请来好友饮酒，还客气地说：远离街市买东西不方便，菜肴简单，买不起高档酒，只好用家酿的陈酒招待你了。或者我们把邻居也叫过来，一醉方休？多么温馨的场景！想想都醉了。

孔子更过分，他在《论语·乡党》中曾斩钉截铁地说："沽酒市脯，不食。"意思是"市场上买来的酒和肉干，不吃"。有人质疑，孔丘出身贫寒，周游列国时也吃了不少苦，不至于这么讲究吧？何况《诗经·小雅·伐木》里就已经出现了"无酒酤我"的句子了，凭啥买来的酒别人都吃得独独你吃不得？《汉书·食货志》载羲和鲁匡言："《论语》孔子当周衰乱，酒酤在民，薄恶不诚，是以疑而弗食。"原来，孔老夫子生活的年代，市面上的酒已经不像周朝那样由官方制作了，礼崩乐坏，人心不诚，买来的酒或有掺假，买来的脯不确定是什么肉，所以他要求学生最好别吃，尤其不能用于祭祀。

如此说来，自己酿酒做腊肉倒有些像机器工业时代里的手工打磨呢。现代社会，市场上这类 Homemade，Handcrafted 的个性产品，因为费工费时，又有温度和有代入感，相比工厂批量生产的产品，价格昂贵得多。"盘飧市远无兼味"的海外华人们，阴差阳错把日子过成了"个别定制"。

载于《人民日报》海外版 2021 年 5 月 26 日

追求有特色的写作

[美国] 吴玲瑶*

在海外书写，女作家特别多，因为这行业无法养家活口，煮字不能疗饥，初到国外有些人要等经济稳定后才写，也因此许多人错过了八十年代文坛上的 Good Old Days。那时一篇文章出来，大家都读都收藏，报上标明寄自美国，似乎远方的事物更有令人长见识的吸引力，出书有版税可拿，书也好卖，尤其是有特色的书，一般来说可以得到广大回响。

海外最大报刊《世界日报》在这方面扮演着一个重要的角色，提供发表的园地。我就是在这种情况下开始的，从《世界日报》创刊起就写，因为读者的捧场，报社为我开辟了专栏。我体认写作的艺术造诣除了求精，还要求妙，先深化自己的思考，才能在作品中放进有价值的内容。学着梁实秋说的写作是一种纪律，不只是靠灵感，还要有规范戒律，有点苦行僧的修行，在文学的路上"匍匐"前进四十多年，

---

* 西洋文学硕士，海外华文女作家协会第十届会长。文笔以机智幽默见长，在《联合报》缤纷版、《世界日报》副刊、《中华日报》和《星岛日报》长期有专栏，影响深广。著有《女人的幽默》《比佛利传奇》《笑里藏道》等五十六本书。曾获海外华文著述首奖，文章被选入台湾高中国文课本，《美国孩子中国娘》曾获美国中文畅销排行榜第一名，《幽默酷小子》获台湾好书推荐奖，《明天会更老》在网上被转载数达上亿。为北加州北一女校校友会创会理事长，曾主持 KTSF 电视台《文化麻辣烫》。

出版过五十几本书。

　　早期海外书写有其优势，移民作家有更多国际视角，可以用双语去阅读，吸取丰富营养。在美国生活这么多年，我深深爱上老美的幽默感，人间事，尽管坎坷不如意，以谐趣切入，显得宽厚温暖，成了我写作的特色。尤其这个国家非常强调幽默的重要，不幽默无以为欢。认为幽默是一种正向能量，生活的必要，一种修养作为，厚积薄发知识累积的机智，为人处事良方，生活在这块土地上，幽默快乐能让人达到："活得好，笑得开，爱得多的境界（ Live well，Laugh often，and Love much ）。"

　　学习幽默对我成为一个重要课题，要"乐观一切，笑看人生"，要乐观得像茶壶，屁股烧红了嘴巴还要唱歌。《美国独立宣言》宣称人有追求快乐的权利。我们的先圣先贤不讲快乐，而讲伦理道德，讲吃苦，我们失落了天真无邪，已经不知如何不带负担地快乐。我们一直被教："吃得苦中苦，方为人上人"，有人吃了一辈子苦，还是普通人。

　　王尔德说："快乐是唯一值得活的事（ Pleasure is the only thing to live for ）。"人生中人人都有麻烦事，一直烦恼就是加倍麻烦。一个人再有成就再有钱，如果不快乐不懂幽默，也是白活。太严肃是一种疾病，严肃所带来的伤害就像辐射尘一样，也许看不见，但是存在，时间久了灾害就出现。心理学家巴甫洛夫说："快乐是养生的唯一秘诀。"人生能有几个秋，不乐不罢休，愁情烦事不放心头。

　　凭着这个理念，我写文章试着学习用幽默来表达，不断在文字中制造惊奇亮点，苦心锤炼，为推广正向健康的快乐人生努力，幽默是一种技巧，能为文学艺术带来画龙点睛的效果。在海外写作，我这个华裔女作家有着东方的血脉和西方的营养，有着更自由的情怀，任意翱翔于幽默的表达，融会贯通而成一种富有全新特质的文本，更通过自身的移民体验，多年的敏锐观察，道出了全球化时代移民作家对故乡和新国度的思维。

　　我的书《女人的幽默》《美国孩子中国娘》《比佛利传奇》《明天会更老》《笑里藏道》就是在这种情况下写出来的，出版时屡屡开出红盘销售得特别好，粉丝们说我的文章有特色，能一眼认出。其中《美国孩子中国娘》上了《世界日报》畅销排行榜第一名，写的是在异国养大孩子的过程，以幽默的文笔写代沟和文化差异，得到极大的回响。

大家都传诵着我孩子学中文的幽默，老师要他用"一直"来造句，他冒出"我一直是个人"。关于"发现""发明"的句子，他说"我爸爸发现了我妈妈，发明了我"。要孩子整理房间，我说是"举手之劳"，他却回说"一举手就疲劳，宁愿做'乱室英雄'"；"送葬"说成"陪葬"；"口若悬河"说成"一面说话一面喷口水"；"言多必失"以为是"话说多了，喷湿一屋子的人"；"不苟言笑"竟然被解释成"不和狗开玩笑"；"前功尽弃"说是"伊丽莎白·泰勒，她嫁了八次离婚八次，可不就是前'公'尽弃了嘛"；"寡不敌众"说是"一个监考老师面对三十个学生，应付不来就成了寡不敌众"；"度日如年"想成是"日子非常好过，每天都像过年一样"。"一言九鼎"说是"妈妈说一句话，他总顶回九句"。他问老师说："开心是很快乐的意思对吧，那关和开是相反词，关心就是不快乐的意思了？"他怕迟到很早就出门，说成"早早就出家"了。他老说些美式中文，比如"我妈妈很短，穿着眼镜，到飞机场把我捡起来""天黑了我爸爸陆陆续续地回来了"。当然还有，老师的头发很好看，他说成"老师的毛很美"。"我前天去看电影"，因为搞不清"天"的一撇出不出头，写成"我前夫去看电影"。

灵感就像出汗，要不停地写才能写得好，文字释放了我，写作是我对世界的感知与独特诠释，虽然文学市场在缩小的时代，读者得来不易，我的书却一直受到追捧与鼓励。《明天会更老》被网络疯狂传播上亿条，被盗用上万次。书里写的是进入高龄社会后的回响，原文是我在台大校友会杜鹃花之夜演讲的讲稿，有人把我名字去掉，做成PPT，十多年来热情不减一直被传，现在又被改成某企业家在校友会的演讲。

海明威谈写作时特别强调："写作的技巧，最重要的是要有同情心和幽默感。"许多伟大深刻的作品，不一定以幽默为主旋律，但都少不了以喜剧手法来表达其中的情节，作家哈金也说"喜剧是作家成熟的标志"，豁达幽默不仅是写作方式，更是生活态度。王德威提及张爱玲的幽默说："她最难学的一面是：庸俗人的喜剧，散文和短篇有自嘲和嘲人的幽默。"严歌苓一直说自己多年来写作中的"有趣",是她写作的最高指标,因此发现自己性格上有着幽默的潜能。琦君的文章,许多人都用抒情、怀旧、温柔敦厚来形容,我则喜欢她童心未泯真性情的幽默,她的小说《橘子红了》被拍成连续剧很受欢迎,她幽默地对我说:"橘子红了,我没有红。"煎个荷包蛋时说:"大漠荒烟起,黄河落日圆。"他们都是我喜欢的作家榜样。

如今经历了读写环境的变迁,网络文学颠覆了精英文学,人人都能当作家,文字的传播面和反应点越来越分化,见证了文学出版的式微,纸质书的世界日渐缩小,缩小再缩小。不像以前出书是要经过出版社的筛选,读者的考验,如今只要自己愿意花点钱就能出书,出书的人越来越多,读书的人越来越少,有些人虽宣称自己是作家,但文章只停留在"谁写谁看,写谁谁看"的心虚。

其实只要有华人的漂泊,就一定还有海外华文写作,对根的追寻,对母语的眷念,是不会枯竭的。对我而言写作模糊了现实生活中的创伤,化解成幽默与自嘲,得到的是安慰与补偿,所以乐此不疲,自寻桃花源,不卑不亢做自己。相信写作是一种锻炼,文字的锻炼,观察力、想象力的锻炼。也相信文学人口是不会完全消失的,虽然在萎缩中,成为小众,却是幸运的小众。诚如王鼎钧先生所说的:"在外国用中文写文章,渐渐成为个人的癖好,就像好酒好赌,票友唱戏,你有这个瘾,你为它花钱,千金散尽不复返,你为它受苦,衣带渐宽终不悔。"花开花谢,深深体认因为写作,使我在异国的日子变得更美好。

载于《香港文学》2020 年 12 月总第 432 期

粥

[美国]夏　婳 *

"晴日游丝乱入帘，夕阳更添酒家帘。粥香饧白清明近，斗挽柔条插画檐。"

那日读到宋代诗人这首《杨柳枝》，才知古人也喝粥。如果没有理解错误，酒家也售粥。不晓得那远古时代商家和如今的是否也有相似之处？

记得广东沿海城市的小型早餐粥铺琳琅满目，应有尽有：皮蛋瘦肉，猪肝，海鲜，生滚牛肉，及第还有艇仔鱼片白粥等等。墙上张贴着狭长的彩色纸条上写各式粥名，门口翻滚着粥的大锅旁，摆放着任意添加的各式新鲜菜蔬配料。那热腾腾的气息仿佛也在招呼晨起的顾客。或是上档次一些的酒楼广式早茶里，粥的选择品种却没有那么多了。指着菜单点，常见的品种会混杂在工作人员小推车的各式茶点里。再或是在气势颇大的专营粥店，没有冬天的广东四季都很活跃，粥不分白天黑夜地飘着独有的清香。宽敞的大厅，明亮的灯光，喧嚣的人群，不由心生迷惑，原来再普通不过的粥也可以被装点得如此辉煌？

---

* 本名于军，北美中文作协会员，《小小说月刊》签约作家，《收获》APP签约作者。诗歌散文小说剧本屡获海内外奖项，发表于各类报刊媒体，被收入多种文集。已出版小说《搭错车》《环环扣》《花落的声音》《一路狂奔》《梦落纽约》《疫情 忆情》。《梦落纽约》版权签出，改编成四十集电视连续剧。

我跑到网上搜寻一番粥的前生后世，发现粥至少有五千年的历史了，可谓源远流长。四千年前主要为食用，两千五百年前始作药用。南宋著名诗人陆游曾极力推荐食粥养生，认为粥能延年益寿，曾作诗《粥食》："世人个个学长年，不悟长年在目前。我得宛丘平易法，只将食粥致神仙。"这首诗将世人对粥的认识提高到了一个新的境界，平淡无奇的粥瞬时高大上起来。

　　我与粥的渊源颇深，当年不到一岁还未断奶被带到了外婆身边，那时生活条件差，奶粉只是偶尔才可以买到。于是我就开始了喝粥生涯。好像开始是纯白粥，然后稍加一点白糖的甜粥，再后来用酱油，添香喷喷的麻油。不知我当时喝的心情，反正到我六七岁看别的小小孩喝粥时，觉得那是一种难得美味。我也就那样喝着粥长大了，而且长得个子极高，我应该是粥的确养人的很好的实例。

　　我年幼时颇瘦弱，经常感冒伤风。一咳就是很长时间，吃下去的东西也基本吐了，胃口更是不好。外婆着急，就熬稀稀的粥，加糖，甜甜的，丝丝入心。那时的炉子要生火，熬粥小火还要时时看着。现在想来，都不清楚外婆是如何做到我喊饿时就端上热气腾腾的粥的。朦朦胧胧的记忆里外婆总是背影，在厨房灶台前不停地忙碌，那画面被我定格成生命里最幸福的场景。

　　长大后喝粥的机会少了，因为家乡的粥选择很少。基本都是白粥，要不扔点绿豆、青菜叶或者红薯，我不喜欢。加了菜的粥在我眼里不仅卖相上不伦不类，味道也是不敢恭维。只是偶尔早餐时就着油条喝点白粥。虽然炉火是方便了，但早餐却基本都是外买的。粥还是粥，但少了家里独有的温暖味道。

　　大学毕业初到广东，发现简简单单的粥，居然给整出了层出不穷的花样，甚是惊喜。那感觉仿佛遇到了伯乐，为粥感到庆幸。有一段时间把我在的小城的粥店每一家都光顾了，每一款都细细品尝。在心里还认真做了个点评和排比。曾经一度非常遗憾，没有让外婆也尝遍这所有粥的滋味，想象中外婆应该很欣喜，如看我长大一般。

　　只是我的热情期并没有持续很久，就慢慢淡忘了，毕竟广东的美食太多。还有一个原因是正巧家里的另一位是不喝粥的，幼时家境贫寒的他经常吃不饱饭，常年的晚餐老是一锅白萝卜粥。没有其他菜肴难以下咽不说，吃了人半夜肚子还会胀气难受，所以他对粥是厌恶至极，连眼角余光都吝啬地不肯给予。不管我怎么解释说明，威逼利诱，希望他相信广东的粥是与众不同的。我也曾经精心准备配料，即便白粥都会端上精致的花生米漂亮的小咸菜陪衬，有时还让粥和龙虾联袂演出，但他依然岿然不动，连尝试一下都不肯。

"谁人问我粥可温？谁人与我立黄昏？"这种温馨浪漫的细节从没有出现过不说，学理工科的他似乎也不需要此样意境，粥因此正式退出了我家的饭桌舞台。只是有时单独在外就餐时我会点上一碗粥，和记忆里味道不同的粥。

移民北美后，尤其是初搬到夏洛特小城，没有华人超市和酒楼。这里西方人都不知粥为何物，更别说他们的餐馆里售粥，粥于我忽然变得极其奢侈。失去了尤为可贵，人和事皆如此。我开始热烈地怀念曾经可以任意喝粥的时光。

随着小孩子的到来，我本来以为粥有应运复出的机会。事实证明是我奢求了，北美幼儿的各式辅食到处有卖，品种多得数不过来，喝着洋奶粉长大的孩子中餐都不怎么爱，自然更无法和我结成同盟去喝粥。我很努力地尝试过，家里的粥依然无人问津。粥还是回不到我家的餐台。

可重新再喝粥的愿望我却放下不了，隔点时间不喝我就异常想念，粥于我仿佛又回到了我的幼儿时代，必不可少，无可取代。不过不再是广东让人眼花缭乱的那些，而是纯白粥，那熬的火候正好，不稠不稀，软软的米粒又未到糜烂的中间境界，喝上一口，顿觉："莫言淡薄少滋味，淡薄之中滋味长。"

让我郁闷的还是无法分享。异国他乡宽大的西式厨房里，我经常一个人熬一个人喝。喝着喝着，年少的往事像电影镜头一般一一闪放。我亲爱的外婆就那样在不远处慈爱地看着我。喝着喝着也会想起苏东坡那句"人间有味是清欢"，不晓得苏居士写这词句是不是他历经磨难之后发自内心的感慨，但的确真实地印证了我漂泊多年的体会。

那个时候天地万物仿佛都不存在，只有眼前这粗碗里的清粥，心中也是杂念杂事皆无，平静得如大雪后无人的村庄。我想自己喝的已不是粥，而是一份思念，一份感怀，一份岁月回不去的遗憾……

载于台湾中国时报社《台海文心》，2020 年版

远行者的文学地图
——迁徙、空间创造与流动景观

[美国]叶　周*

地图，描画着人类活动的轨迹，随着人类活动的迁徙，地图也在无限地扩展中。人类的迁徙不断地在处女地上开发构筑着新的空间，而在文学创作中，作家们通过自己的作品在精神领域里不断创造着文学想象的独特空间。作家创造的空间不是物质层面的，而是在作家的心理上构筑的。迁徙创造了空间，空间延展了地图，而这些空间的产生，便使文学地图上形成了一幅生动的文学视觉景观。对于这些独特空间和地图的研究已成为文学研究的一个有趣的方法。

---

* 美国洛杉矶华文作家协会名誉会长、资深电视制作人。曾出版长篇小说《美国爱情》《丁香公寓》，散文集《文脉传承的践行者》《地老天荒》《巴黎的盛宴》《伸展的文学地图》等。近年来在《北京文学》《小说月报》《中国作家》《上海文学》《广州文艺》《红岩》等刊物发表中篇小说七部。散文作品入选《2018散文海外版精品集》《2020花城散文年选》。

伸展的地图

百度百科这样定义地图的功能："再现或预示地理环境的一种形象符号式的空间模型，与地理实体间保持着相似性。"为了成功展示地形和区域方位，人类活动需要地图。那么什么是文学地图的功用呢？从目前看到的一些文学地图展示，其中必定包含了对作家、作品中的人物，以及作品中描绘的故事发生的真实或虚构地点的展示。当一个作品成为经典，通过文学地图可以对作品中故事发生的地理位置进行标注，为读者描绘一幅栩栩如生的人物行动轨迹，对作家对于特定区域的文学贡献加以肯定。

二十世纪二十年代在美国诞生了一门专门的学科，称为文化地理学。被称为"美国文化地理学之父"的索尔（Carl Sauer）任教于加利福尼亚伯克利大学。1925 年他发表的《景观的形态》（Morphology of Landscape）一文，把文化景观定义为由于人类活动添加在自然景观上的形态，认为人文地理学的核心是解释文化景观。索尔的这篇论文可能是对文化景观思想发展做出贡献的最有影响力的文章，至今仍被引用。他认为"在每个景观中，都有一些现象不仅存在，而且相互关联或相互独立"。地理学家的任务是发现现象之间的区域联系。他直言不讳地拒绝将环境的"影响"作为地理研究的焦点，而主张对诸如人造景观以及该景观元素的起源、传播、限制和改变等主题进行地理调查。他把文化景观定义为"附加在自然景观上的人类活动形态"。他的论述是该领域研究的一个转折点，将地理概念与人类文化的传播与景观的改变紧密联系起来。从此以后研究者也开始重视文学与地理的互动关系。

1955 年秋天，美国达拉斯公共图书馆所在的得克萨斯州和地方历史部门出版了得克萨斯州的文学地图。地图突出了得克萨斯州的二百多种作品，列出了作者的名字和出版商，提供了 1955 年得克萨斯州的文学概况。近年来越来越多的文学地图在网络上出现，用户只要点击代表区域，作者或书籍的图标，就可调用详细的地图、照片、传记信息、书目和其他信息。2018年夏季，美国国会图书馆着手一项试点项目，将国会图书馆文学作品目录可视化。通过地图和图标逐层展示文学资讯，通过视觉的方式和各种功能向读者传播信息，帮助他们感知文学的世界。

玛莎·霍普金斯在《土地的语言》中写道："文学地图记录了与作家及其作品相关的真实或虚构地理位置。它们可能会呈现出与文学传统、作家或特定作品相关的区域。一些地图突出了整个国家的文学传承；同时体现了作家所处的特定城市、州、地区或国家的标志。"

当然大多数文学地图都不具备一般地图的传统元素。不会严格地按比例绘制，并且很少包含有关地形、地质或城镇、河流、道路和其他特征的位置的详细信息。它们通常是一个区域的简化轮廓。但是不同的是，文学地图不仅描绘地理位置，并通过对于作家和作品中的故事、人物的介绍呈现一个生动的文学世界。

而在文化地理学方面，加大洛杉矶分校（UCLA）的地理学家索加（Edward Soja）在1990年发表了个案分析的专著《第三空间：去往洛杉矶以及其他真实与想象地方的旅程》。索加发展了第三空间理论，正如他解释的那样，"我将第三空间定义为另一种理解和行动以改变人类生活空间性的方式，一种独特的批判模式，其中一切都聚集在一起……主观与客观、抽象与具体、真实与想象、可知与不可想象、重复与差异、结构与能动性、心灵与身体、意识以及无意识、学科和跨学科、日常生活和无休止的历史"。索加在该书中以洛杉矶为例，说明洛杉矶这个"大文化区"由许许多多的"小文化区"组成。这些小文化区如同碎片镶拼成洛杉矶整个文化版图。在这些碎片之间既不存在结构的功能联系，也不存在一种普遍适用的阐释理论。这些文化碎片不仅是物理的空间，也是想象意义的精神空间，是具有边缘性、差异性、开放性、批判性的空间。

索加所描绘的洛杉矶文化区域，就是我居住的地方。大洛杉矶地区从地理上主要是以洛杉矶市及其周边城市为核心的一系列城市群组成，而在这些城市中各种族裔群体组合形成了不同族裔的聚居区，因此也形成了每个城市独特的文化特色。所以当宏观地鸟瞰大洛杉矶地区，呈现的是一幅生动的多元文化地图。各个城市相对独立，各有自己的文化族裔侧重。可是每年的元旦举行的举世闻名的玫瑰皇后选拔和花车游行，则把这些碎片似的，边缘性、差异性的文化族群整合在一起，共同向世界呈现一幅璀璨缤纷的多族裔文化的壮丽景象，华裔的青年女子也曾当选过玫瑰皇后。这是一幅生动的多元文化融合的景象。

而海外华文作家们所经历的迁徙，特别能够在他们的作品中体现出文学文本中环境与文化之间的互动，体现出作家所携带的文化观念与在地环境之间的互动影响、互相渗透。发生在两者之间的碰撞和摩擦，时常也会激荡出一种特异的火花，在文学上就会展现出复杂性和丰富性。说到文学地图，可大可小，可详可略。作家金宇澄在长篇小说《繁花》中绘制了人物活动的区域和老上海的街道，属于微小的区域地图。再看一下我的海外华文文学同伴，以撰写《曼哈顿的中国女人》而闻名的周励，足迹踏遍南极、北极和珠峰，记录下了许多探险者的精彩故事，她也独自一人，循着二战盟军的足迹探访了太平洋上的多个曾经发生了激烈战斗的岛屿，凭吊英灵，追思历史。如果绘成地图就颇为宏大。而作家们经历过、生活过的自然景观，经过各族裔文化浸染和关照，必然具备不同以往的丰富性，并从单纯地理学上的自然景观变成了索尔所说的文化景观。作家的作品也会具备这种文化相互影射后展现的独特视野。作家的迁徙古已有之，迁徙对于作家创作的影响也是一个十分值得探讨的内容。

作家的迁徙

迁徙是对空间的扩展，有了空间的扩展，地图才能够继续延伸。而在文学创作上，探索新的空间，开拓新的领域始终是文学生命力的表现。不论是马尔克斯笔下的马孔多，还是帕慕克笔下的伊斯坦布尔，都是作家迁徙后回归本土之后的精神创造。

在马尔克斯笔下的马孔多是他深藏在心里的故乡，其实他的故乡并不叫这个名字。他成年以后和母亲一起做的那趟回乡旅行中，他路过了孩提时经常见到的一个香蕉种植园，那个地方有块牌子，上面写着"马孔多"。也就是那次旅行，他看见了一点没有变化的废墟似的故乡，好像一个尘封已久的遗址，那里的老人都已经离世，那里的村落格局依旧，却被越来越厚重的尘埃覆盖了。可是这些尘埃没有遮蔽住马尔克斯对故乡的记忆，还点燃了作家的灵感，将积淀于深处的故乡记忆开掘出来，以他自己独创的方式进行了一次新的表述。或许就是时间的距离给了他便利，去重新创造出一个他心目中的空间，他原先生活过的那个叫作阿拉卡塔卡的小镇，经过他的创造有了自己的名字：马孔多。关于故乡的故事马尔克斯二十岁时就提笔写过，却因为技术上的准备不充分，他只能改写一些短篇小说，他完成《百年孤独》时已经是十多年后了。

而帕慕克笔下的伊斯坦布尔，也是他从美国归来后对故乡的一次重新回顾，就和他在书中收录的所有照片一样，都只留下黑白两色，岁月波涛洗褪了那座城市原有的丰富色彩，留下的是浓重的黑色的深巷和白色的天空、河流和街道。我作为读者在黑白两色之间，想象着作者文字中那些曾经辉煌的文明，失意的破落，试图通过作者从童年到少年，与父母、与哥哥的合影中，从他忧郁的笑脸中读懂他对那片失落的城池忧伤的情感。

帕慕克说："康拉德、纳博科夫、奈保尔——这些作家都因为曾设法在语言、文化、国家、大洲甚至文明之间迁移而为人所知。离乡背井助长了他们的想象力，养分的汲取并非通过根部，而是通过无根性；我的想象力却要求我待在相同的城市，相同的街道，相同的房子，注视相同的景色。伊斯坦布尔的命运就是我的命运：我依附于这个城市，只因她造就了今天的我。"

历史上一些我们耳熟能详的作家也有迁徙的经历。1867 年 4 月，俄国作家陀思妥耶夫斯基和第二位妻子安娜新婚不久从圣彼得堡乘上了去伦敦的列车。陀思妥耶夫斯基嗜赌成性，去英国就是为了去赌轮盘赌和逃避债主。在安娜日后发表的日记中可以看到，陀思妥耶夫斯基为了赌把安娜的戒指等首饰都送到当铺里去了。他不是一个赌运很差的人，但是他缺乏意志力，不能在赢来的钱输光前离开赌场。亏得有钱从俄国汇来，他才能赎回所有抵押品继续旅行。但是他对于故土的关注却矢志不渝，他在伦敦见到屠格涅夫时，甚至建议他可以给自己搞个望远镜，以便能看到俄国发生的事。旅途中他创作了长篇小说《白痴》，居然是一部比他在彼得堡写的，比任何作品都更为俄国式的小说。他强调了人物性格中最民族、最个人的因素，突出批评了社会道德的堕落、宗教信仰的蜕变和知识分子的虚无主义思想，塑造了梅什金公爵这个理想化的典型。当时俄国还不强大，与欧洲相比，资本主义起步稍晚。外国资本大量涌入并逐渐掌握国内经济命脉，不同价值观念激烈碰撞，一时间，关于俄罗斯的未来发展道路问题成了人们关心的焦点。可是陀思妥耶夫斯基在伦敦，不但看到了欧洲美丽的风景，也看到了这完美背后的虚假和黑暗。人们疯狂地追逐金钱，追求物质享乐，可是底层百姓贫病交加，为生存艰难挣扎，金钱交易的阴影赤裸裸地笼罩着社会各方面。他把旅行中所思所想写进了作品中。

二十世纪二十年代，曾有一支浩浩荡荡的远行者队伍前往欧洲。海明威等一批美国作家，成群地离开美国本土，聚居巴黎，他们的迁徙都为自己的创作带来了非常大的促进作用。当时的美国正处于经济高速发展的时期，高速公路无限地延伸，工厂不断地增加，工人们就像卓别林电影中表现的，奔忙于永不停息的生产流水线上。广告用各种甜言蜜语诱惑人们抛弃原有简朴的生活习惯，用分期付款的方式购买更新、更好的产品。收音机、电冰箱、真空吸尘器和自动烤面包机开始进入家庭。人们身不由己地投身于借债、消费、赚钱的旋涡中去。银行家和企业经理人成为媒体的焦点。面对社会形态和生活方式的改变，敏感的作家们开始抱怨，美国的文化变得虚假和无聊。作家们试图远离和逃避急剧变化的社会。数以万计的美国人打算乘下一班船到南太平洋或西印度群岛去，法国巴黎更是首选。因为巴黎就像是一座代表了过去所有精华的现代城市。许多美国作家把美国的商业社会当成敌人，他们希望逃脱商业文明带给他们的一切难以忍受的改变。逃避成了当时诗歌、散文和小说的中心主题。

在去巴黎之前，未满十九岁的海明威已离开美国开始了他的探险。他先志愿去意大利前线当红十字会车队的司机，到达前线的第一个星期，就在战场上受伤，动了十多次手术才活下来。此后两年，海明威成了《星报》驻欧洲的流动记者，住在巴黎，撰写关于日内瓦与洛桑国际会议的报道和战争的电讯。

1921年岁末，年轻的作家海明威与新婚的妻子哈德莉以驻外记者的身份来到了巴黎，在高雅与喧嚣交杂的艺术都市，度过了五年的时光。在这五年中，他经历了激情的青春，饱尝了饥饿，也度过了文学创作的飞跃。三十多年后当他回忆自己年轻时的峥嵘岁月，对巴黎的感情并不因为岁月的洗刷而消退，晚年在他的著作《流动的盛宴》中写道："假如你有幸年轻时在巴黎生活过，那么你此后一生中不论到了哪里它都与你同在，因为巴黎是一座流动的盛宴。""巴黎是一座非常古老的城市，而我们却很年轻，这里什么都不简单，甚至贫穷、意外所得的钱财、月光、是与非以及那在月光下睡在你身边人的呼吸，都不简单。"这是海明威在回忆中对自己的那段令人难以忘怀的巴黎生活的表述。在巴黎的生活，铸造了成熟的海明威。战争的经历形成了他对世界的看法，而在巴黎的写作也逐渐形成了属于他自己的独特的文体风格。

1926年10月，不到三十岁的海明威出版了他的第一部长篇小说《太阳照常升起》，从此声名鹊起。长篇小说《太阳照常升起》(1926)和《永别了，武器》(1929)，是海明威早期创作中的两部标志性作品。《太阳照常升起》描写了一群参加过欧洲大战的青年流落巴黎的故事。他们精神苦闷，喝酒、钓鱼、看斗牛；或为了三角恋爱争吵。他们形迹放浪，心里却埋藏着莫名的悲哀。这种迷惘的情绪引起战后不少年轻人的共鸣。

侨居巴黎的美国作家格·斯泰因曾对海明威说："你们都是迷惘的一代。"海明威把这句话作为他第一部长篇小说《太阳照常升起》的题词，"迷惘的一代"从此成为这批虽无纲领和组织但却有着相同创作倾向的作家的集体称谓。海明威由此成了"迷惘的一代"的代言人。属于"迷惘的一代"这个流派的作家有海明威、福克纳等,他们曾怀着民主的理想奔赴欧洲战场,目睹人类空前的大屠杀,经历了战争的苦难。他们的作品描述了战争对他们的残害,表现了浓烈的迷惘、彷徨和失望的情绪。

海明威的前辈作家、意识流小说派的代表人物亨利·詹姆斯曾写过一部长篇小说《使节》讲述了新美国与传统欧洲之间的文化冲突,那部小说创作于 1903 年。亨利·詹姆斯创作的年代要早海明威将近二十年,但是在他们那代人心中,新美国与老欧洲之间的差别也已经显露出来,他们不喜欢美国经济起飞时的走捷径方式,而在文化上与欧洲比严重滞后。换句话说,美国是暴发户的乐园,而对于崇尚欧洲文化的作家和他书中的人物,欧洲文明才有坚实强大的背景。

主人公斯特瑞塞作为"使节"被纽瑟姆太太从美国派出,到欧洲去带她的儿子查德·纽瑟姆回来继承家业。母亲认为儿子是被坏巴黎的坏女人牵绊,但斯特瑞塞与这位叫作维奥内夫人的"坏女人"接触后却发现事实并非如此。其中有一次斯特瑞塞在巴黎圣母院中邂逅书中的女主人公时,感受到了她身后教堂的强大背景,那不仅是一个宏大的建筑物,更被他看作深厚的文化象征。"使节"在欧洲的游历使他重新思考一切,使原先劝说任务在身的斯特瑞塞放弃了对查德的劝说,而告诉他要抓紧机会留在欧洲快乐地活着。

亨利·詹姆斯故事中的人物从美国前往欧洲寻求更优雅美好的生活。他自己就在巴黎遇到佐拉和屠格涅夫,他对巴黎的文化光环铭记不忘,这也变成了他作品中的人物甘心留下的理由。主角们在巴黎遭遇的不是堕落而是自由。即使是看上去不匹配的婚姻,借着斯特瑞塞的这番话"要尽情享受人生",亨利·詹姆斯表达了书的中心态度。他认为这本书是自己的完美之作,很显然他自己着迷的就是作品的主题。

远行者归来,作家带回来色彩各异的丰富经历,体现在个人的创作中,也为作品提供了不同的特色。人生旅途的迁徙,使这些作家们的文学地图得以扩展,在之后的创作中,不论是描写新生活,或是回看过去,文学想象的翅膀为作家拓展出崭新的视野。生活阅历有时提供了一种悖论，某些时候对于远行者，离开了熟悉的故乡，身体的距离渐行渐远，可是在心灵上和自己的母语文化却距离更近。尽管眼睛已开始花眼，可是看待那段生活的目光却更为纯净清晰了。或许时间与距离对于文学才真正可以产生魔幻般的特殊效果。或者是一种历史的重现，到了当代的海外华文写作者，许多常年身居异乡，却不会忘记曾经耳濡目染的母国文化，思乡之情殷切。曾几何时，身在异国的华文作家，心系故乡的每一点变化；依然用本民族的文字书写着对过往岁月的回忆，不论是美好，或是痛苦，默认着那属于自己生命的一部分，无法忘却，也不愿忘却。

空间的创造

新文化地理学的代表人物迈克·克朗在《文化地理学》中认为"作为一种文学形式，小说具有内在的地理学属性。小说的世界由位置和背景、场所与边界、视野与地平线组成。小说里的角色、叙述者、以及朗读时的听众占据着不同的地理和空间。任何一部小说均可能提供形式不同，甚至相左的地理知识，从对一个地区的感性认识到对某一地区和某一国家的地理知识的系统了解"。在迈克·克朗看来，地理不仅仅是一个名词，它还包含了作家对这一地理空间的主观感受和自我理解，作家不仅仅描绘了这些地方，还创造了这些地方。

关于时间和距离与文学空间的建构的意义，加西亚·马尔克斯《百年孤独》中创造的"马孔多"是最为鲜活和成功的例子。《百年孤独》的构思达十八年之久，他一直因为缺乏足够的技术手段，而未能完成构想中的长篇小说。当采访者问他是如何从自家住的哥伦比亚北部的加勒比海沿岸小镇阿拉卡塔卡的记忆中创造出"马孔多"时，马尔克斯说："嗯，事实上，马孔多是用乡愁建造出来的村镇。乡愁的优点在于，从记忆中消除了所有不如人意的方面，只留下可爱有趣的方面。"

作家最早想要创作这部小说时才二十岁，可是他在写作过程中遇到了困难，写着写着他就觉得自己还没有准备好，于是就改写短篇小说。二十一岁那年，母亲让他去老家阿拉卡塔卡一趟，那次走访对他的创作生涯产生了决定性的影响，突然激发了作家的灵感。"我有那种离开了时间的感觉，觉得把我和那座小镇分开的，不是距离而是时间。于是我便和母亲一起沿街走去，意识到她是在经历着类似的事情。我们走到那家药店门口，药店的主人是我们家要好的朋友。柜台后面坐着一位女士，正在缝纫机上做活。母亲说：朋友，你好吗？那个女人终于认出了她，便站起身来，与母亲相拥而泣，半个多小时里，根本就不说话。于是我感觉到，整个镇子都死去了——连那些活着的人也都死去了。那一天，我意识到，我当时所写的短篇小说都不过是智性的阐述而已，和我的现实是不相干的。"即便作者写的是自己家族的故事，可是越是熟悉的，有时写来也会对于读者是晦涩难懂支离破碎的。马尔克斯最初就意识到了这个问题，于是他停下笔来。也就是那一次重访小镇，使他忽然找到了感觉。

我可以想象，离开了十多年后重回旧地，即便那个地方什么都没有改变，只是时间的风尘使得原来记忆中的东西更旧更破了。那种分隔了马尔克斯和小镇的，他说不是距离而是时间。因为距离随时可以缩短，他随时可以回去。可是时间却再也追不回来了。而正是这种时间差忽然激发了作者的灵感，他终于看见了那个既熟悉又疏远的小镇，自己曾经在那里经历的一切都随着岁月的流逝沉淀了，也正是那些沉淀的视像更凸显了原有的本质。循着这些本质作者展开了自己的想象，创造出了一个崭新的空间，那就是"马孔多"。

土耳其作家帕慕克生长于伊斯坦布尔。从地图上俯瞰那座城市，拥有全世界最壮阔中轴线，博斯普鲁斯海峡将城市一分为二：一半在亚洲大陆，一半在欧洲大陆，横跨亚欧大陆变成了伊斯坦布尔最为吸引人的一张名片。帕慕克在美国哥伦比亚大学和爱荷华大学做了三年的访问学者，这更加深了他对西方文化与环境的理解。回到故土数年后，他完成了一部自传体小说《伊斯坦布尔：一座城市的记忆》。那是又一个生动的例子展示了时间和距离可以帮助作者更清晰地看清楚故乡。

在《伊斯坦布尔：一座城市的记忆》中帕慕克写道："奥斯曼帝国瓦解后，世界几乎遗忘了伊斯坦布尔的存在。'我'出生的城市在它两千年的历史中从不曾如此贫穷、破败、孤立。她对'我'而言一直是个废墟之城，充满帝国斜阳的忧伤。'我'一生不是对抗这种忧伤，就是让她成为自己的忧伤。"

暗含着忧伤的文字配着一幅幅黑白的历史照片形成了一种独特的文学效果。照片中有古老城市的演变——日渐破败；也有作者和父母、兄弟在城市街道、公寓中的生活照；随着岁月的流逝，作者在文字中传达出来的忧愁情绪越来越浓。这些照片和文字记录了伊斯坦布尔和博斯普鲁斯海峡的历史演变，折射出现代文明与不断退却的传统文化之间的博弈。

《伊斯坦布尔：一座城市的记忆》被称为自传体小说，却没有连贯的故事线索，一个个不同标题的段落配合着一幅幅作者精心选择的黑白照片，让读者感受到那座城市曾经的繁华和现实中令人窒息的气氛。这种空间特征是对传统小说中时间式线性思维的突破与超越。一幅幅拼贴进文本的照片与奥斯曼细密画，凸显了城市错综复杂的空间分布形态，以及空间与空间的强烈反差，而不同的城市景观组合成了一个城市的全景，散发着浓烈的"呼愁"或"忧伤"主题。

特别有意思的是帕慕克在书中嵌入了一个外国人所创作的城市的风光。那位生于1763年的画家默林，是混杂着法国和意大利血统的德国人。他父亲卡尔斯鲁厄是一位弗里德希大公的宫廷雕刻家，默林先跟着父亲习艺后，又前往斯特拉斯堡跟叔父学绘画、建筑和数学。十九岁时他前往伊斯坦布尔，在那座城市住了十八年。

帕慕克写道："他使我们了解这座城市的辉煌岁月，他对建筑、地形与日常生活细节的忠实，是其他深受西方表现手法观念影响的西方画家所不曾企及的。……他在我们熟知并热爱的这些风光中为我们提供了一幅天堂景象，在这天堂中，奥斯曼人不再把博斯普鲁斯看成一串希腊渔村，而是他们声明自己所拥有的地方。当建筑师们受西方牵引的同时，这些风光画也反映出纯正的失去。"默林的画作从某种意义上创造了时间和空间的距离，一下子把帕慕克拉到一个可以静观故乡的历史位置，那些画面呈现了这座城市的繁华历史，一幅幅都那么干净、宁静，即便是喧闹的都市也显得井井有条。默林用外国人的眼光装点这里的山丘、清真寺和古迹，使之成为绝美之地。

当然帕慕克也选择了许多本土摄影家拍摄的照片，那些照片拍出了衰败后的城市面貌，闻得见烟火气。通过作者对于历史照片的选择，我也清晰地看见，作者所要表现的那个空间是经过他记忆过滤后重新创造出来的。浏览间杂于书中的黑白影像，宛如在博斯普鲁斯海岸上观看一个个街区，一栋栋房子，一个变化万千的海市蜃楼。作者的文字配合着照片对于城市从帝国辉煌时期到后来的衰败做了记录。城市变化和童年记忆形成了鲜明的反差。创作这部作品时作者已经五十多岁，离开过故乡，又回来了。其实他对于故乡一直是熟悉的，可是当他在文字中再次审视它时已到中年之后。经过他的选择和重组，古老城市的历史沧桑和古老韵味更加凸显，作家为读者创造了一个具有帕慕克特征的空间。

帕慕克认为："作家是一种能够耐心地花费多年时间去发现一个内在自我和造就'他的世界'的人。当我谈到写作时，我脑子里想到的不是小说、诗歌或文学传统，而是一个把自己关在房间里，单独面对自己内心的人；在内心深处，他用言语建造了一个新的世界。"创作对于作家来说，不仅仅是对外界的关照，而且是一种自身的内省，只有当来自外界的信息投射在心灵中那面具备独特视角的镜子中，才能反射出属于作家自己的独特性。那是一个"他的世界"，也是一个"全新的世界"。这个"全新的世界"正是作者对作品空间的重新建构，并通过这种建构方式赋予客观空间一种属于作家个性的含义，体现的就是作家的创作观念。

每个时代，不同的国度都有远行者，他们背井离乡，远离自己的文化、故乡、亲人朋友。在茫茫的路途上独自抵御异域文化冲击，遭遇陌路者的艰难险阻……也许终于有一天他们又再度背上行囊，走上了回归之路。当代的海外华文写作者，其实和这些前辈有一个共同点，也是不断地在写作中创作出属于自己记忆中的文化空间，他们文字里的人物不仅来自常年生活过的城市和乡村，还包括远行后涉猎的世界各地。他们与笔下的这些人物或许曾经在真实的生活中遭遇过，也可能和他们其实跨越着世纪的鸿沟，本不可能见面，却在一种文学想象的氛围中遭遇了。如果把这些人物故事发生的地点在地图上标出来，便形成了一张有趣的地图。这就是海外华文文学的地图，恰如其分地构成了这样一批作家文学创作的想象空间。当一幅海外华文文学的宏观图景得以呈现时，立刻就可以感受到其中的意义。海外华文文学对于华语文学的贡献，最大的意义就是为世界华语文学和中国华语文学提供了一幅地域广大，同时又充满了丰富内容的宏观景象。摊开这幅地图，不仅发现作者们笔下的华人们生活在中国，他们更远足千万里，足迹遍及全世界。当海外华文文学蓬勃发展，积累下丰富的作品，从这些作品中，读者可以看到人物活动的区域遍及全世界。当这样一幅丰富多彩，富有世界各国人文色彩的地图展开之后，读者就会由衷地感谢海外华文文学成果的贡献和意义。海外华文作家的作品中有多元文化的冲突和交流，有对母语文化的眷恋和反思，有遭遇异域文化时的震惊、惶恐，以至后来的接受、和谐相处。所有这些都构成了这些独特的文本不仅在文学上，而且在史学上的意义和价值。海外华文文学不仅给本土的中国文学增加了多元化的丰富内容，并且使华语文学走出了有限的国境疆域，发展延伸到世界的区域。海外华文作家们所经历的迁徙和在文学上的空间创造，使得这幅文学地图呈现了立体和多元的文化景观。

载于《花城》2021 年第 5 期

高山的幸福花

[泰国] 曾 心 *

老是想到泰北看樱花。由于樱花生命短促，从含苞待放到花落流水只有数天时间。因此，要看樱花，还得有缘呢！

记得四年前，我曾去过一趟，也许无缘，只见光秃秃的樱花树。一时，我那颗赏花之心，也像秋叶似的飘落在那寒冷的高山上。

有人说："每年最后一滴秋雨，樱花即开放！"这话也许不错，但谁有那么大的能耐，可测知哪一滴是最后的"秋雨"呢？

据姚先生说："泰北的樱花，是嫁接的，花朵比日本的大，花期各地也不同。剪枝后二十五天便开始开花。"由于他的"点火"，我深埋在心灵里的观樱花之"火种"又燃烧起来。

于是，今年深秋，我便与几位文友，从曼谷专程坐了十几个小时汽车，到清迈芳县的安康山看樱花去。

到达芳县，太阳已偏西。要到达目的地，还得往前再上二十五公里左右的山路。

本来我们是想赶到山顶看落日的，现在已迟了，心中未免有些不

---

* 学名曾时新，1938 年生于泰国曼谷，祖籍广东普宁，毕业于厦门大学中文系，深造于广州中医学院。回泰国从商从医从文，现任泰华作家协会副会长、"小诗磨坊"召集人等职。出版著作《大自然的儿子》《蓝眼睛》《曾心自选集——小诗三百首》《给泰华文学把脉》等十九部。作品多篇选入"教程""读本""大系"和中国省市中考、高考语文试题。

满足。但也许天公作了美，西边落了太阳，东边却升起了月亮。哈！今夜的月亮还是挺圆挺圆的。可好，那明月将伴我们上高山了！

夜，汽车在密林丛中的崎岖山路爬行。坐在汽车上的我，时不时看着窗外，这盘山的公路，虽陡峭，修得却很平整，在拐弯险要之处，都立下长长的一排路栏，并嵌上反光片，在汽车灯光的映照下，反射出红黄鲜艳的色泽，似盏盏五彩斑斓的节日之明灯。

哟，这是一条多美而不平凡的山路！

汽车越过海拔一千七百多米的山峰，又慢慢向下滑行，来到一个宁静的小村落。

姚先生告诉我们："这是泰王开发山区第一个御计划，以前这一带都是种罂粟花，现已改种水果了。"

我们进到一间竹棚的小食店，女侍员热情地招待："老师，要吃什么？"我觉得奇怪，这里的人为什么不称"先生"，而称"老师"呢？

我们边吃边打听：山上夜晚的气温与樱花开了没有。得到邻座的"老师"的回答："一般是十度左右，最冷是零下四度。""现在樱花还没开花，要到下个月这个时候才开花。"

姚先生听后愣住了，不好意思地对我说："哦！我记错了，不是剪枝后二十五天开花，而是一个月零二十五天开花。"

当然，记忆的东西不一定很准确。我是不会怪他的，只怪我自己与樱花无缘。不过，说真的，我那颗一心一意想来观樱花的心，受到了极大的挫伤，一时，似觉比掉入零度以下的冰窖还要冷！

但当走出那间小食店，我那想观樱花之心尚未"死"。心想，樱花固然有个生物钟，每年都准时开花；难道没有个别生物钟失灵的，而独自提早开花的吗？即使没有满冠怒放，就有那么一两朵也好。

于是，在寻找投宿的沿途中，我总从汽车窗口探出头来。不知是我眼花，还是幻觉，在明亮的月光下，还几次错把路旁的蕃杜鹃花当樱花呢！

靠姚先生的关系，我们四个人（包括司机）被安排住在两间小木房里。开了门，一看倒觉得很别致，除整洁的铺被外，壁上还挂着泰王亲自视察与指导山区开发计划的御照。

本来经过十二小时路途的颠簸，也有些疲劳，该早睡了。可是姚先生却兴致勃勃，邀我到房外赏夜景。

此时，伴我们上山的明月，已挂在天心。

在曼谷，我也常见到明月，但同样一个月，我却觉得高山的月比曼谷更明、更亮、更圆、亦更近。

平时虽懂得形容"月色如水""月光如银""月光似霜"等等，但似乎此时此地所见到的明月，才有切身的体会。你看，如银的月光，静静地倾泻在满山遍野的叶子和花上。再看看自己身上的衣服，也积了很厚的银似的，只要脱下上衣轻轻一抖，便能抖落一地的水银呢！

山坳的夜很静，偶尔能听到不知名的草虫一两声叫声，甚至连树上的野果落地声也能听到。高山沉睡了，森林沉睡了，大地沉睡了！我也打哈欠，很想入睡了！

天还没有亮，姚先生又把我唤醒，说要早点上山顶看日出。

当然，这又引起我的"兴奋"。昨天来时，看不到日落，现能一睹日出，也是一种"眼福"！

也许山坳的太阳起得迟，远处传来"当当"六下的打更声，还不见东方露出鱼肚白。前面的小村庄，依然静悄悄，似乎一切还在睡梦中。

我觉得很奇怪，为什么静得连一点鸡鸣犬吠之声也没有？难道这里的村民没有养鸡狗吗？

我把此"感觉"告诉姚先生，姚先生也似乎很有同感。

忽然前头从山坡飞来一辆摩托车，停在离我们不远的地方。一个戴尖帽的小伙子，主动向我们打招呼，还称我们为"老师"呢！

"这么早到哪里去？"我问。

"要来打钟。"小伙子笑吟吟地答。

"钟在哪里？"

"在前面。"

"可以去看吗？"

"当然可以。"

我趁机向他了解村里的基本情况。他说:"此村只有两百多人,多数是外地来的农业专家与技术员,还有几位是台湾来的。这里一天二十四小时,每小时都得打钟。东南西北,有敲钟处,人们听钟声,作为作息的参考。"

一听,我茅塞顿开:这里的人,一见面互称老师,原来这个村落,不是一般的村庄,而是一所聚居着高级知识分子的"学校",而住在"学校"里的专家、技术员,怎会有闲情养鸡犬呢?

我跟那小伙子并排走着,突然他离我而走,走到右边几十步远的桃树下,举槌敲钟。我一看,那不是"钟"呀!分明是一块像锄头般的铁片。

他也许为了赶时间,还得到那山敲钟去,便匆匆向我们告别。我们也赶着看日出去了。

昨晚来时,看不清沿途的东西,此时山坡裹在晨曦里,已露出它的"真面目"。这一"露"倒叫人吃了一惊!原来片片的山坡,却是丘丘的花果"实验田"。

有桃树、梨树、苹果树的"实验田",还有梅树、葡萄的"实验田"。哦!它们正开着白花、红花、紫花、黄花呢!望呀,望不到边……

汽车半走半停,我们不时从车上跳下来,观看和"争论"这是什么果树,那是什么花?

尤其是那片梅林,枝头正开着无数点点的小白花。看那树桩头:"古"与"老","奇"与"怪",给人一种横斜疏瘦与"老枝奇怪者"的感觉。如果选几株来制作树桩盆景,倒够欣赏标准与韵味。

博文兄感叹说:"这些树龄可能有二三十年了吧!"的确,从树桩看,显得苍老了,而从枝头看,那朵朵花还俏丽呢!

"为什么开的都是白花?"博文兄问。我说:"红花,是属观赏梅,白花又叫果梅,果实可制作梅干、咸梅等。"不知答得对否。

眼看这无边无际的果林,脑子也无边无际地驰骋着:为什么这些长在寒带、亚热带的果树,能在热带安家落户、繁子衍孙呢?这些果树不知经过怎样嫁接、改良,才能适应这里的水土?这些移植的果树,会不会有所"变种"呢？所结出的果子与地道的原汁原味有什么不同呢？

当然，我不是搞农林的，以上问题将会长期在脑中"存档"，但我对培育这些"新生代"的专家技术员与劳动人民是十分敬佩的，从心底向他们表示敬意。泰国有这样一大批有敬业精神的人，让高山可移，海水可翻。

人的情绪也会随着"景"而变化。昨晚我想看樱花的情绪，顿时被眼前的"景"所掩盖、占据了。

据记载，地球上的植物有三十多万种。我想，眼前所见的种种，该不是在"群芳谱"之中吧！

它开在皇上开发山地御计划的园圃里，开在原来长满罂粟花的边陲深山里；它给穷乡僻壤的人民造福！它是人们理想之花，是一种比樱花更美之花——幸福花。

但丁在《神曲》中写道：

　　　　我向前走去，

　　　　但当我一看到花，

　　　　脚步就慢下来了……

的确，我们不由自主停留下来，陶醉在姹紫嫣红的幸福花中。不知此时此地是花的相邀，还是我的情绪，我的生命也化成一朵花似的，陶陶然，欣欣然地融入这理想花的大自然中。

当从"醉"中醒来，又想起要赶到山顶看日出时，抬头一看，太阳已爬得老高了，还瞅着我们笑哩！

在回程半路上，我们买到挺漂亮的柑、梨、苹果等水果，以往在曼谷唐人街购买，还以为是"舶来品"呢！现在才知道，多数都是皇上开发山地御计划所生产的东西。这些与地道的佳果并列，几乎可以达到"真假难分"的地步了。

回到家里，太太问我："看到樱花没有？"

我说："没有！"她"咦"了一声。

我倒情不自禁地说："樱花虽未看到，但看到一种比樱花更美的幸福花！"

"幸福花？"她愕然。

我笑着点头。

选自浙江工商大学出版社

《新世纪东南亚华文生态散文精选》，2020年版

勇闯文学人生的於梨华会长

[美国]张　凤[*]

　　早年见面认识时，於梨华姊就热情地要我叫她於姊。娇小的她是北美华文文学的先驱开拓者、经典小说家，被誉为留学生文学的鼻祖。她自己也喜欢说笑，自称祖师奶奶，不喜欢别人把她的姓读为"乌"，要读"于"，但一定不可简化为"于"。她常笑声爽脆开玩笑地问：要不要叫於阿姨？

　　於姊少年时举家从大陆迁去台湾，其父是农化专家於升峰。曾留法，后返沪任教于光华大学，跟随翁文灏工作。1947 年，於父被派往接收台中糖厂，任厂长。他曾以厂房襄助台北故宫文物暂存。於姊插班就读台中女中，与小三岁的赵淑侠同班。她个性活跃不拘传统，结识了台中文艺人物龚稼农、崔小萍导播等，在校还因拍群戏、违反校规翻墙等乖张之事被记过。

　　1949 年，她考入时髦热门的台大外文系。到大二，因台大傅斯年校长的夫人俞大彩教授而转读历史系。俞大彩出自名门，是哈佛人物俞大维的妹妹。她授课，觉得於姊英文发音欠佳，就认定她不适合学外文，严苛建议她转系。无奈之下，於梨华经此掟转，她决心自强，

　密歇根州大学硕士。曾任职美国哈佛大学燕京图书馆编目组二十五年，系哈佛中国文化工作坊主持人，主持百场汉学会议。作品入选《散文年鉴》及《世界华人学者散文大系》等，著作有《哈佛问学录》（2015）等多部。

要用成绩证明俞教授错断。在於姊留美并写作获得成功后，俞教授常跟学生讲：要不是我当年的坚持，就没有今日的於梨华。

八十年代后期，我首度邀她和夏志清教授到哈佛郊区演讲。一见面她就亲切地拥着看我说：你像陈少聪！当时我还不认识少聪姊，想不到日后我们竟成了相知相惜的好朋友。会面那次我抓紧时机向同样出身历史系的於姊讨教写作技巧，首次听到她被迫转系的往事，我惊讶不已。她个性率真，时常诉说往事，言谈豪放，毫不隐讳感情婚姻。她曾因我主持演讲书展，赠我一套著作，嘱咐我进行研究。

在台大时，她以笔名方莉夏、鸿鸣在夏济安主办的《文学杂志》，以及《自由中国》《现代文学》《文坛》《野风》等刊发表小说。每次作品发刊，她就用稿费买零食请弟弟。1953年她毕业赴美留学。其父所在糖厂的美籍友人顾问愿意提供经济担保和食宿。她先搭机赴港，再与同学接驳转乘美国总统克兰夫兰号轮船抵旧金山，其中仅四位女生。

美籍友人顾问的担保和食宿，原来是让她肩负辛劳的家务。她在洗地刷厕、清理油锅绞肉机的忙碌中得知，期望的留学深造竟被报名初级秘书班，未提防地坠入绝望的深渊……后经亲戚介绍了在洛杉矶加利福尼亚大学攻读物理学博士学位的孙至锐。两人通信，孙至锐协助她申请入读同校英文系，后转新闻系。短篇留学小说《小琳达》主角的燕心，总有一点於姊的影子。

硕士毕业前於姊以英文短篇《扬子江头几多愁》，获得米高梅电影公司在1956年于洛杉矶加利福尼亚大学校内设立的Samuel Goldwyn文艺创作奖首奖，她信心大增。她在日记中写下：无论对我有多困难，现在都必须坚持下去。她的教授把她的小说转给赛珍珠过目，於姊也想如张爱玲一样，打入英文文坛，但连写连退六篇英文小说使她梦醒，从此她就专注于写打动人心的中文。

同年，她与满心为她欢喜的孙至锐博士结婚。他们二十多年的婚姻获两女一儿：长女晓凡、儿子中涵、小女儿晏冉。孩子出生后，抚育责任压得她困顿愁闷，写作成痴人说梦。无奈之下，她带孩子们回南迁的娘家——台南三崁店永康糖厂宿舍，由外婆照顾。

於姊自小小年纪，即爱看中西典籍，读留学生文学。於姊笔下的文字，有在普林斯顿和芝加哥西北大学、纽约及郊区，无根一代生活的辛酸，这些都能由她家庭迁徙的轨迹，追溯出她创作的逻辑。

孙至锐教授因与师友同行，略闻他生于安徽舒城，为抗日名将孙立人堂兄孙雨人之子。他1924年生，被将军留守故乡的龚夕涛夫人视如己出，饱受离乱，先就读于西南联大，因健康转加尔各答大学，得学士学位。1950—1956年，他在加利福尼亚大学获得物理学博士，即就任普林斯顿大学高级研究员。他与牟复礼汉学名教授等人熟悉，而后执教西北大学、纽约市皇后学院，最后任教奥尔巴尼纽约州立大学。孙教授科研涵盖史丹福直线加速器、费米国家实验室及欧洲核子研究等二百多篇科研论文，培养数十位博士。孙教授荣退后乔迁佛州南部，任珊瑚泉文化协会长青社社长，喜与友人诗词唱和及交谊舞活动等。因於姊极具生命力感染力的禀赋，她能与家人、友人，甚至敌人，建立逾越人情世故的亲悦关系，所以令孙教授与前妻於姊重组的两个家庭之间，有着让人难以置信的、与众不同的密切。

於姊理清家族暴戾旧事，她明说是以自己聪明率真，又有些心计的影子为主角来演绎。1961年，她创作了《梦回青河》，连文稿带儿女回到台南。翌年，小说一面由皇冠连载，一面改编成广播小说。1963年小说出版，再版六次。先慈与我顿成书迷。每晚电台八点小说一播出，其父就去散步，不要听，觉得书中的父亲是说他不对。於姊就此在文坛声名鹊起，名导李翰祥曾欲拍电影但未成功。2006年大陆又根据此作拍摄电视剧。有了娘家声援，於姊勉力织梦，深感成为作家比什么都重要，也完成了短篇小说集《归》。1967年完成传颂久远的《又见棕榈 又见棕榈》连载在《中国时报》前身《征信新闻报》上，主编王鼎钧讨论，建议请夏志清作序，以意识流内心变幻，穿越时空意象，得嘉新文艺奖，后名列世纪中文小说百强第五十六位。

由芝加哥迁纽约昆士贝赛，於姊的生活丰富，得见张爱玲、钱锺书。1967年春，她曾紧跟夏志清教授到阿拉玛旅馆，与张爱玲相见。三位还约着同往百老汇91街全家福餐馆吃汤包、豆浆早点。张爱玲继1966年夏应庄信正代印第安那大学系主任邀请演讲、11月迈阿密大学演讲，1969年春，在哈佛演讲前日，她也翻然光临波士顿亚洲学会夏老主持的东亚英雄文学会场。同进午餐时分，於姊即邀张爱玲春末赴纽约州大讲演。但於姊却说：在纽约时惶惑迷乱，找不到自己要什么。

1979 年 4 月 23 日，於姊再跟夏老及王洞师母出席钱锺书做东的晚宴。1981 年，香港天地图书出版社辑其作品《於梨华作品集》十四卷，钱先生就应邀为她题写书名。迄今，在港台出过全集的女作家，只有张爱玲和於梨华。怎么不是获益良多！

於姊著作等身，二十多部作品当中，仅《谁在西双版纳》《新中国女性及其他》《记得当年来水城》《别西冷庄园》为散文。她曾中译伊迪丝·华顿和凯瑟琳·安·波特之作。《变》《也是秋天》《会场现形记》《三人行》等小说，材料来自学界。尤其《考验》《又见棕榈 又见棕榈》《在离去与道别之间》这三部小说，经长期的思考，她曾写到整夜不眠，不是失眠，而是沉浸在小说中，不能自拔。

《在离去与道别之间》写了三年，久久不能下笔，写时每每搁置，特别辛苦，写完心情也没放松，放不下书中人物。书中的多位主角所影射的原型，都是我思想传记文学《哈佛问学录》前传的传主。出书后，於姊还来探询他们读后的反应。吴玲瑶也代为传达，同事中算未波及居中劝和的有郑培凯教授等。不意，当年主角根本未读，也许是昏天黑地的反差纠葛之后，日月无光，什么都看透，放下了吧？

是把她与孙教授盛年复杂的学术事业伙伴，还有前后夫婿对她呵护，常备妥咖啡、瓜子、薄荷烟、口香糖，体贴入微的生活，都写入作品。其作品是少数描写华侨留学就业竞争，学术界争一席、互助与决裂的创作。移民漂泊当其境，挟风雨而能抱注穷其边涯，弥补了历史的真空。

她也是中美文化交流的先导。1968 年秋任教纽约州大后，1975 年起至来年，夫妻二人就不断到中国大陆访亲，寻得被抱养之妹，见后又犹豫不愿再见。

她又做学院交流，1979 年 6 月 11 日起程，奥尔巴尼纽约州立大学代表团访问时，王浩教授与她为桥梁之一，她应邀在大学讲演，倡议将中国台湾文学视为现当代文学关注。

纽约州大与北大、南大、复旦建立校际交换后，1980 年她兼任交换计划顾问。她写的布局多线错综的三十万字的《傅家的儿女们》等，也在《收获》《上海文学》刊出。小说《寻找老伴》后在 2004 年得《小说月报》"百花奖"。但联邦调查局曾到府家访。她被台列入黑名单，并封杀其作品，至 1987 年左右才解禁。

告急一时，如隐地主编《书评书目》用香港来稿评她刊出，就被上面警告盯住。1976 年秋，她莅临密歇根首府，研究所同学会请她演讲，然而只要冒险去听的台湾留学生，都被校园密探记上黑名单。只能铭心焦灼悄然远观於姊，却苦无机会趋前致意，不少粉丝如我，即与她失之交臂。

还有浪漫浓情的传说，在 1979 年夏，在纽约州大中国访问代表团，充满矛盾感情的於姊，大力襄助访问领队欧立文（1977—1990 年纽约州立大学校长）。她昵称 Vince 的、坐轮椅的校长，回美更不断以鲜花美酒烛光晚宴的迅猛攻势，打动半百的於姊。两人滋生情愫，于 1982 年结婚。

1983 年夏，她应邀赴稍北的耶都艺区任写作员。1984 到 1985 年，她获得富尔布莱特奖金，赴夫婿的祖籍南斯拉夫去与作家交流。

因高宗鲁教授推荐，我远去与康州的科技专家周剑岐等人联手主持"十年人文交流会"。1993 年 6 月 19 日，先在哈佛近郊，募款购机票邀请到於姊。后外交人员举办迎宾晚宴，对我谦称作家知友、於姊的教授叶嘉莹顾问也光临。之前有哈佛博士、奥巴马总统母校洛杉矶西方学院的亚美专家尹晓煌教授，通过我寻到於姊，研究她。

翌日，由我主持哈佛文学大会后，初夏朝阳再次普照至晌午。6 月 21 日，《南京不哭》的作者郑洪，长途导航来回开车，带我们参与南部新英格兰科技人文交流会，去康州哈特福德市三一学院会场，郑院士也加入主讲。

1998 年春，她已荣退，从纽约州斯克内克塔官邸的回廊庄园，移居校长成长故地旧金山，湾区中半岛，住在有泳池庭院深深的圣马特奥八年。旧金山中国文学演讲会，她领衔演讲。我与於姊再次同台。另有主办人胡为美、吴玲瑶、周芬娜、叶文可、喻丽清、邓海珠、范思绮与我主讲。接着盛况的各作者签名售书，我中小学同学按图索骥都寻来欢聚一堂，居然还来了明星上官亮。作为老相识的於姊，也抽空过来逛，看我展出的作品不多，但却有《星岛日报》《明报》《联合报系》《中国时报》《文汇报》《大公报》等媒体的书评，格外举了大拇指赞。

1998年夏秋出书，中国台湾、香港、纽约演讲……驿马星动中应邀前去中国作协北美华文作家作品研讨大会演讲，在机场张望中，惊喜地巧遇於姊和她的老友范思绮，两位大姐对我奉母旅行演讲，赞赏有加。於姊若有所思说："我当年都没能陪母亲这样……"

会中我就琢磨阐释美华文学延展、创作主题，众声喧哗，早由乡愁跨越到女性抗议、文化批判，构思笔法多样，又少媚俗……主持会议的铁凝和刘登翰教授亦同声应和。会议结束，被大家一再簇拥采访的名家於姊和萧逸特意走来夸奖我。

会后，文友同游我外婆家祖籍——泉州南闽胜地，在清源山老君岩，我们留下难忘的合影。方方、蓬丹、范思绮、白舒荣、黄美之、赵玫、萧逸、宋晓亮、於梨华（她站在二排彭见明左边），还有少君、金坚范、向前、郭雪波、陈忠实、顾圣皓、刘醒龙、张天心、王性初、赵遐秋、曾庆瑞教授等人，没照到的还有王蒙、铁凝、叶辛、裴在美、杨际岚、刘登翰等。

2006年为便于照顾校长，於姊想住得离儿女近些，东迁马萨诸塞州盖瑟斯堡，夫妻俩选中有医护的豪华老人社区艾什伯瑞卫理公会村。未料最终，微失忆两年的她，辞世前三天出现咳嗽和不适，原来是被长期照料的医护人员感染。杰出的儿女（晓凡为华盛顿邮报医疗记者，哥大毕业，普利策奖得主；中涵为哈佛毕业流行感染病医师；晏冉从事教学）咨询其舅，决定开药不送医院受罪，睡眠中无痛仙去。早有小儿麻痹而致残障的校长，因2011年跌倒后状况恶化，也于4月与世长辞。

於姊1929年1月28日生于上海，她曾声明：在身份证上报小了两年。因感染新冠病毒呼吸衰竭，她不幸于美东时间2020年4月30日深夜10—11点被病魔夺走生命，享年九十一岁。她是海外华文女作家协会的第二届会长。我是预选的第十六届会长，为此我悲痛地推出於梨华会长纪念专辑。

她常说：在美国，我只能落叶，不能归根。她的根在故乡宁波镇海，同乡为她在作协捐资创立"於梨华文学奖"鼓励青年写作。暑假她常备好纸巾，给儿女拭泪，强制他们进行三个月中文课，不然就痴迷不懈地加紧写作。她最爱与儿孙在鳕鱼角小镇短聚。2006 年 5 月 28 日她获颁佛蒙特州名校明德学院荣誉文学博士，就是肯定她在写作与语文教学上的贡献。

　　欣羡她于旧金山侨居时曾创作家读书会四年。双月定在帕罗奥图的"明苑"餐馆，读各国名作，既品美食，又精进文创。她建议绝对不可少念中国古典文学，还推荐了各类文学书籍由在地女作家轮替导读，定规严肃。但於姊在读书会上避读自己作品，使命和荣光于斯再显。

　　每遇欢叙演讲总见她精神抖擞，除洋溢天性的炙热，温暖慰勉后进，还会对我们的婚姻"指点江山"，听说我与先生偶有闲暇，会跳跳交谊舞，忙说这个好，有助经营感情。她长年散步，游泳，打网球……还会在台上时，舒放公开地问大家："我最近整修的妆容，好不好看？"

　　於姊在家排行老二，其兄因疟疾而早逝。疼惜生死劫难的环节，於姊隔墙听母亲啜泣喃喃自语："你为什么死？梨华为什么不死？"这样重男轻女岂不是她一世的悲怆，她遂以长达七十五年持之以恒的写作，来关注女性。

　　於梨华会长才情早现，她的创作超过八百万字，深刻描绘出难以释怀的寂寥，不单让文学世界，瞻望到二十世纪的弱势在异域文化冲击中奋斗，目睹华裔男性在西方世界的弱势处境，举棋不定。尤其难得的是，还聚焦弱势女性，在全球社会中，男女性类同以男性观点，所受到的男性又加女性的双重遏抑。难止轸念垂泪神伤！

写于哈佛

载于《名作欣赏》2021 年 9 月

狐狸、猫和邻舍：我鼻尖下的新世界

[加拿大] 张　翎*

新冠病毒已经在世界上搅和了将近两年。在多伦多，我们经历了三波疫情高峰（第四波正在来临）、数度限制令。这些日子里占据新闻首位的，常常是数字、曲线、图表：感染人数，重症监护人数，死亡人数，疫苗注射率，疫苗突破率……有段时间，每天睁开眼睛，都要先安抚一下可怜的小心脏，才敢翻手机。不知从何时开始，那些数字和曲线失去了锐角，它们已经把我的玻璃心磨出了毛面。而掩藏在图表和数字之外的一些隐形之物，却渐渐浮上了表层。

上星期去看家庭医生。按防疫规定，候诊室里只许进四个人。我坐上了第三把交椅，打开书，半心半意地翻阅着，等候着护士喊我的名字。突然，我眼角的余光里飘进了一朵云。扭过脸去，只觉得眼睛生疼——是那种被突兀的阳光灼伤的疼。那是个年轻女子，金发碧眼，一袭黑衣，细瘦高挑，哪儿都惹眼，哪儿都合适。她在第四把椅子上坐下，拿出手机，开始打电话。声音如鸽哨，在我和她中间的两米社

---

* 女，浙江温州人，现居加拿大多伦多市。代表作有《劳燕》《余震》《金山》等。小说曾获得包括中国华语传媒年度小说家奖，华侨华人文学奖评委会大奖，《台湾时报》开卷好书奖，香港红楼梦世界华文长篇小说专家推荐奖等海峡两岸暨香港、澳门文学奖项。根据其小说《余震》改编的灾难片《唐山大地震》获得亚太电影展最佳影片和中国电影百花奖最佳影片等多个奖项。小说被译成多国语言。

交距离中轻颤，空气化为银箔。我震惊。过了一会儿，才终于醒悟，那是愤怒。我已经两年没有这么近距离地看见过一张裸露的陌生人的脸了。口罩在潜移默化中修改了我的日常审美，成为面部的一个固定特征。一张不戴口罩的脸，是对我新的审美底线的野蛮践踏。赤裸的美丽有毒。

疫情这把刀子，不动声色地修理了社交规则。我们学会了用轻碰手肘代替握手、拥抱、颊吻，用视频聊天取代在餐桌上热烈的（有时甚至面红耳赤的）辩论。我们娴熟地把牵挂卸成小片，塞进礼包，让快递员完成本该是己任的登门拜访。疫情修订词典，改变审美，重新定义友情的表达方式。

疫情也重新规定了行走方式。我已经两年不曾旅行，只能沿着被新冠疫情划出的那个小圆，日复一日地兜着圈子。这样的散步方式，在心情好的日子里，可以被称为养生之道，而在心境恶劣的时候，可以被尖刻地形容为放风。就在这些可以是养生之道也可以是放风的散步途中，我意想不到地发现了一些从前未知的东西。鼠目当然只有寸光，只是，寸光里也有天地。

今年春天，草长莺飞的时节，我所在的安大略省正处在第三波疫情高峰，我在翘首等待着疫苗轮到我的年龄组。有一天傍晚，散步时我突然看见了一只眼生的动物。从背后看，像一只狗，身子却比狗单薄，皮毛上泛着一层隐约的橙红，尾巴也比狗蓬松。听见我们的脚步声，它停下，转过身来，我看见了它细瘦的面颊和尖长的嘴巴。刹那间，我的心停跳了一个节拍。

那是一只狐狸。

在车辆和行人都很稀少的街面上，它静静站立，和我四目相对——我们已经毁坏了社交距离。夕阳中它的眼睛是两颗灰色的玻璃珠子，有一层淡淡的光，也许藏着一丝意外，但肯定不是惶恐。沿街住宅的阳台上，有邻人探出身来，拿出手机拍照。待会儿社交媒体上将会出现一个黄脸婆娘和一只黄脸狐狸的合影，外加一个溅满狗血的标题。

后来我又多次遇见它，还有它的一家子。两大两小，有时成群，有时单独行动。每一只都形销骨立，身上皮毛稀疏，冬天显然已经销蚀了它们的脂肪。最小的那一只，前腿伤残，走路像袋鼠一样跳跃。它的家人并未给予它格外的关照，它在独自重建新的平衡系统，以三条腿的力量，追赶着四条腿应有的速度。

渐渐地，我们发现了狐狸的窝巢，就在我们附近的社区公园，一片被树丛遮掩的低洼之处。公园的儿童游乐区和网球场都因疫情关闭，草地上偶有夫妻带着孩子和狗在玩飞碟。狐狸在人和狗的附近安静地走动，偶尔也嬉戏，像猫一样彼此舐舔。疫情把人类逼入一个缩小了的活动半径，狐狸堂而皇之地走进了人类让出来的地盘，人和兽都平静地接受了新的地域划分。

狐狸一家成了我散步途中的寻常景致。我看见它们在邻人的墙根拱土寻食，在雨棚里歇息，啃嚼路边的树皮。有一次，一只小狐狸在草地上刺啦刺啦地撕咬着一只空矿泉水瓶子。饥饿改变了肉食动物的肠胃。我心里突然有点难过。儿时的教育在我心里篆刻下的那个狡猾刁恶形象，在这个秩序紊乱的春天里，遭到了某些颠覆。它们看上去和猫犬无异，寻食、嬉闹、沉默、忍耐，并未与人类为敌。

我已经在这个街区居住了十六年，除了右边的那户紧挨着的邻居，我几乎不认识任何邻舍。十六年里我们一直是这个街区的一个孤独存在，几乎与"世"隔绝。活到这个阶段，旧的友情已经存妥，新的友情懒得开始。只是没想到，这几只狐狸会在十六年的围墙上凿出第一个洞眼。有一天，在散步途中，街心突然停下一辆车子。一位中年白人女子摇下车窗，朝人行道大声呼喊着什么。半晌我才明白，她在和我们说话。"我是你们的邻居，住在下一条街。要是你们家有猫，别放它出去。这里没有鸡，狐狸会伤害猫。"女人的关照让我的心热了一热，我和先生不约而同地想起了黑花。

"黑花"是我给一只猫瞎取的名字，它是我们散步途中经过的一户人家的猫，白底黑斑，常常蹲在阳台上晒太阳养神。见的次数多了，它就认得了我们。每次经过，轻轻一呼，它就会娉娉婷婷地走下台阶，咻咻地闻着我们的裤脚，然后猝然倒地，毫无廉耻地露出一个粉红色的肚皮，乞求爱抚。再后来，远远听见我们的脚步，它就会从阳台上一跃而下，跑到路边迎候我们，给我们的衣服上留下一缕缕柳絮似的白毛。如此风骚，如此轻信，如此慵懒，正该是狐狸最顺嘴的一口肉食。

再次经过黑花家门口，黑花正蹲在阳台的小茶桌上，任我们千呼万唤，纹丝不动，目光固定在一个不知名的远方，神情完全陌生。这时的黑花，仿佛是一只披着黑花皮囊的陌生动物，灵魂已被偷换。顺着它的目光望过去，我一身的汗毛唰地参成了针——对过的草地上，蹲着一只狐狸。几周的时间里，狐狸的皮毛显见的有了光泽，肚子渐渐圆润。

猫和狐狸久久对望着，隔着一条窄街和一坨绷得很紧的空气。那天回家，一整个晚上我都在后悔没有去敲黑花主人的门，把鸡毛信传递给他们。我知道黑花的主人是一对空巢老人，但从未和他们说过话，所以不敢贸然上门。

后来的几天里，我们再也没有看见黑花，不免产生了各样可怕的猜测。终于有一天，我们遇见了它的男主人。他正在草坪上浇水，黑花蹲在不远处闭目养神。我的小心脏咚的一声落回原处。我鼓足勇气，过去和他打了一个招呼，怯怯地说起了关于狐狸的担忧。他听了哈哈大笑："狐狸只吃小动物，对莉莉这样的大猫，它不敢惹。街上有一家人买了肉食，定时喂狐狸，它们不饿。再说，我们家的莉莉，哪是轻易让人欺负的主？"我暗想着一只猫和一个悍妇之间的重合度，忍不住微笑。

"林太太家的猫，才真是个事。"他指了指隔着两个门的那座房子，对我们说，"她两口子去香港探亲，让疫情给关在那儿了，原先说好替他们管两个星期的猫，一下子大半年过去了，也不知他们怎么样了。"

我这才知道，这个街区住着我的同胞，黑花的真名叫莉莉，狐狸欺小。还有，在这个被疫情划出的小圈子里，人和动物都各自活着，相安无事，彼此好奇，偶尔相助。

从那以后，路过黑花，哦不，莉莉的家，我就理直气壮地呼唤莉莉，蹲在地上和它玩个天昏地暗。从前只要主人在，我们就绕道行走，不去招惹他们的宠物。那感觉仿佛是：当着主人的面，你不可未经允许和他的女儿轻易搭讪。如今我和主人认识了，我们已经明了路子，我可以堂而皇之地调戏他的宠物。

在后来的一次"放风"途中，我和保罗搭上了话。他住在斜对过，这些年里，无论是夏天修草，还是冬天铲雪，我和他相遇过一千次，每次都可以和他打个招呼，说上几句闲话，可是我没有，我甚至从没向他投掷过一个试图交流的眼神。就在这个被疫情逼疯了的春天，我终于隔着人行道，对保罗喊出了一声迟到了十六年的"哈啰"，问候了他和他的父亲——一位永远在草地上干活，或者坐在门廊上乘风凉的老人。保罗似乎一直在等待着这一声"哈啰"，他热切地走过来，强壮有力地接住了我的话题。我们谈起狐狸，谈起猫狗，谈起化学药剂禁用之后的除草新招，谈起他父亲并不十分强壮的心脏。从那一天开始，我们就有了断断续续的对话，我们不再是陌生人。

有一天半夜，我们被一些嘈杂的声响惊醒，拉开窗帘，发现保罗家门前停着一辆救护车，闪烁的警灯把街道切割成一块块居心叵测的光影。我的心一抽，一下子想起了保罗的父亲。

第二天一早，我们打开门，就看见保罗站在车道上送两位客人出门。在这个社交活动严格受限的时节里，来客本身就是不祥的征兆。我们朝他走过来，他尚未开口，声音已经哽咽："昨天，我下楼，看见他……"他未能把一句话说完，眼中已经蓄满泪水，"七十六岁，他才……他有三个子女，为什么，偏偏都是我，发现了他……那年，我妈也是……"

"Sorry"，我吐出这个用烂了的英文单词，便无以为继。我虽然在这块土地上生活了三十多年，却依旧不敢确定母语文化里适用于这种场合的套话，比如"节哀顺变"，该如何移植到另一种文化的套路之中。我不能拥抱他，我们中间隔着那团疫情的毒雾。可是那一刻我突然感到了一丝莫名的亲近，因为我看到了保罗的眼泪，我参与了他的哀伤，而其余，终是可有可无的废话。

第二天，我们买了一盆紫罗兰，给保罗送去。我选择了紫——那是一种宁静安详的颜色。保罗接过花，泪水再次在他眼中聚集："爸爸总是夸你们家，说你们是这条街上最爱惜房子的人，总是不停地打理房子，漆外墙，搭门廊，换窗，换隔栏，每季都有花样。他说现在的人太懒，他喜欢勤快的人。"

天！老爷子的目光从未闲着，把什么都看在眼里。可是我，十六年里，无数次经过他跟前，却没有和他说过一句话。是什么东西，给我的心蒙了这么严实的一层脂油，让我宁愿错过一千次精彩，也不愿再冒一次被伤害的风险？

"你可不许，搬走。"我结结巴巴地对保罗说。这是一句完全不着四六的安慰话，说出口来，我却没有懊悔。只是遗憾，他的老爷子没能听见。

夏天过去，秋天来临，疫情反反复复，病毒换了个名字面世。公共场所逐渐开放，宅家却已从必须变成了习惯，一天一次的"放风"仍在持续。"放风"途中，我们又认识了邻人洁西，一位战后从南斯拉夫过来的移民。话题是从相互赞美开始的，我夸了她阳台上一整季不败的鲜花，她夸了我身上那件稀松平常的上衣。我们大概都憋了太久，我们渴望叙述。她把她的身世故事，隔着两米的社交距离扔给了我。五十年代中期，十七岁的她背着父母，和她的男友毅然离开了铁幕之下的故土，来到加拿大。"我只认得几个英文字母，可是我念完了书，拿到了学位。从东欧来的女人，在那个年代都选择做家庭主妇。可是我，一直到退休，都在学校教书。我们家，有两份收入。"她对我说，得意溢于言表，口音依旧浓重。

再往前走几步，就到了艾伦的地界。他的前院完全可以和一个小型街心花园媲美。花草不是随意种下的，每一个层次，每一种颜色，每一段花期，都经过了精心设计，月月都有当值的花朵。我们只知道美，却不懂得其中的道理。有一天我终于不再沉默，高声赞扬了他的手艺。他停下手里的剪刀，开始一一介绍他的花：名称，花期，适宜的土壤和肥料，如何分枝繁殖。然后，他指着草地上一张漆成天蓝色的木椅说："这是专门给华森太太留的，从前她就住在隔壁，可惜两年前走了。她那时已经不能走动，我们给她做了这张椅子，让她坐在这里赏花歇凉。只要她在，我们都不能有大动静——她不让我们惊扰鸟儿。有一次我们从超市购物回来，她不让我们下车进屋，说啄木鸟正在树上干活。可惜了我们一筒好冰激凌，全化成了水。"

我们哈哈大笑，约好入冬之前到他这里讨花种子。

再接着，我们结识了街头的一对中国夫妻。"结识"在这里明显词不达意，他们已经在这条街上居住了多年，只是我们一直没有交集。现在我们散步时，会特别留意他们是否在家。我们闲散地聊几句前半生在故土的种种往事和后半生移居他乡的种种经历，感受着母语在舌头滚动时的畅快淋漓。

疫情期间最大的震撼，是我的最近的邻居菲比的去世。菲比是我在这个街区第一位（很长时间里也是唯一一位）认识的人。她来自巴贝多斯，酷爱阳光。除了严冬，她几乎每天都在户外，从清晨六点开始，就已经在草地上劳作。浇水、除杂草、补种、移植、收集花籽。每一次我们在户外相遇，她总是隔着篱笆喋喋不休地教授我各样细琐的种植经验。她的口音浓重，我并不总是能听得懂，常常只是懵懵懂懂地点头，小心掩饰着渐渐磨薄的耐心。我们和菲比的交往，也就维持在日常的园艺交流，年节的礼物交换上（她送我她烤的甜点，我送她巧克力或红酒）。入冬时她会来喊我先生替她爬梯清扫屋檐上堆积的落叶；我们出门旅行时，也会委托她收集信件，但我们从未进过彼此的家门。

一向健康的菲比，在摔了一跤之后，竟然就走了。有一天我们发觉她家里没点灯，虽有疑惑，但未曾上心。一直到三天后警察来电话，我们才知道，独居的她已死在家中。我和菲比真正的相识，是在她的追思礼拜上。我们毗邻多年，我竟然不知道那个在我看来平常到几乎琐碎的菲比，年轻时竟然是 IBM 的雇员，不仅游历过世界，还是舞蹈俱乐部的固定成员。我看着保罗和其他三位亲友抬着菲比的棺木，送她去一个没有返程的地方，心怀感伤。菲比永远也不会知道我是一位作家，永无机会看到我翻译成英文的任何一本书。十六年并没有把我们变成朋友，我们永远只是熟人。

这两年里，疫情这把钝刀割去了我一大片天空，却让我意外发现了鼻尖之下的一小方地界。我现在关心柴米油盐的价格，关心邻居草地上的落叶是否收妥，关心街上某一辆车停得太久是否因为主人生病，关心狐狸是否找到了过冬的地方，关心我的香港邻居何时能和他们的猫相聚。这场瘟疫让我发现了从前视而不见的东西。对这两年中发生的一切，我到底该心怀感恩还是怨恨？我不知道。哪个答案都不对，怎样选择都残酷。或许，问题本身就是谬误。我只能默默忍耐，在瘟疫的低气压之下努力呼吸，好好生活，等待空气渐渐清朗。

（以上人物皆为化名）

载于《解放日报》2021 年 12 月 16 日

月光，月光

[匈牙利] 张执任 *

位于布达佩斯郊外的布隆斯维克庄园，是匈牙利科学院农业研究所的所在。来这儿是随同宁夏一个代表团参观了解匈牙利的农业科研，因为我对此也有些兴趣。

活动进行了两个多小时，快结束的时候，研究所负责人指着窗外不远处一座漂亮的白色房子说：我们这儿还有一个贝多芬纪念馆，贝多芬在这儿住过，在这写了《月光奏鸣曲》，要不要看看？

什么，贝多芬在匈牙利住过？而且，这个庄园还是《月光奏鸣曲》的诞生地？这对我们来说还真是不曾知晓的事。连想都不用想，大家都点头说：要看，要看！

布隆斯维克庄园是一个占地面积四十公顷的大花园，园内有湖，有房，有森林，湖的中央还有一个绿荫覆盖的小岛。庄园系布隆斯维克家族于十八世纪七十年代始建，后传至弗兰茨·布隆斯维克伯爵一代。现辟为贝多芬纪念馆的这座新哥特式白色建筑，则建成于1785年，曾为伯爵一家人的寓所。

弗兰茨·布隆斯维克伯爵喜爱音乐，素有"音乐伯爵"之称，音

---

* 现为匈牙利华文作家协会主席、世界华文出版社社长和海外华文传媒协会名誉主席。著有《影视剧作七种》《温州，温州》等书，有多个作品得奖，其中电视连续剧《喂，菲亚特》获中宣部"五个一"工程奖和中国电视剧"飞天奖"。

乐家路德维希·凡·贝多芬是他的好友。受他的邀请，贝多芬曾于1800年、1806年和1809年三次来庄园小住，并把自己的《第二十三钢琴奏鸣曲》（即《热情奏鸣曲》）献给了他。在这里，他先后与布隆斯维克家族的几位小姐擦出爱情的火花，却因为种种原因而没有结果。所以，也有人把这里叫作"贝多芬情人庄园"。

贝多芬纪念馆设立于1958年，匈牙利科学院农业研究所负责日常管理和维护。馆内展出了许多与贝多芬有关的珍品，如贝多芬用过的钢琴，贝多芬的一缕头发，贝多芬三岁时其母所送的装有他当时画像的小盒子，还有贝多芬的手稿、书信等等。在展厅的墙上，我看到了贝多芬在1801年的恋人朱丽埃塔·桂契阿迪的画像以及贝多芬写给她的带血的情书。

十七岁的伯爵小姐朱丽埃塔曾被贝多芬称为"迷人的姑娘"，他为她教授钢琴课，很快双双坠入情网。但由于家族门第原因，她后来嫁给了一个有钱的伯爵，给贝多芬留下了巨大的伤痛。

当初，在他们相爱的时候，贝多芬本打算要献给她一首爱意绵绵的回旋曲，却因为某种原因没成，于是在布隆斯维克庄园写了《升C小调第十四钢琴奏鸣曲》即《月光奏鸣曲》献给她。

对于这首钢琴奏鸣曲，人们给予了高度的评价，也作出了各种各样不同的诠释。德国诗人路德维希·莱尔什塔勃说，乐曲的第一乐章"犹如一叶轻舟荡漾在月光闪烁的瑞士琉森湖上"，这使出版商受到启发，便在乐谱上附加了《月光》的标题，遂让此曲又有了《月光奏鸣曲》这么一个接地气的名字。

除了朱丽埃塔，贝多芬与弗兰茨·布隆斯维克伯爵的两个女儿——姐姐特蕾瑟·布隆斯维克和妹妹约瑟芬·布隆斯维克也有纠缠不清的关系。从纪念馆展出的画像看，我觉得这两位贵族小姐的品貌比朱丽埃塔还要俏丽些。她们也都是贝多芬的钢琴学生，对贝多芬的音乐天才非常崇拜，贝多芬为她们写下了《我想念你》二重变奏曲。

比妹妹先爱上贝多芬的是姐姐特蕾瑟。她曾把自己的小雕像送给贝多芬，并在上面题词："送给罕见的天才，伟大的艺术家，上帝的宠儿。T.B 赠。"贝多芬没有拒绝这雕像，他将其放在了写字台一个秘密的抽屉内，还在 1809 年把作品 78 号《钢琴奏鸣曲》献给了她。不过，他爱的不是特蕾瑟，而是她的妹妹约瑟芬。

特蕾瑟为此终身未嫁，只是把爱藏在心底。在她的晚年，她还凭着对贝多芬一生的挚爱，亲自整理了他的情书等珍贵遗物。

在贝多芬的生命里，他与约瑟芬的情爱比之与朱丽埃塔的情爱，留下的痕迹更多、更深。他爱上约瑟芬的时候，约瑟芬其实已经嫁给德姆伯爵了。这是一次违背约瑟芬自己意愿的婚姻，那时约瑟芬二十岁，德姆则是四十七岁的"陌生老人"。

1804 年 1 月，德姆得肺炎死去。贝多芬见机会来了，便以极大的热情，快乐地与约瑟芬相伴，并向她求婚。他在给她的情书里写道："心爱的约瑟芬，你对我的吸引是其他女人所没有的，不，正是你，整个的你，以独特的风度——使我倾心于你——这吸引了我的全部感情。"

但这爱情没能持续太久。这时候，约瑟芬已是三个孩子的母亲，她和她的姐妹们都认为，以贝多芬的身份、地位，他根本无法给这三个孩子提供良好的教育条件，考虑再三，她还是嫁给了第二任丈夫巴隆·克里斯。谁知巴隆也不长命，约瑟芬再次成了寡妇。

老天再次给予贝多芬机会。他对约瑟芬的迷恋愈加火热，时常跑去她家做客，竭力劝导催促，要把他们的情人关系发展为婚姻关系。尽管约瑟芬也喜欢并关心贝多芬，但考虑到现实情况，她始终没有同意。

在与心上人苦苦相恋、却总也修不成正果的日子里，贝多芬曾给约瑟芬写过十四封情书，约瑟芬也给他写过多封回信（交没交到或寄没寄到贝多芬手上尚不得知）。

然而，由于布隆斯维克一家十分在乎家族隐私，有意封存了发生在布隆斯维克姐妹与贝多芬之间的所有韵事，使得这些人物故事的具体细节竟在百多年里一直不为外界所知。就连一些写贝多芬传的作者，也要靠猜测与想象来表现当时的情况。直到一百多年后，随着这十四封情书和约瑟芬 1804 年至 1808 年间"起草"的那些回信稿公之于世，他们的恋情才比较真实、完整地被人们了解。

现在，这些信件就全部陈列在纪念馆的玻璃展橱里。看着它们，我们怎能不被燃烧在这些字里行间的炙热之爱感动，又怎能不为发生在当年等级森严社会的爱情悲剧叹息?

布隆斯维克庄园风景宜人。清澈平静的湖水倒映着蓝天白云,绿茵茵的大草坪一直连着远处茂密的树林,湖的四周环绕着曲折蜿蜒的林荫小道,走过凌波而建的木桥可以步入鸟儿啼啭、古木参天的湖心小岛。徜徉在这样的风景,确实很有画中行的感觉。难怪人们常把布隆斯维克庄园说成是贝多芬的"伊甸园",说是优美的环境赋予他太多的灵感,催生了太多非凡的作品。

把布隆斯维克庄园比作贝多芬的"伊甸园",当然是一种美好的说法。但我想,布隆斯维克庄园美是美,却绝不是贝多芬的"伊甸园"。他在这里更多得到的是痛苦和哀伤。他是那么渴望爱情,渴望婚姻,可残酷的现实一次一次粉碎了他的愿望,使他成了爱情的弃儿。从这一点上说,他的一生都是痛苦和哀伤的。

不过,贝多芬的伟大之处,在于他没有在痛苦和哀伤中沉沦,而是"用苦痛换来欢乐",自己的痛苦和哀伤为世界创造了欢乐!从《英雄》《命运》到《田园》《欢乐颂》,从《悲怆》《月光》到《费黛里奥》《热情》,他用一百二十多部作品为人类留下了一座座音乐的丰碑。

湖心岛上,树林深处,有一座砖头水泥砌成的露天舞台,舞台后沿正中,立有一座贝多芬的全身塑像。这里每年都会举办两次森林月夜音乐会,夏季一次,秋季一次,演出者都是世界上第一流的乐团,演奏的都是贝多芬作品,而且每次必定以《月光奏鸣曲》开场。

我闭上眼睛,臆想《月光奏鸣曲》在明月之夜,在葱郁的林间奏响时的情景。

那搭乘着旋律、洒向大地的"月光"会是怎样的呢?

贝多芬说过:"当我在森林中,我就感到幸福……不论身在森林何处都使我悠闲自适,在那里,我可悲的听力不会折磨我,仿佛森林里的每棵树都在对我说话。"

这样的明月之夜,这样的森林音乐会,是否能慰藉贝多芬高尚而孤寂的灵魂呢?

载于香港《文综》2021 年秋季号

读《贝多芬传》

[美国]张宗子*

听了几十年贝多芬，对其生平却了解不多。罗曼·罗兰的《贝多芬传》，就像林语堂的《苏东坡传》，提供的史实极为有限，都有六经注我的味道。把贝多芬塑造为反抗命运的英雄，虽然并不与事实抵牾，但不免夸大和片面，就像浪漫派文人心目中的堂吉诃德，大智若愚，佯狂救世，是充满激情地营造的神话。罗曼·罗兰的小说《约翰·克利斯朵夫》，主人公身上也有贝多芬的影子，但和托马斯·曼《浮士德博士》中的大作曲家阿德里安·莱韦屈恩一样，只是一点影子，与真实的贝多芬相去甚远。这些年来，我对贝多芬的了解，零零碎碎的，得自分析作品的文章和唱片说明书，更多是从他作品中意会的，经过想象，凑成一幅完整的肖像。扬·斯瓦福德的《贝多芬传》，长达八十万字，算是非常翔实了，许多事实是先前不曾了解的，但读完这本书，贝多芬在我心中的形象没有变，添了更多枝叶，树还是原来那棵树。

说起来，贝多芬是最符合大众期望的天才艺术家，在他身上，集中了天才艺术家几乎所有的基本特质：不可思议的才华，独与天地精

* 河南光山人，毕业于武汉大学中文系，1988 年自费赴美留学，从事新闻工作近二十年，现在纽约市皇后区公共图书馆工作，出版有散文集《垂钓于时间之河》《空杯》《梵高的咖啡馆》，读书随笔集《书时光》《此岸的蝉声》《风容》以及《张宗子诗选》等。

神往来的气质，怪异的脾气，极端的不通世故，以及——在贝多芬这里——非同寻常的长相。大众眼里的天才，要么是不食人间烟火的怪物，要么是高不可攀的神灵。实际上，两者都是，也都不是。对于同时代的人，特别是对于他身边的人，他多半是前者；对于后来者，对于无缘亲近过他的人，他愈来愈是后者。天才的神话是随着时间逐渐滋生和成长的，贝多芬也不例外。我们不曾留意到的是，天才也有两类，一类是最普通不过的人，由于天性谦逊随和，我们看不出他身上的特异品质，即使在他们晚年，如歌德那样功成名就，举世钦仰，他们仍然一如既往，平平常常地生活着。如果他们的天才在身后百年才能被理解和被普遍接受，那他们终生就是一个微不足道的人，而且可能永远都是。另一类是多少有些"异常"的，比如尼采、舒曼、贝多芬，乃至好好先生的勃拉姆斯，他们或者是"病态的"，或者过于怪异。病态也好，怪异也好，其中既有天生的因素，即如禀赋就是天生的，也有环境的影响，比如承受的压力太大，或者由于过分强烈的自信和使命感而变得不近人情。狂傲背后更多是痛苦，痛苦中又夹杂着神秘的狂喜。痛苦和狂喜指涉的境界太高，超出了大众的兴趣和理解范围，因此往往被简单地看待为病态和怪异。很多人不仅生前不能被理解，在死后同样不被理解。斯瓦福德说童年的贝多芬，"从未真正理解过音乐之外的世界"。童年时没有学会理解他人的独立存在，后来也没有。他熟知和音乐有关的一切，却不知道如何在这个世界上生存。

"但看古来盛名下，终日坎壈缠其身。"坎壈固然是世情造成的，同时也是个人性格的结果。个人性格如果幸运的没有造成悲剧，也就是说，它造成的负面作用被善意和知心的理解化解了，在如此友好的生命环境中，贝多芬也许就自然而然地变成了歌德。我读到这一段，感到很深的悲哀。我觉得人与人之间的理解很难，很少人有足够的耐心去理解一个人，理解他内心深处的东西。理解需要善良和耐心，我们大多数人都不乏善良，但我们缺乏耐心，可能还缺乏理解的能力。缺乏耐心，归根结底就是缺乏理解的愿望，至少是愿望不够诚挚。

不被理解是一种孤独。孤独有两种，一种是消极的，一种是积极的。一种是被迫的，一种是主动寻求的。不被理解属于第一种，这是一种伤害性的孤独。斯瓦福德出于景仰的描写把贝多芬拔高了。他说：贝多芬"在孤独中为了理想生存，似乎不是常人而是至高的抽象存在，即人性"。贝多芬确实如此，但并不每时每刻都如此。贝多芬从一开始就有这样的意识吗？显然没有。是矛盾中的无数次抉择把他一步步引到这条神圣的不归路上的。

早期在波恩，后来在维也纳，都有欣赏和支持贝多芬的贵族和社会名流。他们热爱艺术，懂得什么是伟大的音乐，为了音乐，他们愿意放下身段，对贝多芬宽容相待，忍受他疯子一般的邋里邋遢和随时随地的暴跳如雷，赞助他，宣传他，推动他的事业。乐坛领袖和前辈海顿对他也很好。文人常有怀才不遇之感，有时是真的，有时是错觉，有时只是对自己的高估，但无论哪一种情形，怀才不遇都与贝多芬沾不上边。他的作品，无论是随波逐流的媚俗之作，为稻粱谋的应景之作，还是以无比的深刻和精湛远远走在时代前面的划时代的革命性作品，都不乏知音。维也纳的上流社会，甚至整个欧洲，都不吝把掌声献给他。他的晚期弦乐四重奏也许没有像他本人期许的那样受到理解和广泛的欢迎，但伟大的第九交响曲确实为他带来了前所未有的光荣。贝多芬的痛苦更多源自他的疾病，包括像是命运在开玩笑似的听力衰退；其次是爱情的痛苦。他的每一次爱情都是失败的，而且显然大多数时候都是单相思。斯瓦福德说，贝多芬"坠入情网就像被石头绊倒一样容易"。他是平民出身，但总是爱上那些贵族姑娘。贵族和平民之间的鸿沟，绝非顿足一跃就可以越过的。贵族女子嫁给平民，意味着丧失身份和特权，意味着一辈子可能穷困潦倒的生活。她们也许曾一度陶醉在梦想里，崇拜和爱着这个才华横溢的人物，倾倒于他美妙非凡的音乐。但在婚姻面前，在现实生活面前，最终还是退让了。贝多芬的"永恒爱人"，至今仍是个谜。学者们几乎列出了所有可能的对象，但都缺乏决定性的证据，因此不能成为共识。真正的谜底也许是，尽管不无现实原型，归根结底是贝多芬的幻想。我们不知道哪个女子能称得上是他的永恒爱人，也许根本就没有。

除了平民身份、古怪的言行和暴躁的脾气，贝多芬还是个其貌不扬的人。钢琴家库堡男爵是这样描写他的："他个子矮小，留着罕见的不扑粉的蓬乱发型，脸上满是疤痕，眼睛小而明亮，浑身动个不停，初见他的人一定以为他是个丑陋又疯狂的醉鬼。"在他女学生朱丽叶特·圭恰尔蒂（也是他爱恋的对象）眼里，贝多芬"非常丑陋，但高贵，敏感，有文化。大多数时候穿得很邋遢"。曾经和贝多芬进行过钢琴决斗，败给贝多芬后对他由衷佩服的钢琴家约瑟夫·格里尼克神父，事后形容贝多芬"是个矮小、丑陋、黝黑的年轻人，看上去脾气固执"。我们在唱片封面看到的贝多芬画像，目光锐利而深沉，面容严峻而自信，是被高度浪漫化了的形象，也是我们愿意看到的样子，是一个标记，一个符号，一个象征。

贝多芬一辈子渴望建立家庭而不得，加上病痛，绝望可想而知。他曾企图自杀，留下著名的海利根施塔特遗嘱，其中文字比莎士比亚笔下的李尔王、郭沫若诗剧中的屈原的呐喊还要悲愤、绝望和激烈。贝多芬作品中那么多的柔板，听之使人肝肠寸断，是李商隐一般的缠绵悱恻。比如第十三弦乐四重奏中的 Cavatina，有人说是贝多芬写出的最美的旋律，贝多芬自己也声称，在他的作品中从没有一段旋律产生了如此动人的效果，连他自己也深受感动。这段最美的旋律，其中一部分其实是毫不掩饰的哭泣。斯瓦福德说，在贝多芬之前的音乐中，对于悲痛还从未有过如此深沉和激烈的表达。但贝多芬的英雄主义在于，他总能从痛苦中挺过来，通过斗争迈向胜利。诚如席勒所言，在艺术中，痛苦必须由英雄般的胜利来应答："对痛苦的描绘，以单纯痛苦的形式，绝非艺术的目标，但作为达成目标的手段则无比重要。有道德的人，在激动的情况下克制自己，独立于自然法则之外，人类自由的原则只有在它对抗情感的暴力时才能够变得自觉。"战胜痛苦并不就是胜利，只是没有被痛苦击垮，又爬起来，继续奋斗和前进了。对贝多芬来说，不屈服于痛苦就是胜利，活下来就是胜利。这是一场不可能胜利的战争，能够赢得的，只有不败，其实是一无所得的。

在"永恒的爱人"事件毫无意外地遭受失败之后，贝多芬放弃了结婚的打算，也放弃了对爱情的希望，只把艺术作为唯一的精神寄托。与此同时，他可能也是妓院的常客。在十九世纪初的维也纳，多数单身汉都要到事业稳定时才结婚，在此之前，为满足生理需要，他们会光顾妓院。据估计，1812 年的维也纳约有二十万人口，其中十分之一左右是全职或非全职的妓女。未婚男子走马章台，乃是普遍的风气。但是，斯瓦福德说："他的孤独不会被这些暂时的享受缓解，这完全与他的精神，他对女性和爱情的理想，以及他清教徒式的本性背道而驰。"因此，在贝多芬的柔板里，那些安慰主要不是来自神，而是来自他自己，来自创造的雄心和即使在最深的绝望中也能恢复的自信。写过《庄严弥撒》的贝多芬不算是"纯粹"的教徒，他说过，人最终一切都要靠自己，除此别无依傍，如同古希腊的英雄奥德修斯，在漂泊经年、历尽磨难之后，最终重返故乡。这个故乡就是音乐。在音乐世界里，他强大如同"皇帝"，真正的皇帝，那个大革命的宠儿拿破仑，指挥如意，所向披靡，狄俄尼索斯一样自由狂放，又像阿波罗一样庄严。他是一座神殿，将自己供奉为神，自我照耀而同时普悦万民。

斯瓦福德的《贝多芬传》，我读了三个星期。一边读，一边听贝多芬的作品。一些早期作品没有听过，有的听过，却轻易放过了。对照他的生平再听，感受多有不同，比如他的第十二号钢琴奏鸣曲，他第一弦乐四重奏的慢乐章，他的第六弦乐四重奏，都比以前多了一些理解。慢乐章通常总是优美柔和的，大凡优美柔和之物，易予人忧伤之感。文学中未必然，音乐中则几乎如是。贝多芬的早期作品优美且华丽，其中的忧伤却是确定无疑的，并非出于听者的联想，更不是"为赋新词强说愁"。贝多芬的忧伤，还在他的青春年少时代就已兼葭苍苍，虽然谈不上深刻，却意义非凡，像是出自预感，更像是一个伟大的先兆。

贝多芬去世于 1827 年 3 月 26 日 5 点 45 分，其时雷电交加，草木披靡。他最后一次说话是两天前，24 日，在他索求的莱因葡萄酒送到的时候。酒瓶放在床边的桌上，贝多芬睁开眼睛看着，低语道："可惜，可惜，太晚了。"他的倒数第二句话是同一天说的，用的是拉丁语："鼓掌吧，朋友，喜剧结束了。"斯瓦福德说，这句话来自古罗马喜剧，但本质上是莎士比亚的，它令人想起《暴风雨》中普罗斯彼罗剧终时向观众说的话："我求你们鼓掌相助，解脱我灵魂的锁链。"斯瓦福德说，贝多芬最后的 F 大调弦乐四重奏，正是以喜剧结束的，就像莎士比亚的《暴风雨》一样。莎士比亚和贝多芬都以喜剧结束一生的创作，他们知道，喜剧的深刻不逊于悲剧，艺术同时也是无意义的游戏和超然的象征。歌德就说他的《浮士德》"是一个非常严肃的玩笑"。

贝多芬曾在致年轻钢琴家艾米莉·M的信中说："真正的艺术家并不骄傲。他不幸深知，艺术没有边界，他能隐约感觉到他距离自己的目标还有多远。尽管他在尘世不乏崇拜者，他依然感到悲伤，因为他尚未到达他更高的天赋所指向的终点。"

尚未达到，还有可能到达，另一种情形是，艺术家知道自己的天赋能够使他走多远，但他只能半途而废，因为他无法超越生活。但贝多芬不然，相对于现世的一切，他是如此完美的胜利者。

载于《光明日报》2021年8月13日

疫情下的曼哈顿

——我给儿子当医生

[美国] 周　励 *

樱花盛开的季节，美国却陷入一片悲恸。

纽约抗疫，微风萧瑟，每天的数字都像一场噩梦。全球感染破一百二十万，美国感染四十万，罹难者一万两千八百九十七人。纽约感染者破十四万，罹难者五千四百八十九人，据说纽约每十五分钟就有一位重患离世，且以每隔两天翻倍的全市死亡数字飙升。CNN 报道目前为止美国的新冠肺炎死亡人数已超过 1812 年以来的美墨战争、美印战争、美西战争和海湾战争等六次战争中阵亡将士的总和。

病毒阴云笼罩，日常购物成了严峻挑战。儿子安德鲁一周前穿过中央公园拎来六大包沉甸甸的网购食品，善良孝顺令人感动又心疼。今天妈妈下决心冒"枪林弹雨"去给儿子送橙汁和营养品，从空荡无人的第五大道广场酒店东 59 街步入公园，走向西 59 街哥伦布广场公园西出口，这正是儿子来送食品的绿茵小路——我们的"驼峰航线"！

非常幸运我和儿子的公寓都离中央公园很近，平时我们步行相互探望，我常穿过公园去大都会歌剧院看戏，也爱骑车环绕公园健身，

---

* 五十年代初生于上海，1985 年赴纽约州立大学自费留学，1992 年发表自传体小说《曼哈顿的中国女人》，该书被评为九十年代最具影响力的文学作品和中国百年畅销书之一。后出版散文集《曼哈顿情商》和《亲吻世界》。

老公、儿子喜欢散步或慢跑。疫情蔓延以来纽约州长允许公园锻炼，我见到不少人戴口罩慢跑。我取下南京朋友寄来的口罩，深吸一口玉兰花久违的馨香；大自然，宛如音乐治愈哀伤！纽约，惊涛骇浪，美丽依旧！

对比 3 月 24 日拍摄的中央公园美景，今天掘土机正忙碌盖建大批白篷"野战医院"，令人心碎。

市政府怎么会选择中央公园？

据报道，由于每天罹难者太多且带病毒，纽约市政府计划在某些边远公园挖"万人坑"——每十具遗体埋一个坑土葬，竖立木牌写上姓名，比惊悚电影还恐怖，而每一个死去的患者都曾是鲜活的生命，他们去世前神志清晰，但不能握着家人的手，"他们都无法呼吸！都是悲惨地窒息而死！"布鲁克林医院一位护士长说。

皇后区一位二十八岁的年轻护士因没有防护服，身披黑色塑料垃圾袋上阵，勇敢护理危重新冠病患，今早在电视里惊悉她因新冠肺炎昨晚去世，噩耗传来，悲痛心碎，欲哭无泪！意大利已有一千三百名医护人员在第一线罹难，梵蒂冈主教在细雨霏霏空无一人的圣彼得大教堂广场为饱受病毒肆虐的全世界祈祷。

曼哈顿西 34 街如此熟悉的贾维茨会展中心已改造为方舱医院，七万吨"安慰"号海军医疗船刚抵达曼哈顿 90 号码头，我的老友、家住炮台公园的哥大 Frances 博士发来微信：

"上午美东时间 10 : 00 左右，我们全家在窗口目睹了美国海军医疗船'安慰号'的到来，军人齐刷刷的站在甲板上，上有直升机护航，下有海警船陪伴，情景无比壮观和感人！医疗船给危难中的纽约带来安慰和希望！纽约挺住！"

2 月初为武汉疫情撕心裂肺，捐款捐物的情形还历历在目，始料未及纽约变武汉，为纽约疫情撕心裂肺！这就是海外华人——中国是我父母家，美国是我儿女家；中国心，美国情。

每天都有朋友来微信关切叮嘱。朋友常问：

你认识的纽约人怎么度过？

你身边的人都怎么样？

"当雪崩时，没有一片雪花可以逃脱"，也许是肉体，也许是精神，都会遭受瘟疫折磨。

儿子安德鲁是一位高级会计师，今年二十九岁，家住曼哈顿西57街自购公寓，平时他坐地铁去热闹的中城上班。纽约地铁系统目前一百二十名员工感染，四名去世。儿子公司曾有一人确诊感染，整个办公大楼都很紧张。儿子在3月底（即给我送食品前后）出现症状，发烧胸闷，四肢酸痛，浑身无力，夜不能寐。

安德鲁先打电话告诉他的上司，讲自己也许感染了病毒，需要休息（他在家上班也很忙），然后给我们打电话："妈妈。我也许感染COVID-19了。"电话里听到儿子微弱气喘的无力声音，我大为震惊，顿感天旋地转，安德鲁从小到大身体非常好，从无毛病，他本人负责一个团组，平时从不向公司请假，这一定是"中毒了"！

儿子网约看了一位急症呼吸道医生，被告知："也许是新冠病毒感染，也许不是。待在家里吃感冒药，别去医院，防止交叉感染。"整整三天我们给病中的儿子打了许多电话，首先打纽约州防疫热线电话，态度和气的接线员记录下儿子姓名地址邮箱。

几天后得到回音让儿子在家吃感冒药。我和老公把曼哈顿东河与西57街附近七八家医院电话查出来一一问询，焦急地为儿子预约新冠测试、做肺部CT，因为只有确诊才能用氯奎宁或瑞德西韦治疗！我的心紧张得怦怦跳，所有曼哈顿医院的总机都非常忙碌，最后仅两个打通。回答是："对不起，我们病人太多，如果你儿子体温、呼吸与氧饱和度问题严重，请打911叫救护车来急症部；否则待在家里吃感冒药。我们不接受一般病人检测。"言下之意：出现症状，在家硬挺。实在撑不住，叫911急送医院检测。

天哪，疾病不都是由轻向重发展的吗？非要到不行了才能入院诊治吗？但纽约病房饱和，危重病人更重要。报上看到有些和我儿子一样身材高大的美国青年步行走入医院，很快就跌倒在地，不得不进ICU抢救。我向上帝祈祷发誓：救回我的儿子！哪怕他住院我也要守在他身边！

既然不到病重不能测试，那只好自己当医生了！我冒着病毒"枪林弹雨"的危险一家家跑，丈夫麦克是德裔美国人，他讲在德国擅自跑出家门每人要罚款五百欧元，纽约不罚。我从曼哈顿东60街跑到西58街，推开一家家大药房和小超市的门，为儿子寻找体温计和氧饱和度测试器。4月初的暖风吹得我满头大汗，戴着口罩跑得气喘吁吁，但跑了半个纽约都没有买到，这时候真正体会到方方的名言："时代的一粒灰，落到个人头上，就是一座山。"

Best，李文亮的绝望，常凯导演一家的死亡，林正斌医生"救救我"的呼喊，回想两个月前看到这些撕心裂肺的新闻时，我还在大张旗鼓和北美华文作家协会联手武汉大学纽约校友会为武汉医院募捐口罩防护服呢，现在病毒这座山居然漂洋过海，重重地砸到我儿子安德鲁头上了！这可恶的病毒啊，你来历不明不白，也让全世界受害者死得不明不白啊！全世界一百八十个国家已有七万七千人莫名其妙死在它的肆虐下！难道真的轮到我儿子了吗？他才二十九岁，和相恋五年的未婚妻艾丽卡正打算结婚呢！

没买到体温计和氧饱和度测试器，怎么办？我有药！我翻出上海带来的头孢消炎药、安乃近退烧药和维生素C泡腾片，加上家里的美国西洋参粉和蜂蜜，我又跑到东61街列克星敦大道唯一还开着的一家韩国餐馆买了儿子喜欢吃的韩式烤牛排和鸡蛋蔬菜汤面，穿过中央公园"驼峰航线"，救儿子去！

在西57街那宽敞典雅的共有公寓大厅等待儿子，这个大厅的面积可以放两个篮球场。蓝眼睛的高大门卫查理微笑地走了过来，他戴着黑色海绵口罩，讲："你儿子安德鲁三天没下楼了，他好吗？"我没正面回答他的问题，但告诉他戴海绵口罩无法防御病毒，答应送给他一个医用外科口罩。查理听了忙点头致谢。我住的东60街广场大厦的五位门卫都没有口罩，他们讲无法买到。我收到南京做外贸朋友寄来的外科口罩后立即分给了大楼门卫。

终于又见到了儿子，他乘坐电梯下楼，戴着我上周寄给他的口罩。我们相距两米远，他展开双手做了一个拥抱的姿态，当然不能拥抱。我看到儿子的眼睛陷下去，人也消瘦了。他一再叫我千万不要出门，对我又来到他家非常担忧。他说："妈妈，你应当待在家里！"

门卫查理和安德鲁打招呼："我们大楼不错，还没听说得病的！"然后就跑开了，儿子望着他的背影耸肩苦笑。我和儿子保持着社交距离，我大声交代他如何服用感冒消炎药片、如何用西洋参粉冲泡蜂蜜。接着我把药品食品放在沙发前的大玻璃圆桌上，退后三步，儿子走过来，拿起来放在拎袋里。我根据网上查到的"热 SPA"疗法，教他坐在浴缸里用热水熏蒸，大口吸入蒸汽——走投无路下妈妈自己当急救医生。儿子温柔地轻声讲了一句："妈妈，我真的很抱歉。"

在"老妈医生"离开后，儿子自己又跑出去找体温计和氧饱和度测试器，这些平时在 CVS 以及 DR 药房都有卖，但瘟疫席卷全市，这些物品早已被扫荡一空。

又过了三天，儿子打电话来，声音亮了不少，他高兴地说："妈妈，体温计买到了！我体温下来了：99.9！（37.3 摄氏度），你所有的药物都很有用，特别是西洋参蜂蜜茶，像灵丹妙药，我感到好了许多！我估计得的是重感冒，不是新冠肺炎。"

我和先生担心他反复，每天打电话叮嘱他服药，吃维生素 C 泡腾片，每天两个鸡蛋，每天用热水熏蒸！整整一周提心吊胆，今天，儿子终于讲："体温完全正常，不咳嗽不胸闷，四肢有力，我又开始上班了！"

儿子告诉我，他公司有两个年轻同事和他一样出现过发烧咳嗽胸闷症状，但因为纽约测试盒不够，都没机会测试，全部硬撑。老天保佑！他们三人都痊愈了。"我低烧了五天，幸亏有了你的安乃近、头孢抗生素和西洋参蜂蜜，妈咪，老妈医生，我爱你，以后不许再出门了。"

我和老公又给儿子的医生打电话，医生说："也许是感冒，也许是轻型新冠。没有测试很难讲，你永远不知道。最近几年，全世界每年死于感冒二十五万到三十五万人，美国每年死于感冒一到六万人，中国每年死于感冒八万人。现在感冒都不见了，统统变成了新冠。"

我真希望英国首相也是感冒，CNN 主播克里斯（纽约州长科莫的弟弟）也是感冒。但李文亮不可能是感冒，李文亮医院的五名同事也不可能是感冒。纽约皇后医院院长讲："太可怕了，每个人进来都无法呼吸！每个人都像在河里挣扎的溺水者！"

行笔至此，回想儿子五个晚上发烧气短咳嗽，依然毛骨悚然，幸亏有老妈在同一座城市，替他治好了"轻型新冠"或者"感冒恐惧症"！内心更敬佩每天战斗在极其危险第一线的纽约医护工作者！

今晚听着震撼人心的童音——七百名欧洲儿童在隔离中齐唱《今夜无人入眠》，看着孩子们天真无辜的脸庞，不由泪眼婆娑。春暖花开，武汉解封了！祈盼夏花绚烂时！

2020 年 4 月 7 日 写于纽约曼哈顿
载于《新民晚报》2020 年 4 月 8 日

图书在版编目（CIP）数据

2020-2022 海外华文文学精品集.诗歌散文卷/方忠主编.—北京：作家出版社，2023.3
ISBN 978-7-5212-2048-3

Ⅰ.①2… Ⅱ.①方… Ⅲ.①华文文学—作品综合集—世界—现代②诗集—世界—现代③散文集—世界—现代 Ⅳ.①I11

中国版本图书馆 CIP 数据核字（2022）第 193413 号

2020-2022 海外华文文学精品集.诗歌散文卷

主　　编：方　忠
顾　　问：卢新华
责任编辑：朱莲莲
封面设计：覃　汐
出版发行：作家出版社有限公司
社　　址：北京农展馆南里 10 号　　　邮　　编：100125
电话传真：86-10-65067186（发行中心及邮购部）
　　　　　86-10-65004079（总编室）
E-mail:zuojia @ zuojia.net.cn
http://www.zuojiachubanshe.com
印　　刷：三河市北燕印装有限公司
成品尺寸：152×230
字　　数：385 千
印　　张：27
版　　次：2023 年 3 月第 1 版
印　　次：2023 年 3 月第 1 次印刷
ISBN 978-7-5212-2048-3
定　　价：50.00 元